THE JUNGLE BOOK
Joseph Rudyard Kipling

丛林之书
丛林之书续篇

（英）约瑟夫·鲁德亚德·吉卜林 著

李彩林 译

译 者 序

约瑟夫·吉卜林（Joseph Kipling，1865—1936），英国小说家、诗人，生于印度孟买。他是20世纪英国享有盛誉的重要作家之一，被誉为"短篇小说艺术创新之人"。他是英国第一个诺贝尔文学奖得主，也是迄今为止诺贝尔文学奖最年轻的获得者。父亲曾是孟买英国艺术学校雕塑学教授，后任拉合尔艺术学校校长和博物馆馆长。

吉卜林一生共创作了8部诗集，4部长篇小说，21部短篇小说集和历史故事集，以及大量散文、随笔、游记等，还有诗集《机关打油诗》《营房谣》《七海》；短篇小说集《山的故事》《三个士兵》《生命的阻力》《丛林之书+丛林之书续篇》；长篇小说《消失的光芒》《基姆》等。他的作品简洁凝炼，尤其在短篇小说写作上成就斐然。

由于吉卜林生活在英国维多利亚时代后期，当时英帝国正向其他国家疯狂地扩张，他的部分作品也被有些人指责为带有明显的帝国主义和种族主义色彩，长期以来人们对他的评价褒贬不一，极为矛盾，他笔下的人物形象往往既是忠心爱国和信守传统的代表，又是野蛮和侵略的代表。然而20世纪以来，随着殖民时代的远去，吉卜林也以其作品高超的文学性和复杂性，越来越受到人们的尊敬。1907年，他终于以"观察的能力，想象的新颖，思维的雄浑和叙事的杰出才能"而获得该年度的诺贝尔文学奖。马克·吐温曾热情洋溢地赞美吉卜林的作品："我了解吉卜林的书……它们对于我从来不会变得苍白，它们保持着缤纷的色彩；它们永远是新鲜的。"

《丛林之书+丛林之书续篇》是约瑟夫·吉卜林的早期代表作，亦为其最有影响和最受欢迎的作品。本书由《丛林之书》（1894）和《丛林之书续篇》（1895）两部分组成，一共有15个故事。这些故事既互相独立，又在内容上互相衔接。全书以一个被狼族抚养长大的印度男孩莫格利和其他几种不同动物的故事为主线，塑造了机智勇敢的"狼孩"莫格利以及憨厚的老棕熊巴洛、凶猛敏捷的黑豹巴格希拉、不畏艰险的白海豹珂迪克和不惧强暴的捕蛇英雄猫鼬瑞奇·提奇等诸多个性鲜明、令人难忘的形象，故事情节惊险曲折、引人入胜。

《丛林之书+丛林之书续篇》的精髓在于"丛林法则"。要在丛林中生存，就要遵守"丛林法则"。其中提到"法则从头到脚，从腰到背都是——服从！"可见服从是法则中最为重要的部分，就连丛林之主莫格利也得"忠实地遵守丛林法则"。一些评论家认为，吉卜林是在借助"丛林法则"宣扬英帝国主义的殖民政策，"在所有丛林法则没有解决的事情上，狼群首领的命令就是法则"，更是体现了作者对强权的拥挤和推崇。但是1907年吉卜林获得诺贝尔文学奖时,瑞典文学院常任秘书威尔逊在颁奖词中这样说："丛林法则就是宇宙法则，如果要问这些法则的主旨是什么，吉卜林就会简单明了地告诉我们是：奋斗、尽职和遵从。"中国著名翻译家文美惠也认为，"丛林法则"是吉卜林贡献出来的一条治世良方，表达了这样的思想：在人类社会中，和动物世界一样，人和人的个人利益是相互制约、相互依靠的。所以，为了人类的生存和繁荣，人人都要遵守一定的社会秩序。

《丛林之书+丛林之书续篇》中，吉卜林非常重视忠诚、勇敢的品质，以及艰苦环境中的磨炼和知识技能的重要性。譬如：英勇的小猫鼬瑞奇·提奇智斗毒蛇，救了主人一家三口的性命；莫格利在老师巴洛的严厉教导下，学会了在丛林中生存所需的各种本领和法则；因纽特男孩克图可以一动不动地坐在零下四十度左右的雪地里，在海豹洞旁边坐上二十个小时等待钻出来呼吸的海豹；普伦·巴加特为了追求一种苦行僧生活，放弃了自己的财富和地位，最后为了挽救村民而牺牲了自己的性命；白海豹珂迪克为了从海豹猎手们手里挽救海豹同伴，独自从北太平洋到南太平洋，一遍又一遍冒险寻找安全小岛等。

《丛林之书+丛林之书续篇》反映了人与动物之间的深厚情谊。因

译者序

为莫格利有情有义，勇敢又机智，狼群首领"阿克拉"、大岩蟒"卡阿"、"狼兄弟"等很多丛林动物都成了他的好朋友，并在危险关头出手相救。当莫格利被猴子们抢走时，棕熊巴洛痛苦自责、连勇猛的黑豹巴格希拉也放下面子求助于蟒蛇卡阿，并声称"我——我们——爱他"，当莫格利决定回归人类的时候，巴格希拉要莫格利"记住，巴格希拉曾经爱过你"。而灰兄弟的"你的足迹就是我的足迹，你的窝就是我的窝，你的猎物就是我的猎物，你的生死大战就是我的生死大战"，这番话语足以表明他们之间生死与共的真情。

《丛林之书+丛林之书续篇》是世界儿童文学中的不朽之作。在这部书中，吉卜林成了一位通过动物天性来展示人类天性的大师，他对《丛林之书+丛林之书续篇》很满意，声称《丛林之书+丛林之书续篇》与其诺贝尔奖获奖作品《基姆》都是他创作灵感涌现时的产物。英国当代著名作家、评论家布拉德布里曾经在他的著作《现代英国小说》中，称赞吉卜林和他的《丛林之书+丛林之书续篇》，认为吉卜林是当时英国最有影响力的代表作家，因为他的作品向人们介绍了当时的英国文学，对今后人们的研究具有重要作用。

一百多年来，《丛林之书+丛林之书续篇》被翻译成各种文字，在世界上广为流传。笔者在翻译本书时尽量忠实于原著，同时兼顾汉语读者的思维习惯。众所周知，英语和汉语在表达方式和组织结构方面存在巨大的差别，因此笔者较多采用意译法，尽可能运用各种翻译技巧，力求语句通顺、流畅。对于书中出现的一些印度方言，笔者查阅了多部词典和文献资料。尽管译者始终谨慎动笔，仔细求证，但难免还会存在疏漏，恳请广大读者批评指正。

李彩林

2016年8月

目录
CONTENTS

丛林之书 + 丛林之书续篇

译　者　序…………………………………………………… 001

丛林之书

第一章	莫格利的兄弟们…………………………………… 003
第二章	卡阿狩猎…………………………………………… 023
第三章	"老虎！老虎！"…………………………………… 047
第四章	白海豹……………………………………………… 065
第五章	瑞奇·提奇·塔维…………………………………… 084
第六章	大象们的图迈……………………………………… 100
第七章	女王陛下的仆人们………………………………… 118

丛林之书续篇

第一章	恐惧如何降临	139
第二章	普伦·巴加特的奇迹	157
第三章	放丛林进来	171
第四章	收尸者	198
第五章	国王的驯象刺棒	219
第六章	奎库恩	237
第七章	红　狗	258
第八章	春天的奔跑	282

丛 林 之 书

丛林之书 + 丛林之书续篇

第一章　莫格利的兄弟们

蝙蝠芒格释放了黑夜，
现在黑鸢兰恩就把它带回家——
牛群都被关进了棚舍和小屋，
因为我们要无拘无束到天亮。
这是骄傲得意、施展力量的时刻，
尖爪、獠牙和利钳样样行。
哦，听那嚎叫声！
——所有遵守丛林法则的兽民，
祝你们捕猎成功！

——**丛林夜歌**

傍晚七点，西奥尼山上非常温暖，休息了一天的狼爸爸睡醒了，他搔着痒处，打了个呵欠，——舒展开爪子以消除指尖的困倦。狼妈妈还躺着，灰色的大鼻子垂落下来，旁边四只幼崽不断翻滚和长声尖叫着。月光穿过洞口，洒进了他们一家居住的山洞。"嗷呜！"狼爸爸嚎叫着，"又该去捕猎了。"他正准备跳下山时，一条拖着浓密尾巴的小小身影掠过了门槛，呜呜叫着："祝您好运，尊敬的狼大王。也祝尊贵的孩子们好运，祝愿他们坚牙利齿，永远不忘这世上饿肚子的人。"原来说话的是塔巴魁，那个专门舔吃残羹剩饭的豺狗。因为他到处搞恶作剧，搬弄是非，还捡村子垃圾堆里的破皮烂布吃，印度狼都鄙视他。不过他们也害怕他，因为塔巴魁比丛林里的其他动物都更容易发疯。他一旦发疯，就会忘掉自己害怕过谁，就会在森林里横冲直撞，谁挡道就咬谁。当个子小小的塔巴魁发疯时，连老虎都要跑开躲起来，因为发疯对野兽来说是最不光彩的事了。我们把这种发疯叫作"狂犬病"，但他们称之为"迪汪尼——也就是发疯——逃之夭夭"。

"那就进来看看吧，"狼爸爸冷冷地说，"不过这儿没什么可吃的。"

"对一只狼来说，是没有，"塔巴魁说，"但是对于我这种贱货来说，一块干骨头就是一顿大餐。我们是谁？我们是吉德乐洛格（豺狗），哪里会挑三拣四呢？"他急匆匆地跑进洞深处，在里面找到了块挂着点肉的雄鹿骨头，他高兴地蹲坐在地上，叼着骨头咔嚓咔嚓地啃了起来。

"真得感谢您的这顿美食，"他边说边舔着嘴巴，"这些高贵的孩子长得多好啊！他们的眼睛好大啊！年龄又是那么小！真的是，真的是，我早该想起来，大王的孩子打出生就是勇士呢。"

其实，塔巴魁和其他动物一样清楚，当面赞美孩子是最不吉利的，只是他喜欢看见狼爸狼妈不自在的样子。

塔巴魁一动不动地蹲着，对自己搞的恶作剧得意不已。接着，他恶狠狠地说："希尔汗，那个大家伙，已经转移了猎场。他下个月会在这几座山上捕猎，他是这样跟我说的。"

希尔汗是一只老虎，他住在二十英里之外的瓦因刚嘎河附近。

"他没这个权利！"狼爸爸发怒了——"按照丛林法则，没有事先通知一声，他没权换地盘。他会吓跑十英里之内所有的猎物，可是我——我现在必须找到两倍的食物。"

"他妈妈叫他蓝格里（瘸子）不是没有道理，"狼妈妈平静地说，"他有一只脚天生是瘸的，所以他只能抓牛吃。现在瓦因刚嘎的村民被惹火了，他又跑这儿来，再把我们这儿的村民惹火了，他们就会搜遍整个林子找他，可他又溜远了。要是村民放火烧了草，我们和孩子们就得逃命。那我们倒真的要感谢希尔汗呢！"

"要我告诉他您感谢他吗？"塔巴魁说。

"滚！"狼爸爸厉声大叫，"滚出去，和你的主子一起捕猎去！你一个晚上添的乱已经够多了。"

"我会走，"塔巴魁小声说，"你们可以听见希尔汗的声音，就在

第一章 莫格利的兄弟们

山下的灌木丛里。早知道我就不告诉你们这个消息了。"

狼爸爸仔细听了听,在下面的山谷里,流淌着一条小河,他听见了一只老虎既干哑又愤怒又单调的哀鸣声。听起来这家伙是什么也没逮到,也不在乎是不是整个林子都能听见。

"蠢货!"狼爸爸骂道,"晚上刚出动就发出那样的怪声!他是不是觉得我们的雄鹿跟他瓦因刚嘎的肥公牛一样笨呢?"

"嘘,他今晚要捕的不是公牛,也不是雄鹿,"狼妈妈说,"是人。"那哀鸣声变成了低沉的呜呜声,就像来自四面八方。就是这种呜呜声让露宿野外的樵夫和吉普赛人不知所措,有时候,在他们奔跑逃命时,却正好落入虎口。

"人!"狼爸爸说着,龇出了满口白牙,"呸!池塘里的甲虫和青蛙还不够他吃吗?非得吃人?还在我们的地盘上!"

从来不会无缘无故地设定规矩的丛林法则,禁止任何野兽吃人,除非是急于向幼崽示范捕杀技巧,然后也必须在自己的族群或部落的猎场之外。其实,设定这条规约的真正原因是,捕杀人类早晚会招来骑着大象、手持猎枪的白人,成百上千的棕色人也会敲着锣、扛着火箭炮、举着火把赶过来。那样,丛林里的生灵就遭殃了。不过,野兽们为自己设下这样的规矩也是因为,人类是所有生灵中最脆弱、最没有防御力的族群,伤害人类一点都不光明正大。他们还说——这是千真万确的——吃了人会全身长满疥癣,连牙齿都会掉呢。

呜呜的叫声越来越响了,到最后是老虎猛冲时扯开嗓子发出的"嗷呜!"声。

然后又是一声怒吼——都不像是老虎的吼声了——也是希尔汗的。"他扑了个空,"狼妈妈说,"怎么回事?"

狼爸爸往外跑出几步,听见希尔汗在灌木丛里一边跌跌撞撞地乱走,一边气急败坏地哼哼唧唧。

"那个蠢货简直蠢到了家,竟然跳进樵夫的篝火里,烧伤了爪子。"狼爸爸哼着鼻子说道,"塔巴魁和他在一起。"

"有人上山来了,"狼妈妈说着,抽动了一下一只耳朵,"做好准备。"

丛林里的灌木沙沙地响了一下，狼爸爸蹲下了身子，准备跳跃。要是你当时在场的话，就会看见世界上最精彩的一幕——这只狼跳到中途停了下来！原来，他还没看清自己要扑的猎物就跳了起来，接着又想让自己停下来，结果，他朝空中蹿出了四五英尺高，又几乎落在了原地。

"人！"他厉声说道，"是一个人类的小崽子。快看！"

就在狼爸爸的对面，站着一个刚学会走路的棕色小孩。他身上一丝不挂，手里抓着一根垂下来的树枝——以前还从来没有这么柔弱、笑起来有酒窝的小东西在晚上的时候到狼窝里来。这个小东西抬头看着狼爸爸的脸，哈哈笑了起来。

"那就是人类的小崽子吗？"狼妈妈说，"我还从没见过呢。把它带过来吧。"

狼习惯了叼着自己幼崽移动，如有必要，他们可以用嘴叼着鸡蛋而不会咬碎。狼爸爸叼住那孩子的后背，把他放在自己的狼崽子身边，那小孩的皮肤上连一个牙印都没有。

"这么小啊！身上这么光滑，胆子又——这么大啊！"狼妈妈温柔地说。这时，那个小男孩在狼崽子之间推来挤去，想靠近狼妈妈温暖的身子。"啊哈！他正和我们的孩子一起吃奶呢。这就是人类的小崽子啊。你说，以前有狼夸口说过自己的孩子里面还有个人崽子吗？"

"我以前时不时听说过这种事，不过在我们的狼群里，我这辈子还从没碰到过，"狼爸爸说，"他身上一根毛都没有，我只要轻轻一脚就能踩死他。可你看，他在抬头看我们，还一点都不怕呢。"

月光被挡在了洞外，因为希尔汗的大方头和肩膀挤进了洞口。跟在后面的塔巴魁尖叫着："大王，大王，就从这里进去的！"

"希尔汗来了啊，我们真是很荣幸呢，"狼爸爸这样说，可眼里却满是怒火，"希尔汗要什么呢？"

"我的猎物。一个人崽子朝这边来了，"希尔汗说，"它的爹妈都逃了。把它交出来。"

就像狼爸爸刚才说的，希尔汗之前跳到了樵夫的篝火里，正为烫伤了的爪子气得暴跳如雷。但是狼爸爸知道，洞口太窄了，老虎不可能进

第一章　莫格利的兄弟们

得来。就算是现在这样，希尔汗的肩膀和前爪已经被挤得紧紧的，就像把一个人装进桶里，他肯定也会这样挣扎。

"狼是自由的族群，"狼爸爸说，"他们只接受狼群首领的命令，并不听令于任何带斑纹的杀牛猎手。这个人崽子是我们的——要杀也要看我们愿不愿意。"

"你们愿意，你们不愿意！这算哪门子的话？就凭我杀过公牛，还用得着站在这儿，把鼻子伸进你们的狗窝里找我应得的猎物吗？现在说话的是我，希尔汗！"

老虎雷鸣般的咆哮声响彻整个山洞。狼妈妈抖开身上的小狼崽，往前一跃，她的双眼就像黑暗中两个绿莹莹的月亮，紧盯着希尔汗那怒火中烧的眼睛。

"那现在是我，拉喀萨（恶魔），向你回话。人崽子是我的，蓝格里——就是我的！他不会被你们杀掉，他要活下来和狼群一起奔跑，一起捕猎。最后，看看你，只会逮没长毛的小崽子，还吃青蛙、杀鱼，他应该捕杀你！你马上给我滚，不然的话，我会以我猎杀过的黑鹿起誓（我可不吃饥饿的牛），滚回到你妈那里去，被火烧过的丛林野兽，比生下来时还瘸的瘸子！快滚！"

狼爸爸吃惊地看着。他几乎忘记了过去的那些日子，那时，他和另外五只公狼公平决斗，赢回了狼妈妈；狼妈妈加入狼群时，大家称她为"恶魔"，那可不是有意要恭维她。对于狼爸爸，希尔汗兴许还能对付，可是对于狼妈妈，希尔汗是没法抗争的，因为他知道，在这里，狼妈妈占尽了地利，她肯定会和他拼个你死我活。所以，希尔汗咆哮着退出了洞口，一出洞口，他就开始大吼：

"狗都只会在自家的院子里吼！狼群对你们领养这个人崽子的事会怎么说，我们走着瞧！这个崽子是我的，他早晚要塞我的牙缝儿，你们这些尾巴蓬松的窃贼！"

狼妈妈气呼呼地躺到小狼崽子身边，狼爸爸严肃地对她说："希尔汗说的还是挺在理的。应该把这个人崽子领给狼群看。你还要收养他吗，孩子他妈？"

"要收养！"狼妈妈喘着气说，"他来的时候身上赤条条的，还是在夜里孤零零的，又饿着肚子，可他就是不害怕！你看，他把我们一个孩子推到一边儿去了。那个瘸子屠夫肯定会杀了他，然后逃回瓦因刚嘎，而这里的村民一定会过来报仇，把我们的狼窝搜个底朝天！收不收养？我当然要收养了。躺着别动，小青蛙。噢，你这个莫格利——我叫你青蛙莫格利——总有一天，会轮到你去捕杀希尔汗，就像他当初捕捉你一样。"

"可是我们的狼群会怎么看呢？"狼爸爸说。

丛林法则非常明确地规定：不管是哪一只狼，成家后都可以退出自己的狼群。但是，等他的狼崽子长到能自己站起来的时候，他就必须带他们参加狼群议会，这样是为了让其他的狼认识他们。狼群议会通常在月圆的时候举行，一个月一次。议会查看后，狼崽子就可以自由地奔向他们想去的地方，而且在他们杀死第一头雄鹿之前，狼群里的成年狼不得以任何借口杀死任何一只狼崽。一旦这样的凶手被发现，他的下场就是被处以死刑。如果你动脑子想想，就会明白为什么必须要这样做。

狼爸爸等到自己的狼崽都稍微能跑了，就在一个狼群举行会议的晚上，带上了自己的狼崽、莫格利和狼妈妈一起去议会岩——就是一个小山顶，上面盖满了石块和大卵石，可以供百来只狼藏身。阿克拉，一只灰色的大独狼，凭借他非凡的力量和智慧而统领整个狼群，他这会儿正舒展全身卧在他的岩石上，下面蹲着四十甚至更多只不同体形、毛色各异的狼，既有能单独对付雄鹿的獾皮色的老狼，也有年仅三岁、自以为可以单独对付雄鹿的年轻黑狼。这只独狼已经统领他们一年了，年轻时，他曾两次掉进捕狼的陷阱，还有一次被人狠狠揍了一顿，被扔在地上等死。所以，他很清楚人类的风俗习惯。

这时，议会岩上几乎没有说话声。狼爸爸、狼妈妈围成了一个圈，狼崽们就在圈中翻滚打闹，时不时会有一只老狼默默地走近一只狼崽，仔细打量后，不声不响地回到自己的位置上。有的时候，有的狼妈妈会把自己的狼崽远远地推到月光下，以免老狼漏看他们。阿克拉在他那块岩石上大声喊道："你们清楚法则的——你们清楚法则的。噢，众狼，

第一章 莫格利的兄弟们

好好看看吧!"焦虑的狼妈妈们也会接着喊道:"看吧——好好看看吧,狼族成员们!"

这一时刻终于到来了——狼妈妈脖子上的鬃毛都竖了起来——狼爸爸把被他们称作"青蛙莫格利"的小孩推到他那个圈子中央,莫格利坐在那里,笑嘻嘻地玩起了在月光下闪闪发亮的鹅卵石。

阿克拉的脑袋枕在爪子上,抬都没抬一下,只是继续用单调的声音喊着:"好好看看吧!"这时,岩石后面响起了一声低沉的吼叫——那是希尔汗的叫喊声:"这个小崽子是我的。把他交给我。自由民和人类的小崽子有什么关系?"

阿克拉甚至连耳朵都没有抖一下。他只说了一句:"噢,狼族的成员们,好好看看吧!自由民为什么要听外人的命令?好好看看吧!"

狼群里响起了一阵低沉的吼叫声,一只四岁大的小狼把希尔汗的问题重复给阿克拉听:"自由民和人类的小崽子有什么关系?"

要知道,丛林法则规定,如果狼群在小崽子是否有资格加入狼群方面出现争议,那么这个小崽子至少要得到狼群里两只狼替他说话,而且狼爸爸狼妈妈除外。

"谁替这个小崽子说话?"阿克拉问道,"有替他说话的自由民吗?"没有回应,狼妈妈做好了决斗的准备,她心里明白,要是真到了非打不可的地步,那这会是她平生的最后一战。

当时能参加狼群议会的唯一异类只有巴洛——他是一只容易犯困、专门给小狼崽传授丛林法则的棕熊。老巴洛只吃坚果、树根和蜂蜜,所以他可以来去自由。他支起后肢,嘴里嘀咕着:

"人崽子——人崽子?"他接着说:"我替这个人崽子说话。人崽子又不会伤害我们。我不会说漂亮话,可我说的都是实话。让他和狼群一起奔跑吧,让他一起加入狼群吧,我来亲自教他。"

"我们还需要一位,"阿克拉说,"巴洛已经说了,他还是我们小狼崽的老师呢。除了巴洛,还有谁吗?"

一个黑影降落在狼爸爸狼妈妈的圈子里。那是黑豹巴格希拉,它全身墨黑,身上的豹纹像波纹绸的图案一样,只有在特定的光线下才能看得见。他们个个都认识巴格希拉，可谁也不敢惹他。因为他像塔巴魁一样狡猾、像野牛一样勇猛、像受伤的大象一样无所畏惧。不过，他的嗓音柔和甜美，就像从树上滴下来的野蜂蜜一样；他的皮毛比绒毛还要柔软。

"噢，阿克拉，各位自由民，"他咕噜道，"本来我没有权利参加你们的议会，可是丛林法则里说，要是对新来的狼崽有疑问的话，只要不是杀生的事，都可以付出一定的代价换取那个小崽子的性命，可是法则里没有明说谁有权或者无权付出那个代价。我说得对不对？"

"对！说得对！"那些经常饿肚子的年轻狼说，"就听巴格希拉的吧。可以付出代价换取小崽子。法则里有规定。"

"我知道自己没有权利在这儿说话，不过请你们让我说完。"

"那说吧，"二十几只狼大声喊道。

"杀死一个光身子的小崽子是可耻的。再说，等他长大后，说不定可以给你们捕到更多的猎物呢。巴洛已经为他说过话了。现在，要是你们愿意按照法则规定接纳这个人崽子，我就在巴洛的话里再补充一句，我愿意给你们一头公牛，一头肥公牛，还是刚捕杀的呢，就在这里不到半英里远的地方。这件事还会难办吗？"

狼群里几十个声音喧叫起来："那有什么了不起？太阳会烤焦他；冬雨会冻死他。一只光溜溜的青蛙能害我们什么？就让他和狼群一起奔跑吧。那头公牛在哪儿，巴格希拉？就让他加入狼群吧。"然后是阿克拉低沉的嚎叫声，他大声喊道："看看吧——好好看看吧，噢，众狼！"

莫格利还在兴致勃勃地玩着鹅卵石，没有注意到那些狼一只接一只走过来打量他。最后，那些狼都跑到山下去找那头死公牛了，留下来的只有阿克拉，巴格希拉，巴洛和莫格利一家。希尔汗还在夜里不停地嚎叫着，因为没有把莫格利交给他，他真是气愤极了。

"哼，叫个够吧。"巴格希拉翘着胡子说，"迟早有一天，这个没毛的东西会叫你换个调子嚎叫，要不是这样，就说明我太不了解人类了。"

"干得不错。"阿克拉说，"人和人崽子都很聪明。说不定他以后是个帮手呢。"

第一章　莫格利的兄弟们

"确实，万一有需要的时候，他还能帮个忙，因为没有谁能一直统领狼群。"巴格希拉说道。

阿克拉什么也没有说。他在想每个狼群首领都有这样的时刻：力量减弱时，身子骨越来越虚弱，最后被其他狼杀死，然后会出现新的首领——又轮到新的首领被杀死。

"把他带走吧。"阿克拉对狼爸爸说，"把他驯成一名有用的自由民吧。"

就这样，莫格利加入了西奥尼狼群，仅凭一头公牛和巴洛的一句好话。

现在，时间跳过十年或十一年，你一定会很乐意。至于莫格利在狼群里度过的所有精彩生活，就只能自己想象了。因为要是把所有这些都写出来，就会写好多本书呢。莫格利和其他的狼崽一起长大，当然，这些狼崽在他还没长成一个小孩之前就几乎是成年狼了。狼爸爸把自己的各种本领传授给他，教他辨别丛林里的种种事物，直到草丛里的每一丝沙沙声，夜里每一缕温暖的空气，头顶上猫头鹰的每一声鸣叫，蝙蝠停在树上小憩时留下的每一道爪痕，池塘里每条小鱼跃动时溅起的每一朵水花，都对他很重要，就像办公室业务对生意人的作用一样。没有学习的时候，他就坐在阳光下的野地里睡觉，然后进食，然后又睡觉。要是觉得身上脏了或者天气热了，他就去森林里的池塘里游泳；要是想要吃蜂蜜了（巴洛告诉过他，蜂蜜和坚果跟生肉一样好吃），他就爬到树上去取，巴格希拉教过他这个本领。

巴格希拉总是卧在外面的一根树枝上，叫喊着："来吧，小兄弟。"刚开始，莫格利会像树懒一样紧紧抓着树枝，但后来，他几乎可以和灰猿一样，大胆地在树枝间荡来荡去。狼群集合时，议会岩上也有了莫格利的一席之地。在那里，他发现只要他牢牢地盯紧任何一只狼的眼睛，那只狼都会无奈地垂下双眼。莫格利觉得这样好玩，所以经常会故意拿眼睛瞪着狼。

还有的时候，莫格利会帮朋友拔出爪垫里长长的刺，这些荆棘和芒刺扎进狼的皮毛里，使他们十分痛苦。在晚上，莫格利会跑到山坡下的耕地里，充满好奇地打量小屋里的村民，不过他不相信人类，因为巴格希拉带他看过一个有吊闸的方盒子，它被巧妙地隐藏在丛林里，当时他都要走进去了，可是巴格希拉告诉他，这个盒子是人类设下的一个陷阱。

莫格利最喜欢做的事情是跟巴格希拉一起走进幽黑而温暖的森林深处，在一片沉寂中睡上一天的觉，然后在夜里观看巴格希拉如何捕杀猎物。要是觉得饿了，巴格希拉就会到处捕杀猎物，莫格利也是这样——只有一种东西他们不去杀。莫格利刚刚能明白事理的时候，巴格希拉就叫他永远不能去碰耕牛，因为他就是以公牛的性命为代价换进狼群的。

"丛林的一切都是你的。"巴格希拉说，"你可以杀所有你能杀的东西。可是看在用公牛换了你的分上，不管是大牛还是小牛，你永远都不能捕杀或者啃吃它们，这是丛林法则。"莫格利忠实地遵守着这条法则。

莫格利像其他小男孩一样越长越壮了，不知不觉中他学会了很多本领。在这个世界上，除了吃的，他什么也不多想。

狼妈妈跟莫格利提起过一两次希尔汗，说他是个不可靠的家伙。狼妈妈还说，总有一天，他必须杀死希尔汗。也许年轻的狼可以时时刻刻铭记狼妈妈的忠告，但是莫格利很快就忘记了，因为他只不过是个小男孩而已——要是他懂得人类的任何一种语言，他一定会称自己是一只狼。

莫格利经常在丛林里碰到希尔汗，因为随着阿克拉逐渐年老体衰，这个瘸子老虎成了狼群里年轻狼非常要好的朋友，他们跟着捡残羹剩饭吃，要是阿克拉敢正确行使自己的权利，就绝对不会允许那些狼跟着希尔汗。希尔汗呢，会讨好那些年轻的狼，对于这些年轻力壮的猎手甘愿被一只快要死的老狼和人崽子统领，他感到十分惊讶。"他们跟我说，"希尔汗经常会说，"在议会上，你们都不敢直视他的眼神。"那些年轻的狼就会气得毛发直立，嗷嗷嚎叫。

巴格希拉到处都有耳目，他听到了一些风声后，就找莫格利长谈过一两次，他说希尔汗有朝一日会杀了他。莫格利却总是笑着回答："我有整个狼群，有你，还有巴洛，巴洛是很懒，可还是会为我打一两拳的。我有什么好怕的呢？"

在一个非常暖和的日子里，巴格希拉突然想到了一个新点子——那

第一章　莫格利的兄弟们

是他听说的一件事让他想到的。那事可能是豪猪伊奇告诉他的。但当他俩在丛林深处时，巴格希拉告诉了莫格利，当时小男孩正把头靠在巴格希拉漂亮的黑色皮毛上躺着。他说："小兄弟，希尔汗是你的仇敌，我跟你讲过多少次了？"

"像棕榈树上的果子一样多。"莫格利说，他自然是不会数数的。"那又怎么样？我困了，巴格希拉，希尔汗不就是尾巴长点儿、说话声音大点儿——就跟孔雀马奥一样嘛。"

"现在可不是睡觉的时候。这事巴洛知道，我知道，整个狼群知道，就连蠢得要命的鹿都知道。塔巴魁也跟你说过。"

"呵！呵！"莫格利说道，"塔巴魁不久前还找过我，恶狠狠地说我是一个光溜溜的人崽子，连挖花生米的资格都没有。不过我拎起塔巴魁的尾巴，把他朝棕榈树上砸了两下，教他学乖点。"

"你的做法很愚蠢，尽管塔巴魁爱挑拨离间，可他会跟你讲和你很相关的事。睁开你的双眼吧，小兄弟。希尔汗因为害怕那些爱你的狼，不敢在林子里杀你。可是，你要记住，阿克拉岁数很大了，过不了多久，他就杀不动雄鹿了，然后再也不是狼群首领了。很多在你第一次被带到议会时查看过你的狼，现在都老了，而年轻的狼就跟希尔汗教的那样，认为人类的小崽子在狼群里没有任何地位。你很快就要长成一个男子汉了。"

"要是都不能和兄弟们一起奔跑了，那还算什么男子汉？"莫格利说，"我在丛林里出生。我遵守丛林法则，我拔过所有狼爪子里的刺。他们当然是我的兄弟！"

巴格希拉舒展了下身子，眯着眼睛。"小兄弟，"他说，"摸一摸我下巴底下。"

莫格利抬起他那强壮有力的棕色小手，巴格希拉柔滑的下颚底下，大块滚动的肌肉都被光滑的皮毛盖住了，可就在那里，他突然摸到了一小块光秃秃的地方。

"丛林里谁也不知道我，巴格希拉，身上还有那个疤痕——那是项圈留下的疤痕。可是，小兄弟，我是在人群中出生的，而我母亲又是在人群中死去的——死在了乌迪坡宫殿的笼子里。就是因为这个，我才在议会上为你付出代价，那时你还是个光溜溜的小崽子呢。是的，我也是在人群中出生的。我以前从没见过丛林。人类把我关在铁笼子里，用铁盘子喂我食物，直到有一天晚上，我突然觉得我是黑豹巴格希拉，不是人类的玩物，所以我就爪子一挥，敲开了那把荒唐可笑的铁锁，溜了出来。也因为我学会了人类的做法，所以在丛林里，我变得比希尔汗还可怕。难道不是吗？"

"说得对，"莫格利说，"丛林里所有的生灵都害怕巴格希拉——除莫格利以外。"

"哦，你是人类的崽子嘛，"黑豹非常温柔地说，"就像我回归我的丛林一样，你最后还是得回到人类中去——回到你真正的兄弟中去——要是在议会里你没被杀掉的话。"

"可是为什么啊——为什么会有杀掉我的念头？"莫格利说。

"看着我，"巴格希拉说。于是莫格利盯着他看，大黑豹不到半分钟就转过头去。

"就是因为这个，"他一边说，一边移开踩在落叶上的爪子，"就连我都不敢直视你的双眼，我是在人群中出生的，而且爱着你呢，小兄弟。其他狼恨你，因为他们不敢正视你的双眼，因为你聪明，因为你把刺从他们的爪子里拔出来——因为你是一个人。"

"我不知道这些。"莫格利皱着浓黑的眉毛，闷闷不乐地说道。

"什么是丛林法则？先出手，后出声。因为你太粗心了，所以他们才知道你是一个人。你要多加小心。说心里话，要是阿克拉下次捕杀扑空了的话——他每捕一次猎，就要费更多的劲儿才能按住雄鹿——狼群就会背叛他，也会背叛你。他们就会在岩石上召开丛林议会，然后——然后——我有办法了！"巴格希拉说着猛地跳了起来，"你赶紧到山谷里去，从人类的小屋子里弄些他们种的红花来，这样你到时就会有一个更强大的朋友，他可能比我、比巴洛和狼群里那些爱你的狼还要强大。去弄些红花来。"

巴格希拉所说的"红花"就是火。丛林里没有哪只动物愿意把它叫

第一章 莫格利的兄弟们

作"火"。野兽们都怕火怕得要命,所以就创造了上百种叫法来描述它。

"红花?"莫格利说,"黄昏的时候,它就长在人类的屋子外面。我去拿一些来。"

"这才像人崽子说的话。"巴格希拉骄傲地说,"记住,它长在小盆子里。快弄一个盆来,你把它保管好,要用的时候再拿出来。"

"好!"莫格利回答道,"我去。不过你可以肯定吗?噢,我的巴格希拉"——他伸出胳膊迅速搂住巴格希拉光亮的脖子,深情地盯着他那双大大的眼睛——"你可以肯定所有这些都是希尔汗干的吗?"

"我凭那把让我自由的破锁发誓,我可以肯定,小兄弟。"

"那好,我就凭换取我的公牛发誓,所有这些,我会让希尔汗付出全部代价的,可能还要多付一点儿呢。"莫格利说着一蹦一跳地走开了。

"那才是男子汉。那才是真正的男子汉。"巴格希拉自言自语着又躺下了,"哼,希尔汗,没有哪次捕杀猎物会比你十年前追杀那只青蛙更邪门了!"

莫格利一路飞奔,在森林里越跑越远,心急如焚。当傍晚的薄雾升起时,他已经回到了洞穴。他喘了口气,向山谷下张望着。狼崽们外出了,但是山洞深处的狼妈妈知道,她的青蛙这样喘气,一定是遇上什么麻烦了。

"怎么了,儿子?"她问道。

"希尔汗说了些让人讨厌的鬼话。"他回答道,"我今晚要在耕地里捕猎。"他纵身往下一跳,钻过灌木丛,来到谷底的一个小溪边。突然,他在那里停了下来,因为他听见了狼群捕杀时发出的叫喊者,听见了一只黑鹿被捕杀时的怒吼声,还有他被逼得走投无路时的鼻息声。紧接着是年轻狼邪恶又充满仇恨的嗥叫声:"阿克拉!阿克拉!让独狼显显他的威力。给狼群首领一次机会!跳起来,阿克拉!"

独狼肯定是跳了起来,而且失手了,因为莫格利听见了阿克拉牙齿猛咬的声音,接着是一声号嗥叫,他被黑鹿的前脚撞倒了。

莫格利没有再等下去,而是继续向前冲。他跑进了村民居住的农田里,身后的叫喊声变得模糊起来。

"巴格希拉说得对。"他在茅草屋窗户边的牛料上舒舒服服地躺了下来,喘着粗气,"对阿克拉和我来说,明天就是个重要的日子。"

接着,他把脸紧贴在窗户上,盯着灶台上的火看。他看见农夫的妻子半夜起床了,往火里加进黑乎乎的块状东西。到早晨的时候,雾白茫茫的,非常寒冷。他看见农夫的小孩捡起里边沾着泥巴的柳条盆,然后往里面装满滚烫的木炭块,把盆放在了自己毯子下面,接着就去牛棚里喂牛了。

"就这些吗?"莫格利自言自语道,"要是一个小崽子都能做到,就没什么可怕的。"于是,他跨着大步绕过墙角,碰到了那个小男孩,就一把夺过他手里的盆,等那个小男孩害怕地失声尖叫时,他已经消失在薄雾中了。

"他们很像我啊。"莫格利说着,一边学着他看到的那个妇女的样子往盆里吹气。"要是我不给这个东西一些吃的,它就会死掉。"他把小树枝、干树皮投到红色的东西上。在半山腰,莫格利碰到了巴格希拉,他皮毛上的晨露就像月长石一样闪闪发亮。

"阿克拉失手了。"黑豹说,"昨天晚上,他们差点杀了他,可是他们还需要你。他们在山上找你呢。"

"我当时在耕地里呢。我准备好了。你看!"莫格利举起了那个火盆。

"很好!嗯,我以前看见过人类往那个东西里塞进干树枝,干树枝一端很快就开出了红花。你不害怕吗?"

"不害怕。我为什么要害怕?我现在记起来了——如果不是做梦的话——在我是一只狼之前,我曾经躺在红花旁边,又暖和又舒服。"

整整一天,莫格利一直坐在山洞里照看他的火盆,把干树枝伸进火盆里,看树枝烧着的样子。他找到了一根合意的树枝。傍晚,塔巴魁来到山洞,很不客气地告诉他议会岩那里要他去。莫格利听后大笑起来,笑得把塔巴魁都吓跑了。然后,莫格利就笑着来到了议会。

独狼阿克拉躺在自己的岩石旁边,这意味着狼群首领的位置空出来了,希尔汗和那些跟在后面专捡残羹剩饭吃的狼,大摇大摆地走来走去,

第一章 莫格利的兄弟们

一副得意忘形的样子。巴格希拉挨着莫格利躺着,火盆就放莫格利的两个膝盖之间。待大家都聚齐后,希尔汗开始讲话了——阿克拉身强力壮的时候,希尔汗根本不敢这样做。

"他没有这个权利。"巴格希拉低声说,"就这样说。希尔汗是个狗崽子,他会害怕的。"

莫格利跳了起来。"自由民,"他大声喊道,"是希尔汗统领狼群吗?我们首领的位置关一只老虎什么事?"

"看见首领的位置空出来了,又被叫来讲话——"希尔汗开口说道。

"谁叫你来的?"莫格利说,"难道我们所有的走狗,都得讨好这个杀牛的屠夫吗?狼群选首领是狼群自己的事。"

狼群里响起了一片叫喊声。"闭嘴,你这个人崽子!""让他说。他一直遵守我们的法则。"最后,那些上了年纪的狼怒喝道:"让那只死狼说说。"

一般来说,要是狼群首领在捕杀时失了手,只要他还活着,就会被叫作死狼,因为他活不了多久了。

阿克拉疲惫地抬起他那苍老的脑袋:

"自由民,还有你们,希尔汗的走狗们,我带领你们来来回回地捕杀猎物,已经有十二个春秋了。在这期间,没有一只狼掉到过陷阱里,也没有一只狼受过伤。现在,我捕杀猎物失手了。你们知道这个圈套是怎样设下的。你们也都知道,你们是怎样把我带到一个没有经验的雄鹿面前,有意使我的弱点暴露出来。这件事干得很聪明。现在你们有权在这儿、在议会岩上杀我。所以,我要问一下,谁来了结我这只独狼的命?按照丛林法则,你们必须一个一个上,这是我的权利。"

狼群里一片肃静。因为没有一只狼愿意和阿克拉决斗到死。于是希尔汗吼叫道:"呸!我们和这个老掉牙的蠢货有什么关系?反正他是要死的!倒是那个人崽活得太久了。自由民,那个人崽子一开始就是我的口中肉。把他交给我。我对人狼这件荒唐事烦透了。他使整个丛林动乱不安,已经有十个年头了。把那个人崽子给我,不然的话,我会一直在这里捕猎,连一块骨头都不留给你们。莫格利是个人,一个人类的崽子,我打骨子眼里恨他！"

这时，狼群里超过大半的狼在大声喊叫："人！人！人和我们有什么关系？让他去他该去的地方吧。"

"还要让全村的人都来对付我们吗？"希尔汗叫嚷着，"不行，把他交给我。他是个人，我们都不能正眼瞧他。"

阿克拉又抬起头说："他吃的是我们的食物；他和我们一起睡觉；他为我们驱赶猎物；他从来没有违反过丛林法则。"

"还有，为了让他加入狼群，我为他付出了一头公牛的代价。一头公牛算不了什么，可是，为了巴格希拉的名声，他可能会决战到底呢。"巴格希拉用最温柔的声音说道。

"十年前付出的那头公牛！"狼群怒吼着说，"我们还管十年前的老骨头干什么？"

"那你们对十年前的誓言也不在乎了吗？"巴格希拉说着，露出了嘴唇下面的白牙。"你们还叫作自由民哪！"

"没有哪个人崽子可以和丛林里的动物一起奔跑。"希尔汗怒吼着，"把他交给我！"

"除了血统不同，莫格利就是我们的兄弟，"阿克拉继续说，"可你们要在这儿杀死他！说实话，我是活太久了。我听说，你们当中有的偷吃人类的牛，还有的呢，听从希尔汗的教唆，在漆黑的晚上跑到村子里抓门槛上的小孩吃。我知道你们都是胆小鬼，我讲的话就是给胆小鬼听的。我必须死，那是肯定的，我的命不算什么，要不然，我情愿替那个人崽子去死。可是，为了狼群的荣誉——现在还没有首领，你们已经把这件小事忘了——我发誓，如果你们放过那个人崽子，让他去他该去的地方，那在我死期到来之前，我绝对连牙都不对你们龇一下。在临死前，我不会做任何反抗。这样至少可以挽救狼群里的三条性命。更多的我做不了，但是如果你们愿意的话，我可以免除你们杀死一个无辜兄弟带来的羞耻——一个有代表为他说话、遵照丛林法则加进狼群的兄弟。"

"他是人——人——人啊！"狼群嗥叫着。大多数狼开始聚集到希尔汗的身边，希尔汗的尾巴开始摇晃起来。

第一章　莫格利的兄弟们

"现在就要看你的了。"巴格希拉对莫格利说,"除了决斗,我们没有别的办法。"

莫格利手里捧着火盆,站直了身子。接着,他伸了个懒腰,又当着全体议会的面打了个呵欠,其实他心里是悲愤交加,十分激动,因为狼如此狡猾,他们从来没有跟莫格利说过有多么恨他。

"你们听着!"他大声喊道,"用不着像狗东西一样疯喊乱叫。今天晚上你们一次一次地说,我是人(其实我本来想一辈子和你们在一起,当一只狼的),我觉得你们说得对。所以,我再也不会叫你们兄弟了,我只叫你们萨格(狗),是人就该那样叫。你们想干什么,不想干什么,不是由你们说了算。这要我说了才算数,为了把事情看得更清楚,我,这个人,带了点你们这帮狗东西害怕的红花过来了。"

他把火盆往地上一扔,一些火红的木炭块点着了一簇干苔藓,干苔藓猛地燃烧起来。看到面前燃烧跳跃的火焰,参加议会的动物们都吓得直往后退。

莫格利把自己的干树枝插进火里,直到树枝噼噼啪啪地燃烧起来。然后,莫格利走到吓得直打哆嗦的狼群中间,挥舞着头顶上那把燃烧的树枝。

"你是主人。"巴格希拉低声说,"免去阿克拉的死刑吧。他一直是你的朋友呢。"

阿克拉这只冷酷无情的老狼还从来没有向谁求饶过,这时也可怜巴巴地看着莫格利。这个男孩正赤身裸体地站在狼群中间,乌黑的长发在他的肩膀上晃动着,投下的影子在枝条火光的映衬下跳跃闪动。

"好!"莫格利说着,眼睛缓缓地扫视四周,"我知道,你们都是一群狗。我会离开你们,回到我自己的人群里——假如有我自己的人群的话。丛林已经不接收我了,我就必须忘记你们说过的话,忘记你们的陪伴。不过,我会比你们宽容些。因为除了血统不同外,我就是你们的兄弟。我保证,我回到人群中成为一个人以后,绝对不会像你们出卖我一样,把你们出卖给人类。"他用脚踢了一下火焰,火星直往上蹿。"在狼群里,我们任何动物或者人之间都不应该有战争。但是在我走之前,我还有笔账要算。"这时希尔汗正呆呆地蹲坐在地上,冲着火焰眨眼睛,莫格利大步走过去,一把揪住了他下巴上的一撮须毛。巴格希拉紧紧跟了过去,以免发生意外。"起来,狗东西!"莫格利叫喊着说,"人说话的时候,你就得起来。要不然,我烧了你的皮!"

燃烧的树枝逼得很近了,希尔汗的耳朵平贴在头上,他闭紧了双眼。

"这个杀牛的屠夫说,在我是个小崽子的时候,他没能把我杀掉,所以要在议会上杀掉我。这样,再这样,我们人类就是这样打狗的。蓝格里,你敢动一下胡子,我就把红花塞进你的喉咙里!"莫格利用树枝抽打希尔汗的脑袋,老虎害怕极了,痛苦地呜呜哀叫起来。

"呸!烧焦了毛的丛林野猫——现在就滚!不过,你给我记住,下次我以一个人的身份来议会岩时,头上一定会顶着希尔汗的老虎皮。至于其他的,阿克拉可以随意自由自在地生活。你们不能杀他,因为我不会答应。我也不想要你们继续伸着舌头蹲坐在这里,摆出一副了不起的样子。相反,你们是我要赶走的狗——就是这样!滚!"

树枝头上的火在熊熊燃烧,莫格利绕着圈左右出击,那些皮毛被火星烧着了的狼,嗥叫着逃跑了。最后只剩下阿克拉,巴格希拉和十来只站在莫格利一边的狼。在以前的生活中,莫格利从来没有受到过伤害,可这时,有种东西在开始刺扎他的内心,他屏住呼吸,啜泣着,泪水顺着脸颊流了下来。

"怎么回事?怎么回事?"莫格利说,"我不想离开丛林,我不知道这是什么东西。我是不是快要死了,巴格希拉?"

"不是,小兄弟。那只是眼泪,人类流的眼泪。"巴格希拉说,"我知道你现在是一个男子汉,再也不是个小崽子了。这个丛林今后肯定不能容你了。就让它们流吧,莫格利,它们只不过是眼泪。"于是莫格利坐在地上号啕大哭起来,好像心都要碎了,他这辈子还从来没有哭过。

"现在,"莫格利说,"我要回到人群中去了。不过我得先和我妈妈说再见。"然后,他来到狼妈妈和狼爸爸一起居住的山洞,搂着狼妈妈痛哭了起来,其他四只狼崽也伤心地嚎叫起来。

"你们不会忘记我吧?"莫格利说。

第一章　莫格利的兄弟们

"只要我们能找到你的足迹，就永远不会忘记你。"狼崽们说，"你成为人以后，要到山脚下来，我们可以和你说说话，我们也会在夜里去农田找你玩。"

"早点回来！"狼爸爸说，"噢，聪明的小青蛙，早点回来。我和你妈妈都老了。"

"早点回来。"狼妈妈说，"我光溜溜的小儿子。听我说，人类的孩子，我爱你胜过爱自己的孩子。"

"我一定会回来的。"莫格利说，"我回来的时候，就会在议会岩上摆上希尔汗的老虎皮。千万别忘记我啊！叫丛林里的动物们也永远不能忘记我！"

黎明开始破晓的时候，莫格利一个人独自走下山坡，去面对那些被称作"人"的神秘物种。

西奥尼狼群捕猎之歌

黎明破晓时，黑鹿高声吼叫，
一次，两次，又一次！
然后，母鹿跳起来了——母鹿跳起来了，
从树林里野鹿啜饮的池塘里。
这是我独自发现的，看啊，
一次，两次，又一次！

黎明破晓时，黑鹿高声吼叫，
一次，两次，又一次！
然后，一只狼偷偷跑回来了——一只狼偷偷跑回来了，
为了给等候的狼群通风报信。
于是我们找呀，看呀，沿着他的足迹大声喊叫，
一次，两次，又一次！

黎明破晓时，狼群喊叫，

一次，两次，又一次！

脚踏丛林不曾留下踪迹！

眼睛能看清黑暗——黑暗！

舌头——伸出舌头！听！噢，听啊！

一次，两次，又一次！

第二章　卡阿狩猎

斑点使豹子欣喜，犄角使水牛骄傲。
一定要清洁干净，因为皮毛的光泽表明猎手的力量。
如果你发现小阉牛能把你抛甩，浓眉的黑鹿能把你刺伤，
你不必停下工作赶来告诉我们：十个季节以前我们就知道了。
不要欺压陌生的幼崽，要好好招呼他们，就像兄弟姐妹一样。
尽管他们又小又胖，也许他们的妈妈却是只大灰熊。
"没人能比得上我！"幼崽第一次杀死捕物时，如此骄傲，
但是丛林很大，幼崽很小。让他好好想想，不受干扰。

——《巴洛格言》

　　这里要讲述的故事，都是发生在莫格利被赶出西奥尼狼群之前，也就是他向老虎希尔汗报仇以前。那些日子里，巴洛正向莫格利传授丛林法则。这只高大严厉的老棕熊很高兴收了位如此机灵的学生。年轻狼学习丛林法则，最多也就是学习对自己的狼群和部族适用的那些。"双脚落地悄无声息，黑暗里眼睛能看东西。窝里用耳朵能听风声，白白的牙齿真锋利，所有这些都是我们兄弟的特征，只有大家痛恨的豺狗塔巴魁和鬣狗，不是我们的好兄弟。"——他们刚能背诵捕猎诗句就都跑开了。可莫格利是一个人类的小崽子，要学习的东西比这些多得多。有时候，黑豹巴格希拉会悠闲地穿过丛林，看看自己心爱的小崽子学得怎么样了。莫格利把当天学习的功课背给巴洛听的时候，他就会把头靠在树上，发出满意的呜呜声。这个小男孩爬树跟游泳一样快，而游泳又几乎跟跑步一样快。因此，传授丛林法则的老师巴洛，又教莫格利关于树林和水

的法则。比如：怎样辨别腐烂的树枝和完好的树枝；不小心碰到离地面五十英尺高的野蜂窝时，应该怎样跟野蜂说话才算有礼貌；要是中午惊扰了树枝上的蝙蝠芒格时，应该说些什么；跳下池塘之前，应该怎样提醒里面的水蛇。丛林里没有哪只动物喜欢被惊扰，他们随时准备向入侵者飞扑过去。于是，莫格利也学习了"陌生者的捕猎呼唤"，丛林里的动物在自己的领地以外捕猎时，不管什么时候，都必须大声重复这样的呼唤，直到有了回应为止。这种呼唤的意思可以翻译成："我饿了，准许我在这里捕猎吧。"得到的回应就是："那捕猎只能是为了填肚子，不能为了找乐子。"

讲了这么多，只不过是想告诉你，莫格利必须记住多少东西，可同一件事情要重复说上一百遍，莫格利越来越不耐烦了。有一天，巴洛对巴格希拉说，自己打了莫格利一巴掌，莫格利就生气地跑开了。"人崽子就是人崽子，他必须学习所有的丛林法则。"

"可是你要想想，他还这么小，"黑豹说，要是以他自己的方式来调教莫格利，估计要把他宠坏了。"他的脑袋这么小，哪能装得下你所有的长篇大论？"

"在丛林里，难道有什么动物因为长得太小就不会被杀死吗？没有。就是因为这个，我才教他这些东西，才打他，他不记得的时候才轻轻打一下。"

"轻轻打一下！你也知道什么叫轻吗，老铁爪？"巴格希拉嘟哝着说，"今天他的脸又青又肿，都是被你轻轻打的。呃！"

"我疼爱他，就算被我打得从头到脚都又青又肿，也比他因为无知而受到伤害要好。"巴洛十分认真地回答，"我正在教莫格利学习丛林主子口令，包括鸟类、蛇民和除自己狼群以外其他所有四条腿捕食者的口令，这些口令可以让他得到保护。只要他记得这些口令，就可以要求丛林里所有的动物保护他。为了这个，挨点打还不值吗？"

"嗯，注意点，不要把人崽子打死了。他可不是能磨你钝爪的树干。不过那些主子口令是怎么回事？尽管我多半给予帮助，很少呼救。"巴格希拉伸出一只爪子，欣赏起铁青色的爪尖来，那爪子就像细长的凿子

第二章　卡阿狩猎

一样——"可我还是想知道那些口令。"

"我叫莫格利过来，他会说——要是他愿意的话。过来，小兄弟！"

"我的头像蜜蜂树一样嗡嗡响啊。"他们头顶上一个沉闷细小的声音说道，莫格利气呼呼地从树干上滑下来，下到地面时又愤愤不平地加了句："我是冲着巴格希拉来的，不是你，老胖子巴洛！"

"对我来说是一样的。"巴洛嘴上这样说，其实心里很受伤、很难受。"告诉巴格希拉，我今天教了你哪些主子口令。"

"对哪种动物的口令？"莫格利说道，他很高兴有机会炫耀一下。"丛林里有好多种语言。我全都懂。"

"你只懂一点，不是很多。看到了吧，噢，巴格希拉，他们从来不谢谢自己的老师。从来没有一只小狼崽回来感谢老巴洛的教导。嗯，说说猎民的口令吧——大学问家。"

"我们血脉相通，我和你。"莫格利用熊的口音发出口令，所有的猎民都会用这种口令。

"很好。现在说说鸟的口令。"

莫格利又重复了一遍刚才的口令，在最后加上了黑鸢的呼啸声。

"现在说对蛇民的。"巴格希拉说。

莫格利回应的是一种完全无法用语言描述的嘶嘶声，然后他双脚往后一蹬，拍手给自己鼓掌叫好。接着，他又跳到巴格希拉的背上，两脚并排侧着身子坐下，一边用脚后跟像打鼓一样敲打巴格希拉光滑的皮毛，一边还朝巴洛做着他能想到的最丑的鬼脸。

"好了——好了！受点小伤还是值得的。"棕熊温柔地说，"总有一天，你会记得我。"接着，他转过身告诉巴格希拉：他是如何向通晓一切的野象哈蒂求到主子口令的；哈蒂是如何把莫格利放到池塘里，才从水蛇那里学到蛇的口令的，因为巴洛自己发不了蛇的音；莫格利现在可以如何安全地应对丛林里的所有意外事故，蛇类、鸟类和野兽都伤不着他。

"这样就没什么动物可怕了。"巴洛又兴奋又骄傲地拍着自己毛茸茸的大肚子说道。

"除了他自己的狼族。"巴格希拉悄悄地说，接着又对莫格利大声说道，"小心我的肋骨，小兄弟！这样跳上跳下的是要干什么啊？"

为了能让他们听自己说话，莫格利一直在拉扯巴格希拉肩膀上的皮毛，还使劲地蹬脚。当他们俩听他说话时，他就用最大的声音说："这样，我就可以有自己的狼族了，我要带他们一天到晚钻进树林里。"

"这是什么蠢话，还在做梦的小梦想家？"巴格希拉说。

"是的，还要朝老巴洛身上扔树枝和泥巴呢。"莫格利继续说，"他们答应过的，啊！"

"唷！"巴洛的大爪子像铲斗一样把莫格利从巴洛希拉的背上铲了起来。男孩躺在熊的两只大前掌里，可以看到棕熊生气的样子。

"莫格利，"巴洛说，"原来你一直在跟班达尔·洛格——那些猴子交往啊。"

莫格利望着巴格希拉，想知道黑豹是不是也生气了，巴格希拉的眼神看起来跟玉石一样冷冰冰的。

"你一直在跟猴子——灰猿在一起，他们没有一个法则，什么都吃。真丢脸。"

"巴洛打伤了我的头后，"莫格利说（他仍然躺着），"我就跑走了，灰猿从树上爬下来安慰我。除了他们，谁都不关心我。"他吸了吸鼻子。

"猴子也会安慰！"巴洛哼了下鼻子说，"那山间的小溪也会静止不动！夏天的太阳也会变得凉爽！然后呢，人崽子？"

"然后，然后，他们给我坚果和好东西吃，他们——他们用胳膊把我抱上树顶，说我是他们的同胞兄弟，只可惜我没有尾巴，他们还说我总有一天会当他们的首领。"

"猴子没有首领，"巴格希拉说，"他们在说谎，他们经常说谎。"

"他们很友好，叫我还要去。为什么我从来没有被猴子收养呢？他们跟我一样用两脚站立；他们不会用坚硬的爪子打我；他们一天到晚都在玩。让我起来！坏巴洛，让我起来！我还要和他们一起玩。"

"听着，人崽子，"这只熊说，他的声音像闷热夜里轰隆作响的雷声，"丛林里所有动物的法则，我都教给你了——只有住在树上的猴子

第二章　卡阿狩猎

法则我没教。因为他们没有法则。他们是没人理的贱民。他们没有自己的语言，只会整晚不睡觉，守在树枝上偷听、偷看，说些偷听来的片言碎语。他们的行为习惯跟我们不一样。他们没有首领。他们没有记忆。他们喜欢吹牛，喜欢唠叨，假装自己了不起，好像能在林子里干大事一样，其实树上掉下的一颗坚果就可以让他们哈哈大笑，然后又把什么都忘到了脑后。我们在丛林里跟猴子没有任何交往。我们不去他们喝水的地方喝水，不走他们走过的路，不去他们捕食的地方捕食，不在他们死掉的地方死去。到今天为止，你听我提起过班达尔·洛格吗？"

"没有。"莫格利低声说，因为巴洛说完后森林里一片寂静。

"丛林里的动物闭口不提他们，不去想他们。猴子数量众多，肮脏邪恶，厚颜无耻。如果他们真有渴望的话，那就是渴望得到丛林动物的注意。即使猴子把坚果和脏东西丢到我们头上，我们也不看他们一眼。"

巴洛的话还没说完，就看见坚果和小树枝像雨点一样，顺着树枝滚落在地上。他们还能听见稀疏的树林之间传来的咔咔声、尖叫声和气急败坏的蹦跳声。

"绝对不能和猴子待在一起。"巴洛说，"丛林动物绝对不能和猴子待在一起。要记住。"

"是不能，"巴格希拉说，"可我总觉得，巴洛早该提醒你防备他们。"

"我——我？我怎么猜得到他会跟这帮蠢货一起玩呢？这些猴子！呸！"

坚果和小树枝又像雨点一样掉下来，砸到了他们头上，巴格希拉和巴洛拉着莫格利跑开了。巴洛刚才说的关于猴子的话完全正确。猴子们是在树顶上活动的，而野兽们很少往上看，所以猴子和丛林动物没有机会互相干扰。不过，不管什么时候，只要猴子一看见生病的狼、受伤的老虎或者熊，他们就要折磨他一翻。为了寻找乐子和引起注意，他们经常会往野兽身上扔树枝和坚果，然后大声嚎叫，尖声唱起了无聊的歌，还引诱丛林动物爬到他们的树上找他们决斗；要不然，他们就无缘无故地展开激烈的搏斗，把死了的猴子丢弃在丛林动物都能看见的地方。

猴子们一直想要拥有一位首领，制定自己的法则和规则，可是他们从来都没有做到过，因为他们的记性坚持不到第二天。也因为这样，他们在做出退让的时候就编个谎言："班达尔·洛格现在想到的，其他丛林动物要以后才能想到。"说完了他们就觉得舒服多了。尽管没有哪只野兽能够得着他们，可是也没有哪只野兽愿意注意他们，所以当莫格利过来和他们玩时，猴子们非常高兴，他们还听见了巴洛怒气冲冲的说话声。

猴子们从来没有打算做更多的事情——班达尔·洛格从来就没有想过要做什么——不过其中有只猴子自以为想出了一个高明的主意，他跟其他猴子说，莫格利留在猴群里有好处，他可以编织小树枝挡风。因此，只要猴子们抓到了莫格利，他们就会要莫格利教他们编织。莫格利，因为是一名樵夫的小孩，自然遗传了樵夫的各种才能，他想都不用想，就能用掉在地上的树枝搭建小小的茅草屋。猴子们在树上看着，觉得莫格利的玩法最奇妙了。猴子们说，这一次他们真的想要一个首领，然后成为丛林里最聪明的动物——那样，其他所有的动物都会注意到他们、羡慕他们。于是，他们悄悄地尾随着巴洛、巴格希拉和莫格利，直到中午睡觉的时间才回去。这时，睡在黑豹和棕熊之间的莫格利感到很内疚，决定以后再也不和猴子打交道了。

接下来，莫格利所记得就是，感觉到又结实又强壮的小手抓住了他的腿和胳膊，接着是树枝拍打在脸上，莫格利透过摇摆不定的大树枝往下看，巴洛发出了低沉的吼叫声，整个丛林都被吵醒了，巴格希拉龇牙咧嘴地跳上了树干。班达尔·洛格耀武扬威地欢叫着，他们拖着脚慢慢地爬上更高的树枝，巴格希拉不敢跟着往上追了，他们大喊道："他注意我们了！巴格希拉注意我们了！所有的丛林动物都羡慕我们，羡慕我们有本事、够机灵！"然后，他们开始飞行跳跃起来，没有人能说得清猴子在树林里是怎样飞行跳跃的。他们有自己固定的路线和岔道，不管是上山还是下山，全都在离地面五十到七十或者一百英尺高的树上完成，必要时还可以这样在夜里穿跃。

两只最强壮的猴子把莫格利夹在腋下，带着他荡过树顶，一跳就能跳出二十英尺远。如果他们单独跳跃的话，速度可以快上两倍，这个男

第二章　卡阿狩猎

孩的重量阻碍了他们。尽管莫格利感到头晕眼花，恶心想吐，可是这种狂野飞奔还是让他觉得很过瘾，不过，只要往身下远远的地面一看，他就会心惊肉跳，当他们在空荡荡的空中突然停下，随后又被猛拉向前奔跑的时候，他的心都提到了嗓子眼儿。

莫格利的"护卫"带着他蹿上树梢，直到他感觉到树顶上最细的树枝噼噼啪啪作响着被他们压弯了。接着，随着一声咔咔响和叫喊，他们往远处的空中跳了下去，然后猛然停下来，双手或双脚挂在下一棵树更低的树枝上。有的时候，莫格利可以看到延绵数英里仍然翠绿的丛林，就像一个人在桅杆上，能看到几英里远的海面一样。接着是树枝和树叶在抽打他的脸，莫格利和他的两名"守卫"几乎又落到了地面上。

于是，整个班达尔·洛格群族一路跳跃着、推挤着、大喊大叫着，挟持着"囚犯"莫格利沿着树林路线前进。

有一段时间，莫格利害怕自己会掉下去。接着，他生起气来，可他知道不能挣扎，于是开始想办法。他要做的第一件事就是给巴洛和巴格希拉送个信，因为，以猴子前进的速度，莫格利知道自己的朋友会被远远地甩在后面。往下看也没用，因为他只能看见树梢顶端，所以他就朝上看，他看见在远远的蓝天上，黑鸢兰恩微微摇摆盘旋着，他一直守在丛林上空，等着某种动物死去。一看到猴子搬着什么东西，黑鸢兰恩就向下飞了几百码，想看看猴子手里的东西好不好吃。莫格利被猴子拖上树顶，还向黑鸢发出了口令——"我们血脉相通，我和你。"兰恩惊讶地尖叫一声。男孩被连绵起伏的树枝遮挡了，契尔平稳地飞到下一棵树上，正好看到那张棕色的小脸又出现了。"记下我的去向！"莫格利大声喊道，"通知西奥尼狼群的巴洛和议会岩上的巴格希拉。"

"以谁的名义，兄弟？"兰恩以前当然听说过莫格利，但他从来没有见过。

"莫格利，青蛙。他们叫我人崽子！记下我的行——踪！"最后几个字是莫格利被猴子拉在空中飘荡时尖叫出来的。兰恩点点头，向高空飞去，直到他看上去比一粒灰尘还小。兰恩悬在空中，用他那望远镜一样的眼睛观察那些摇晃的树梢，莫格利的"护卫"正在那里急速前进。

"他们从来不走远。"兰恩轻轻一笑说,"他们永远不能说到做到。班达尔·洛格总喜欢玩新花样。这一次,如果我还算是有眼光的话,我看他们给自己玩出麻烦来了,巴洛可不是刚长羽毛的小鸟,据我所知,巴洛希拉杀的也不只是山羊。"

于是,他拍动翅膀,缩起身下的爪子等待着。

与此同时,巴洛和巴格希拉悲愤填膺、暴跳如雷。巴格希拉以前从来没有爬过这么高的树,可是他太重了,又小又细的树枝被压断了,他滑了下去,爪子里全是树皮。

"你为什么没有事先提醒人崽子啊?"他向可怜的巴洛咆哮着。巴洛正在笨拙地小跑着,他想追上那些猴子。"你没有事先提醒他,把他打得半生不死有什么用?"

"快点!噢,快点!我们——我们也许还能追上他们!"巴洛气喘吁吁地说。

"就以你那样的龟速!连一只负伤的母牛都累不倒。教法则的老师——打小崽子的家伙——像这样来回摇晃上一英里,那还不得把你累炸了。坐下来想想吧!想个办法吧。现在不是追赶的时候。要是我们跟得太近,他们还可能会把莫格利摔下来呢。"

"哎呀!呼!他们可能已经把他摔下来了,带着他肯定很累。谁会相信班达尔·洛格?把死了的蝙蝠放我头上吧!给我啃烂骨头吧!把我滚进野蜂窝里,让野蜂把我蜇死吧,把我和鬣狗埋在一起吧,我是最可怜的棕熊!哎呀呀!哇呜啊!噢,莫格利,莫格利!为什么我就没有提醒你要防备猴子,反而打破你的脑袋呢?现在说不定他一天学到的功课,都被我打出了脑袋,没有了主子口令,他在丛林就只能孤零零一个人了。"

巴洛用爪子捂住耳朵,哼哼着在地上滚来滚去。

"至少刚才他说对了所有的口令。"巴格希拉不耐烦地说,"巴洛,你既没有记忆又不懂得尊重。要是我这一只黑豹像豪猪伊奇一样把身子缩成一团嚎叫,丛林会怎么看我呢?"

"我管丛林怎么看呢?莫格利现在可能已经死了。"

第二章 卡阿狩猎

"我倒不担心这个人崽子,除非猴子闹着玩把他从树枝上扔下来,或者闲得无聊把他杀了。他很聪明,训练有素,最重要的是,他有一双能让丛林动物害怕的眼睛。不过(真是罪恶)莫格利被班达尔·洛格控制了,而且他们又住在树上,又不怕我们任何动物。"巴格希拉舔着一只前爪,若有所思地说。

"我是个傻瓜!哦,我是个肥胖的挖树根的棕色傻瓜!"巴洛说着猛地挺直了身子,"野象哈蒂说得对,'一物降一物',班达尔·洛格他们,害怕岩蛇卡阿。他可以爬得跟他们一样快,他会在夜里偷小猴子。光是轻轻说起卡阿的名字就能让小猴子邪恶的尾巴发凉。我们去找卡阿吧。"

"他能帮我们做什么?他不是我们族群里的,他没有腿,眼睛却最为邪恶。"巴格希拉说。

"卡阿很老,也很狡猾。最重要的是,他总是吃不饱。"巴洛充满希望地说,"我们可以答应给他很多羊。"

"他吃饱一顿后,就可以整整睡上一个月。说不定他现在还在睡觉呢,就算他醒来了,万一他宁愿捕杀自己的羊呢?"巴格希拉因为不太了解卡阿,自然会对他产生怀疑。

"要是那样的话,我和你两个老猎手,也许可以跟他讲讲道理呢。"说到这里,巴洛用他那褪色的棕色肩膀蹭了蹭黑豹,然后,他们就动身去寻找岩蟒卡阿了。

他们找到卡阿的时候已经是下午了,他正伸展身子躺在一块温暖的岩石上,一边晒太阳,一边欣赏着自己那身漂亮的新皮。过去的十天以来,卡阿因为蜕皮一直在休息,现在他漂亮极了——他的鼻子嗅觉迟钝,一个大脑袋沿着地面甩动着,他把自己三十英尺长的身躯盘在一起,活像一堆奇形怪状的绳结和曲线。一想到就要吃东西了,他不由得舔了舔嘴唇。

"他还没有吃东西。"一看到那件棕色和黄色斑驳的漂亮蛇皮,巴洛就松了口气咕哝道。"小心,巴格希拉!蛇在蜕皮后,眼睛总是有点不好使,而且会很快出击。"

卡阿不是一条毒蛇——实际上，他还相当鄙视毒蛇，说他们是胆小鬼。不过，他的力量体现在他的缠绕劲上，不管是谁，一旦被他巨大的身躯盘绕几圈，那就什么也不用说了。"捕猎成功！"巴洛大声说着，挺直身子坐下来。和其他所有的同类一样，卡阿的听觉很差，刚开始，他没有听见巴洛的叫唤。接着，他低着头，蜷缩着身子，准备抓住一切机遇。

"我们大家都捕猎成功，"他回应道。"哦呵，巴洛，你来这儿干什么？捕猎成功，巴格希拉。我们当中至少有一个需要吃东西了。现在有什么猎物的消息吗？是一只母鹿呢，还是一只小雄鹿？我的肚子空得就像一口干涸的井啊。"

"我们正在捕猎。"巴洛漫不经心地说。他知道自己不能催促卡阿。他太大了。

"请允许我跟你们走吧。"卡拉说，"捕一次猎抓多抓少对你们来说无所谓，不管是巴格希拉还是巴洛，可是我——我却得在树林间的小路上守上几天，还要爬上半个晚上的时间，才能偶尔逮只小猿猴。唉！现在的树枝不再是我年轻时的树枝了，现在的小枝都腐朽了，树丫也变干了。"

"也许这和你的体重太重有关。"巴洛说。

"我的身子是很长——身子很长。"卡阿有点沾沾自喜地说，"至于刚才所说的，都怪这些新长出来的树林。上一次，我差点就要逮到猎物了——真的是差点——可是因为我的尾巴没有紧紧裹住树枝，滑行的时候弄出了声音，把班达尔·洛格吵醒了，他们就用最恶毒的话来骂我。"

"没有脚的黄虫。"巴格希拉翘起胡子说，好像他在认真回忆什么似的。

"嘶——！他们这样叫过我吗？"卡阿说。

"上个月，猴子冲我们大喊时就说了类似的话。不过我们从来不在意这些。他们什么都说——甚至还说你的牙齿掉光了，连比小崽子太点的动物都不敢面对，因为（他们真不要脸，这些班达尔·洛格）——因为你害怕公羊的犄角。"巴格希拉温柔地说。

第二章　卡阿狩猎

如今，一条蛇很少会流露出自己生气的样子，像卡阿这样一条机警的老蟒蛇更是如此，但是巴洛和巴格希拉可以看见，卡阿咽喉两侧的大吞咽肌起伏胀大起来了。

"班达尔·洛格已经转移了猎场。"卡阿平静地说，"今天我出来晒太阳时，我听到他们在树梢上大喊大叫。"

"我们现在追赶的就——就是班达尔·洛格。"巴洛说，但话在喉咙里卡了一下，因为在的他记忆中，这还是头一次有丛林动物对猴子的活动感兴趣。

"那毫无疑问，能让你们这样两个猎手——我敢肯定你们都是自己丛林里的首领——追踪班达尔·洛格的，一定不是什么小事了。"卡阿礼貌地回答，他充满了好奇。

"说真的，"巴洛开始说道，"我只是教西奥尼狼崽子法则的年老的、有时还很糊涂的老师，这里的巴格希拉——"

"就是巴格希拉，"黑豹咬紧牙关说，他才不相信什么谦虚呢。"事情是这样的，卡阿，那帮偷坚果、摘棕榈叶的坏蛋把我们的人崽子偷走了，这个人崽子也许你听说过。"

"我从伊奇（身上有刚毛就自以为了不起）那里听说过一些消息，说是有个什么人加入了狼群，不过我不相信。伊奇讲的故事总是只有一半是听来的，讲得还又蹩脚。"

"不过这件事是真的。从来没有哪个人崽子能像他这样，"巴洛说，"他是最出色、最聪明、胆子也最大的人崽子——他是我的学生，他会让我巴洛的名字传遍所有的丛林，况且，我——我们——爱他，卡阿。"

"咻！咻！"卡阿摇晃着头说，"我也知道什么是爱。我可以讲些故事给你们听听——"

"那应该找一个明亮的夜晚，等我们都饱餐一顿以后，才能好好地称赞呢。"巴格希拉马上说道，"现在，我们的人崽子还在班达尔·洛格的手上，我们知道，在所有丛林动物里，他们只怕卡阿一个。"

"他们只怕我一个，完全有理由，"卡阿说，"叽叽喳喳，傻头傻脑，狂妄自大——狂妄自大，傻头傻脑，叽叽喳喳，说的就是这些猴子。

不过人崽子落到他们手上，可不是件好事。他们摘坚果摘腻了，就把坚果扔到地上。一根树枝抱了半天，想用它来干些大事，结果，他们把这根树枝折成了两段。那个人崽子可没什么好羡慕的。猴子还叫我——'黄鱼'，不是吗？"

"蚯——蚯——蚯蚓，"巴格希拉说，"还说了其他的东西，我都说不出口呢。"

"我们必须提醒提醒猴子，让他们在说主子的时候规矩点。啊——嘶！我们必须帮助他们，让稀里糊涂的猴子长点记性。现在，他们把这个崽子带到哪里去了？"

"只有丛林才知道。我认为他是往日落的方向去了。"巴洛说，"我们以为你知道呢，卡阿。"

"我？我怎么会知道？只有他们朝我走过来的时候我才能把他们卷走，但是我不捕杀班达尔·洛格，也不捕杀青蛙——那些水坑里的绿色浮渣。"

"上面，上面！上面，上面！喂！喂！往上看，西奥尼狼群的巴洛！"

巴洛顺着声音抬头一看，他看见黑鸢兰恩俯冲下来，阳光在他向上翻起的翅翼边缘闪闪发光。快到兰恩睡觉的时间了，但是他一直盘旋在丛林的上空，到处寻找这只棕熊，却一直都没有找到，因为丛林里的植物实在太茂盛了。

"怎么回事？"巴洛说。

"我看见莫格利在班达尔·洛格中间。他吩咐我通知你们。我观察过了。班达尔·洛格带他跨过小河去了猴城——就是冷窝那里。他们可能会在那里待上一个晚上，或者十个晚上，也可能就待一个小时。我已经叮嘱了蝙蝠，让他们天黑的时候一直守在那里。这就是我带来的消息。祝你们捕猎成功，地面上的所有动物们！"

"祝你吃得饱、睡得香，兰恩。"巴格希拉大声喊道，"我下次捕猎时，一定会记得你，把猎物的头专门留给你吃，噢，最好的黑鸢！"

"没什么，没什么。那个男孩懂得主子口令。我只能尽量照办。"兰恩再次盘旋起来，朝他的窝飞去。

第二章 卡阿狩猎

"莫格利没有忘记用他的语言。"巴洛骄傲地咯咯笑了起来,"想想看,一个这么小的崽子,在树林里被拖着跳来跳去的,居然还记得鸟的口令!"

"那是被逼得牢牢记住的。"巴格希拉说,"不过我还是为他感到自豪。现在,我们必须赶去冷窝。"

他们都知道那个地方在哪里,但很少有丛林动物去过。因为他们所说的"冷窝"是一座古老的废弃城市,被人类遗忘后就埋葬在丛林里,野兽们很少占用人类以前用过的地方。野猪会用,但捕猎族不会。另外,猴子住在那里,可以说就跟他们住在其他任何地方一样。任何有眼界、有自尊的动物都不会到"冷窝"附近来,除非是在干旱时期,那里已经半毁的水槽和蓄水池还装有一点点水。

"就算用最快的速度走,这段路要走上半个晚上。"巴格希拉说道。巴洛的表情很严肃,"我会尽量走快点。"他焦急地说。

"我们可不敢等你哟。跟在后面吧,巴洛。我们必须加快脚步了——卡阿和我。"

"不管有脚没脚,我可以跟上你们的四只脚。"卡阿说得简短。

巴洛费尽全力想要走快点,却不得不蹲下来喘气,于是他们就先走了,让他过一会儿再跟上。巴格希拉以黑豹的步子摇晃着匆匆往前赶时,卡阿什么也不说,不过,不管巴格希拉怎样努力,这条巨岩蟒都能和他齐驱并进。当他们来到山间小溪时,巴格希拉纵身一跃,跳了过去,走在了前头,而卡阿只能把脑袋和两英尺长的脖子露在水面上游过去,可是到了平坦的地面上,卡阿又追了上来。

"凭那把让我自由的破锁发誓,"巴格希拉说,这时夜幕已经降临了,"你绝对不慢!"

"我饿了,"卡阿说,"还有,猴子骂我是有斑点的青蛙。"

"蚯——蚯蚓,还有黄靴子。"

"都一样。我们继续赶路吧,"卡阿看起来像是把自己倾泻在路上,他那双从容不迫的眼睛寻找着最短的路线,然后一直前进。

在冷窝,猴民根本就没有想到莫格利的朋友们。他们把男孩带到了这座迷失的城市，现在非常得意。莫格利以前从来没有见过印度人的城市，尽管它现在几乎成了一堆废墟，可是看起来还是非常光辉灿烂。很久以前，有个国王在一座小山上建起了这座城市。现在，依然可以沿着石头通道走到破败的大门前，那里还剩下一些已成碎片的木头，悬挂在磨损生锈的转轴上。城墙内外长满了树木，碉堡上的城垛已经倒塌风化，一簇簇茂密的野生藤蔓从城墙上的塔楼窗户口垂挂下来。

一座没有屋顶的宏伟宫殿建在山上，庭院和喷泉里的大理石已经四分五裂了，上面还有花花绿绿的污迹，庭院里曾经住着国王的大象，现在，那片鹅卵石地面已经被野草和小树顶起破裂了。站在宫殿里，可以看见一排排没有屋顶的房屋，而整座城市看起来就像是一团漆黑的蜂窝。四条道路交汇的广场上，一尊雕像已经变成了一堆不成形的石块，街角上大大小小的坑曾经是公共的水井，破损的庙宇圆顶上冒出了野生的无花果树。

猴子们把这个地方叫作自己的城市，还借此假装因为其他丛林动物都住在森林里而瞧不起他们。可是他们却不知道这些建筑物建来做什么，也不知道怎样利用。他们会围成圈坐在国王的会议大厅里，抓抓身上的跳蚤，还装成人的样子；要不然，他们就在没有屋顶的屋子里跑进跑出，把灰泥旧砖收集到角落里，过后又忘记了自己藏在哪里，就大喊大叫地厮打起来，一片乱糟糟的。然后，他们不打了，跑到国王花园露台上上下下玩了开来。在国王的花园里，他们摇晃蔷薇树和橘子树，然后看着花瓣和果实掉落一地。宫殿里的所有通道和黑暗的隧道，还有成百上千间暗屋，猴子们都去探查过，但是自己看过什么，没有看过什么，他们永远记不住。他们只会三三两两或者成群结队地四处闲逛，告诉同伴自己正在做人类做过的事情。只要他们在水槽里喝水，就会把水搅得一片浑浊，然后又在上面打上一架，接着，又像乱民暴动一样飞快地聚集在一起，大声叫喊："丛林里没有哪只动物能跟班达尔·洛格相比，我们聪明又善良，机灵强壮又温柔。"然后他们又从头开始再玩一遍，直到厌倦了这座城市，他们才回到树顶上去，希望丛林动物们会注意到他们。

第二章 卡阿狩猎

莫格利接受过丛林法则的训练，不喜欢也不理解猴子们的这种生活。快到傍晚的时候，猴子们把他拖进了冷窝。走了那么远的路，要是由着莫格利自己的话，他肯定会去睡上一觉，可猴子们却手拉着手，蹦蹦跳跳地唱起了愚蠢的歌。

其中一只猴子发表了讲话，他告诉同伴，捕获了莫格利标志着班达尔·洛格历史上的新开端，因为莫格利将要教他们怎样把小树枝和藤条编织在一起，这样可以保护他们免受风寒雨冻。莫格利摘选了一些藤蔓，开始穿进拉出地编织起来，猴子们试图模仿，可短短几分钟之后，他们就失去了兴趣，开始咔咔地吼叫着扯同伴的尾巴玩，或者手脚并用地上蹿下跳。

"我想吃东西。"莫格利说，"我对这片丛林不熟悉，给我拿吃的来，要不就允许我在这里捕食。"

有二三十只猴子蹦跳着跑开去，准备给莫格利拿些坚果和野木瓜来。可是他们在路上又打起了架，然后又觉得把剩下的果子带回来很麻烦。莫格利又痛心又恼火，因为肚子饿了，他在空荡荡的城市里四处游荡，时不时发出陌生猎手的呼唤，可是没有任何动物回应他，莫格利觉得自己确实来到了一个很糟糕的地方。

"巴洛那些关于班达尔·洛格的话都是真的。"他自言自语道，"他们没有法则，没有捕猎的口令，也没有首领——只有些傻话和爱偷摘东西的小贼手。要是我在这里被饿死或者被杀死，都是我自己的错。不过我必须设法回到自己的丛林里。巴洛肯定会我揍一顿，可总比跟着班达尔·洛格像傻子一样追赶蔷薇叶子要好啊。"

莫格利刚刚走到城墙，猴子们就把他拉了回去。他们说莫格利身在福中不知福，还捏着他要他表示感谢。莫格利咬着牙什么也没说，他和大声叫嚷的猴子们一块来到露台上，露台下面是红砂岩砌成的蓄水池，里面囤了半池的雨水。在露台的中央，有一座损毁的白色大理石凉亭，那是一百年前为王后们建造的。凉亭的圆顶已经坍塌了一半，堵住了过去的王后们当时用以进入宫殿的地下通道。凉亭的墙壁由一扇扇屏风构成，这些屏风是大理石镂空雕成的窗格——漂亮的奶白色浮雕上镶嵌着玛瑙、红玉髓、碧玉和青金石，每当月亮从小山后面升起的时候，月光就会透过镂空的窗格，在地面上投下黑天鹅绒刺绣一样的影子。

尽管莫格利这时又难过又困乏，肚子也是空的，他还是忍不住哈哈大笑起来，因为每次都有二十只猴子同时对莫格利说，他们是多么的伟大，多么的聪明，多么的强壮和多么的温柔，莫格利想离开他们又是多么的愚蠢。"我们是伟大的，我们是自由的，我们是出色的，我们是丛林里最出色的动物！我们都这样说，所以这一定是真的。"他们叫喊道，"因为现在你是一名新听众，所以你可以把我们的话带回给丛林动物们听，好让他们以后注意到我们。我们是最优秀的，我们会告诉你我们所有的最优秀之处。"

莫格利没有表示反对，成百上千只猴子在露台上集合了，聆听他们的发言者唱班达尔·洛格赞歌。无论什么时候，只要发表讲话的猴子一停下来喘气，其他的猴子们就会一起大喊："这是真的，我们都这样说。"

每当猴子们问莫格利一个问题时，他就点点头，眨着眼睛说"是的"。嘈杂声吵得莫格利的头晕晕乎乎的。"肯定是豺狗塔巴魁咬过这帮猴子了。"他心里暗想，"现在他们都疯了。这肯定就是迪汪尼——那种疯病。他们从来不睡觉吗？眼下，有一片云快要遮住月亮了。如果云朵够大的话，我可以试着趁黑逃走。可是我太累了。"

此时，在城墙下破损的壕沟里，莫格利的两个好朋友也在观察同一片云。巴格希拉和卡阿清楚地知道，一大堆的猴民聚集在一起太危险了，他们不想冒任何风险。除非是一百只猴子共同对付一个对手，否则猴子们决不会开战，但是很少有丛林动物在意这些力量对比。

"我要去西墙。"卡阿低声说，"然后在一个斜坡上快速滑下去，那儿的地形对我有利。他们不会几百只猴子一起跳到我背上的，不过——"

"我知道。"巴格希拉说，"要是巴洛在这里就好了，可是我们必须尽力而为。那片云一遮住月亮，我就到露台上去。他们好像在开会讨论男孩的事。"

"祝捕猎成功。"卡阿阴森森地说着，悄悄地溜到西墙去了。西墙

第二章　卡阿狩猎

恰好是保存最为完整的一段城墙,因为这条大蛇在石头堆里很难找到爬上墙的路,所以耽误了一段时间。

云彩遮住了月亮,就在莫格利想着下一步该怎么办的时候,他听见露台上响起了巴格希拉轻快的脚步声。猴子们围着莫格利坐了五六十圈,黑豹几乎悄无声息地跑上了斜坡,他来到猴群里开始左右出击——他知道最好不要浪费时间去咬猴子。在又惊又气的嚎叫声中,巴格希拉绊倒在了那些翻滚踢打的猴子身上。一只猴子大声叫道:"这里就他一个!杀了他!杀!"猴子们挤成一堆,撕咬着,抓捏着,拉扯着,把巴格希拉淹没了。五六只猴子一把抓住莫格利,把他拖上了凉亭的墙,然后把他从破圆顶的窟窿里推了出去。一个接受人类训练的男孩肯定会严重受伤,因为洞口到地面的距离足足有十五英尺高,可是莫格利按照巴洛教他的方法,轻轻地落到了地上。

"待在那里,"猴子叫喊着,"等我们杀了你的朋友,就过来跟你玩——要是那些毒民留你一条活路的话。"

"我们血脉相通,我和你。"莫格利迅速地发出了蛇的口令。他听见周围的垃圾堆里响起了沙沙声和嘶嘶声,为了确认一下,他又一次发出口令。

"解除警戒!"五六个声音低沉地说。总有一天,印度的每一座废墟都会成为蛇居住的地方,旧凉亭里到处都是眼镜蛇。"站着别动,小兄弟,以免你的脚踩伤我们。"

莫格利尽量安静地站着,他透过镂空的窗格往外窥视,仔细倾听着黑豹周围激烈喧嚣的战斗声——有呼喊声、吱吱声、扭打声,还有巴格希拉低沉、嘶哑的咳嗽声。巴格希拉被成堆的敌人压在下面,他一会儿往后撞,一会儿向前顶,一会儿旋转,一会儿猛扑。平生第一次,巴格希拉为自己而战。

"巴洛肯定就在附近。巴格希拉不可能单独来。"莫格利想。接着,他大声喊道:"到水槽那里去,巴格希拉。滚到水槽那里。打滚,跳进去!到水里去!"

巴格希拉听到了,这一声叫喊让他知道莫格利现在平安无事,这给他增添了新的勇气。巴洛希拉默不作声地应战，同时一步一步地拼命杀开一条通往蓄水池方向的路。

接着，在离丛林最近的那段残破城墙边，传来了巴洛隆隆作响的宣战声。老棕熊已经尽了最大的努力，可是他还是没有办法早点赶过来。"巴格希拉，"他大声喊道，"我在这里。我爬！我赶快！啊呜！我脚下的石头滑走了！等我来，噢，最无耻的班达尔·洛格！"他气喘吁吁地爬上了露台，立刻消失在一片潮水般的猴子脑袋中间了。他干脆往地上一坐，伸开两只前掌，抱住尽可能多的猴子，然后开始有节奏地啪——啪——啪猛打起来，那声音就像船上的明轮在拍打水面。

莫格利听到了扑通一声和水花溅起的声音，这说明巴格希拉已经打通了去往水槽的路，猴子们不敢跟着往下跳。黑豹躺着，直喘粗气，他的头刚好露出水面。猴子们在红色的台阶上站了三层，气急败坏地上蹦下跳，准备等他出来救巴洛时，四面八方地向他扑过去。正在这时，巴格希拉抬起他湿淋淋的下巴，绝望地向蛇发出请求保护的口令——"我们血脉相通，我和你"——他以为卡阿在紧急关头逃跑了。巴洛被压在露台边缘上的猴子们下面，闷得快要窒息了，可就算是这样，当他听到黑豹请求援助的口令时，也忍不住咯咯地笑了起来。

卡阿刚刚找到路爬过西墙，他身子一扭，落在地面上，同时把一块脱落的压顶石带进了沟里。他可没打算错过地面上的一切优势，他把自己的身子盘起后又展开，盘起后又展开，要确保自己长长躯体的每一寸都能正常发挥作用。

在这段时间里，巴洛一直在战斗，猴子们在水槽里围着巴格希拉大声叫喊，蝙蝠芒格来回飞舞着，将这场大战的消息传遍了整个丛林，直到连遥远的野象哈蒂都发出了喇叭般的吼叫声。四处分散的猴民被吵醒了，他们结成队伍，沿着树林路线跳跃前进，去帮助冷窝的伙伴们。战斗的嘈杂声也惊起了周边数英里的昼鸟。

接着，急于厮杀的卡阿径直冲了出去。一条蟒蛇的战斗力就在于他头部的强劲攻击中，靠的是他全身的力量和重量。如果你能想象出一把长矛，或是一辆轻型冲撞车，又或一把将近半吨重的铁锤具有一个冷

第二章 卡阿狩猎

静沉着的头脑,那你大概就能想象出卡阿战斗时的情形了。一条四五英尺的蟒蛇就可以当胸撞倒一个壮汉,要知道,卡阿有三十英尺长呢。卡阿第一击就冲向了巴洛周围的猴群中心。他闭着嘴巴一声不吭,一下子就击中了要害,不需要再来第二下。猴子们一边四处逃散一边大叫——"卡阿!是卡阿!快跑!快跑!"

一代又一代,只要猴子的长辈讲起夜贼卡阿的故事,猴子们就会被吓得乖乖的。他们说,那夜贼会像苔藓生长一样,悄悄地溜上树枝,偷走有史以来最强壮的猴子。老卡阿还会假装成一根枯死的树枝,或者是一块腐朽的树桩,就连最聪明的猴子也会上当受骗,直到被"树枝"抓住了才明白过来。

在丛林里,猴子们最害怕的就是卡阿了,因为谁也不知道他的力量究竟有多大,也没有谁敢看他的脸,更没有谁能被他缠住了以后还能活着出来。因此,猴子们被吓得结结巴巴,逃到了城墙和屋顶上,巴洛深深地吸了一口气,他觉得轻松多了。他的皮毛比巴格希拉的厚得多,但是在搏斗中还是受了重伤。接着,卡阿第一次张开了嘴巴,发出一串长长的嘶嘶声,从远处急匆匆赶来保卫冷窝的猴子吓得战战兢兢的,待在原地不敢动,直到脚下的树枝不堪重负,弯了下去,然后噼噼啪啪地断掉。城墙上和空屋上的猴子们停止了喊叫,整个城市一下子变得安静起来。莫格利听见巴洛希拉走出了水槽,正在抖着湿漉漉的身子。

接着,喧嚣声又爆发了。猴子们跃到了更高的城墙上。有的猴子紧紧搂着那些大石头雕像的脖子,有的沿着城垛跳跃奔驰,不断尖叫。莫格利则在凉亭里跳跃,他把眼睛贴在屏风窗格上,然后从门牙缝里发出猫头鹰一样的叫声,对猴子们表示嘲笑和轻蔑。

"把人崽子从陷阱里弄出来吧,我干不了了。"巴格希拉喘着气说。"我们带人崽子赶紧走。他们可能还会进攻。"

"没有我的命令,他们谁也不敢动。你们待着,不许——嘶嘶——动!"卡阿发出了嘶嘶声,整座城市又一次变得寂静无声。"我没能早点来,兄弟,不过我想我听见了你的口令。"——这话是说给巴格希拉听的。

"我——我可能在战斗的时候喊过。"巴格希拉回答,"巴洛,你受伤了吗?"

"我不知道他们有没有把我拉扯成一百只小熊。"巴洛说着,认真地晃晃这条腿,又晃晃那条腿。"哇!好疼啊。卡阿,我想,我们都欠你一条命——巴格希拉和我。"

"没关系。那个小娃娃在哪里?"

"在这里,在陷阱里。我爬不出去。"莫格利喊道。他头顶上是破圆顶的内曲面。

"把他带走。他像孔雀马奥一样跳来跳去。他会踩伤我们的小蛇。"里面的眼镜蛇说。

"哈!"卡阿轻轻一笑,"他到处都有朋友,这个小娃娃。往后退,小娃娃。你们躲开,噢,毒民。我要把墙撞倒了。"

卡阿仔细观察了一番,才在大理石窗格里找到一条脱了色的裂纹,说明那里就是个薄弱点。为了找到合适的距离,卡阿用头轻轻地敲打了两三下,然后身子从地面上抬起六英尺高,用鼻子猛烈地撞击了六下墙面。屏风窗格被撞得支离破碎,瞬间消失在一阵灰尘和碎石之中。莫格利从缺口里跳了出来,猛地扑到巴洛和巴格希拉之间,两只胳膊各搂住一个大脖颈。

"你受伤了吗?"巴洛温柔地拥抱着他说。

"我身上痛,肚子也饿,不过没有受到一点伤。可是,哦,他们对你们下手太狠了,我的兄弟们!你流血了。"

"他们也一样。"巴格希拉说着,舔了舔嘴唇,看了看躺在露台上和水槽边的那些死猴子。

"没什么,没什么,只要你平安就好,哦,你是我最骄傲的小青蛙!"巴洛呜咽着说。

"这个我们等下再评判吧,"巴格希拉用干巴巴的声音说,莫格利一点也不喜欢这种语气。"这是卡阿,我们多亏了他才赢了这一仗,你的命也多亏了他才给保住。按照我们的规矩谢谢他吧,莫格利。"

莫格利转过身,看见大蟒蛇的头正在自己头顶一英尺高的地方晃动。

第二章 卡阿狩猎

"这就是那个小娃娃啊,"卡阿说,"他的皮肤很软,看起来和班达尔·洛格没有什么区别嘛。当心点,小娃娃,在我刚换新皮、光线又很暗的时候,可能会把你误看成一只猴子呢。"

"我们血脉相通,我和你。"莫格利回答道,"今天晚上,我从你那里捡回了一条性命。今后,只要你肚子饿了,我捕杀的猎物就是你的,噢,卡阿。"

"非常感谢,小兄弟,"卡阿说着,一双眼睛闪闪发亮,"这么勇敢的猎手会捕杀什么呢?我这么问,是想在他下次外出捕猎的时候,我跟你一起去。"

"我什么也不会杀——我太小了——不过我可以把山羊赶到需要的地方。你肚子饿时就过来找我吧,看看我说的是不是真的。我这些(他伸出双手)有一些本事,要是你们什么时候被困在陷阱里,我就会报答你、巴格希拉,还有巴洛的救命之恩。祝你们大家捕猎成功,我的老师们。"

"说得好!"巴洛低吼道,因为莫格利恰如其分地表达了他的谢意。蟒蛇垂下脑袋,轻轻地在莫格利的肩膀上了靠一会儿。"一颗勇敢的心和一种彬彬有礼的语言,"蟒蛇说,"这些会让你在丛林里大有前途,小娃娃。但是,现在还是快点和你的朋友们走吧。去睡觉去,月亮快要下去了,后面的事情就不太美妙了,你们最好别看。"

月亮渐渐沉入小山的背后,一排排猴子颤颤巍巍地挤在城墙和城垛上,就像什么东西的流苏花边在参差不齐地晃动着。巴洛去水槽边喝口水,巴格希拉开始理顺身上的皮毛,卡阿悄悄地溜到露台中间,啪的一声合上了嘴巴,吸引了所有猴子的目光。

"月亮快要下去了,"卡阿说,"还能看得清楚吗?"

从城墙上传来了一阵呻吟般的凄切声,就像风刮过树顶——"我们看得清楚,噢,卡阿!"

"好的!现在开始跳舞了——卡阿的饥饿之舞。安安静静地坐下来看吧。"

他转了两三个大圈,脑袋从右舞到左。紧接着,他用自己的身子摆出不同的形状，刚开始是重叠在一起的环形和交叉的"8"字形，然后是了烂泥般的三角形，渐渐地又变成了正方形和五边形，又盘绕成堆，绕城环形和数字"8"的形状。他一刻不休，不慌不忙地跳着，嘴里一直低声哼唱着曲子。天色越来越暗，最后那些延展变化、盘绕在一起的身子看不见了，但是莫格利他们还可以听到蛇鳞的沙沙声。

巴洛和巴格希拉像石头一样纹丝不动地站着，喉咙里发出了低吼声，脖子上的鬃毛也竖了起来。莫格利狐疑不解地观望着。

"班达尔·洛格，"终于听见了卡阿的声音，"没有我的命令，你们的手脚能动吗？说！"

"没有你的命令，我们的手脚不能动，噢，卡阿！"

"很好！全都向我走近一步。"

猴子们无助地摇晃着身子向前移动，巴洛和巴格希拉也跟着他们直挺挺地往前迈了一步。

"再近点！"卡阿嘶嘶地叫了起来，他们又往前迈了一步。

莫格利把手搭到巴洛和巴格希拉的身上要他们离开，两只野兽这才如梦初醒般开始动起来。

"你的手要一直放在我肩膀上，"巴格希拉低声说，"一直放在那里，不然我肯定会退回去——肯定会退回到卡阿身边。啊！"

"只不过是老卡阿在尘土上绕了些圈而已。"莫格利说，"我们走吧。"于是，他们三个悄悄地从城墙上的一个缺口溜了出去，进了丛林。

"呼！"重新站在平静的树林下时，巴洛说，"我再也不会和卡阿结盟了。"他浑身哆嗦了一下。

"他知道得比我们还多。"巴格希拉哆嗦着说，"我只要多待一会儿，肯定就会走到他的喉咙里去。"

"在月亮再一次升起之前，很多猴子都会走上这条路。"巴洛说，"他这次捕猎肯定会有很大的收获——用他自己的方法。"

"可是，那些都是什么意思啊？"莫格利说，他对蟒蛇的魔力一无所知。"我只看见一条大蛇在傻乎乎地转圈，一直转到天黑。还有，他的鼻子都痛了。嗬！嗬！"

第二章 卡阿狩猎

"莫格利,"巴格希拉气愤地说,"他的鼻子痛是因为你,就像我的耳朵、两肋和爪子,巴洛的脖子和肩膀也被猴子咬了,同样是因为你。巴洛和巴格希拉会有好些日子不能痛痛快快地捕猎了。"

"没关系,"巴洛说,"我们的人崽子又回来了。"

"没错。可是他让我们付出的代价太大了,本来可以好好捕猎的那些日子没了。我们又受了伤,掉了这么多毛——我背上的毛被拔掉了一半。最后,我们的荣誉也遭到了损失。要记住,莫格利,我,黑豹,是不得已才请求卡阿的保护。我和巴洛还被饥饿之舞耍得像愚蠢的小鸟一样。所有这些,人崽子,都是因为你和班达尔·洛格一起玩耍惹出来的。"

"是,是这样的。"莫格利悔恨地说,"我是一个坏人崽子,我心里很难过。"

"嗨!丛林法则是怎么说来着,巴洛?"

巴洛并不想让莫格利再倒霉一次,但是他也不能随意篡改丛林法则,所以他含糊不清地说:"悔恨永远不能代替惩罚。可是你不要忘了,巴格希拉,他还很小啊。"

"我会记住。不过他闯了祸,现在就必须打他几下。莫格利,你有什么话要说吗?"

"没有。我做错了,害得你和巴洛都受了伤。我该打。"

在一只黑豹眼里,巴格希拉只是充满爱意地轻拍了莫格利六下(连一只睡觉的幼崽都拍不醒),可是对一个七岁的小男孩来说,已经打得够重了,足以让他想要躲开。挨完打后,莫格利打了个喷嚏,然后一声不吭地慢慢站起来。

"现在,"巴格希拉说,"跳到我背上来,小兄弟,我们要回家了。"

丛林法则美好的一面在于惩罚可以抚平所有的疼痛,过去的事就可以从此一笔勾销。

莫格利的头搭在巴格希拉的背上,他睡得很沉很沉,就连把他送进自己的山洞、放到狼妈妈身边时,他也没有醒来。

班达尔·洛格的行路歌

我们如同飘动的花彩一路往上冲，
嫉妒的月亮就在不远的高空中！
难道你不羡慕我们能如此欢腾跳跃？
难道你不希望自己能有三头六臂？
难道你不想自己的尾巴可以如此——
像丘比特的弓箭一样曲起？
现在，你正在生气，不过——没关系，
兄弟，你的尾巴在身后低垂不立！

我们一排排坐在树枝分叉处，
惦念着我们知道的美好事物；
幻想着我们的计划能够成功，
全都实现了，只花一两分钟——
无论是高尚的、明智的还是善良的行为，
只希望我们都能做得尽善尽美。
我们已经忘记了，不过——没关系，
兄弟，你的尾巴下垂在身后！

所有我们曾经听说过的话语
均是蝙蝠、野兽或飞鸟所说——
是兽皮、鱼翅、鳞片还是羽毛——
叽叽喳喳地快说，大家一起说！
好极了！妙极了！再说一遍！
现在我们就像人一样讲话。
假装我们就是……没关系，
兄弟，你的尾巴下垂在身后！
这就是猴类的作风。

那就加入我们跳跃前行的队伍吧，鱼贯穿过松林，
我们飞快走过的地方，又高又亮，还有野葡萄摇晃。
听我们睡醒后的胡言乱语，还有我们发出的高贵噪声，
肯定的，肯定的，我们会干些漂亮的事！

第三章 "老虎！老虎！"

捕猎进展得怎么样，勇敢的猎手？
兄弟，忍受寒冷观察了很久。
你要捕杀的猎物可好？
兄弟，他还在丛林里啃草。
让你自豪的那股力量在哪里？
兄弟，它正从我的腰腹两边渐渐衰退。
你匆匆忙忙是要去哪里？
兄弟，我要回我自己的窝里——去死。

在议会岩与狼群抗战一场以后，莫格利离开了自己和狼妈妈居住的山洞，他来到了山下村民们生活的耕地，但他不想在那里停留，因为那里离丛林太近了。他知道，自己在议会中至少结下了一个死对头。所以，他沿着山谷间崎岖不平的小路继续匆匆向前赶，一口气小跑了将近二十英里，直到抵达一个陌生的乡村。走出山谷，前面豁然开朗，出现了一个大平原，那里到处是散落的岩石，中间隔着几条深沟。平原的一端立着一个小村庄，另一端是茂密的丛林，一直向下延伸到牧场旁边，丛林和牧场的交界处好像被锄头铲过一样。平原上到处都有牲口和水牛在吃草。放牛的小男孩看到莫格利，立刻大声尖叫着逃跑了，在印度村子里到处游荡的黄色流浪狗也汪汪地叫了起来。莫格利继续往前走，他觉得饿了。来到村口的大门边时，他看见黄昏时停放在村门前的那一大捆荆棘丛，已经被推到了一边。

"哼！"以前他在晚上到处捕食时，不止一次碰到这样的路障。"看来这里的人也害怕丛林动物啊。"他在门边坐了下来。一个男人从村子里走出来，莫格利站起来，指了指张开的嘴巴，表示自己想吃东西。那个男人瞪大了眼睛，然后转身往村子里的一条街道上跑去，边跑边大声呼喊祭司的名字。祭司是一个高大、肥胖的男子，他穿着白色的衣服，额头上有一块红色和黄色的记号。祭司来到了村口，和他一起来的至少有上百号人，他们盯着莫格利看，对他议论纷纷、大呼小叫、指指点点。

"他们没有一点礼貌，这些人。"莫格利心里暗暗想道，"只有灰猿才会像他们那样。"他把长头发往后一甩，对这群人皱起了眉头。

"那有什么可怕？"祭司说，"看看他胳膊和腿上的伤痕，那都是被狼咬的。他只不过是从林子里逃出来的狼孩子。"

当然了，狼崽子们和莫格利一起玩的时候，常常会无意中咬得重了些，所以莫格利的胳膊上和腿上全是白色的伤疤。不过，他绝对不会说这些疤痕是"咬"出来的，因为他知道什么才是真正的咬。

"哎呀！哎呀！"有两三个妇女同时叫了起来，"被狼咬了，可怜的孩子！他长得挺漂亮，他的眼睛跟火一样。要我说，梅苏阿，他很像你那个被老虎叼走的儿子啊。"

"让我看看，"一个手腕和脚踝上戴着沉甸甸铜环的妇人说，她手掌挡在前额上仔细打量莫格利，"真的很像。他要瘦些，不过他的模样真像我儿子。"

祭司是个聪明人，他知道梅苏阿是当地最有钱人的妻子。他抬头看了一会儿天空，然后严肃地说："被丛林夺走的，又被丛林归还了。把这个男孩带回你家吧，我的姐妹，别忘了敬重能看透人生的祭司啊。"

"凭换取我的公牛发誓，"莫格利喃喃自语道，"可是他们说了一大通的话，真像我又被狼群查看了一遍！好吧，如果我是个人，我就必须像人的样子。"

人群散开了，那个妇人向莫格利招了招手，示意跟她一起回她的小棚屋去。屋子里有一张涂过红漆的床架、一个上面有凸起的奇特图案的陶制大粮柜、六个铜锅、一尊被摆放在小壁龛里的印度雕像，墙上有一面镜子。这些东西在乡村集市上用八美分就能买到。

第三章 "老虎！老虎！"

那个妇人给了莫格利一大杯牛奶和一些面包，然后把手放到他的头上，看着他眼睛，因为她心里在想：他可能就是自己的儿子，被老虎叼到丛林里以后又回来了。于是她嘴里喊着："南舒，啊，南舒！"莫格利对这个名字毫无反应。"你不记得了吗？那天我给了你一双新鞋呢。"她摸了一下莫格利的脚，他的脚几乎跟牛角一样硬。"不，"她伤心地说，"这一双脚从来没穿过鞋，可你真的很像我的南舒，你就做我的儿子吧。"

莫格利感觉很不自在，因为他以前从来没有在屋顶下面待过。他看着茅草屋顶，心想只要自己什么时候想逃走，随时都可以把屋顶扯碎，而且窗户上也没有栓子。"如果我不懂人类说的话，"最后，他心里想道，"当人又有什么用？现在我又笨又哑，就像人类在丛林里和我们在一起时一个样。我一定要学会讲他们的话。"

和狼群待在一起的时候，丛林里雄鹿发出的挑衅吼叫声，和小野猪的呼噜声，莫格利都模仿过，他这样做可不是为了好玩。所以，只要梅苏阿发出一个字的音，莫格利马上就会模仿出来，几乎不走样。天黑之前，他已经学会了茅草屋里很多东西的名称。

睡觉的时候，莫格利碰到了一个难题——他不愿意躺在这种地方睡觉，因为这个茅草屋看起来很像捕捉黑豹的陷阱。房门被关上的时候，莫格利从窗子里跳了出去。"由他去吧。"梅苏阿的丈夫说，"不要忘了，到今天为止，他还从来没在床上躺过呢。如果他真的是来当我们的儿子，他就一定不会逃走。"

莫格利来到了田野的边缘，他尽情地舒展身子躺在一些干净的长草之中，可是还没等他合上眼睛，就有一只软软的灰鼻子蹭了蹭他的下巴。

"唷！"灰兄弟说（他是狼妈妈最大的狼崽），"跟着你跑了二十英里的路，这种回报也太可怜了吧。你身上都是烧木柴的烟味和牛的气味，已经像个人了。醒醒吧，小兄弟，我给你带消息来了。"

"大家在丛林里还好吗？"莫格利紧紧地抱着他说。

"除了被红花烧过的那些狼，其余的都还好。现在，你听好了。希尔汗被烧得很厉害，他去了很远的地方捕猎，要等他的皮毛重新长出来后才会回来。他发誓说，等他回来以后，要把你的骨头摆在瓦因刚嘎河岸。"

"我也说过同样的一句话。我也许了一个小小的诺言。不过有消息总是好的。今晚我累了——那些新东西把我累坏了。灰兄弟，——你要经常给我报信啊。"

"你不会忘记你是一只狼吧？人类不会让你忘掉吧？"灰兄弟忧心忡忡地问。

"永远不会。我爱我和洞穴里的全家，我会永远记在心里。不过我也会永远记得我已经被狼群赶出来了。"

"还要记住你可能会被另一种族群赶出来。人毕竟是人，小兄弟，他们说起话来就像池塘里的青蛙。我下次再来的时候，就在牧场边的竹林里等你吧。"

从那天晚上以后，莫格利几乎三个月里没有出过村庄大门，他太忙了，一直在学习人类的各种行为方式和习惯。首先，他得用一块布把自己的身子裹起来，这让他感到十分苦恼。接着，他得学习使用钱币，可他对钱币一点概念都没有。另外他还学习了犁地，他一点也不清楚学习这个有什么用处。还有就是，村子里的小孩子们经常把莫格利气得火冒三丈。幸亏丛林法则教他学会了忍住性子，因为在丛林里，想要保住性命、得到食物，都需要学会控制自己不发脾气。因为莫格利不愿意玩游戏、不想放风筝，也因为莫格利有时说话发音不正确，村子里的小孩子们总是取笑他，要不是知道杀死光屁股的小崽子很不光彩，莫格利真想把他们拎起来撕成两半。

莫格利一点也不知道自己有多大的力量。在丛林里，他知道自己的力量不如其他的野兽。但是在村子里，村民说他壮实得像头水牛。

莫格利对于人与人之间的等级差别也是没有任何概念。有一次，陶工的驴子滑进了黏土坑，莫格利就拉着驴尾巴，把驴子拽了出来，然后又帮忙把带去汗希瓦拉市场上卖的罐子堆放到驴背上。这件事让人们感到非常震惊，因为陶工属于低层等级的人，而他的驴子更是等级低下。祭司把莫格利训斥了一通，莫格利就威胁他，说要把他也放到驴背上去。

第三章 "老虎！老虎！"

祭司对梅苏阿的丈夫说，最好尽快让莫格利去干活。村长通知莫格利，明天就得出去放牛，照看牛群吃草。听到这个通知，没有人能比莫格利更开心了。可以说他已经是村里的雇工了，于是，那天晚上他去了村里的工友圈子，就在一棵大无花果树下的一个砖石台子上，每天晚上都有些人在那里碰面。那是个乡村俱乐部，村长、巡夜人、理发师（他们知道村子里的所有闲言碎语）和有一支塔滑膛枪的老猎手布尔笛欧，经常在那里会面、抽烟。猴子们坐在树上面的枝条上叽叽喳喳地叫唤着，砖石台子下面的洞里住着一条眼镜蛇，被人们当作神圣之物，因此这条蛇每天晚上都可以喝上一小盘牛奶。

老人们围坐在大树旁边，一边聊天，一边抽着水烟袋，直到深夜才散去。他们常常讲述一些关于鬼、神和人的神奇传说，布尔笛欧讲的关于丛林野兽习性的故事，更是引人入胜，坐在外围的孩子们听得眼睛都快要蹦出来了。大部分的传说都和动物有关，因为丛林就在他们的村口。鹿和野猪把他们的庄稼连根刨起，黄昏的时候，就在村口看得见的地方，会时不时发生老虎拖走人的事情。

莫格利自然知道一些他们谈论的事，他必须把脸遮住才能不让别人发现自己在笑。布尔笛欧把塔滑膛枪横架在膝盖上，他讲的故事一个比一个离奇，莫格利笑得肩膀直颤动。

布尔笛欧正在解释为什么拖走梅苏阿儿子的那只老虎是只鬼虎，说这只老虎被几年前死去的缺德老债主鬼魂附体了。"我知道这是真的，"布尔笛欧说，"在一场骚乱中，布伦达斯的账本被烧了，人也挨了打，打那以后，他的腿就瘸了。我说的那只老虎也是瘸的，他的脚印一只深一只浅。"

"对，对，肯定是真的。"灰胡子老人们一起点头说。

"你们说的这些故事都是瞎编乱造的吧？"莫格利说，"那只老虎腿瘸，是因为他生下来就是瘸的，这事人人都知道。说放贷人的灵魂附在一个从来还不如豺狗胆大的野兽身上，那是蠢话。"

布尔笛欧惊愕得一时说不出话来，村长也瞪起了双眼。

"哦嗬！是丛林小鬼啊，是不是？"布尔笛欧说，"你要是这么聪明,最好把这只老虎的皮带到汗希瓦拉去,政府正悬赏一百卢比要他那条命呢。长辈说话的时候,你最好安静点儿,不要插嘴。"

莫格利站起身来走了。"我躺在这里听了一个晚上了,"他回头喊道,"丛林就在布尔笛欧家门口,可是他讲丛林故事的时候,只有一两句话是真的。你让我怎么去相信那些他说他见过的鬼啊、神啊还有小妖精的故事?"

"真是该让那个男孩去放牛了。"村长说,而布尔笛欧喷了一口烟,对莫格利的鲁莽无礼嗤之以鼻。

印度大部分村庄都有这样的习惯:清晨由几个小男孩把黄牛和水牛赶出去吃草,晚上再赶回村子。那些牛能把白人踩死,可是几乎还不到牛鼻子高的小孩,却可以对他们又打又吓、大声吆喝。所以只要这些小男孩和牛群待在一起,他们就会平安无事,甚至连老虎都不敢冲进牛群里。可是如果这些小男孩走得零零散散,有的去摘花,有的去捉蜥蜴,有时就会被野兽叼走。黎明时分,莫格利骑在大公牛拉玛的背上,穿过了村子的街道。青灰色的水牛,长着长长的向后弯曲的牛角和凶蛮的眼睛,一头接一头地从牛棚里走出来,跟在拉玛后面。莫格利对和他在一起的小孩子们明确地表示自己是他们的头。他用一根溜光的长竹棍抽打着公牛,然后叫来其中一个叫卡姆亚小的小男孩,说让他们自己照看水牛,他们几个男孩子就照看那些黄牛,莫格利叮嘱他们一定要小心、千万别离开牛群乱跑,而他骑着水牛继续走。

印度的牧场上到处是岩石、灌木、草丛和小深谷,牧群在这些地方一分散就会看不见踪影。一般来说,水牛喜欢待在水塘里和泥泞的地方,不是在泥水里打滚,就是在温暖的稀泥里晒几个小时的太阳。莫格利赶着水牛去了平原的边缘,瓦因刚嘎河从那里流出了丛林。莫格利从拉玛的脖子上跳下来,快步走进一片竹林,找到了灰兄弟。"啊,"灰兄弟说,"我在这里等了很多很多天了。怎么干起了放牛的活了啊?"

"那是命令。"莫格利说,"我暂时为村里放牛。有希尔汗的什么消息吗?"

"他已经回到这个地方了,而且在这里等了你很久了。现在他又走

第三章 "老虎！老虎！"

了，因为这里的猎物太少了。不过他一心想要把你杀了。"

"很好，"莫格利说，"只要他不在，你或四兄弟中的一个，就坐在那块岩石上，我从村子里出来就可以看见你。如果他回来了，你就在平原中间那棵紫柳树旁的深谷里等我。咱们可别自己给希尔汗送上门去。"

莫格利挑了个荫凉的地方，躺下睡着了，水牛们就在他周围吃草。在印度，放牛算是世界上最懒散的事情。黄牛边走边嘎扎嘎扎的咀嚼，然后躺下来歇一歇，接着又重新站起来吃草，它们甚至都不哞哞叫一声，只是发出呼噜声。水牛更是不出声音，只是一头接一头地走下泥塘，钻进泥巴，只剩下他们的鼻子和瞪圆了的深蓝色眼睛露出水面，然后就像一根根原木一样浮在水面上。在太阳的高温炙烤下，岩石似乎在热浪中晃动。在几乎看不见的头顶上空，放牛的孩子们听见了一只黑鸢（永远没有更多）发出了哨子一般呼啸声。他们知道，如果他们或者哪头母牛死了，那只黑鸢肯定会俯冲下来。几英里外的另一只黑鸢看到这只鸢扑下，就会追随过来，然后一只接一只地，还没等快死的动物彻底断气，不知打哪儿来的二十几只饥饿的黑鸢就已经等在那里了。放牛的孩子们睡了又醒，醒了又睡。他们用干草编织小篮子，把蚱蜢放在里边；或者抓两只螳螂逗他们打架；或者把丛林里的红色和黑色的坚果穿成一串项链；或者观察蜥蜴趴在岩石上晒太阳；或者观看蛇捕捉泥坑旁边的青蛙。然后这些小孩子们就会唱起长长的歌谣，唱到最后就发出当地特有的颤音。他们一天的时间，好像比大多数人一辈子的时间还要长。有的时候，他们会堆一座泥巴城堡，捏出泥人、泥马、泥水牛，然后把芦苇杆插进泥人手中，假装自己是国王，泥人就是他们的军队，或者假装自己是受人敬拜的神明。到了傍晚，孩子们呼唤牛群回家，水牛缓缓地爬出粘稠的泥浆，发出的声响就像一连串的枪声，他们排成一长串的队伍穿过灰暗的平原，回到灯火闪烁的村庄。

一天又一天，莫格利领着水牛到泥坑去。一天又一天，莫格利能看到平原对面一英里半之外灰兄弟的背脊（这样他就知道希尔汗还没有回来）。一天又一天，莫格利躺在草地上仔细倾听周围的各种声响，然后像在梦里一样回想以前丛林里的那些日子。在这些漫长寂静的上午，要是希尔汗来到了瓦因刚嘎旁边的丛林，只要他的瘸爪子走错了一步，莫格利就可以听到。

终于有一天，在他们约定发出信号的地方，莫格利没有看到灰兄弟。他哈哈一笑，把水牛往紫柳树旁边的深谷赶去，那棵紫柳树上开满了金红色的花朵。灰兄弟就坐在那里，他背上的鬃毛根根倒竖着。

"为了让你放松警惕，希尔汗躲了你一个月。昨天夜里，他和塔巴魁急匆匆地顺着你的脚印把这片地区走了个遍。"这只狼气喘吁吁地说。

莫格利皱了下眉头。"我不怕希尔汗，可是塔巴魁太狡猾了。"

"不要怕。"灰兄弟舔了舔嘴唇说，"今天天刚亮的时候我碰到了塔巴魁。现在他正在跟黑鸢们讲自己有多聪明，不过我把他的脊梁骨咬断之前，他把所有的事都告诉我了。希尔汗计划今天晚上在村口等你——就等你一个，不等别人。他现在正躺在瓦因刚嘎那条已经干了的大深谷里。"

"希尔汗今天吃了东西没有？是不是什么也没抓着？"莫格利问道，对他来说这是个事关生死的问题。

"他在天刚亮的时候捕杀了——一只猪——他也喝了水。要记住，希尔汗从来不会为了报仇不吃东西。"

"哦！傻子，蠢货！真是比小崽子还要幼稚！又吃又喝的，还以为我会让他睡个好觉呢！现在他躺在哪里？他躺着的时候，我们只要有十个狼兄弟，就可以把他拖垮。不过这些水牛只有闻到了老虎的气味才会冲向他，我又不会说水牛的语言。我们能不能追着希尔汗的踪迹走，这样水牛也许可以闻到他的气味呢？"

"为了不留下踪迹，他沿着瓦因刚嘎河往下游游了很远。"灰兄弟说，"我知道，这是塔巴魁教他的。希尔汗自己永远都不可能想出这个办法。"莫格利一边咬着手指，一边思索："瓦因刚嘎的那条大深谷，直接通向离这儿半英里不到的平原。我可以带着牛群绕道穿过丛林，从深谷的上游冲下来——不过他可能会从我们脚下溜走。我们必须堵住另一头。灰兄弟，你能帮我把那些牛分成两群吗？"

第三章 "老虎！老虎！"

"我可能不行——不过我带了一个聪明的帮手来。"灰兄弟快步跑开了，一头钻进了洞里。然后从洞里伸出了一个莫格利很熟悉的灰色大脑袋，这时炎热的空气中充满了丛林里最凄厉的喊叫——狼在中午捕猎时的嗥叫声。

"阿克拉！阿克拉！"莫格利拍着手说，"我早就知道你不会把我忘了。现在我们手头上有件大事。把那群牛分成两半吧，阿克拉。把母牛和小牛赶在一起，把公牛和犁地的水牛赶到一起。"

两只狼奔跑起来，就像在跳女子链舞（方形舞的一种舞步）一样在牛群中跑进跑出。水牛扑哧扑哧地喷着鼻子，扬着头，被分成了两群。其中一群是母牛和小牛，母牛把自己的小牛围在中间，瞪圆了眼睛刨蹄子，只要有哪只狼静止不动，她们就随时都会冲过去把他踩死。另外一群是成年公牛和小公牛，他们又是喷鼻子又是跺蹄子，虽然他们看起来更加威风凛凛，其实他们远不如母牛危险，因为他们不需要保护小牛。就算有六个成年人也不能把牛群拆分得那么清楚。

"什么命令啊！"阿克拉喘着气说，"他们又想跑到一起了。"

莫格利溜上拉玛的背，"把公牛赶到左边，阿克拉。灰兄弟，等我们走了以后，你把母牛聚到一起，然后把她们赶进深谷的底部。

"要赶多远？"灰兄弟喘着气急切地说。

"一直赶到希尔汗跳不到深谷两岸上面的地方。"莫格利大声说，"让牛群守在那里，等我们下来。"公牛在阿克拉的嗥叫声中向风一样飞奔而去。灰兄弟在母牛面前停了下来，那些母牛立刻向他冲了过去，他又跑了起来，就这样他把母牛引到了深谷的底部，阿克拉已经把公牛赶到左边很远的地方了。

"干得好！再冲一次他们就都会跑起来。小心，好了——小心，阿克拉。动作再快一点，公牛就会冲起来。呼呀！这比驱赶黑鹿还带劲。你没想到这些动物可以跑得这么快吧？"莫格利喊道。

"我——我以前也追捕过这些家伙。"阿克拉在尘土中喘着气说。"要我转弯把他们带进丛林吗？"

"哎！转弯！快点让他们转弯！拉玛气得发疯了。哦，要是我能告诉他我今天需要他做什么就好了。"

公牛转弯了，这次转到了右边，闯进了一片挺立的灌木丛。半英里外放黄牛的小孩看见这种情景，立刻拼命地跑回村子，一边大声嚷嚷着说水牛发疯逃跑了。

但是莫格利的计划原本很简单。他只想绕个大圈到山上，一直抵达深谷的顶端，然后驱赶水牛顺着深谷往下冲，在公牛和母牛之间捕捉希尔汗。莫格利知道，吃饱喝足的希尔汗没有做好战斗的准备，也爬不出深谷的边缘。现在莫格利正在用声音安抚那些水牛，阿克拉远远地落在后面，只轻轻地嗥叫一两声催促在后面守卫的水牛。因为莫格利和阿克拉不想走得离深谷太近，以免让希拉汗听到风声，于是他们兜了一个大大的圈子。终于，莫格利把不知所措的牛群赶到深谷顶端的一片草地上，这片草地的斜坡非常陡峭，直接通往下面的深谷。从那个高度上，你可以越过树顶看到下面的平原，不过莫格利现在看到的是深谷两边的内壁，他对眼前的情形非常满意，深谷两边的内壁上下几乎笔直，上面挂满了葡萄藤和攀爬植物，老虎即使想要逃脱出去，也无法在峭壁上找到落脚点。

"让水牛喘喘气吧，阿克拉。"莫格利抬起一只手说，"他们还没有嗅到希尔汗的气味。让他们喘口气。我一定要告诉希尔汗是谁来了。我们把他困在陷阱里了。"

莫格利双手合拢做成喇叭状围在嘴边，对着下面的深谷大声喊叫——简直就像在冲下面的隧道喊话——回音在岩石之间来回荡漾。

过了好一阵子，深谷里才传来老虎有气无力的咆哮声，这只吃饱喝足的老虎刚刚醒来，一副无精打采的样子。

"谁在大喊大叫？"希尔汗说，一只美丽的孔雀扑闪着翅膀，尖叫着飞出了深谷。

"是我，莫格利。偷牛贼，现在该去议会岩了！下去——把他们赶下去，阿克拉！下去，拉玛，下去！"

牛群在斜坡边迟疑了片刻，阿克拉放声发出捕猎的吠叫，水牛一头跟着一头，就像轮船冲向激流一样向下冲去，溅得周围沙石纷飞。牛群

第三章 "老虎！老虎！"

一旦跑起来就根本停不下来，还没完全进入谷底，拉玛就嗅到了希拉汗的气味，他吼叫起来。

"哈！哈！"骑在拉玛背上的莫格利说，"你现在知道了吧！"那些长着黑色牛角的水牛嘴角挂着白沫、瞪大双眼，顺着深谷接连不断地翻卷而下，就像山洪中的一块块大卵石。弱一点的水牛被挤到深谷的两侧，扯断了峭壁上的藤蔓。这些水牛已经知道眼下要做的事——没有哪只老虎能经受得起被一群可怕的水牛的攻击。听到轰隆隆的牛蹄声，希尔汗从地上爬了起来，一边笨拙地往深谷下方跑，一边东张西望，看看从哪里可以逃出去，可是深谷两边的内壁几乎笔直，他只好继续往前走。希尔汗吃喝过后身体笨重，最不愿意在这个时候搏斗了。牛群哗哗地淌过希尔汗刚刚离开的水塘，他们一路吼叫，直到狭窄的河谷发出轰鸣。莫格利听见从深谷底端传来了牛群回应的吼叫声，看见希尔汗转了回来（这只老虎知道，事情再糟，面对公牛总比遇到带着小牛的母牛强）。接着拉玛绊了一跤，跟跄了几下，又踩在了软软的什么东西上面，公牛紧紧跟在拉玛身后，冲进了另一群牛中。比较弱一些的水牛被相撞的冲击力掀得四脚离地。两群牛相互顶着牛角，一边跺蹄子，一边呼哧呼哧地喷着气冲到了平原上。莫格利看准时机从拉玛的脖子上滑下来，奋力地左右挥舞棍子。

"快，阿克拉！把牛群分开。分散他们，不然他们会相互打起来。把他们赶开，阿克拉。嗨，拉玛！嗨，嗨，嗨！我的孩子们。现在轻点，轻点！全都结束了。"

阿克拉和灰兄弟跑来跑去，轻轻啃咬水牛的腿，尽管牛群转过身又要冲下深谷，但莫格利想方设法让拉玛掉了头，牛群这才跟着拉玛走向泥塘。

用不着再去踩踏希尔汗了，他死了，黑鸢也已经冲着他飞来了。

"兄弟们，他死得就像条狗。"莫格利摸着小刀说。自从他和人类一起生活后，脖子上总是挂着一把带鞘的刀子。"他从来就没有斗志。他的皮铺在议会岩上肯定很好看。我们得赶紧动手。"

人类养出来的男孩，做梦也不会想到独自一人给一只十英尺长的老虎剥皮，不过莫格利比任何人都清楚动物身上的皮是怎么生长的，又应该怎样把它剥下来。剥皮是个苦差事，莫格利嘟哝着又是割又是撕地忙了一个小时，两只狼悠闲地伸着舌头，莫格利需要他们帮忙的时候，他们就跑过来用力拖拉虎皮。

此刻，一只手落到了莫格利的肩膀上，莫格利抬头一看，是带着塔滑膛枪的布尔笛欧。孩子们已经跟村民讲了水牛惊慌逃跑的事。布尔笛欧怒气冲冲地走出来，迫不及待地要去教训没有照顾好牛群的莫格利。一看到有人来，两只狼就不见了踪影。

"在干什么蠢事？"布尔笛欧愤怒地说，"你以为自己可以剥下虎皮！水牛在哪里弄死他的？这也是只瘸老虎呢，他的脑袋顶一百卢比呢。嗯，好吧，牛群逃走的事我们就不跟你计较了，等我把虎皮拿到汗希瓦拉领到赏金后，兴许还会给你一卢比呢。"他从自己的腰布里摸出打火石和火镰，弯下身来烧希尔汗的胡须。当地大多数猎手都会烧掉老虎的胡须，省得老虎的鬼魂缠上自己。

"哼！"莫格利向后扯掉一只前爪的皮，他有一半是说给自己听的，"你要拿这张皮去汗希瓦拉领赏，兴许还会给我一卢比？现在，我正想把这张皮留给自己用呢。嗨！老头，把火拿开！"

"怎么对村里的头号猎手说话的？你只不过是靠运气和那群愚蠢的水牛才杀死这只老虎。要不是这只老虎刚吃饱，现在他已经跑出二十英里远了。你连该怎么剥皮都不知道，小叫花子，你真该告诉我布尔笛欧不要烧老虎的胡子。莫格利，我一安那的赏金都不会给你，只会狠狠地揍你一顿。离老虎远点！"

"凭换取我的公牛发誓，"莫格利说，他正在努力剥老虎肩膀上的皮，"难道我一整个中午都得跟一个老猿猴说个不停吗？过来，阿克拉，这个人在烦我。"

本来还弯着腰站在希尔汗脑袋旁边的布尔笛欧，突然发现自己四脚朝天地躺在了草地上，一只灰狼站在他身边，莫格利继续剥着皮，好像全印度就只有他一个人。

"是——是啊。"莫格利从牙缝里说，"布尔笛欧，你说得完全

第三章 "老虎！老虎！"

正确。你永远都不可能给我一安那的赏金。我和这只瘸老虎斗争很久了——很久很久——我赢了。"

说实话，要是布尔笛欧年轻十岁，他在森林里碰到像阿克拉这样的狼，也许还能斗一斗。可是在男孩和吃人的老虎之间的战争中，这只狼居然服从了小男孩的命令，他肯定不是一只普通的动物。布尔笛欧心想，这是巫术，一种最坏的魔术。他不知道自己脖子上的护身符还能不能保护自己。布尔笛欧躺在那里一动不动，他时时刻刻都觉得会看见莫格利也变成一只老虎。

"王公！大王。"布尔笛欧终于用沙哑的声音小声说。

"接着说。"莫格利头也不回地说，轻轻笑了笑。

"我是个老头子。我只知道你是一个放牛娃，别的什么也不知道。我可以起来离开吗？你的仆人会不会把我撕成碎片？"

"走吧，祝你平安。只是，下次不要瞎动我的猎物。放他走吧，阿克拉。"

布尔笛欧以最快的速度一瘸一拐地向村子里跑去，一路上还不停地回头张望，生怕莫格利会变成什么可怕的东西。他回到村里后，马上讲起了这件魔法、妖术和巫术的事，祭司听了以后脸色变得非常严肃。

莫格利继续干着活，差不多到黄昏了，他和两只狼这才把那张灰色的大皮从老虎身上完全剥下来。

"现在我们必须把皮藏起来，再带水牛回家！帮我照看牛群，阿克拉。"

在朦胧的暮色中，牛群聚集到一起，快到村里的时候，莫格利看见了很多火光，听见有人吹响了螺号，寺庙里的钟声也响了起来，好像半个村子的人都在大门边等着莫格利。"这是因为我杀了希尔汗。"他自言自语地说。可是，雨点般的石头在他耳边呼啸起来，村民们大声喊道："巫师！狼小鬼！丛林里的恶魔！滚开！快点滚开，不然的话，祭司又会把你变成狼。开枪！布尔笛欧，开枪！"

老滑膛枪砰的一声响了，一只小水牛痛苦地吼叫起来。

"又是巫术！"村民们大叫，"他能让子弹转弯。布尔笛欧，那是你家的水牛。"

"这是怎么回事？"莫格利说，有些摸不着头脑，石头越来越密集地飞了过来。

"你这些兄弟和狼群没什么区别吧。"阿克拉一边说，一边镇定自若地坐了下来，"我想，要是子弹能起什么作用的话，那就是他们要把你赶出去。"

"狼！狼崽子！滚开！"祭司挥着一根神圣的图尔西小树枝大声喊道。

"又赶我？上次是因为我是一个人，这次是因为我是一只狼。我们走，阿克拉。"

一个妇人——是梅苏阿——穿过人群向牛群跑来，她大声叫道："哦，我的儿啊，我的儿！他们说你是一个巫师，想把自己变成什么野兽就变成什么野兽。我不相信，可你还是走吧，要不然他们会杀了你。布尔笛欧说你是男巫，可我知道，你为南舒的死报了仇。"

"回来，梅苏阿！"人群高声呼叫，"回来，否则我们就用石头砸你。"

莫格利发出了一声短促的苦笑，因为一块石头打到了他的嘴巴上。"跑回去吧，梅苏阿。这又会成为他们黄昏时在大树下讲的愚蠢故事。至少我已经让老虎为你儿子偿了命。永别了，快跑吧，我要把牛群放得比他们的碎砖还快。我不是男巫，梅苏阿。永别了！"

"现在，再来一次，阿克拉。"莫格利大声呼喊，"带牛群进来。"

水牛非常急于回到村里，所以几乎用不着阿克拉大声吼叫，他们就像旋风一样冲过了大门，吓得人群左躲右闪。

"继续数吧！"莫格利轻蔑地叫道，"可能有一头被我偷走了呢。继续数，我再也不会给你们放牛了。永别了，人类的孩子们，你们应该谢谢梅苏阿，都是因为她，我才没把我的狼带进来，没在你们的街上到处追捕你们。"

莫格利突然转过身，跟独狼一起离开了人群。他抬头望着天上的星星，心里感到很快乐。"我再也不用睡在陷阱里了，阿克拉。我们拿了

第三章 "老虎！老虎！"

希尔汗的皮再走吧。不，我们不要伤害村民，因为梅苏阿对我很好。"

月亮升起来了，整个平原看上去白蒙蒙的。村民惊恐万状地看到，莫格利身后跟着两只狼，头上顶着一捆东西，以狼小跑的稳健步态，像大火席卷地面一样快速跑了很长一段路。接着，村民们重重地敲打寺庙里的钟，螺号声也吹得更响了。梅苏阿哭喊着，布尔笛欧添油加醋地讲起了自己在丛林里的奇遇，最后他说，阿克拉是用两条后腿站立，还能像人一样说话。

月亮正要落下的时候，莫格利和两只狼来到了议会岩的小山上，他们在狼妈妈的山洞前停下了脚步。

"他们把我从人群里赶了出来，妈妈。"莫格利大声说，"不过我把希尔汗的皮带过来了，信守了自己的诺言。"

狼妈妈腿脚不灵便地从山洞里走出来，狼崽跟在她的后面，看到那张虎皮，狼妈妈的眼睛闪闪发亮。"那一天，希尔汗的脑袋和肩膀挤进了这个山洞，想要你的命，我当时就告诉他，小青蛙——我跟他说，猎手将被捕杀。干得好。"

"小兄弟，干得不错。"灌木丛里一个低沉的声音说，"丛林里没有你我们可孤单了。"巴格希拉向光脚丫子的莫格利冲了过来。他们一起爬上了议会岩，莫格利把虎皮展开，铺在阿克拉以前经常坐的一块平板石上，然后用四根竹条把它固定住。阿克拉躺在虎皮上面，像以往一样向议会呼喊，"看吧——好好看看吧，噢，众狼！"那喊声就跟莫格利第一次被带到那里时一模一样。

自从阿克拉被免去首领地位后，狼群就一直没有首领，他们捕猎、打架，全都为所欲为。众狼习惯性地回应了阿克拉的呼喊。这些狼当中，瘸的瘸、拐的拐，有的是因为掉进过陷阱里；有的是因为被子弹打伤过，有的狼因为吃坏了东西身上长了疥癣，还有很多狼失踪了。狼群里还剩下的狼全都来到了议会岩，他们看见希尔汗的斑纹皮毛被铺在岩石上，那巨大的爪子还连着晃来晃去的腿皮。就在那时，莫格利即兴编了首没有韵律的曲子，他一边大声唱着，一边在咯咯作响的虎皮上上蹦下跳，用脚后跟打着拍子，直到喘不过气来。莫格利每唱完一句，灰兄弟和阿克拉就跟着嗥叫一声。

"好好看看吧,噢,众狼。我信守了诺言吧?"莫格利唱完后说。众狼嗥叫道:"是的。"有只身上全是破皮烂毛的狼大声嗥叫道:

"继续统领我们吧,噢,阿克拉。继续统领我们吧,噢,人崽子,我们厌倦了这种无法无天的生活,我们想重新做自由民。"

"不行,"巴格希拉咕噜道,"那可不行。一旦吃饱后,可能疯魔又会降临到你们身上。叫你们自由民不是没有原因的,你们曾经为自由而战,现在你们自由了。认了吧,噢,众狼。"

"人群和狼群都把我赶出来了。"莫格利说,"以后我就一个人在丛林里捕猎。"

"我们会和你一起捕猎。"四只狼崽说。

就这样,莫格利走了。从那天起,他就和四只狼崽一起在丛林里捕猎。不过他并没有孤独终老一生,因为多年以后,他长大成人了,还结了婚。

不过,那就是讲给大人听的故事了。

莫格利之歌
——莫格利在议会岩在希尔汗的虎皮上跳舞时唱的歌

莫格利的歌——我,莫格利,在唱歌。让丛林听听我都做了些什么。

希尔汗说他要杀——要杀!他要在黄昏的时候在村门口杀了莫格利,那只青蛙!

他吃吃喝喝。喝个痛快吧,希尔汗,谁知道你什么时候还能再喝?睡觉后就梦见追杀。

我一个人待在牧场。灰兄弟,来到我身边!独狼,来到我身边,这里有一个大猎物!

把那么多的公牛和水牛带上来,那群蓝皮的公牛满眼都是怒火。依照我的命令把他们来回赶吧。

你还在睡觉吗,希尔汗?醒醒,噢,醒醒!我来了,公牛也在后面。

拉玛,水牛王,用脚重重地踩。瓦因刚嘎的河水啊,希尔汗去了

第三章 "老虎！老虎！"

哪里？

他不像伊奇一样会挖洞，也不像孔雀马奥一样会飞。他不像蝙蝠芒格一样，会挂在树枝上。一起嘎吱嘎吱作响的小竹子，告诉我他跑到了哪里？

哦！他在那里。啊呜！他在那里。在拉玛的脚下，躺着那只瘸子！起来，希尔汗！起来杀啊！肉在这里，咬断公牛的脖颈啊！

嘘！他睡着了。我们不要吵醒他，因为他力大无穷。黑鸢已经飞下来看了。黑色的蚂蚁已经爬上来知道了。这次的大集会全是为了纪念他。

啊啦啦！我没有了布裹身子。黑鸢会发现我赤身裸体。我没有脸面去见这些兽民。

把你的皮毛借给我吧，希尔汗。把你那鲜艳的斑纹皮毛借给我，这样我就可以去议会岩了。

凭换取我的那头公牛，我许下了一个诺言——一个小小的诺言。只有弄到你的皮毛，我才算信守了诺言。

用小刀，用人类使用的小刀，用猎人的小刀，我会为我的礼物弯下身子。

瓦因刚嘎的河水啊，希尔汗把自己的皮毛给了我，因为他爱我。使劲拉，灰兄弟！使劲拉，阿克拉！希尔汗的皮毛好重啊。希尔汗的皮毛好重啊。

人群愤怒了。他们砸石头，像小孩子一样说傻话。我的嘴角流血了。我们跑吧。

整个夜晚，整个火热的夜晚，和我一起快跑，我的兄弟们。我们要远离村子的灯火，跑向月亮低挂的地方。

瓦因刚嘎的河水啊，人群把我赶出来了。我没有伤害他们，可是他们却害怕我。为什么？

狼群啊，你们也把我赶出来了。丛林不容我了，村子的大门也关闭了。为什么？

就像蝙蝠芒格在动物和鸟类之间来回飞舞，我也在村庄和丛林里来回奔走。为什么？

我在希尔汗的皮毛上跳舞，可是我的心情很沉重。我的嘴巴被村民砸过来的石头割破了、受了伤，可是我的心里很轻松，因为我已经回到了丛林。为什么？

　　这两种东西一起在我心里纠结，就像春天里的蛇打架。泪水从我眼里流了出来，但它掉下去的时候我笑了。为什么？

　　我有两个莫格利，不过希尔汗的皮毛就在我脚下。

　　整个丛林都知道，我杀死了希尔汗。看吧——好好看看吧，噢，众狼！啊哈！我的心很沉重，我不知道里面装的是什么。

第四章　白海豹

嘘！宝贝别吵，黑夜就在我们身后，
黑漆漆的海水，闪着墨绿色的光。
月亮挂在碎浪上，低头看着我们，
在沙沙作响的波谷里，安静休息。
大浪遇上大浪，那是你柔软的枕头；
啊，疲惫的小海豹，无拘无束地蜷作一团。
风暴不会吵醒你，鲨鱼也不能追上你。
就在轻轻摇荡的大海怀抱里，安睡吧。

——《海豹摇篮曲》

所有这些事情都发生在几年以前一个叫诺瓦斯托什南的地方。这个地方也叫"东北角"，是在离白令海很远很远的圣保罗岛上。这个故事是冬鹪鹩利默信亲口告诉我的。那时他被风吹到了开往日本的轮船上，我把他从绳索上救下来带回我的船舱里，然后给他取暖喂食，几天后，他的情况好转，又重新飞回了圣保罗。利默信是只稀奇古怪的小鸟，不过，他知道应该怎样讲述事实的真相。

要不是有事，诺瓦斯托什南这个地方是不会有人来的，来的也只有定期要在那里活动的海豹。在夏天的那几个月里，成千上万只海豹会从冰冷灰暗的海洋奔向诺瓦斯托什南，因为对于海豹来说，这里的海滩是全世界最好的栖息地。

西卡其知道这一点，所以每年春天，无论他在哪里，都会像鱼雷艇一样，径直游向诺瓦斯托什南。到了那里以后，为了抢个岩石最靠近大海的好位置，西卡其还要花上一个月的时间和伙伴们搏斗。西卡其已经十五岁了，他是一只体格庞大的灰皮海豹，肩部几乎长满了鬃毛，两根长长的犬齿看起来很吓人。他用前面的鳍形肢将自己撑在地面上的时候，离地足足有四英尺多高。如果有谁胆子够大，敢给他称体重，就会发现他将近有七百磅重。他身上到处都是残酷的争斗留下的伤痕，可是他随时准备再战一场。西卡其总是把头侧向一边，好像不敢正视对手的脸一样，紧接着他就会像闪电一样抛头出击，当他巨大的犬齿牢牢咬住另一只海豹的脖子时，那只海豹能逃就逃，西卡其也不会阻拦。

但是西卡其从来不会去追赶一只被打败的海豹，要是那样做了就是违反海滩法则。他只不过想在靠近海边的地方做自己的保育场。可是，每年春天都有四五万只海豹争抢同一个地方，只要听听海滩上响起的哨声、怒吼声、咆哮声和呼呼声，就已经很可怕了。

站在一座名叫哈钦森山的小山上，你可以看到超过三英里半的海滩上挤满了正在搏斗的海豹，海浪中也密密麻麻浮着海豹的脑袋，他们正急着上岸参加搏斗。海豹们在碎浪里打，在沙滩上打，在已经被磨光滑了的玄武岩保育场上打，他们就和人类一样愚蠢、冷漠。不到五月底或者六月初，雄海豹的妻子是绝对不会来这个小岛，她们可不想被撕成碎片。那些两岁、三岁至四岁的年轻海豹还没有自立门户，他们穿过一排排好斗的海豹往内陆前进大概半英里，然后成群结队地在沙丘上四处玩耍，把长在地上的绿色植物蹭得精光。他们被称为霍卢施切基——也就是单身汉——就诺瓦斯托什南一个地方，这种单身汉海豹可能就有二三十万只。

西卡其刚刚结束今年春天的第四十五次搏斗的时候，他那身子柔软又光滑、目光温和的妻子玛特凯从海里赶来了。西卡其叼住玛特凯的颈背，把她扔到了自己的保留地内，粗声粗气地说："又跟往常一样迟到，你去了哪里？"

西卡其待在海滩上的四个月里头是不吃任何东西的，所以他的脾气一般都很暴躁。玛特凯知道最好还是不要回应他。她四下看了看，温柔地说："你想得真周到啊。你又占到了老地方。"

第四章 白海豹

"我看也是。"西卡其说,"你看我!"

西卡其被抓伤了,身上有二十来处伤口鲜血直流,一只眼睛都快要瞎了,两肋也是一条条伤痕。

"啊呀,你们这些公海豹,你们这些公海豹!"玛特凯扇着后面的鳍状肢说,"为什么你们就不能通情达理一点,安安静静地安顿下来呢?你看起来就像和杀人鲸打过架一样。"

"从五月中旬到现在,除了打架我什么事也没干。海滩在这个季节挤得真是太不像话了。我至少对付过一百来只海豹,他们从鲁坎侬海滩到这里来找窝安家。为什么大家不能好好地待在自己的地盘上呢?"

"我经常想,要是我们离开这个拥挤的地方,到水獭岛上去住,肯定会过得更开心。"玛特凯说。

"呸!只有霍卢施切基才会去水獭岛,要是我们去那里,其他海豹肯定会说我们害怕了。我们得顾顾面子,亲爱的。"

西卡其骄傲地把头缩到肥胖的肩膀之间,假装自己要睡觉的样子,其实他一直对可能出现的搏斗保持高度的戒备。现在,所有的海豹和他们的妻子都登陆了,即使在几英里以外的海上,你也能听见他们比最大的狂风声还响的喧闹声。按最保守估算,沙滩上至少有一百万只以上的海豹——老海豹、海豹妈妈、小海豹、还有单身海豹,他们打斗、混战、鸣叫、爬动、一起玩耍——成群结队跳进海里,又从海里游上岸;躺在目所能及的每一寸土地上;在迷雾中结成团伙四处打斗。诺瓦斯托什南几乎总是雾气朦胧,只有当太阳出来一段时间以后,这里的一切才会散发出珍珠和彩虹般的色彩。

玛特凯的宝宝珂迪克,就出生在这场混乱之中,他跟所有的小海豹一样,生下来时头和肩膀一样圆,一双淡蓝色的眼睛水汪汪的,不过他身上的皮毛有些特别,他妈妈很仔细地看了看。

"西卡其,"玛特凯最后说,"我们的宝宝会长成白色的!"

"空蛤壳,干海草!"西卡其哼着鼻子说,"世界上还从来没有这样的白海豹。"

"我也没有办法。"玛特凯说,"马上就要有了。"接着她低声吟唱起了海豹之歌，所有的海豹妈妈都会唱这首歌给自己的宝宝听——

六个星期之前千万不能游泳，

不然会头重脚轻往下沉；

夏天的大风和杀人鲸

都是海豹宝宝的敌人。

都是海豹宝宝的敌人，亲爱的小老鼠，

要多坏有多坏；

但是溅水吧，茁壮成长吧，

你不会有任何差错。

广阔的大海之子！

当然了，小家伙刚开始并不理解这些词，他只会在妈妈身边划动鳍肢乱爬。当他爸爸和另一只海豹在光滑的岩石上下来回翻滚、咆哮搏斗时，他学会了拖着身子躲到一边。玛特凯经常去海里找吃的东西，两天里才给宝宝喂一次食，不过到了进食的时候，珂迪克可以痛痛快快地吃个够，所以他就这样茁壮地成长起来。

珂迪克做的第一件事就是爬到内陆，他在那里碰到了好几万只和自己同龄的其他海豹宝宝，他们像小狗一样一起玩耍，在干净的沙子上睡觉，睡醒了再接着玩。保育场的老海豹并不理会他们，单身海豹也只守在自己的领地上，所以海豹宝宝们可以尽情地玩耍。

玛特凯从深海里捕鱼回来以后，就会直接到他们的嬉戏场去，像绵羊呼唤小羊一样大声呼唤珂迪克，直到听见他的回应声。然后，玛特凯就拍打着她的前鳍肢，沿最笔直的路线朝他走去，一路上把小海豹们撞得四脚朝天、东倒西歪。在这里，通常有几百只海豹妈妈在嬉戏场寻找自己的孩子，海豹宝宝们也总被撞来撞去，没个清静。不过，就像玛特凯跟珂迪克说的那样，"只要你不躺在泥水里让疥癣长出来，不把硬邦邦的沙子蹭到伤口里，不在海上狂风大浪的时候游泳，这里就没什么会伤害到你。"

就跟人类的小孩一样，小海豹是不会游泳的，不过没有学会游泳之前，他们是高兴不起来的。珂迪克第一次下海的时候，一道浪把他卷到

第四章 白海豹

了没过头顶的水里,他的大脑袋沉了下去,小小的后鳍肢却翻了上来,那情形就跟他妈妈歌里唱的一模一样,要不是下一个浪头把他又抛回了海滩,他可能就被淹死了。

从那以后,他就学着躺在海滩的水坑里,让海浪刚好能没过他的身体,划动鳍肢的时候又可以浮起来,不过他总是会留心看着大浪,以免伤害到自己。珂迪克花了两个星期的时间学习使用鳍肢,在那两个星期里,他一直在水里挣扎着进进出出,呛得咳嗽了就咕哝着爬到沙滩上打个盹,醒来以后又回到水里,直到最后他发现自己终于成了水里真正的一员了。

接着,你可以想象珂迪克和他的同伴们在一起的那些时光,他们猛地一头扎进大浪里;跟着碎浪跳进海里,然后乘着席卷沙滩的大浪噼里啪啦地溅着水花落到海岸上。他们像老海豹一样尾巴撑地立起来挠头,或者在刚刚露出海浪的光溜溜的、长满杂草的礁石上玩"我是城堡国王"的游戏。有时珂迪克会看见一只跟大鲨鱼一样扁平的鳍肢,沿着海岸漂移过来。珂迪克知道,那是一条杀人鲸,也叫虎鲸,一旦抓捕到小海豹,就会把它们吃掉。这时珂迪克就会像箭一样飞快地游向海滩,然后那只杀人鲸会好像若无其事的样子,抖动着背鳍慢慢地离开。

十月末,海豹们开始按家庭和部族离开圣保罗岛,向深海游去。再也用不着为了保育场争斗了,单身汉海豹们可以随意到处玩耍。"明年,"玛特凯对珂迪克说,"你就是霍卢施切基了。可今年你必须学会怎么捕鱼。"

他们一起动身横渡太平洋。玛特凯教珂迪克如何把自己的鳍肢收拢到身边,让小鼻子刚好露出水面,然后仰着身子睡在水里。再没有比太平洋摇晃的波浪更舒服的摇篮了。珂迪克觉得全身刺痛时,玛特凯就告诉他他正在了解"水感",这种像针扎一样的刺痛感说明坏天气就要来了,他必须使劲游才能避开恶劣的天气。

"用不了多久,"玛特凯说,"你就会知道要游到哪里去,现在我们只要跟上海豚西皮格就可以,因为他很聪明。"这时一群海豚猛地一头扎进水里飞快地向前游去,小珂迪克尽快地跟了上去。"你怎么知道要游到哪里呢？"他气喘吁吁地说。这群海豚的首领翻了翻白眼，潜进了水中。"我的尾巴有点刺痛，小伙子。"他说，"这说明我身后有大风。快点儿！如果你在黏水（他指的是赤道）的南边时感到尾巴刺痛，那就意味着你前面有大风，你就必须往北游。快点儿！这里的水很糟糕。"

珂迪克学会了很多东西，这只是其中之一，他总是在不停地学习。玛特凯教他怎样沿着海底的沙洲追赶鳕鱼和比目鱼；怎样把海鳕鱼从海藻间的洞穴里绞出来；鱼群逃跑时，怎样绕过水下一百英寻深的失事船只残骸，像步枪子弹一样飞快地冲进一个舱口，又从另一个舱口冲出去；怎样在闪电划过整个天空的时候浮在浪尖上跳跃，当短尾信天翁和军舰鹰顺风而下时，怎样向他们礼貌地挥动鳍肢；怎样像海豚一样把鳍肢紧贴在身子两侧，卷起尾巴跳出水面三四英尺高；学会不去捕捉满身骨头的飞鱼；怎样在十英寻深的水下以最快速度咬掉鳕鱼的肩胛部；永远不要停下来观望小船和轮船，尤其是划艇。六个月快结束时，珂迪克对深海捕鱼还不了解的东西已经不值得学习了。这段日子里，他的鳍肢从来没有踏上过没水的地面。

可是有一天，在胡安费尔南德斯群岛外的一个地方，当珂迪克正半睡半醒地躺在温暖的海水里时，他感到浑身慵懒无力，就像人类的腿脚在泉水里泡久了一样，他想起了七千英里之外的诺瓦斯托什南那结实漂亮的海滩；想起了他和伙伴一起玩过的游戏；想起了海草的味道；想起了海豹的吼叫声和搏斗的场面。珂迪克马上转过身，马不停蹄地朝北游去，一路上，他遇到了很多伙伴，他们都是游往同一个目的地。伙伴们说："你好，珂迪克！今年我们全都成了霍卢施切基，我们可以在鲁坎侬附近的碎浪里跳火焰舞、在嫩草地上玩了。可你那件外套是从哪儿弄来的啊？"

现在，珂迪克的皮毛几乎变成了纯白色，虽然他对这一点非常自豪，但他只说了句，"快游吧！我这身骨头很想去那片陆地呢。"于是，他们全都回到了自己出生的海滩，听到了自己的父辈，那些老海豹们在飘摇的薄雾中搏斗的声音。

那天晚上，珂迪克和一岁大的海豹们跳起了火焰舞。夏夜里，从诺

第四章 白海豹

瓦斯托什南往下到鲁坎侬的海面上充满了激情,每只海豹身后留下的尾迹都像油在燃烧,他们跃出海面的时候还会闪出一道火红色的光,波浪破碎成一道道磷光闪闪的巨大波纹和旋涡。接着,珂迪克和他的伙伴们去了内陆霍卢施切基的领地,在刚长出来的野麦地里滚上滚下,讲起自己在海里的所有经历。他们谈到太平洋的时候,就跟小男孩议论自己采摘坚果的森林一样。要是有人能听懂他们的语言,那他离开以后就可以画出一幅前所未有的太平洋图。一群三四岁大的霍卢施切基一边欢蹦乱跳地跑下哈钦森山,一边叫喊:"闪开,小家伙!大海可深了,你们还什么都不懂呢。等你们绕完合恩角后再来。喂,一岁的小家伙,你从哪里弄来的那件白色外套?"

"不是我弄来的。"珂迪克说,"是自己长出来的。"就在他想把跟自己说话的霍卢施切基撞倒时,从沙丘后面走出来两个黑头发、红脸膛、扁扁的人。珂迪克以前从来没见过人类,他低下头发出咔咔的叫声。那只霍卢施切基只匆匆地爬了几码,就趴在地上傻呆呆地看着。原来这两个人不是别人,而是这个岛上海豹猎人的首领科瑞克·布特林和他的儿子,帕特拉蒙。他们就住在离海豹保育场不到半英里远的小村子里,眼下正在考虑要把哪些海豹赶进待宰栏——因为海豹像绵羊一样需要驱赶——随后做成海豹皮大衣。

"呵!"帕特拉蒙说,"看!有一只白海豹!"

科瑞克·布特林一脸油乎乎的、尽是烟草味,因为他是阿留申人,而阿留申人是不讲卫生的,他的脸几乎一下子全白了,接着就开始轻声祈祷起来。"别碰那只白海豹,帕特拉蒙。自打——自打我出生起,还从没见过白海豹。说不定那是老扎哈洛夫的鬼魂变的,他在去年起大风暴的时候失踪了。"

"我不会靠近他。"帕特拉蒙说,"这只海豹真倒霉。你真觉得他是老扎哈洛夫转世吗?我还欠他一些海鸥蛋呢。"

"别看他,"科瑞克说,"把那群四岁大的海豹拦住。今天他们本来应该剥两百张海豹皮,不过现在捕猎季节才刚开始,大家又都没经验。剥一百张就行了。快点!"

在一群霍卢施切基前面，帕特拉蒙把一对海豹肩胛骨敲得咔嗒咔嗒作响，这些单身海豹们突然停了下来，呼哧呼哧地喘着气。帕特拉蒙走近一些，海豹们迈起步来，科瑞克把他们引向内陆，他们甚至都没试图返回到同伴中间。几十万只海豹亲眼看见他们被赶走，接着他们又照样玩了起来，好像什么事也没发生过。只有珂迪克提出了疑问，可是没有一个同伴能说出个究竟来，只知道每年有六个星期或者两个月，人类都会用这种方法驱赶海豹。

"我要跟过去。"珂迪克说，他拖着身子紧紧跟在那些海豹的后面，眼珠子都快要蹦出来了。

"那只白海豹跟过来了。"帕特拉蒙喊道，"这还是头一次有海豹单独到待宰栏里来呢。"

"嘘！别回头看，"科瑞克说，"那是老扎哈洛夫的鬼魂！这个我必须跟祭司说一说。"

到待宰栏只有半英里的路程，可是他们花了一个小时的时间才走完。科瑞克知道，要是海豹们走得太快的话，他们身上就会发热，剥皮的时候他们的毛皮就会一片一片地掉下来。所以他们走得很慢很慢，路上经过了"海狮的颈"和"威伯斯特住宅"，最后他们来到了"盐屋"，沙滩上的海豹刚好看不到这里。珂迪克气喘吁吁地跟在后面，弄不清楚到底是怎么回事。他觉得自己到了世界的尽头，可身后海豹保育场的吵闹声听起来就像火车驶过隧道一样响亮。科瑞克在长满青苔的地上坐了下来，他掏出一块沉甸甸的锡金壳怀表，让那群海豹休息三十分钟好好凉快凉快。珂迪克都能听见雾气凝结的水珠从科瑞克的帽子边沿滴下的声音。后面又上来了十到十二个人，每个人手里都拿着三四英尺长的铁箍棒，科瑞克指出了一两只被同伴咬过了的和身体太热的海豹，那些人用厚重的靴子把他们踢到一边，他们的靴子都是海象喉部的皮做成的。科瑞克紧接着说，"动手！"那些人就立刻飞快地挥动铁箍棒照准海豹们的脑门打去。

十分钟后，小珂迪克已经认不出自己的朋友了，因为人们把他们从鼻子到后鳍肢的皮全剥掉了——快速地剥下，然后扔到地上堆放在一起。

第四章 白海豹

珂迪克已经受够了。他扭转身子飞快地跑回大海（在很短的一段时间内，海豹可以跑得很快），刚长出来的小胡子吓得全都竖了起来。在"海狮颈"，巨大的海狮们蹲在海浪的边缘，珂迪克把鳍肢举过头顶，猛地扑进清凉的海水中，他在水里使劲地摇晃着身子，痛苦得几乎透不过气来。"到这里来干什么？"一只海狮粗声粗气地说。海狮向来不和别的动物交往。

"嘶咕奇尼！欧沉嘶咕奇尼！"（"我孤单，非常孤单！"）珂迪克说，"他们会把所有沙滩上的所有霍卢施切基都杀掉！"

那只海狮把头转向内陆。"胡说！"他说，"现在你的朋友们还跟以前一样吵闹呢。你一定是看到老科瑞克把一群海豹剥光了。他都那样干了三十年了。"

"太可怕了。"珂迪克说，这时一道浪花从他背后涌来，他转动鳍肢一划，身子稳稳地落在了礁石上，离参差不齐的礁石边缘不到三英寸远。

"对一个一岁的小海豹来说，你游得真不错！"海狮说，他懂得高明的游泳技术。"在你们看来，我想这个事情确实很可怕，可是如果你们海豹年年都到这里来，人类当然会知道，除非你们能找到一个从来没有人去过的小岛，不然你们总是会被人类赶走。"

"难道就没有这样的小岛吗？"珂迪克开口说道。

"我跟着波尔图斯（大比目鱼）游了二十年，可我还不能说我已经找到了这样的小岛。不过你听好啦——你好像很喜欢和比自己更有经验的动物交谈——你应该去海象岛找西维奇谈一谈。他也许懂得一些。别那么急匆匆地赶过去。到海象岛要游六英里呢，小伙子，要是我，就先上岸打个盹。"

珂迪克觉得这个建议挺不错，于是他绕回自己的海滩，爬上岸睡了半个小时，在睡梦中，他跟所有的海豹一样，全身不停地抽动着。醒来后，珂迪克立即朝海象岛游去。海象岛是一个低矮的岩石小岛，几乎就在诺瓦斯托什南的正东北方，岛上到处是突兀的暗礁、岩石和海鸥巢，也是海象群集的地方。

珂迪克在老西维奇旁边浮上了水面——西维奇是一只又大又丑的北太平洋海象，臃肿的身子上面长满了疙瘩，脖子粗粗的、獠牙长长的。西维奇平时没有一点礼貌，除非是睡着了的时候——跟以前一样——后鳍肢一半泡在海水里，一半露在水面上。

"醒醒！"海鸥的叫声实在太吵了，珂迪克不得不提高嗓门大喊。

"嘿！嗬！哼！什么事？"西维奇说完，用他的獠牙重重地敲了一下旁边的海象，那只海象醒来后又敲醒另一只海象，就这样，他们一个个全都醒来了，瞪着眼睛到处张望，可就是没有看见珂迪克。

"嗨！是我。"珂迪克说，他漂浮在海浪上面，看起来就像一只白色的小鼻涕虫。

"哦！我可以——被剥过皮了！"西维奇说。他们全都看着珂迪克。那情景，就跟俱乐部里面昏昏欲睡的老先生全都盯着一个小男孩看一样。珂迪克当时很不愿意听到更多关于剥皮之类的话，他已经看得够多了。于是他大声说道："有没有一个人类从没去过、海豹可以待的地方呢？"

"自己去找吧。"西维奇说着，闭上了眼睛。"走吧，我们这里忙着呢。"

珂迪克像海豹一样跃到空中，扯开嗓子大叫："吃蛤的家伙！吃蛤的家伙！"他知道尽管西维奇装出一副很可怕的样子，可是他一辈子连一条鱼也没捉过，总是找蛤蜊和海草吃。那些总在寻找机会撒野的北极大海鸥、三趾鸥和北极海鹦，自然跟着珂迪克大喊大叫起来。而且——利默信是这样跟我说的——他们叫嚷了差不多五分钟，那时就算海象岛上有人在开枪你也听不见。岛上所有的居民都在大声叫喊，发出刺耳的声音："吃蛤的家伙！斯达里克（老家伙）！"西维奇一边左摇右晃，一边发出咕噜声和咔咔声。

"你现在说了吧？"珂迪克上气不接下气地说。

"去问海牛吧，"西维奇说，"要是他还活着，就会告诉你。"

"要是碰上了，我怎么知道他就是海牛呢？"珂迪克一边转身一边问。

"大海里比西维奇还丑的只有他了。"一只北极大海鸥在西维奇的

第四章 白海豹

鼻子下盘旋着尖叫道。"更丑,更没礼貌!斯达里克!"

珂迪克离开那些尖叫的海鸥,游回了诺瓦斯托什南。回到那里后,他发现没有一只海豹支持他去试试,看能不能为海豹们找到一个安宁的地方。他们告诉珂迪克,人类总是会驱赶单身海豹的——那是人类一天工作中的一部分——如果他不喜欢看到这么丑恶的事情,就不应该去猎杀场。但是其他海豹都没有看过猎杀的场面,就是因为这个,珂迪克和他的朋友们想不到一起去。况且,珂迪克还是一只白海豹呢。

"你现在应该做的,"老西卡其听完儿子的冒险经历后说,"就是快快长大,长得像你爸一样高大,在海滩上拥有自己的保育场,然后他们就不会来烦扰你了。再过五年,你应该可以为自己争口气了。"就连珂迪克的妈妈、温和的玛特凯也说:"你永远阻止不了人类猎杀海豹。到海里去玩吧,珂迪克。"于是珂迪克就游到海里,心情非常沉重地跳起了火焰舞。

这一年秋天,珂迪克尽快地离开了那个海滩。他独自出发,就因为他圆滚滚的脑子里有一个想法。他要去找到海牛,要是大海里真有这种动物的话,他还要找到一个安宁的小岛,在那里,有结实漂亮的海滩可以让海豹居住,在那里,人类永远不能接近他们。所以,他独自地找了一遍又一遍,从北太平洋找到南太平洋,一天一夜要游上三百英里。珂迪克一路上碰到的凶险多得说都说不完。他曾经险些被姥鲨、斑鲨和双髻鲨抓住;他碰到过形形色色的在海里到处游荡、不可信赖的恶棍;他还碰到过优雅的大鱼和带有猩红色斑点的扇贝,那些扇贝会在一个地方停留几百年,因此他们很是为此感到自豪。可是珂迪克从来没有遇到过海牛,也从来没有找到过一个梦想中的小岛。

只要是海滩漂亮又坚实,后面有一块可以供海豹们玩耍的斜坡,在远处的地平线上就总会有烟雾从熬制鲸油的捕鲸船里冒出来,珂迪克心里明白那些烟雾意味着什么。就算没有那些烟雾,他总能看出海豹曾经到过那个小岛并遭到过捕杀。珂迪克知道,人类去过的地方,以后肯定还会再去。

珂迪克结识了一只短尾老信天翁,信天翁告诉他克格伦岛就是一块安宁的地方。珂迪克游到那里,正好遇上一场雨雪交加、电闪雷鸣的大风暴,他差一点在凶险的黑色悬崖上撞得粉身碎骨。当珂迪克顶着狂风游出来时,他发现就连那里也曾有过海豹居住过的保育场。他去过的小岛全都是这种情形。

利默信提到过长长一大串的小岛,他说珂迪克花了五年的时间探查这些岛屿,每年都在诺瓦斯托什南休息四个月,在那里霍卢施切基总会拿他和他想象中的小岛开玩笑。珂迪克去过加拉帕戈斯群岛,那个群岛在赤道上,干燥得可怕,他在那里几乎被烤死;珂迪克还去过乔治亚群岛、奥克尼群岛、翡翠岛、小夜莺岛、戈夫岛、布维岛、克罗西特岛,甚至连好望角南边丁点大的小岛都去过了。可是无论游到哪里,海里的动物们都会告诉他同一件事——海豹去过那些小岛,但是都被人类杀光了。珂迪克曾经游出太平洋几千英里远,到过一个叫科连特斯角的地方(那时他正从戈夫岛往回游),他发现那里的岩石上有几百只身上长满疥癣的海豹,那些海豹告诉他,就连这么远的地方,人类也曾经来过。

听到这个消息后,珂迪克的心都快要碎了,他回转身子绕过了合恩角,向自己的沙滩游去。在往北游、路过一个长满绿树的小岛时,珂迪克发现那里有一只很老很老的海豹,他快要死了,珂迪克抓鱼给他吃,向他倾诉自己所有的悲伤。"现在,"珂迪克说,"我要回诺瓦斯托什南了,就算把我和霍卢施切基一起赶到猎杀场,我也不在乎了。"

老海豹说,"再试一次吧,在玛沙弗艾拉的罗斯特·卢克利岛,就剩下我这只海豹了,以前人类大量屠杀我们的时候,海滩上就流传着一个故事,说总有一天会有一只白海豹从北方赶来,把大家带到一个宁静的地方。我老了,不可能活着看到那一天,但是别的海豹可以。再试一次吧。"

珂迪克翘起他的小胡子(很漂亮的胡子),说,"在所有诞生在海滩上的海豹中,我是唯一的一只白海豹,而且不管是黑海豹还是白海豹,我是唯一——只想过要寻找新岛的海豹。"

老海豹的话让珂迪克感到无比振奋。那年夏天,他回到了诺瓦斯托什南,他的妈妈玛特凯恳求他成个家安定下来,因为珂迪克现在已经不

第四章 白海豹

是霍卢施切基了,他长大了,成了另一只西卡其。珂迪克的肩膀上长满了卷曲的白色鬃毛,他和他父亲一样身子沉重、体形庞大、样子凶猛。

"再给我一年的时间。"他说,"记住,妈妈,总是第七个浪潮在海滩上冲得最远。"

说来也奇怪,有一只雌海豹也想把她的婚期推迟到下一年。在开始最后一次探查的前一天夜里,珂迪克和她一起沿着整个鲁坎侬海滩跳起了火焰舞。

这一次,珂迪克是往西边游的,他必须跟在一大群大比目鱼后面。现在他每天至少要吃一百磅的鱼才能保持精力充沛。他一直追呀追,累得筋疲力尽了才停下来,接着把身子蜷作一团,睡在了通往铜岛的涌浪波谷里。他非常熟悉这片海岸,所以大概到了半夜的时候,珂迪克感觉自己在轻轻地撞击海底里的海藻,他说:"嗯,今晚的潮水会很汹涌。"他在水下翻了个身,慢慢地睁开眼睛,伸直了身子。紧接着,他像猫一样跳了起来,他看见在浅水区有些巨大的家伙,他们一边四处搜寻,一边啃着厚实的海草穗子。

"凭麦哲伦海峡的大浪发誓!"珂迪克翘起小胡子说,"深海里的这些动物到底是谁呢?"

他们跟珂迪克以前见过的海象、海狮、海豹、熊、鲸、鲨鱼,还有其他鱼类、鱿鱼和扇贝长得都不一样。眼前这些动物有二三十英尺长,没有后鳍肢,铲子一样的尾巴看起来就像是从潮湿的皮革里切下来的。这些家伙的头看上去最傻气了,在深水里不吃草的时候,他们依靠尾巴尖保持身体平衡,还郑重其事地相互鞠躬,他们挥动前鳍肢的样子,就跟一个肥胖的人挥动胳膊一样。

"呃哼!"珂迪克说,"捕捉快乐,先生们?"那些大家伙们鞠着躬、像青蛙仆人一样挥动前鳍肢作为回应。那些动物又开始吃草了,这时珂迪克看见他们的上嘴唇裂成了两半,可以扯开大约一英尺宽的口子,合起来时又把整整一蒲式耳的海草卷进了裂口。他们把海草大口大口塞进嘴里,然后一本正经地用力咀嚼起来。

"乱七八糟的吃相。"珂迪克说。他们又鞠了一下躬,珂迪克发脾气了,"很好,"他说,"就算你们的前鳍肢上碰巧多长了一个关节,也用不着这样炫耀啊。我看见你们鞠躬的样子很优雅,可是我想知道怎么称呼你们。"他们裂开的嘴唇蠕动着,抽动了几下,目光呆滞的绿眼睛瞪得大大的,不过他们都没有做声。

"好吧!"珂迪克说,"我遇到的动物当中,只有你们比西维奇更丑——更没礼貌。"

这时,珂迪克立刻想起了自己一岁时。海象岛的北极大海鸥尖叫着对他说过的话。珂迪克知道自己终于找到了海牛,他高兴得在水里向后翻了一个跟斗。

那些海牛继续游动,撕扯、吞食海草。珂迪克用自己在游历时学会的各种语言向他们提问,海洋生物的语言几乎和人类的语种一样多。可是海牛没有回答,因为他们根本就不会说话。海牛的脖子上只有六块骨头,而不是应有的七块,海底的生物们说,海牛甚至都不能和自己的同伴说话。不过就像你所知道的,他们前鳍肢上多长了一个关节,他们可以上下左右挥动前鳍肢,用笨拙的方法传达相当于电码的信息。

到了白天,珂迪克的鬃毛竖了起来,他的脾气也去了死螃蟹才去的地方。然后海牛开始向北方慢慢游去,时不时停下来聚在一起可笑地鞠躬。珂迪克跟在他们后面自言自语地说:"像海牛这样愚蠢的动物,要是没找到安全的小岛,老早就被杀光了。对海牛安全的地方,对海豹也一样安全。真希望他们能快点。"

对于珂迪克来说,跟着海牛是件很心烦的事情。那群海牛一直在海岸附近活动,每天顶多走四五十英里,晚上还要停下来吃草。珂迪克在他们周围游来游去,有时游在他们前头,有时游在他们身下,可就是没有办法让他们快点,哪怕多走半英里路。海牛们往北走得更远了,每隔几个小时就要聚在一起鞠一次躬,珂迪克急得差点都要把自己的胡子咬下来,直到他看到海牛们在追随一股暖流时,才对他们增添了几分敬意。

一天晚上,海牛们沉入闪闪发光的水下——像石头一样往下沉——然后,他们快速地游了起来,这还是珂迪克认识他们以后,第一次看到他们游得这么快。珂迪克跟了上去,海牛游泳的速度让他震惊了,他做

第四章 白海豹

梦都没想到海牛居然是游泳好手。他们游向海岸边的峭壁——也就是一直延伸到深海水域的峭壁，在海底二十英寻英寸深的峭壁底部有一个黑洞，海牛们钻了进去。他们在里面游了很久很久，还没等到游出海牛引进的黑暗隧道，珂迪克就迫不及待地想要呼吸新鲜空气了。

"我的天哪！"珂迪克大口大口地喘着粗气说，他这时已经游到了遥远的隧道尽头，眼前是一片开阔的水面。"潜了这么久的水，不过也值了。"

那些海牛已经散开了，正慢慢吞吞地沿着海滨吃草。这是珂迪克见过的最好的海滩，上面几英里长的、打磨得光溜溜的岩石正好适合海豹做保育场；而岩石后面那块有硬沙的坡地，可以用作海豹的嬉戏场。这里还有海豹可以在里面跳舞的巨浪、可以在上面打滚的长草、可以爬上爬下的沙丘，最棒的是，珂迪克通过对海水的感觉判断，人类从来没有来过这里，"水感"从来不会误导一只真正的西卡。

珂迪克做的第一件事就是弄清楚了这里捕鱼容易，接着，他沿着海滩游去，数了数那些在不停翻滚的迷人雾气中半隐半现、漂亮的低沙群岛。北方远远的海面上，有一排沙洲、浅滩和岩石，可以把船只阻挡在海滩六英里之外。群岛和大陆之间有一大片深水区，一直延伸到陡直的峭壁，隧道口就在峭壁下面某个地方。

"又是一个诺瓦斯托什南，不过要好上十倍。"珂迪克说，"海牛肯定比我想象的聪明。就算这里有人类，从峭壁上也下不来，那些朝向大海的浅滩可以把船只撞成碎片。要说大海哪里有安全的地方，那就是这里了。"

珂迪克想起了那只和自己分离的雌海豹，尽管他急着要回诺瓦斯托什南，但还是把这个新地方彻底地勘查了一遍，就可以回答所有的问题了。

接着，他潜入水中确定了隧道口的具体位置，之后就迅速向南穿过了隧道。除了海牛和海豹，谁也想不到还会有这样一个地方。当珂迪克回过头看着那些峭壁时，简直不敢相信自己刚才就在那下面游过。

珂迪克花了六天的时间才游到家，他游得还不慢。当他拖着身子爬上"狮子颈"的时候，遇到的第一个海豹就是那只一直在等着珂迪克的雌海豹。那只雌海豹从珂迪克的眼神中可以看出，他终于找到了自己心目中的小岛。

珂迪克把自己的发现告诉了大家，可是那些霍卢施切基、他的父亲西其卡和其他海豹个个都嘲笑他。一只跟他差不多大的年轻海豹说："真是太好了，珂迪克，不过你总不能从一个谁都不知道的地方回来，然后就这样命令我们离开吧。不要忘了，我们一直在为自己的保育场搏斗，可你从来没这样做过，你更喜欢在海里到处游荡呢。"

其他海豹听了哈哈大笑，那只年轻的海豹开始把头扭来扭去，他今年刚刚成家，自以为很了不起。

"我没有保育场，用不着打架，"珂迪克说，"我只想带你们到一个大家都安全的地方。打架有什么用呢？"

"哦，要是你打退堂鼓，那我自然是无话可说了。"那只年轻的海豹用很难听的声音笑着说。

"要是我赢了，你跟我一起去吗？"珂迪克说。看来必须跟他们打架了，他气愤极了，眼睛里闪过一道绿光。

"很好。"那只年轻的海豹漫不经心地说，"要是你赢了，我就跟你走。"

他来不及改变主意了，珂迪克的头已经扑了出来，牙齿咬住了年轻海豹脖子的脂肪。接着，珂迪克往后一坐，沿着海滩把对手一直往下拖，使劲地抖他，把他撞倒。接着，珂迪克向海豹们大喊："过去的五年里，我为你们尽了最大的努力，给你们找到了一个安全的小岛，可是，看来不把你们的头从愚蠢的脖子上揪下来，你们就不会相信。我现在要好好教教你们。你们自己当心了！"

利默信告诉我，他这辈子从来没有——利默信每年都能看见上万只大海豹搏斗的场面——他短暂的一生中从来没有见过有谁像珂迪克那样冲进保育场。珂迪克把最大的海豹找出来，然后一头扑过去咬住对方的喉咙，卡得他喘不过气来，然后狠狠地撞他、击他，直到对方哼哼着求饶就停下来，把他扔到一边，接着攻击下一只。要知道，珂迪克从来没有像大海豹一样每年禁食四个月，他在深海里的游泳经历也使他的身体

第四章　白海豹

保持在最佳状态。最重要的是，他以前从来没有搏斗过。珂迪克气得卷曲的白色鬃毛一根根竖了起来，他满眼怒火，大大的犬牙闪闪发光，看上去威风极了。

珂迪克的父亲西卡其，看见他狂奔而过，把灰色的老海豹当大比目鱼一样拖来拖去，把年轻的单身汉们撞得四处翻滚。于是，他咆哮一声，大声喊道："他可能是个傻瓜，可他也是海滩上最好的斗士！不要打你的父亲，我的儿子！他支持你！"

珂迪克咆哮着回应了一声，老西卡其一摇一摆地走了过去，竖起胡子，像火车头一样打了出去。玛特凯和那只准备跟珂迪克结婚的雌海豹蜷缩着身子，非常钦佩地看着自己的雄海豹。这是一场壮观的战斗，他们俩一直打啊打，只要有一只海豹敢把头抬起来，他们就不会放过。就这样，该打的都打过了，父子俩吼叫着，肩并肩大摇大摆地在海滩上走来走去。

夜里，北极光穿透浓雾一闪一闪地亮着，珂迪克爬上一块光秃秃的岩石，望着下面的那些零零散散的保育场和那些皮开肉绽、鲜血直流的海豹。"现在，"他说，"我总算给你们教训了。"

"我的天呐！"老西卡其艰难地挺直了身子说，他的伤势挺重。"就算杀人鲸都不可能把他们打得更惨。儿子，我为你骄傲，还有，我要跟你一起去你那个小岛——如果真有这样一个地方的话。"

"你们听好了，海里的肥猪！谁跟我一起去海牛隧道？回答啊，要不然我还会教训你们。"珂迪克大声吼道。

下面响起了一阵低沉的嘟哝声，就像潮水冲刷海滩时发出的潺潺声。"我们去。"几千个疲惫的声音说，"我们愿意跟随白海豹珂迪克。"

珂迪克把头缩到肩膀之间，自豪地闭上了眼睛。他从头到尾满身通红，已经不是一只白海豹了。不过就算这样，他对自己身上一道道的伤口也不屑一顾，碰也不碰一下。

一个星期后，珂迪克和他的大部队（将近有一万只霍卢施切基和老海豹）离开北方朝海牛隧道游去。珂迪克率领他们离开时，那些留在诺瓦斯托什南的海豹骂他们是笨蛋。可是第二年春天，他们在太平洋的浅水渔场相遇时，跟随珂迪克的海豹讲起了海牛隧道那边新海滩的精彩故事，于是离开诺瓦斯托什南的海豹越来越多了。

当然了，那些海豹不是一次就全都离开了，因为他们不是那么聪明，需要一段很长的时间才能把事情考虑清楚，但是一年又一年，有越来越多的海豹离开了诺瓦斯托什南、鲁坎侬和其他保育场，来到了那片宁静隐蔽的海滩。珂迪克整个夏天都趴在海滩上，一年比一年高大、肥胖和强壮。霍卢施切基就在不远处，在那片从来没有人类来过的大海里嬉戏玩耍。

鲁 坎 侬
这是一首非常悲伤的海豹赞歌

清晨，我遇到我的伙伴（而且，哦，可是我年纪大了！）
夏季涌浪翻滚的暗礁上，他们在大声喧吵；
我听见他们在高声合唱，比碎浪的拍打声更嘹亮——
鲁坎侬的海滩——像两百万个声音那么雄壮！

咸水湖畔舒适的栖息地之歌，
喘着粗气慢吞吞走下沙丘的小海豹之歌，
午夜把大海搅得热情似火的舞会之歌——
鲁坎侬的海滩——捕海豹的猎人到来之前！

清晨，我遇到我的伙伴（我以后再也遇不到他们了！）；
他们成群结队地来来往往，整个海岸黑压压一片。
远处可以听见声音的海面上，冒着斑驳的泡沫，
我们欢迎登陆的伙伴，我们唱歌把他们迎上海滩。

鲁坎侬的海滩——冬日的小麦长得那么高——
湿淋淋的青苔起褶皱，海雾让大家都湿透！
我们嬉戏场的平台，全都磨得一片平滑、闪闪发亮！
鲁坎侬的海滩——我们出生的家乡！

第四章 白海豹

清晨,我遇到我的伙伴,一支精疲力竭、稀稀拉拉的队伍。
人类在海里射杀我们,在陆地上敲打我们;
人类把我们像愚蠢的绵羊一样,赶到盐屋里去训服,
我们仍然在唱着鲁坎侬——捕海豹的猎人到来之前!

掉头吧,掉头往南吧;哦,古维卢斯卡,去吧!
向深海里的总督诉说我们的悲哀故事吧;
以前,如鲨鱼蛋一般空虚,暴风雨急冲上岸,
鲁坎侬的海滩再也无法了解自己的子孙了!

第五章　瑞奇·提奇·塔维

在他进入的洞里，
红眼睛向皱皮肤呼喊。
听见小红眼睛说：
"奈戈，过来和死神共舞！"

眼对眼，头对头，
（保持好距离，奈戈。）
死了一个就结束，
（你请便，奈戈。）
转来转去，扭来扭去——
（快躲起来吧，奈戈。）
哈！蒙面的死神失了手！
（你会得到报应，奈戈！）

这是一个关于瑞奇·提奇·塔维单枪匹马打了一场大战的故事，这事发生在西高里宿营地一个大平房的浴室里。达尔兹是一只长尾缝叶莺，他帮助过瑞奇·提奇·塔维。科坤德拉是一只麝鼠，他从来不爬到地板中间，总是绕着墙根爬，曾经劝告过瑞奇·提奇·塔维。不过真正的战斗是瑞奇·提奇·塔维。

瑞奇·提奇·塔维是一只猫鼬，他的毛皮和尾巴有点像小猫，可是头和习性却很像鼬鼠。他的眼睛和不安分的鼻子尖都是粉红色的。不管是用前爪还是后爪，他都可以随心所欲地挠自己身体的任何一个部位。他还可以把自己的尾巴蓬得像一把瓶刷一样。他在急匆匆地穿过高高的

第五章　瑞奇·提奇·塔维

草丛时，会发出战斗的吼叫："瑞克——提克——提奇——提奇——特克！"

一个炎热的夏日，一股大洪水把瑞奇·提奇·塔维冲出了他和父母居住的地洞。他踢蹬着，叫唤着，被洪水冲进了路边的排水沟里。在那里，他发现了一小缕飘浮在水面上的小草，就紧紧地抓住了它，直到失去了知觉。等他苏醒过来的时候，已经躺在了炎炎烈日下一座花园的小路中央，全身又脏又湿。这时一个小男孩说："这里有只死猫鼬。我们给他举行一个葬礼吧。"

"不，"小男孩的妈妈说，"我们把他带回家弄干。可能他还没死。"

他们把瑞奇·提奇·塔维带进了屋子，一个大个子男人用大拇指和另一根手指把他提了起来，说他没死，只不过是被呛晕了。于是他们用棉絮把他裹了起来，放在小火上让他暖和暖和。瑞奇·提奇·塔维睁开了眼睛，打了个喷嚏。

"好了，"大个子男人说（他是个英国人，刚刚搬进这座平房），"不要吓倒他了，我们看看他要做什么。"

世界上最难办到的事情就是吓唬一只猫鼬，因为他从鼻子到尾巴全身都充满了好奇。整个猫鼬家族的格言就是"跑过去看看是什么。"瑞奇·提奇是一只名副其实的猫鼬，他看了看棉絮，断定那不是什么好吃的东西，接着跑上桌子到处转了转，坐起来理理皮毛，挠个痒痒，最后跳到了小男孩的肩膀上。

"别害怕，特迪。"男孩的爸爸说，"他那是和你交朋友呢。"

"哎哟！他在挠我的下巴。"特迪说。

瑞奇·提奇低头往男孩的衣领口里边看了看，嗅了嗅男孩的耳朵，然后爬到地板上坐下来揉鼻子。

"天哪，"特迪的妈妈说，"那是一只野生动物呢！我觉得，他能这么温驯，都是因为我们对他很好。"

"所有的猫鼬都是这样的。"她丈夫说，"只要特迪不是抓着他的尾巴提起来，不把他关进笼子里，他整天都会在房子里跑进跑出。我们给他吃点东西吧。"

他们给了他一小块生肉。瑞奇·提奇对这种食物喜欢得不得了，吃完以后，他就走出房子来到阳台上，坐在太阳底下抖松皮毛，好让皮毛干透。这下他感觉好多了。

"在这座房子里可以找到更多的东西。"他自言自语地说，"我们全家一辈子都找不到这么多。我一定要待在这儿，找找都有些什么。"

整整一天，瑞奇·提奇都在房子里转悠。他差一点把自己淹死在浴盆里，还把自己的鼻子伸进了写字台上的墨水里。他为了看大个子男人怎样写字，就爬到他的膝盖上，结果被雪茄烟头烫到了鼻子。到了晚上，他跑进特迪的儿童房，观察煤油灯是怎样被点亮的，特迪上床睡觉时，他也爬到了床上。不过瑞奇·提奇不是个安分的家伙，整个晚上，只要一有声响，他就要爬起来仔细听一听，看看到底是怎么回事。特迪的爸爸和妈妈进来了，他们要做的最后一件事情就是来看看自己的儿子。瑞奇·提奇正睁着眼睛躺在枕头上。"我觉得那样不好，"特迪的妈妈说，"他可能会咬伤小孩。""他不会这样做。"爸爸说，"特迪和这只小野兽在一起，比让猎狗守护他还安全。要是现在有一条蛇爬进了儿童房——"

但是特迪的妈妈不愿意想象这么可怕的事情。

清晨，瑞奇·提奇骑在特迪的肩膀上，早早地来到阳台吃早餐。他们给了瑞奇·提奇一根香蕉和一些水煮蛋。他一个接着一个在每个人的膝盖上都坐了个遍，每一只有教养的猫鼬都希望自己有朝一日能成为一只家养猫鼬，可以在房间里跑来跑去。瑞奇·提奇的妈妈（她以前经常住在西高里的将军家里）曾经详细地跟瑞奇·提奇讲过，要是遇到了白人他应该怎么做。

后来，瑞奇·提奇走出房子来到花园里，他想看看周围的一切。这是一个大花园，只有一半的土地栽种了些植物，有像凉亭那么大的马歇尔·尼尔玫瑰花丛，还有酸橙、橘子树，一丛丛的竹子和高高的草丛。瑞奇·提奇舔了舔嘴唇，"真是个捕食的好地方，"他说，一想到这里，他的尾巴就蓬得像瓶刷一样。他在花园里匆匆忙忙地跑来跑去，闻闻这儿嗅嗅那儿，最后他听到荆棘丛中传来一阵非常伤心的声音。

那是长尾缝叶莺达尔兹和他的妻子。他们把两片大叶子拼在一起，

第五章　瑞奇·提奇·塔维

然后用植物纤维缝合叶子的边缘，做成了一个漂亮的窝，还在窝里铺满了棉花和柔软的绒毛。鸟窝来回摇摆着，他们站在窝的边缘上哭泣。

"怎么啦？"瑞奇·提奇问道。

"我们好惨啊，"达尔兹说，"昨天我们一个宝宝从窝里掉了出去，结果奈戈把他吃了。"

"哎！"瑞奇·提奇说，"那是挺惨的——不过我对这儿不熟，谁是奈戈？"

达尔兹和他的妻子吓得缩进了鸟窝，没有回答他的问题，因为灌木丛脚下厚厚的草丛里传来了低低的嘶嘶声——那是一阵阴森可怕的声音，瑞奇·提奇向后跳出了足足两英尺远。接着，奈格的头和膨胀成风帽一样的颈部一点一点地从草丛中冒了出来。奈格是一只黑色的大眼镜蛇，从舌头到尾巴有五英尺长。他把身体前段的三分之一从地面上竖起来的时候，就轻轻地来回摆动身子保持平衡，就像一簇蒲公英在风中摇摆一样。他那双邪恶的蛇眼打量着瑞奇·提奇，不管蛇在想什么，他们的眼神永远不变。

"谁是奈戈？"他说，"我就是奈戈。大神布拉姆睡觉的时候，世界上第一条眼镜蛇把他的颈脖张大得像一顶风帽，为大神布拉姆遮挡阳光，他就把自己的记号赐给了我们整个蛇族。看看，害怕吧！"

奈戈把自己的劲脖胀得更大了，瑞奇·提奇看到了他颈部背后像眼镜一样的花纹，看上去简直就像钩眼扣的扣眼。瑞奇·提奇只是刚开始有点害怕，但猫鼬任何时候都不可能会被吓倒的。尽管瑞奇·提奇以前从来没有见过活着的眼镜蛇，可他妈妈曾经喂给他吃过一些死眼镜蛇。他知道，成年猫鼬一辈子的任务就是与蛇搏斗、把蛇吃掉。奈戈心里也清楚这些，他那颗冷酷的内心深处，隐藏着深深的恐惧。

"好啦，"瑞奇·提奇说着，又把尾巴抖开了，"不管有没有记号，把鸟窝里掉出去的小鸟吃掉，你觉得做得对吗？"

奈戈一边暗自盘算，一边观察瑞奇·提奇后面的草丛里最轻微的动静。他知道，只要花园里有猫鼬，对他和他全家来说，死亡是迟早的事，不过他想让瑞奇·提奇放松警惕，于是他把头垂下一些，斜到一边。

"我们谈谈吧。"奈戈说,"你能吃蛋,为什么我就不能吃鸟呢?"

"在你后面!注意你后面!"达尔兹叫道。

瑞奇·提奇知道最好不要浪费时间去看。他使劲地往空中一跃,奈戈依娜的头嗖的一声扑到了他的身下。恶毒的奈戈依娜是奈戈的妻子,瑞奇·提奇说话的时候她就爬到了他身后,想趁机干掉他。她这一击扑空了,瑞奇·提奇听到了她凶残的嘶嘶声。他几乎是跨过奈戈依娜的背下来的,如果是一只老猫鼬,就会知道那时正是咬断蛇背的好机会,只要咬一口就行,但是他害怕眼镜蛇会发起反击,受到可怕的抽打。他确实咬了一口,只是咬得时间不够长,然后他就一下跳过了不断甩动的蛇尾,这使得被咬伤的奈戈依娜暴跳如雷。

"真可恶,可恶的达尔兹!"奈戈说着,尽力把自己的身子往上甩,要去够荆棘丛上的鸟窝。但是达尔兹把窝建在了蛇够不着的地方,他的窝只是来回晃动了一下。

瑞奇·提奇觉得自己的眼睛开始变红发热(当一只猫鼬的眼睛变红时,说明他发怒了),他像只小袋鼠一样用尾巴和后腿支起身子坐了下来,看了看四周,愤怒地吱吱叫了起来。但是奈戈和奈戈依娜已经消失在草丛里了。蛇在攻击落空后,从来不说一句话,也不会流露出下一步要做什么的任何迹象。瑞奇·提奇不想追赶他们,因为他不敢肯定自己能同时对付两条蛇。于是他快步走到房子附近的石子路上,坐下来好好想想。对他来说,这可不是一件小事情。

如果你读过以往的博物学方面的书,就会发现那些书上说,猫鼬与蛇搏斗时被咬伤以后,猫鼬会跑开,然后吃一些草药为自己疗伤。其实这种说法是不对的,胜利完全靠眼疾脚快——蛇的攻击对抗猫鼬的跳跃——因为没有谁能看清楚蛇头攻击时的动作,所以眼疾脚快的本领比任何神奇的草药都更加奇妙。瑞奇·提奇知道自己是一只年轻的猫鼬,一想到自己成功躲过了来自身后的猛然一击,他心里就格外高兴,对自己也有了信心。特迪沿着小路跑过来的时候,瑞奇·提奇已经准备好接受爱抚了。

可是,就在特迪弯下腰来时,泥土中有什么东西在轻轻地蠕动,一

第五章　瑞奇·提奇·塔维

个细小的声音说："小心点。我是死神！"原来说话的是卡莱特，一条喜欢待在泥地上的灰褐色小蛇。被他咬伤和被眼镜蛇咬伤一样危险。但是卡莱特的体型太小了，谁也不把他当回事，可就是这样，他才对人类的危害更大。

瑞奇·提奇的眼睛再一次开始发红，他摇摇摆摆地跳到卡莱特的身上，这种独特的摇摆动作是来自猫鼬家族的遗传。这种步态看上去很滑稽，但平衡性极强，所以猫鼬可以随心所欲从任意一个角度飞扑出去，在对付蛇的时候非常有效。瑞奇·提奇现在的处境比与奈戈搏斗更加危险，卡莱特太小了，转身的速度非常迅速，除非瑞奇能咬住卡莱特靠近后脑勺的地方，不然卡莱特就会反过来攻击他的眼睛或者嘴唇。要是瑞奇·提奇知道这些就好了，可是他不知道。他双眼通红，身体前后摇晃着，寻找好的位置。卡莱特发起了攻击，瑞奇往旁边一跳，然后试图冲到卡莱特的身边，可是那个邪恶的灰褐色的小脑袋猛地一甩，差一点咬到了他的肩膀。瑞奇只好从蛇身上跳了过去，卡莱特的头紧追着他的脚后跟。

特迪朝房子大声喊叫："哎呀，快来看！我们的猫鼬在杀蛇。"瑞奇·提奇听到了特迪妈妈的一声尖叫，特迪的爸爸拿着一根棍子跑了出来，可是还没等他过来，卡莱特有一次冲得太猛，瑞奇·提奇一跃跳到了蛇背上，然后在两条前腿之间深深地低下头，尽量朝蛇背最高的位置咬了一口，然后滚到一旁。这一口立刻就把卡莱特咬得不能动了，瑞奇·提奇正准备按照自家吃大餐时的习惯，从尾巴开始把他吃掉，可是他记起了一句话，"饱餐一顿，猫鼬变笨。"如果猫鼬想随时都有最强的力量和最敏捷的速度，就必须让自己瘦一些。

瑞奇·提奇离开了蛇，想去蓖麻油灌木丛下面洗个泥巴浴，特迪的爸爸在用力抽打死了的卡莱特。"还用得着那样吗？"瑞奇·提奇心想，"我已经把问题都解决了。"特迪的妈妈把他从泥土中抱起来，紧紧地搂在怀里，哭着说他救了特迪一命。特迪的爸爸说他来这个家真是上天的安排，特迪在一旁看着，大大的眼睛里充满了恐惧。瑞奇·提奇觉得他们这样大惊小怪的很好笑，他自然不能明白其中的原因。他觉得特迪的妈妈还不如去爱抚在泥土里玩耍的特迪。不过瑞奇还是觉得这样很享受。

那天晚上吃饭的时候,瑞奇·提奇在桌子上的玻璃酒杯之间走来走去,他本来可以多吃下三倍的好东西,可是一想起奈戈和奈戈依娜,他就控制了自己的食欲。尽管瑞奇·提奇很喜欢特迪妈妈的轻拍和爱抚,坐在特迪的肩膀上也很开心,但是他的眼睛总是会时不时地发红,嘴里发出长长的战斗吼声:"瑞克——提克——提奇——提奇——特克!"

特迪把瑞奇·提奇带到了床上,一定要他睡在自己的下巴下面。瑞奇·提奇很有教养,不会咬人也不会抓人。特迪刚一睡着,他就开始例行每天晚上的习惯,在房子里四处活动。他在黑暗中跑动时,碰到了正在绕着墙根爬行的麝鼠科坤德拉。科坤德拉是一只悲观绝望的小家伙。整个晚上,他都在吱吱地低声哀叫,总想下定决心跑到屋子中央,可就是办不到。

"别杀我,"科坤德拉快要哭了,"瑞奇·提奇,别杀我!"

"你觉得杀蛇的会去杀麝鼠吗?"瑞奇·提奇嘲笑地说。

"杀蛇者被蛇杀。"科坤德拉说,他比以前更伤心了,"我怎么敢肯定,奈戈不会在黑乎乎的晚上把我看成你?"

"根本不会有这样的危险。"瑞奇·提奇说,"奈戈只待在花园里,我知道你从来不去那里。"

"我的堂兄楚阿老鼠告诉我——"科坤德拉话还没说完就停了下来。

"告诉你什么了?"

"嘘!奈戈无所不在,瑞奇·提奇。你早应该在花园里和楚阿谈谈的。"

"我没有和他谈过——所以你必须告诉我。快说,科坤德拉,不然我就咬你!"

科坤德拉坐下来号啕大哭,直到泪珠从他的胡子上滚落下去。"我真可怜啊,"他哭诉说,"我一直没有勇气跑到屋子中央去。嘘!我什么都不能告诉你。难道你听不到吗,瑞奇·提奇?"

瑞奇·提奇听了听,房子里和往常一样平静,但是他认为自己还

第五章　瑞奇·提奇·塔维

是能听到这个世界上最微弱的沙沙声——就像一只黄蜂在玻璃窗上爬行时那么小的声音——这种枯燥的沙沙声是蛇鳞在砖墙上刮蹭时发出的。

"那是奈戈，要不就是奈戈依娜。"瑞奇·提奇暗暗告诉自己，"他正要爬进浴室的排水口。你说得对，科坤德拉，我真应该和楚阿谈谈。"

瑞奇·提奇悄悄地溜进特迪的浴室，可是那里什么也没有，他又溜进特迪妈妈的浴室。在光滑的石灰墙墙角处，有一块砖被掏开了，成了排放洗澡水的排水口。瑞奇·提奇从安放浴盆的石槽边悄悄溜了进去，他听见奈戈和奈戈依娜在外面的月光下窃窃私语。

"把房子里的人清空了以后，"奈戈依娜对她的丈夫说，"他就得离开，那时花园又是我们的了。悄悄爬进去吧，记住要先咬那个打死卡莱特的大个子男人。然后出来告诉我一声，我们再一起去找瑞奇·提奇。"

"你真能肯定咬死这些人对我们有什么好处吗？"奈戈问道。

"当然。这个屋子没人住的时候，我们的花园里有猫鼬吗？只要屋子里没人，我们就是花园的国王和王后了。别忘了，我们瓜地里的蛋一孵出来（可能就在明天），孩子们就需要一个宽敞安宁的地方。"

"这点我倒没想到。"奈戈说，"我这就去，不过等下我们不用去找瑞奇·提奇了。我会杀掉那个大个子男人和他妻子，要是行的话，把小孩也干掉，然后悄悄溜走。到那时屋子没人了，瑞奇·提奇就会离开。"

听到这里，瑞奇·提奇是又气又恨，感到浑身被针扎一样刺痛。接着，奈戈的头从排水口里钻了进来，紧接着是冷冰冰的、五英尺长的身子。尽管瑞奇·提奇很气愤，可是当他看到这么大的眼镜蛇时，心里害怕极了。奈戈盘起身子，抬头望着黑夜里的浴室。瑞奇看见他的眼睛在闪闪发光。

"嗯，要是我在这里杀死他，奈戈依娜就会知道；要是在开阔的地板上和他斗，又会让他占尽上风。我该怎么办呢？"瑞奇·提奇·塔维心里想着。

奈戈前后摆动着，瑞奇·提奇听见他正在从一个最大号的水缸里喝水，那是用来给浴盆灌水的水缸。"不错，"那条蛇说，"对了，卡莱特被杀死的时候,那个大个子男人手里有根棍子,说不定棍子还在他身边呢。不过他早上不会带根棍子来洗澡。我就在这里等他。奈戈侬娜,你听到了吧?我要在这个凉快的地方等到天亮。"

外面没有回应,瑞奇·提奇知道奈戈侬娜离开了。奈戈一圈又一圈地盘绕在水缸底部凸出的地方。瑞奇·提奇像死了一般一动也不动。过了一个小时,瑞奇·提奇开始一点一点地朝水缸挪动。奈戈睡着了,瑞奇·提奇盯着他宽阔的后背,搞不清楚应该咬哪个部位才好。"要是我不能一下咬断他的背脊,"瑞奇想,"他就还能反抗,要是他反抗——唉,瑞奇!"他看了一眼眼镜蛇皮褶下面粗大的颈脖子,那里对他来说太粗了。要是咬靠近尾巴的地方,只会让奈戈更加疯狂。

"要咬就咬头,"他最后决定,"咬脖子上面的头。一旦咬了那里,我就不能松口。"

接着他向前一跃,蛇头就在水缸凸出部分的下面,离水缸有一小段距离。瑞奇·提奇的牙齿刚一咬住蛇头,他的后背就紧紧地靠在红色陶器凸出的地方,把蛇头死死地按住。瑞奇·提奇只有一秒钟的时间咬住蛇头,但是他充分利用了这次机会。接着他被甩得撞来撞去,就像老鼠被狗抖来抖去一样——他在地板上前后左右,上上下下地碰撞,还被荡得兜了几个大圈。瑞奇·提奇双眼发红,一直咬住蛇头不放,蛇的身子就像马鞭一样抽打地板,接二连三地撞翻了长柄锡勺、肥皂盘和浴刷,又重重地撞在铁皮浴盆的侧面。瑞奇把蛇头咬得越来越紧了,他真觉得自己要被撞死了,为了家族的荣耀,他希望自己死后,人们能看到自己的牙齿依然紧咬着。他头晕眼花,疼痛难忍,感觉自己都要被抖得散架了。就在这时,后面的什么东西像响雷一样爆炸了,一股热风把他击昏了,红红的火苗烧焦了他的软毛。原来是大个子男人被喧闹声惊醒了,他把一支猎枪的两发子弹不偏不倚地打进了奈戈颈部的皮褶里面。

瑞奇·提奇闭上了眼睛,因为他觉得自己现在肯定死了。但是蛇头不动了,大个子男人把瑞奇·提奇抱了起来说:"又是这只猫鼬,艾丽丝,这次这个小家伙救了我们全家的命。"特迪的妈妈脸色惨白地走了进来,看见了奈戈残缺不全的尸体。瑞奇·提奇拖着身子吃力地回到了

第五章　瑞奇·提奇·塔维

特迪的卧室，到天亮之前，他有一半的时间都在轻轻抖动身子，想看看自己是不是真的和想象的一样，碎成了四十片。

到了早晨，瑞奇·提奇觉得全身僵硬，不过还是为自己做过的事感到很高兴。"现在，我要和奈戈侬娜算老账了，她比五个奈戈还难对付。不知道她说的那些蛋什么时候会孵出来。天哪！我得去见见达尔兹。"他说。

没等吃早餐，瑞奇·提奇就跑到了荆棘丛边，达尔兹正在那里放开嗓子高唱凯歌。奈戈已死的消息传遍了整个花园，因为清洁工把他的尸体抛到了垃圾堆上。

"哦，你这个没脑子的羽毛团！"瑞奇·提奇生气地说，"现在是唱歌的时候吗？"

"奈戈死了——死了——死了！"达尔兹大声喊道，"英勇的瑞奇·提奇紧紧咬住他的头不放，大个子男人拿来了砰砰响的棍子，奈戈倒下碎成了两半！他再也不会吃我的宝宝了。"

"你说得都对。可是奈戈侬娜在哪里？"瑞奇·提奇一边说，一边小心地向四周打量。

"奈戈侬娜来到浴室的排水口来叫奈戈，"达尔兹继续说，"奈戈搭在棍子头上出来了——清洁工用棍子头把他挑起来，丢到垃圾堆上。让我们歌唱伟大的红眼睛瑞奇·提奇吧！"达尔兹放开嗓子唱道。

"要是能上去够着你的窝，我就把你的宝宝都摇出来！"瑞奇·提奇说，"你都不知道什么时候该做什么。你在自己的窝里倒是挺安全，可下面我在这里还要战斗呢。先停一停，别唱了，达尔兹。"

"为了伟大的、英俊的瑞奇·提奇，我不唱了。"达尔兹说。"什么事啊？把可怕的奈戈消灭了的猎手？"

"问你第三遍了，奈戈侬娜在哪里？"

"马厩边的垃圾堆上，正在哀悼奈戈呢。牙齿雪白的瑞奇·提奇真伟大。"

"少提我的白牙齿！她把蛋藏在哪里了，你听说过没有？"

"在瓜地里，离围墙最近的那一头，那里几乎整天都能照到阳光。

几个星期前她就把蛋藏在那里了。"

"你就从没想过要把这事告诉我吗？你刚才说的是离围墙最近的那一头？"

"瑞奇·提奇，你不会是要吃她的蛋吧？"

"确切来说不是要吃，不是。达尔兹，要是你还有点脑子，就应该飞到马厩去假装自己的翅膀断了，把奈戈依娜引到灌木丛这里。我必须赶到瓜地里去，可要是我现在去，就会被她看见。"

达尔兹像只脑子里塞满了羽毛的小家伙，脑子里一次顶多只能容下一种观念。他知道奈戈依娜的孩子跟自己的一样，也是从蛋里出生的，所以他第一个念头就是觉得杀死他们很不公平。但是他的妻子很能明白事理，知道眼镜蛇的蛋不久以后就会成为小眼镜蛇。于是她飞出鸟窝，让达尔兹留在窝里为孩子们取暖，继续唱他的奈戈死亡之歌。达尔兹在某些方面跟人类很像。

达尔兹的妻子飞到垃圾堆旁边，在奈戈依娜的前面拍打着翅膀，大声喊道："哎呀，我的翅膀断了！房子里的男孩往我身上扔石头，把我的翅膀砸断了。"接着她更加绝望地扑打翅膀。

奈戈依娜抬起头，嘶嘶地叫道："要不是你提醒瑞奇·提奇，我早就把他消灭了。瘸了还来这里，你真是选错地方了。"然后她沿着泥地向达尔兹的妻子飞速爬去。

"那个男孩用石头砸断了我的翅膀！"达尔兹的妻子尖叫道。

"好了！我会找那个男孩算账，在你临死之前知道这件事，可能会让你心里好过点。今天早上，我的丈夫躺在了垃圾堆上，但是不到天黑，房子里的那个男孩就会躺着一动不动。跑有什么用？我肯定能抓住你，小傻瓜，看着我！"

达尔兹的妻子才不会傻到那个地步呢，因为小鸟一看到蛇的眼睛，就会吓得不能动弹。达尔兹的妻子一边继续扑打翅膀，一边哀声尖叫，一直没有离开地面，奈戈依娜加快了速度。

瑞奇·提奇一听到他们从马厩那边上了小路，就立刻飞奔到围墙附近的瓜地里。就在甜瓜周围温暖的草窝里，瑞奇·提奇发现了二十五颗

第五章　瑞奇·提奇·塔维

蛋。这些蛋被藏得很隐蔽,就和矮脚鸡的蛋差不多大,只是没有壳,只有一层发白的皮囊。

"我只不过提早了不到一天。"他说,他已经看见在皮囊里面缩成一团的小眼镜蛇了。瑞奇·提奇知道,每条小蛇刚一孵化出来,就可以杀死一个人或者一只猫鼬。他尽快咬掉蛇蛋的顶部,小心翼翼地把小眼镜蛇压扁,还时不时地把草窝翻过来,看看还有没有蛋被漏掉。最后只剩下三个蛋了,瑞奇·提奇轻声笑了,就在这时,他听到达尔兹的妻子在尖声叫道:

"瑞奇·提奇,我把奈戈依娜引到了房子那边去了,她已经爬进了阳台——啊呀,快点来——她要杀人了!"

瑞奇·提奇又捣碎了两个蛋,然后用嘴巴叼起第三颗蛋向后面的瓜地翻滚,他的脚刚一踏上地面,就拼命地向阳台奔去。特迪和他的父母正在阳台吃早餐,可是瑞奇·提奇看到他们什么也没吃。他们脸色煞白,就像石头一样一动也不动地坐着。奈戈依娜盘绕在特迪椅子旁边的地席上,近得一下就能咬到特迪裸露的小腿。奈戈依娜一边前后摇摆,一边唱着凯歌。

"杀死了奈戈的大个子男人的儿子,"她嘶嘶叫道,"待着别动。我还没准备好。再等一小会儿。你们三个都别动!你们动一下,我就咬死你们,你们不动,我也要咬死你们。啊,愚蠢的人,杀了我的奈戈!"

特迪目不转睛地看着父亲,他父亲只能轻轻地说:"坐着别动,特迪。你千万别动。特迪,保持安静。"

这时瑞奇·提奇出现了,他大声喊道:"转过身来,奈戈依娜。转过身来跟我较量啊!"

"来得正好。"她说,眼睛都没转动一下,"我马上就跟你算账。看看你的朋友们,瑞奇·提奇。他们一动不动,脸色发白。他们害怕了,都不敢动弹。要是你再走近一步,我就咬死他们。"

"去看看你的蛋,"瑞奇·提奇说,"就在围墙附近的瓜地里。去看看,奈戈依娜!"

大蛇侧过身子,看到了阳台上的蛋。"啊——啊!把蛋给我。"她说。

瑞奇·提奇用爪子踩住蛇蛋的两侧，眼射红光："一个蛇蛋算什么？一条小眼镜蛇算什么？一条小眼镜王蛇算什么？最后一个蛇蛋——窝里最后一个蛇蛋又算什么？蚂蚁正在瓜地旁边吃其他那些蛇蛋呢。"

奈戈依娜猛地转过身来，为了一颗蛇蛋把一切都抛到了脑后。瑞奇·提奇看见特迪的爸爸飞快地伸出一只大手，抓住特迪的肩膀，一下把他从摆放着茶杯的小桌子上面拉了过去，这下奈戈依娜够不着了，特迪脱险了。

"上当了！上当了！上当了！瑞克——特克——特克！"瑞奇·提奇咯咯地笑了起来，"男孩不会有危险了，昨晚是我——我——我在浴室里咬住了奈戈脖子上的皮褶。"瑞奇·提奇开始用四只脚同时跳上跳下，他的头贴近了地板。"奈戈把我抛来抛去，可他就是甩不掉我。没等大个子男人把他炸成两半，他就死了。那是我干的。瑞奇——提奇——特克——特克！来吧，奈戈依娜。来和我斗一斗吧。你当寡妇也当不久了。"

奈戈依娜清楚自己已经错过了杀死特迪的机会，而那只蛋就躺在瑞奇·提奇的爪子之间。"把蛋给我，瑞奇·提奇。把我的最后一个蛋给我，我会离开这里，永远也不会回来了。"她说着，缩紧了颈部的皮褶。

"对，你会离开，永远也不会回来了。因为你就要去垃圾堆和奈格躺在一块了。战斗吧，寡妇！大个子男人去拿枪了！战斗吧！"

瑞奇·提奇在奈戈依娜的四周蹦来跳去，正好处在奈戈依娜的攻击距离之外，一双小小的眼睛像烧红的煤炭。奈戈依娜鼓足了劲猛地扑了过去，瑞奇·提奇急忙跳起来往后一跃。奈戈依娜一次又一次地发起进攻，她的头每一次都狠狠地击打在阳台的地席上，然后像钟表里的发条一样盘拢了身子。瑞奇·提奇不停地绕着圈跳到奈戈依娜的背后，奈戈依娜扭动身子，头紧紧地追随瑞奇·提奇的脑袋，她的尾巴在地席上拖得沙沙作响，听起来就像大风吹过干树叶的声音。

瑞奇·提奇已经忘记了那颗蛇蛋。蛇蛋还躺在阳台上，奈戈依娜靠得越来越近了，最后，就在瑞奇·提奇喘口气的工夫，奈戈依娜一口叼住蛇蛋，转向阳台的台阶，然后像箭一样飞快地冲上了小路，瑞奇·提

第五章 瑞奇·提奇·塔维

奇跟着追了过去。眼镜蛇逃命的时候,跑起来就像在马脖子上挥动的鞭子一样快。

瑞奇·提奇知道,自己一定要追上她,不然以后还会有很多麻烦。奈戈侬娜径直向荆棘丛旁边的深草丛逃去。瑞奇·提奇追赶时,听到达尔兹还在唱那支愚蠢的胜利小曲。达尔兹的妻子比他聪明多了,奈戈侬娜刚刚逃过来,她就飞出了自己的小窝,在奈戈侬娜的头顶附近扇动翅膀。要是达尔兹也来帮忙,他们一起兴许能让奈戈侬娜掉头,可现在,奈戈侬娜只是缩了缩颈脖子上的皮褶,接着向前逃去。尽管如此,一瞬间的耽搁还是让瑞奇·提奇追了上来。就在奈戈侬娜冲进自己和奈戈住过的老鼠洞时,瑞奇·提奇用细小的白牙一口咬住了她的尾巴,跟着她一起钻进了洞里——无论是多么聪明老练的猫鼬,都不愿意跟着眼镜蛇进到蛇洞里。洞里乌漆抹黑的,瑞奇·提奇根本不知道什么时候洞口会变得宽敞起来,让奈戈侬娜趁机转身攻击自己。瑞奇·提奇死死咬住蛇尾巴,爪子像踩刹车一样,使劲地蹬在闷热潮湿的暗坡泥地上。

后来,洞口边的青草停止了晃动,达尔兹说,"瑞奇·提奇完了!我们得唱他的死亡之歌了。英勇的瑞奇·提奇死了!奈戈侬娜一定会在地下咬死他。"

达尔兹即兴唱起了一首非常悲伤的歌,当他唱到最感人的地方时,洞口边的青草又颤动起来,满身泥巴的瑞奇·提奇舔着胡子,拖着身子一步一步地挪出了洞口。达尔兹大叫一声,停止了歌唱。瑞奇·提奇抖掉了一些皮毛上的尘土,打了个喷嚏。"都结束了,"他说,"那个寡妇再也不会出来了。"住在草梗缝隙里的红蚂蚁听到他这句话,开始一个挨一个成群结队地爬进洞里,看看瑞奇·提奇说的是不是真的。

瑞奇·提奇蜷曲着身子,就地躺在草地上睡着了。他睡啊睡啊,一直睡到了快到傍晚的时候,他这一天确实够辛苦。

"好了,"他醒来后说,"我要回屋里了。达尔兹,跟铜匠说说吧,他会把奈戈侬娜死了的消息通知到花园。"

铜匠是一只小鸟,他发出的叫喊声和小铁锤敲打在铜锅上的声音一模一样。他是所有印度花园的公告传报员,会把所有的新闻都讲给每一只感兴趣的动物听。当瑞奇·提奇走在路上时,他听到铜匠像开饭时敲打小铜锣一样说了声"注意",接着是持续不断的"叮——当——托!奈戈死了——当!奈戈侬娜死了!叮——当——托!"结果花园里的小鸟全都齐声鸣唱起来,青蛙也呱呱地叫了,因为奈戈和奈戈侬娜以前经常吃青蛙和小鸟。

瑞奇走到了房子前,特迪、特迪的妈妈(她曾经昏厥过,所以看上去还是很苍白)和爸爸都出来了,看到瑞奇,他们都差点哭了。那天晚上,瑞奇·提奇把给他的东西全都吃完了,直到再也吃不下了为止,然后他就跨在特迪的肩膀上去睡觉。深夜里,特迪的妈妈去看儿子时,看见了睡在特迪肩膀旁边的瑞奇。

"他救了我们的命,救了特迪的命。"特迪的妈妈对丈夫说,"真想不到,他居然救了我们全家的命。"

瑞奇·提奇一跃就醒了,所有的猫鼬都睡不沉。

"哦,是你们。"瑞奇·提奇说,"你们还有什么好担心呢?眼镜蛇都死光了,就算没死,还有我在这里呢。"

瑞奇·提奇有资格为自己感到骄傲,但是他并没有变得过分骄傲,他像所有的猫鼬一样,用自己尖利的牙齿、迅猛的跳跃守护着花园,直到再也没有哪条眼镜蛇敢在围墙里露面。

达尔兹的咏唱

为瑞奇·提奇·塔维唱的赞歌

我是鸣禽和裁缝——
我的快乐翻了倍——为天空中我轻快的曲子自豪,
为我缝合的房子自豪——
上上下下,我就这样编织我的音乐——就这样编织
我缝合的房子。

再一次为你的小鸟歌唱,

第五章 瑞奇·提奇·塔维

妈妈,把你的头抬起来啊!
让我们遭灾的那个恶魔已经被杀死,
花园里的死神已倒下。
躲在玫瑰丛里的恐怖分子现在焉了——
被扔在粪堆里死了!

谁解救了我们,谁?
告诉我他的窝在哪里?叫什么名字?
瑞奇,又英勇又忠实,
提奇,他的眼球像火焰。
瑞奇·提奇·塔维,有乳白色尖牙,
有火焰般的眼球。

鸟儿们向他表示感谢,
展开尾巴上的羽毛鞠躬!
用夜莺的话来赞美他——
不,让我来赞美他。
听好了!我马上给你唱赞歌,歌颂红眼球、尾巴像瓶子的瑞奇!

(这时瑞奇·提奇打断了,其余的歌词丢失了。)

第六章　大象们的图迈

我会记得我的过去，我厌恶绳索和链条——
我会记得以往的力量，记得森林里的所有往事。
我不会为了一捆甘蔗就把自己的背脊出卖给人类，
我要出去寻找我的同类，寻找巢穴里的森林伙伴。

我要一直走到天明，直到早晨来临，
出去接受清风的亲吻，接受净水的爱抚；
我要忘记自己的脚链，折断羁绊我的尖木桩。
我要重获我失去的爱，还有那些自由的玩伴。

卡拉·纳歌，意思是黑蛇，他为印度政府服务了四十七年，凡是大象能做的，他都做过。他被人抓到时年满二十岁，现在已经快七十岁了——对大象来说已近高龄了。他记得，自己的前额上曾经包过一个大皮垫，用力推出一门深深陷在泥地里的大炮，那还是在1842年阿富汗战争爆发以前的事，那时他的力气还没有长足。卡拉·纳歌的妈妈，拉达·皮亚丽——意思是亲爱的拉达——和他在同一次围捕中被抓。卡拉·纳歌的小乳牙还没脱落，他的妈妈就告诉他，胆小的大象很容易受到伤害。卡拉·纳歌知道，妈妈的这条忠告很有道理，因为在第一次看到炮弹爆炸时，他吓得尖叫着往后退，撞到了堆放步枪的架子，刺刀戳进了他身上所有最柔软的地方。所以，还没长到二十五岁，他就不再害怕了，在所有为印度政府服务的大象中，他最受人关爱，待遇也最好。他曾经搬运一千二百磅重的帐篷，在上印度跟着部队一起长途跋涉。他

第六章 大象们的图迈

曾经被蒸汽吊车吊到轮船里,花了好几天的时候漂洋过海,来到一个远离印度、遍布岩石的陌生国度。他在那里驮运迫击炮,在马格达拉亲眼看到皇帝西奥多倒毙而死,后来他又搭乘轮船回到了印度,所以士兵们说,应该授予他阿比西尼亚战争勋章。十年以后,他曾经在一个叫作阿里·穆斯基德的地方亲眼看见自己的大象同伴死于严寒、癫痫、饥饿和酷暑。后来,他被派到数千英里远的南方,在毛淡棉贮木场拖运、堆放粗大的柚木。在那里,他把一头不听从命令、逃避职责的年轻大象打了个半死。

从那以后,人们不要他拖运木材了,而是让他和其他几十头训练有素的大象一起,去加洛山协助捕捉野象。大象受到印度政府的严格保护,有整整一个部门什么也不干,专门负责寻找、捕捉和训练大象,把他们送到全国各地需要大象干活的地方。

卡拉·纳歌的双肩足足有十英尺高,他的长牙被截短后只剩下五英尺长,为了防止开裂,末端部位被人们用铜圈箍起来了。与任何一头长牙尖尖但未经训练的大象相比,他可以用那些残存的牙齿做更多的事。

一周又一周,大家翻山越岭,小心翼翼地驱赶着分散在山头的野象,四五十头野生庞然大物被赶进了最后一个围栏,由捆扎在一起的树干做成的大吊门砰的一声在他们身后关上了。一听到命令,卡拉·纳歌就得走进火光闪烁、野象吼叫、混乱喧嚣的围栏(通常是在晚上,火把闪烁的光让他很难辨别距离的远近),然后挑出这群长牙野象中块头最大、性子最野的一头,狠狠地踢他、撞他,让他安静下来。这时,骑在别的大象背上的人就会抛出绳子拴住较小的野象。

在战斗方面,卡拉·纳歌这头聪明老练的"黑蛇"可以说无所不知,他一生中曾经不止一次地勇敢抵抗受伤老虎的猛攻,他卷起柔软的鼻子以免受伤,用自己发明的招数,像镰刀割草一样快速地甩动自己的脑袋,把跃入半空的野兽撞到一边。把老虎撞翻在地上以后,卡拉·纳歌就用自己巨大的膝盖跪在他身上,直到老虎倒抽一口气,惨叫一声一命呜呼,于是地上就只剩下一团毛茸茸、带斑纹的东西了,等着被卡拉·纳歌拉着尾巴拖走。

"对，"大图迈说，他是驾驭卡拉·纳歌的象夫，黑图迈的儿子，象图迈的孙子。黑图迈曾经带他到过阿比西尼亚，象图迈曾经亲眼看着他被捕获。"除了我，黑蛇什么也不怕。他经历了我们一家三代人喂养他、照料他，他还能活到我们的第四代照顾他。"

"他也怕我。"小图迈说着，挺直了四英尺高、只裹了一条破布的身子。他已经十岁了，是大图迈的大儿子，按照风俗，他长大后要接替父亲的位置骑在卡拉·纳歌的脖子上，操纵沉甸甸的铁驯象刺棒。这根刺棒在他父亲、祖父和曾祖父手里已经磨得很光滑了。小图迈心里清楚自己在说什么，他生在卡拉·纳歌投下的阴影里，还没学会走路就玩起了卡拉·纳歌的鼻子尖，刚学会走路就把卡拉·纳歌带到水里去。曾经有一天，大图迈把还是个棕色婴儿的小图迈举到他的象牙下面，要他对未来的主人行礼，卡拉·纳歌当时做梦都没想过要杀死那个小婴儿。同样，他从来都没想过要违抗小男孩尖声尖气的命令。

"没错，"小图迈说，"他怕我。"他大步走向卡拉·纳歌，称他是只老肥猪，还要他轮流抬起四只脚。

"哇！"小图迈说，"你真是一头大象。"他晃了晃头发蓬松的脑袋，引用父亲的话说，"政府可能为大象出钱，可他们是属于我们象夫的。卡拉·纳歌，等你老了，就会有哪个富有的王公过来，凭你的身材和举止，把你从政府手里买走。从那以后，你就什么都不用做了，只要在耳朵上挂着金耳环，背上驮个金象轿，身上两边披着金红布，走在国王出行队伍的最前面就行了。哦，卡拉·纳歌，到那时我就手里拿着一根银驯象刺棒，坐在你的脖子上，手持金杖的那些人就会跑到我们前头大声喊，'给国王的大象让道！'那是不错，卡拉·纳歌，不过还是不如像现在这样在丛林里追捕好。"

"哼！"大图迈说，"你是个男孩子，怎么跟小水牛一样野。这样在山里跑上跑下，可不是政府最好的工作。我年纪越来越大了，不喜欢野象。我想要用砖铺起来的大象行走路线、每头大象一个隔栏、可以把大象牢牢拴住的大树桩，还有用来训练大象的又平又宽的大路，不想再这样来回奔波过野营生活了。啊哈，坎普尔兵营真好，附近有个集市，

第六章　大象们的图迈

一天还只有三个小时的活呢。"

小图迈想起了坎普尔的大象路线，不作声了。他非常喜欢野营生活，讨厌那些又宽又平的大路，讨厌每天在饲料基地里翻掘草料，讨厌在漫长的几个小时里无事可做，只能眼睁睁地望着被拴在木桩上烦躁不安的卡拉·纳歌。

小图迈喜欢爬上只容一头大象通过的狭窄马道；喜欢俯视脚下的山谷；喜欢看见在几英里以外啃草的野象；喜欢看到受惊吓的野猪和孔雀在卡拉·纳歌脚下仓促逃跑；喜欢迷茫温暖的大雨，群山幽谷烟雾缭绕的样子；喜欢那美丽蒙眬的早晨不知道晚上该在哪里露营；喜欢沉着谨慎地驱赶野象；喜欢昨天晚上驱赶野象时发了疯似的狂奔，还有火焰和喧嚣，当时野象像山体滑坡时滚落的巨石一样，纷纷涌进围栏，发现出不去后，就朝粗大的柱子狠狠撞去，结果却被吆喝声、燃烧的火把和一齐射出的空弹赶了回去。

在那里，就算是一个小男孩也能派上用场，何况小图迈一个人可以顶三个男孩。他会挥舞着手里的火把，用尽全力地叫嚷。不过真正让他开心的时刻是在驱赶开始以后，那时捕象围场，也就是围栏，看起来就像是到了世界末日一样，人们连自己说的话都听不见，只好互相打手势。小图迈会爬上一根摇摇欲坠的围栏柱子顶端，被太阳晒得发白的棕色头发在肩膀上飘动飞散，在火光的照耀下他的样子看起来很像个小妖精。只要稍一停息，你就能听见他为卡拉·纳歌鼓劲的高声大叫，那声音盖过了大象的吼叫声和碰撞声、绳子的噼里啪啦声和被绳子拴住了的大象呻吟声。"米欧，米欧，卡拉·纳歌！（加油，加油，黑蛇！）单特度！（用象牙顶他！）索马啰！索马啰！（小心！小心！）玛洛，玛！（撞他！撞他！）小心柱子！啊啦！啊啦！嗨！呀！咔呀——啊——啊！"他大声叫喊着，卡拉·纳歌和野象在激烈地搏斗，来来回回地在整个捕象围场里晃动。老捕象人擦去流进眼睛里的汗水，一有时间就冲在柱子顶上高兴得扭来扭去的小图迈点点头。

小图迈不光是扭身子。有一天晚上，有个象夫在努力往不停踢蹬的小牛腿上套绳子（小牛总是比成年动物更麻烦），可是绳子掉到了地上，小图迈看见后就从柱子上滑下来，悄悄地溜到大象中间，把松散的绳头扔给那个象夫。卡拉·纳歌见到他，就用鼻子把他卷了起来交给大图迈，大图迈当场打了小图迈几巴掌，又把他放回到柱子上。

第二天早晨，大图迈训斥了小图迈一顿，他说："砖铺起来的大象行走路线，随身携带的小帐篷都不够好，非得自己动手去抓大象吗，没用的小东西？那些薪水比我少的蠢猎手，已经跟彼得森大人讲过这事了。"小图迈吓坏了。他不太了解白人，不过在他眼里，彼得森大人就是世界上最伟大的白人。彼得森大人是整个捕象围场的运营主管——他把捕捉到的大象全都交给印度政府，对于大象的生活习性，他比世界上任何一个人都在行。

"那——那会有什么事吗？"小图迈说。

"什么事！会出现最糟糕的事。彼得森大人是个疯子。不然他为什么要捕捉这些野家伙？他甚至会要你当一个捕象手，在到处都是热病的丛林里随便找个地方睡觉，最后在捕象围场里被踩死。你这次胡闹没捅出什么娄子来就好。下星期捕象就结束了，我们平原人就要回到自己的站里，到时候我们就可以走在平坦的大道上，把这次的捕猎活动统统忘掉。可是，儿子，那活儿原本归下贱的阿萨姆丛林佬们管，你竟然管起这个闲事，我真得很生气。卡拉·纳歌谁的话都不听，只听我的，我只好和他一起进捕象围场，可他只是一头战象，不会去帮忙捆绑那些野象。我就轻轻松松地坐着，象夫就是这样的——而不仅仅是一个猎手——我说的是象夫，一个退休时可以领到退休金的人。难道象图迈的家人要被踩进克达捕象围场的泥巴里吗？坏小子！臭小子！没用的小子！去给卡拉·纳歌洗个澡，注意他的耳朵，看看他脚上有没有扎到刺。不然彼得森大人肯定会把你抓走，让你当个野猎手——追踪大象脚印的家伙，丛林熊。呸！真丢人！快去！"

小图迈一声不吭地走了，不过在检查卡拉·纳歌的脚时，他向大象倒了自己一肚子的苦水。"没关系，"小图迈一边说，一边把卡拉·纳歌肥大的右耳垂卷起来，"他们已经跟彼得森大人说了我的名字，可能——可能——可能——谁知道呢？嗨！我把一根大刺拔出来了！"

第六章　大象们的图迈

接下来的几天里,人们把大象集拢起来,让刚捕来的野象在两头驯服的野象之间行走,防止他们在下山返回平原的路上惹出太多的乱子来。人们还清点了毯子、绳索,以及在森林里磨损或者丢失的物品。

彼得森大人骑着他那头聪明的雌象普德米妮来到了这里。捕象季节要结束了,他已经在山上给其他营地结清了工钱。一个当地的办事员坐在树下的桌子边,给象夫发放工钱。象夫们一领到工钱,就回到自己的大象旁边,加入到整装待发的队伍中去。捕象手、猎手和猎人助手是捕象围场的基本人手,他们一年到头待在丛林里。现在他们有的坐在大象背上,这些大象是归彼得森大人所有的常备军;有的横抱着猎枪靠在树上,嘲笑那些正准备离开的象夫,看到刚捕来的野象打乱了队形,四处乱跑时,他们就哈哈大笑起来。

大图迈朝那个办事员走去,小图迈跟在他的身后。追捕野象的头领玛秋阿·艾帕悄悄地对他的朋友说:"那边起码有一个是块捕象的好材料,可惜这个丛林小公鸡要被送到平原上换毛了。"

现在彼得森大人全身上下都是耳朵,因为他必须能听见所有活动中最安静的动物——野象的声音。他一直躺在普德米妮的背上,这时他翻了个身说:"说什么呢?我认识的平原象夫里头,没有一个是有头脑的,连一头死象都不会捆呢。"

"他不是成年人,是个小男孩哩。上次赶野象的时候,他跑到了捕象围场里面,把掉地上的绳子抛给了巴尔毛,当时我们正设法把肩上长了红斑点的那头小象从他妈妈身边弄走。"

玛秋阿·艾帕指了指小图迈,彼得森大人顺着手指方向看过去,小图迈深深地鞠了一躬。

"他能抛绳子?他比拴大象的桩子还小呢。小家伙,你叫什么名字?"彼得森大人说。

小图迈吓得说不出话来,但卡拉·纳歌就在他身后,图迈做了个手势,大象就用鼻子把他卷住,举到和普德米妮前额一样高的位置,面对着伟大的彼得森大人。小图迈用双手捂住了脸,他毕竟还是个孩子,除了在大象面前,他跟别的孩子一样害羞。

"哎哟！"彼得森大人翘起胡子微笑着说，"你为什么教你的大象那个把戏？是不是为了别人在晒玉米穗时，能帮你偷屋顶上的青玉米？"

"不是偷青玉米，穷苦大众的保护者彼得森大人——是偷甜瓜。"小图迈说，坐在旁边的人哄堂大笑起来。他们小时候大多数都教过自己的大象这种把戏。小图迈悬挂在八英尺高的空中，真恨不得能钻进八英尺深的地下。

"他是我的儿子图迈，大人。"大图迈皱着眉说，"他是个很坏的小子，他的最后下场就是坐牢，大人。"

"这我就不敢赞同了。"彼得森大人说，"一个像他这么小小年纪就敢面对整个捕象围场的小男孩，最后是不会坐牢的。看，小家伙，这里有四安那，给你买糖吃吧，算你那乱蓬蓬的头发下面还有一个聪明的小脑袋。你迟早也会成为一名猎手的。"大图迈把眉头皱得更紧了。"不过，你要记住，捕象围场可不是让小孩子进去玩的好地方。"彼得森大人接着说。

"我永远都不能到那里去吗，大人？"小图迈深深地吸了一口气问道。

"是的。"彼得森大人又微笑起来，"等你看到大象跳舞了，才可以去。要是你看到大象跳舞，就过来找我，所有的捕象围场我都会让你进去。"

人群中又爆发出一阵笑声，因为那是一句在捕象人中流传已久的玩笑话，意思是"永远不可能"。在偏僻的森林里，隐藏着一些空旷的大平地，人们把这些地方叫作"大象的舞厅"，不过就算是这些空地，人们也只能偶尔看到，更别说有人看过大象跳舞了。要是某个象夫吹嘘自己的本领和胆量，其他的象夫就会说，"你什么时候看过大象跳舞了？"

卡拉·纳歌把小图迈放了下来，小图迈又深深地鞠了一躬，跟着父亲走开了。小图迈把四安那银币交给了正在照顾小弟弟的妈妈，然后他们全都坐在卡拉·纳歌的背上，大象的队伍发出低沉的咕噜声和尖叫声，一摇一晃地沿着通往平原的山路下去。每次涉水过河时，新抓的野象都

第六章 大象们的图迈

会出点乱子，还要每时每刻哄着打着才肯往前走，所以一路上整个行进队伍热闹非凡。

大图迈很生气，恶狠狠地用刺棒刺卡拉·纳歌。小图迈却高兴得说不出话来，彼得森大人注意到了他，还给了他钱，他的感觉就像一个列兵被叫出队伍，受到总司令的表扬一样。

"彼得森大人说的大象跳舞是什么意思呢？"他终于说话了，小声地问妈妈。

大图迈听到他的话，嘟哝着说，"意思是说你永远都不能跟这些山里的水牛一样，成为一名追踪野象的人。这就是他的意思。哎呀，前面的，什么东西挡到路了？"

前面隔着两三头大象远的地方，一个阿萨姆的象夫怒气冲冲地转过身来，大声喊道："把卡拉·纳歌带上来，把我这个小家伙打老实点。为什么彼得森大人偏偏要我和你们这些稻田驴子一起下山啊？让你的野兽并排走，图迈，让他用象牙戳。凭所有山上的神发誓，这些新捕获的大象准是疯了，不然就是能闻到丛林里同伴的气味。"

卡拉·纳歌撞击着刚捕到的大象的肋部，撞得他上气不接下气。大图迈说，"我们上次抓捕时，把所有的野象小山都扫荡光了。只能怪你赶象的时候太粗心。难道非得我来维持整个队伍的秩序吗？"

"大家听听！"另一个象夫说，"我们把所有的山都扫荡光了！嗬！嗬！你真聪明，你们平原人真聪明。除了没见过丛林的傻大头，谁都清楚野象知道这个季节的捕猎活动结束了。所以今天晚上所有的野象都会——我干吗要把自己的精力浪费在一只河龟身上啊？"

"野象会怎么样？"小图迈大声问道。

"哦嗬，小家伙，是你啊？好吧，你的头脑还算清醒，我就跟你说吧。他们会跳舞，你爸爸把所有山上的所有野象都扫荡光了，今天晚上他应该在桩子上再加一把链子。"

"说的是哪门子话？"大图迈说，"我们家父子几代照料大象都四十年了，从来没听说过大象会跳舞这样的瞎话。"

"是的。住在茅草屋里的平原人只知道自己屋里的四面墙。这样吧,今天晚上把你的大象链子松开,看看会怎么样。说起大象跳舞,我以前看过那种地方,那里——巴普利·巴普!迪汉河到底有几道弯啊?这又要蹚水过河了,咱们得让小象游过去。你们后面的站着别动。"

就这样,他们一边闲聊着,一边争吵着,扑通扑通地过了河。然后他们朝着接收营前进,那个营地可以说是为刚捕到的大象设立的。可是早在到达之前,那些野象们就已经耐不住性子了。

到了营地后,大象的后腿被铁链绑着拴在了大树桩上,新捕来的大象还被另外多捆了几道绳索,草料也堆到了他们前面,山地象夫趁下午天还没黑,回到彼得森大人那里去了。临走时,山地象夫叮嘱平原象夫们晚上要格外小心,当平原象夫问起原因时,他们就大笑起来。

小图迈照料卡拉·纳歌吃过晚餐,夜幕降临时,他在营地里转悠着寻找一面手鼓,心里有种说不出的高兴。印度小孩心情激动的时候,不会到处乱跑,也不会乱喊乱叫。他会独自坐下来狂欢。小图迈和彼得森大人说过话了!要是他没找到自己想要的东西,我想他一定会大声喊叫的。可是营地里卖糖果的人借了一面小鼓给他——是用手掌拍打的鼓——星星开始出现了,他盘着腿坐在卡拉·纳歌前面,把手鼓放在膝盖上,独自在大象的草料之间咚咚咚地使劲敲起来,越是想到自己获得的伟大荣誉,他就敲得越起劲。既没有曲调,也没有歌词,光是敲着就让他很高兴了。

新捕获的大象拉紧了身上的绳索,时不时地尖叫着、怒吼着,小图迈听见了妈妈正在小营房里唱歌,哄小弟弟睡觉。那是一首非常非常古老的歌谣,讲述的是从前一个大神湿婆告诉所有的动物应该吃什么的故事。这首摇篮曲十分轻柔舒缓,开头一段是这样唱的——

湿婆,赠予了丰收,让风儿轻轻吹动,
很久以前,他坐在门口,把食物、辛劳和命运一一分配,
从宫殿里的国王到门口的乞丐,人人都有一份。
万物由他缔造——守护神湿婆。
马哈德奥!马哈德奥!他缔造了万物——
荆棘给骆驼,饲料给母牛,

第六章 大象们的图迈

妈妈的爱心给瞌睡虫，哦，我的宝贝儿子！

在每一句末尾，小图迈都要轻拍手鼓，配上欢快的咚咚声。最后他感觉困倦了，就伸直了身子，伸展四肢躺在卡拉·纳歌旁边的草料上。

大象们终于开始按照以前的习惯，一头挨着一头躺了下去，最后只剩下右边队伍里的卡拉·纳歌站在那里，他慢慢地左右摇晃着身子，支起耳朵倾听徐徐吹入山谷的晚风。夜空里充满了各种各样的声音——竹竿相互碰撞的咔嗒声，不知什么动物在矮树丛里发生的沙沙声，半睡半醒的鸟儿发出的嚓嚓声和粗厉的叫声（大大超出我们的想象，鸟儿在夜里醒着的时候比我们想象的要更多），还有很遥远的地方传来的水的滴落声——这些声音汇聚在一起，反倒显得十分寂静。小图迈睡了一会儿，等他醒来时，已经是明月高挂了，卡拉·纳歌，仍旧竖着耳朵站在那里。小图迈翻了个身，把草料弄得沙沙作响，他看着卡拉·纳歌宽阔的脊背在半个星空映衬下勾勒出的曲线，就在这时，他听到一头野象的吼叫声，那叫声划破寂静的夜空，从非常遥远的地方传来，听起来和一根针掉在地上的声音一样小。

所有的大象都猛地跳了起来，就像被枪击中了一样。大象低沉的吼叫声终于吵醒了熟睡的象夫，他们走了出来，用大槌棒钉实木桩，拉紧绳子，系牢绳结，直到一切又归于平静。一头刚捕获的大象几乎要把自己那根木桩拔起，大图迈解开卡拉·纳歌的脚链，把那头大象的前腿和后腿都捆住了，然后只塞了一圈草绳套在卡拉·纳歌的腿上，还告诉他要记住自己是被牢牢系紧的。大图迈知道，以前祖父、父亲和自己曾经这样做过几百次。可是卡拉·纳歌没有像往常一样，发出咕噜声回应这个命令。他一动也不动地站着，微微仰起头，把耳朵张得像蒲扇一样，透过月色眺望着那山恋叠起的加罗群山。

"要是他夜里不安分，你得照看好他。"大图迈对小图迈说，然后又回到小棚里睡觉去了。小图迈也正要入睡时，听到用椰壳纤维做的绳子啪的轻轻一声断了，卡拉·纳歌慢慢地、不声不响地摇晃着身子离开了自己的木桩，就像一朵飘出山谷口的云一样。在月光下，小图迈光着脚丫子轻快地跑在后面，他在小路上一边跑着，一边小声喊道："卡拉·纳歌！卡拉·纳歌！把我带上，哦，卡拉·纳歌！"大象默默地转过身来，朝月色下的小男孩迈回了三大步，然后垂下鼻子，把小男孩卷起来放到自己的脖子上，还没等小图迈把膝盖放好，大象就悄悄地溜进了森林。

大象的队列里突然传来一声怒吼，接着周围又变得静悄悄的。于是卡拉·纳歌开始移动。有时高高的草丛像浪涛冲刷船舷一样，从他身体两侧拂过；有时野生胡椒的藤蔓嚓嚓嚓地噌过他的脊背；有时竹子被他的肩膀撞得吱嘎吱嘎响。除了那些声音，卡拉·纳歌在烟雾弥漫、密密丛丛的加罗森林里穿行时没有弄出一点动静。他一路往山上走去，尽管小图迈能透过树叶的缝隙看到星星，可他已经分不清是什么方向了。

接着，卡拉·纳歌爬上了山坡的顶峰，在那里稍停了一小会儿，小图迈可以看见斑驳蓬松的树顶在月光下延绵数英里，还有蓝白色的薄雾笼罩着山谷。小图迈探着身子往下面看了看，他觉得森林已经苏醒了——苏醒过来后又生机勃勃，熙熙攘攘。一只棕色的吃水果的大蝙蝠从小图迈的耳边掠过；一只豪猪的刚毛在灌木丛里发出卡嗒卡的声音。小图迈听见在黑暗的树干之间，有一只猪熊正在使劲地挖掘潮湿温暖的泥土，边挖边嗅着。

接着，树枝又一次遮盖了他的头顶，卡拉·纳歌开始向下面山谷走去——这回不再是静悄悄的了，而是像一门失控的大炮冲下陡峭的河岸——一口气冲了下去。卡拉·纳歌巨大的四肢像活塞一样有规律地摆动着，每跨出一步就有八英尺远，膝关节皱皱巴巴的外皮沙沙作响。两边的矮树丛被他一路劈开，发出撕裂破帆布一样的响声；小树被他用肩膀向两旁推开，接着又弹了回来，砰地打在他的身子两侧。他左右甩动脑袋，吃力地开辟前进的道路，大把大把的蔓草全都缠结在一起，垂挂在他的长牙上。小图迈俯下身紧贴着大象的脖子，免得摆来荡去的大树枝把自己扫到地上，他真希望自己现在已经回到了大象的队伍中。

草地开始变得又湿又软，卡拉·纳歌脚每走一步都会陷进草地里，发出咕叽咕叽的声音。谷底的夜雾让小图迈感觉到一阵阵寒意。伴随着哗哗的水花飞溅声、沉重的踩踏声和湍急的流水声，卡拉·纳歌一步一步地摸索着跨过了河床。河水在大象的腿边打着旋，透过流水声，小图

第六章 大象们的图迈

迈听见小河的上游和下游传来了更多的溅水声和一些大象的吼叫声——既有响亮的呼噜声,也有愤怒的喷鼻声,小图迈身边的雾气中好像全是起伏晃动的影子。

"啊!"小图迈几乎喊了出来,他的牙齿格格作响,"今天晚上大象出动了。这么说,他们是要跳舞了!"

卡拉·纳歌溅着水花走出了河水,喷干了鼻子里的水,又开始爬山。不过这一次他不再是独自行动了,所以也就用不着自己来开路了。就在他前面,一条六英尺宽的路已经开好了,东倒西歪的丛林野草正在努力挺起身子。就在几分钟之前,一定有很多大象从这条路上走过。小图迈回头一看,就在他的身后,一头长着长牙的巨大野象正从雾气升腾的河水中走上河岸,猪一样的小眼睛像燃烧的煤块一样火红。树枝又一次遮盖了头顶,他们继续向山上走去,一路上到处都有吼叫声、碰撞声和两侧树枝折断的声音。

卡拉·纳歌终于来到了山顶,在两棵树的树干之间停住了脚步。这两棵树和其他的树围成了一个圈,围起了一块大约三四英亩的不规则空地。小图迈可以看到,那块空地的地面已经被踩得跟砖铺成的地面一样坚硬。空地中央长了几棵树,不过树皮都被磨掉了,露出来的白色木头在斑驳的月光下显得油光滑亮。藤蔓垂挂在高高的树枝上,藤上开着像旋花植物一样钟状的蜡白色花朵,像睡熟了似的垂了下来。整块空地光秃秃的,连一片绿叶都没有,只有被踩踏的泥土。

除了一些大象站立的地方和他们漆黑的影子,整块空地在月光下呈现出一片铁灰色。小图迈屏住了呼吸、瞪大了眼睛看着,越来越多的大象摇摆着从树干之间走进了空地。小图迈只能从一数到十,他掰着手指头数了一遍又一遍,最后连自己都忘了数了多少个十,头都数晕了。小图迈听见,空地的外面有一些大象正在穿过低矮的灌木丛爬上山坡,发出哗啦哗啦的碰撞声,但只要一踏进树干围起的空地,他们就像幽灵似的悄无声息地走动。

在这些大象里头,有长着白牙的野公象,他们脖子上的皱褶里和耳根上夹着落叶、坚果和细树枝;有身材肥胖、脚步缓慢的母象,一些躁动不安、皮肤黑里透红、只有三四英尺高的小象正在她们肚子下面奔跑；有刚刚长出白牙、并为之感到骄傲的年轻大象；有身材瘦长、皮包骨头、从没生过小象的老母象，她们脸颊凹陷，表情焦虑，鼻子像粗糙的树皮；还有凶猛的老公象，从肩膀到身子侧面都有以前搏斗时留下来的疤痕，其中既有饱受鞭打后留下的红印，也有被划破后留下的伤口，独自在泥浆里洗澡时沾上的泥块从他们的肩膀上掉落下去。其中有一头公象折断了一根长牙，肋部有一道道又长又深的可怕伤疤，那都是老虎爪子拼尽全力抓出来的。

大象们有的头并头地站立着，有的成双结对在空地上走来走去，有的独自摇摆晃动——有许多许多大象。

小图迈知道，只要趴在卡拉·纳歌的脖子上不动，自己就什么事都没有，即使是在忙乱的捕象围场里，被围捕的野象也不会伸出鼻子把人从驯服了的大象脖子上拖下去，而且这些野象今天晚上根本不会去考虑人类。有一次，听到森林里传来的脚镣的叮当声时，他们吓了一跳，都向前竖起了耳朵。可那只是彼得森大人心爱的大象普德米妮，她脚上的链条已经折断了，还留着短短的一截，现在正一边发出呼噜声，一边喷着鼻子爬上山坡。她一定是扯断了自己的木桩，直接从彼得森大人的营地来到这里的。小图迈又看见了一头他以前从没见过的大象，这头大象的背上和胸部有深深的绳子印。他一定也是从附近山上的某个营地逃出来的。

森林里终于没有大象走动的声响了，卡拉·纳歌摇晃着身子从大树之间走了出去，他一边发出咕噜的叫声，一边走进象群中间，所有的大象都开始走来走去，用他们自己的语言交谈起来。

小图迈仍然趴在卡拉·纳歌的脖子上，俯身看着下面许许多多宽阔的脊背、扇动的耳朵、甩动的鼻子和骨碌碌转动的小眼睛。小图迈听到象牙偶然交叉相撞时的咔嗒声，象鼻缠绕在一起时的干燥的沙沙声，巨大的肋部和肩膀挤在一起的摩擦声和粗大的尾巴不停的甩动声和嗖嗖声。一朵浮云遮住了月亮，小图迈在黑暗中坐着，大象们仍在不断地轻轻推着、挤着，发出咕噜的叫声。小图迈知道，卡拉·纳歌周围全是大

第六章 大象们的图迈

象,自己不可能从象群中退出去,所以他咬紧了牙关,颤抖起来。在捕象围场里至少还有火把光和喊叫声,可这里,周围一片漆黑,又只有他孤零零一个人,有一次,一只象鼻子还伸上来碰他的膝盖。

后来,有一头大象吼叫了一声,然后其他大象都跟着吼叫起来,这种可怕的叫声持续了五到十秒钟。树上的露水像下雨一样,滴落到隐匿在黑暗中的象背上。这时响起了沉闷的轰隆隆声,刚开始并不是很响,小图迈不知道到底是怎么回事,后来这声音越来越响了,卡拉·纳歌抬起了一条前腿,接着又抬起另外一条,两条腿依次击打地面——一二,一二,像夹板锤一样持续不断而又有节奏。现在大象全都跺起脚来了,听起来就像在山洞口敲响的战鼓。露水从树上滴落,直到一滴不剩,可是沉闷的轰隆隆声还在响个不停,大地在摇晃颤抖。小图迈用手捂住耳朵,想挡住声音。可是汇聚在一起的巨大震动贯穿了他的全身——那可是好几百只沉重的脚踩踏在光秃秃的地面上。有一两次,小图迈能感觉到卡拉·纳歌和其他大象蜂拥着向前迈出了几大步,沉闷的敲打声变成了多汁的绿色植物被压碎踩烂的声音,可是过了一两分钟,坚硬的地面上又响起了低沉的脚步声。有棵树在小图迈身边不远的地方嘎吱嘎吱作响,痛苦呻吟,他伸出手臂摸到了树皮,但是卡拉·纳歌又踩着沉重的步子向前移动,小图迈分不清自己在空地上的哪个位置。大象们始终没有发出一声吼叫,只有一次,两三头小象齐声尖叫了一下。接着,小图迈听见了重重的撞击声和拖着脚走路的声音,接着轰隆隆声又响了起来。这种状况一定持续了足足两个小时,小图迈觉得每一根神经都在隐隐作痛,但是从夜晚空气的气息中,他知道黎明就要来临了。

黎明破晓时,青山后面出现了一抹淡黄色,第一线曙光出现时,轰隆隆声戛然而止,仿佛光线就是一道命令似的。还没等回荡在小图迈脑海里的轰隆隆声消失,甚至还没等他换个姿势,所有的大象就都不见了踪影,他的眼前只剩下卡拉·纳歌、普德米妮和身上有绳印的那头大象。山坡上没有大象的足迹,没有传来沙沙声,也没有低吼声,没有任何迹象表明他们的去向。

小图迈瞪着眼睛看了又看,和他记忆中的相比,那块空地在夜里变大了，立在空地中间的树也更多了，空地周边的矮树丛和丛林野草已经被踩进了泥地里。小图迈又仔细看了一遍，现在他明白了那些踩踏声是怎么回事了。大象们已经踩出了更大的空地——浓密的青草和多汁的植物根茎被踩成了断枝，断枝被踩成碎条，碎条被踩成了碎屑，碎屑被踩成了坚硬的地面。

"哇！"小图迈说，他的眼皮非常沉重，"卡拉·纳歌，我的主子，我们跟着普德米妮一起回彼得森大人的营地吧，不然我要从你脖子上掉下去了。"

第三头大象看着卡拉·纳歌和普德米妮离开，然后喷了下鼻子，转身踏上了自己的小路。也许他是属于当地某个小王公的，住在五六十英里或者上百英里之外的地方。

两个小时以后，彼得森大人正在吃早餐的时候，他那些头天晚上被加了双重链条的大象开始吼叫起来，肩膀以下满是泥巴的普德米妮和四只脚走得酸痛不已的卡拉·纳歌步履蹒跚地走进了营地。

小图迈一脸苍白憔悴，头发上沾满了树叶和露水，可他还是打起精神向彼得森大人行了个礼，用微弱的声音喊道："跳舞——大象跳舞！我看见了，我——要死了！"卡拉·纳歌坐下来时，小图迈从他的脖子上滑下来，昏了过去。

但是，当地的小孩从来不会因为什么而紧张不安，所以，两个小时以后，小图迈就舒舒服服地躺在了彼得森大人的吊床上，头下枕着彼得森大人的猎装，他已经喝过了一玻璃杯温奶，还喝过一些加了点奎宁的白兰地酒。那些胡子拉碴、身上带有伤疤的丛林老猎手们，在小图迈的面前里里外外坐了三层，他们看着小图迈，仿佛他就是一个小精灵，小图迈用小孩子那种简短的话语讲述了自己的故事，最后他说：

"好了，要是我说了一句假话，可以派人去看看，他们就会发现大象把那个舞场踩得更大了，他们会发现十个又十个，很多个十个通向舞场的大象脚印。他们用自己的脚把舞场踩得更大了。我亲眼看见了。卡拉·纳歌带我去的，我看见了。卡拉·纳歌的腿也很痛！"

小图迈又躺下睡着了，他睡了整整一下午，直到黄昏才醒来。他睡

第六章　大象们的图迈

觉的时候，彼得森大人和玛秋阿·艾帕追随着卡拉·纳歌和普德米妮的足迹，翻过小山走了十五英里的路。彼得森大人追捕大象已经有十八个年头了，他以前只见过一次这种大象跳舞的地方。玛秋阿·艾帕无须多看一眼，也用不着用脚趾去刮一刮压紧踏实的泥土，就知道空地那里发生了什么事情。

"那个孩子说的是实话。"玛秋阿·艾帕说，"这些都是昨天晚上干的，我数了一下，有七十个大象脚印过河。看吧，大人，普德米妮的脚镣刮掉了那棵树的树皮呢！对，她也在场。"

他们相互看了看，然后又上上下下打量了一番，都感到非常惊讶。不管是黑人还是白人，人类是无法凭自己的智慧理解大象的行为方式的。

"四十五年了，"玛秋阿·艾帕说，"我一直追随我的大象主子，可我从没听说过，有哪个人类的孩子见过这个小孩看到的。以山神的名义发誓，这是——我们还能说什么呢？"他摇了摇头。

他们回到营地时，已经是吃晚饭的时间了。彼得森大人独自在自己的帐篷里用餐，不过他命令营地里要准备两只羊和一些家禽，给每人发放双份的面料、大米和盐，他知道人们将会举行一场盛宴。

大图迈急匆匆地从平原上的营地赶来，寻找自己的儿子和大象，现在他已经找到了，却又好像害怕他们似的看着他俩。在一排排被拴在木桩上的大象面前，一场宴会正在熊熊燃烧的篝火旁边举行，小图迈是这场宴会的主角。那些身材高大、皮肤黝黑的抓象人、追踪大象的人、象夫、用绳索套大象的猎人，还有那些知道所有的秘诀、能把最狂野的大象驯服的猎人们，把小图迈从一个人手里传到另一个人手里，还在他的前额上涂上刚宰杀的雄林鸡胸前流出的血，以表明他是一个森林人了，是通过了正式的仪式、可以在丛林里自由活动的人。

最后，篝火上的火焰渐渐熄灭了，干材上的红光使那些大象看起来好像也在血水之中浸泡过一样，这时玛秋阿·艾帕，也就是所有捕象围场里全体象夫的首领——玛秋阿·艾帕，彼得森大人的得力助手，一个四十年来从没见大象开路的人——拥有玛秋阿·艾帕这个伟大名字的人——跳了起来，把小图迈高高举过头顶，大声喊道："听着，我的兄弟们，队列里的主子们，你们也听着，我，玛秋阿·艾帕在讲话！这个小家伙以后不再叫小图迈了，只叫象图迈，就和他以前曾祖父的名字一样。他在漫长的黑夜里看到了从没人见过的事情，他得到了大象和丛林之神的偏爱。他将会成为一个伟大的追捕猎人，比我——甚至比我玛秋阿·艾帕更伟大！他将用他那双慧眼追随新的踪迹、旧的踪迹、混杂的踪迹！他在捕象围场里跑到大象肚子下面捆绑长牙野象时，将不会受到伤害。即使他在猛冲过来的公象脚下滑倒，那头公象也会知道他是谁，不会踩到他。啊嗨！拴着链条的主子们，"——玛秋阿·艾帕飞快地朝木桩前面走去——"这是看见你们在隐蔽的地方跳舞的小家伙，——从来没有人看见过那景象！对他表示敬意吧，我的主子们！瑟拉穆·卡罗，我的孩子们。向象图迈致敬！干嘎·波峡德，啊哈哈！希拉·谷伊，伯奇·谷伊，库塔尔·谷伊，啊哈哈！普德米妮，——你跳舞的时候看见过他，还有你，卡拉·纳歌，象群中的珍珠！啊哈哈！大家一起致敬！向象图迈，巴尔络！"

在玛秋阿·艾帕疯狂地喊出最后一句话的时候，整排的大象都猛地竖起了鼻子，直到鼻尖顶住前额，深深地敬礼，发出喇叭般的吼叫声——以前只有印度的总督才能听到捕象围场里发出这种致敬的吼叫声。

可这一次，所有的敬礼和吼叫声都是为了小图迈一人，他看见过以前别人没有见过的景象——大象在夜里跳舞，而且是独自一人在加罗山深处。

湿婆和蚱蜢
图迈妈妈唱给婴孩听的歌

湿婆，赐予了丰收，让风儿轻轻吹动，
很久以前，他坐在门口，把食物、辛劳和命运一一分配，
从宫殿里的国王到门口的乞丐，人人都有一份。
万物由他缔造——守护神湿婆。
马哈德奥！马哈德奥！他缔造了万物——

第六章　大象们的图迈

荆棘给骆驼，饲料给黄牛，
妈妈的爱心给瞌睡虫，哦，我的宝贝儿子！

他把小麦赐给富人，小米给穷人，
残羹剩饭给挨家挨户行乞的圣人；
牛给老虎，腐肉给鸢鹰，
破布和骨头给夜间没有墙避寒的恶狼。
他既不觉得谁很高尚，也不认为谁很低俗——
帕巴蒂坐在旁边看着他们来来去去，
想要愚弄一下自己的丈夫，跟他开个玩笑——
悄悄地把小蚱蜢藏在了自己的胸口。

她就这样戏弄他——守护神湿婆。
马哈德奥！马哈德奥！转过身来看看。
高大的是骆驼，笨重的是黄牛，
可这却是最小的小东西，哦，我的宝贝儿子！

施舍完毕，她笑着说，
"主人，在无数张嘴巴中，难道每一张嘴巴都得到了食物吗？"
湿婆笑着回答，"大家都有一份，
就连他——藏在你心底的小家伙，也有一份。"

她从胸口把它拉出来，帕巴蒂小偷，
看见这个最小的小东西咬新长出来的叶子！
看得她又担心又惊讶，向湿婆祈祷，
他肯定把肉赐给了活着的万物。
万物由他缔造——守护神湿婆。
马哈德奥！马哈德奥！他缔造了万物——
荆棘给骆驼，饲料给黄牛，
妈妈的爱心给瞌睡虫，哦，我的宝贝儿子！

第七章　女王陛下的仆人们

你可以运用分数或者简单的比例运算法则计算出来，
但半斤不等于八两。
你可以又扭又转，又编又织，直到累垮为止。
但比利·温基的方法和温奇·波普不同！

军营的天空，飘泼大雨已经下了整整一个月。现在，军营里的三万名官兵和几千头骆驼、大象、马、公牛和骡子全都在一个叫拉瓦尔品第的地方集合，准备接受印度总督的检阅。总督正在接待阿富汗埃米尔的来访——埃米尔是一个不开明的国王，来自一个不开明的国度。他带来了一支共有八百兵马的卫队，这些士兵和军马以前从来没见过军营，也没见过机车——他们来自中亚某个偏僻的地方，性子都很野。每天晚上，总会有一群马挣断绊马索，在四周一片漆黑的军营泥地里到处狂奔乱窜，要不就是骆驼挣脱了缰绳到处乱跑，被帐篷的绳索绊倒。你可以想象一下，对于那些想睡着的人来说，这种事情有多么令人讨厌。我的帐篷和骆驼的营区隔得远，所以我觉得这里很安全。可是一天晚上，有人突然把头探进我的帐篷喊道："快出去！他们来了！我的帐篷没了！"

我很清楚"他们"是指谁，于是我穿上靴子和雨衣，赶紧跑到帐篷外面的烂泥地里。我的猎狐狗小维克森从帐篷的另一边钻了出去，接着响起了一阵吼叫声、呼噜声和扑哧扑哧的声音。我看见帐篷杆突然折断，帐篷倒塌了，开始像疯狂的幽灵一样乱舞。原来是一头骆驼瞎闯撞倒了帐篷，尽管我浑身湿漉漉的，心里很生气，可还是忍不住哈哈大笑起来。

第七章　女王陛下的仆人们

我不知道有多少只骆驼挣脱了缰绳,所以继续向前跑去。我在烂泥地里吃力地走着,没过多久,我就看不到营区了。

后来,我被一门大炮的炮架尾部绊倒了,我知道自己来到了炮兵阵地的附近,阵地里的加农炮是在夜间堆起来的。我不想在蒙蒙细雨和黑暗中到处蹚泥水了,于是我把自己的雨衣挂在一门大炮的炮口上,用找来的两三根推弹器搭起一个简易的棚屋,顺着另一门大炮的炮架躺了下来,心里想着不知道维克森去了哪里,自己可能在什么地方。

正准备睡觉时,我听到鞍具叮当作响的声音和咕哝声,一只骡子抖动着湿淋淋的耳朵从我身边经过。他应该是螺旋大炮炮兵连的骡子,因为我能听到鞍垫上皮带、扣环和链条的咔嗒声。螺旋大炮是一种微型的加农炮,由两块组成,使用的时候就把前后两块拧在一起。山上只要是骡子能找到路的地方,就有螺旋大炮运上去。在岩石遍布的国家,用这种大炮作战非常实用。

骡子后面跟着一头骆驼,骆驼柔软的大蹄子扑哧扑哧地在泥里滑动,脖子来回摆动着,就像迷路的母鸡。幸运的是,我很熟悉动物的语言——当然不是野兽的语言,仅仅是军营动物的语言——那是从本地人那里学来的,所以我知道这头骆驼在说什么。

他一定是那头噗的一声跌进我帐篷里的骆驼,我听见他大声对骡子说:"我该怎么办?我该怎么办?我已经跟一个摇摇摆摆的白色东西打了一架,它拿一根棍子抽我的脖子。"(是我那根被折断了的帐篷杆,我很高兴能听懂这句话。)"我们要不要继续跑?"

"哦,原来就是你啊,"骡子说,"原来就是你和你的朋友一直在军营里捣乱?好吧。到了早上,你就会为这件事挨揍了。我索性现在就跟你算账好了。"

我听见鞍具叮当作响,骡子往后一退,朝骆驼的肋部踢了两脚,听起来像是在敲鼓。"下一次,"骡子说,"你就知道在夜里最好不要闯进骡子的炮兵连,还大喊'有贼啊,着火啦!'坐下,让你那愚蠢的脖子安静点。"

骆驼像一把两英尺的折尺一样弯起腿,抽抽搭搭地哭着按骆驼的方式坐下来。黑暗中传来了一阵有节奏的马蹄声，一匹高大的战马稳步而缓慢地跑来，就像正在接受检阅一样，他跳过一门大炮的炮架，在骡子的身边停了下来。

"真丢脸，"他边用鼻孔喷气边说，"那些骆驼又在我们的阵地里闹腾——这个星期里第三回了。马要是不能好好睡觉，怎么能维持体力呢？你是谁？"

"我是第一螺旋炮兵连二号炮后膛炮的骡子，"骡子说，"那个是你的朋友，他也把我吵醒了。你是谁？"

"我是第九枪骑兵团E连十五号士兵——迪克·坎利夫的战马。往旁边站一点儿，好了。"

"啊呀，请原谅，"骡子说，"太黑了，看不清楚。这些骆驼太可恶了，是不是有什么毛病？我从我的部队里走出来，想在这里清静一下。"

"我的领主，"骆驼谦恭地说，"我们夜里做了噩梦，都很害怕。我只是给第三十九土著步兵团驮行李的骆驼，没有你们那么勇敢，我的领主。"

"那你为什么不待在木桩旁边，为第三十九土著步兵团搬运行李，反倒在军营里到处乱跑呢？"骡子说。

"那些噩梦太可怕了。"骆驼说，"对不起。听！那是什么声音？我们接着跑吗？"

"坐下，"骡子说，"不然你会在大炮中把你棍子一样的腿扭断。"然后骡子竖起一只耳朵仔细倾听。"小公牛！"他说，"是拉炮的小公牛。我敢保证，你和你的朋友们已经把整个营地彻底吵醒了。要把一头拉炮的小公牛赶起来可得费不少的劲呢。"

我听见链条在地上拖动的声音。一对体格健壮、气得脸色发白的小公牛肩并肩地一起走了过来，大象不肯靠近炮火的时候，他们就肩负起拖运沉重攻城炮的任务。这时另一匹炮兵连的骡子差点踩到了拖在地上的链子，那骡子拼命地叫着"比利"。

"那是我们的一个新兵，"老骡子对战马说，"他在叫我。我在这

第七章　女王陛下的仆人们

儿，小伙子，别尖叫了。黑暗又害不着谁。"

两头拉炮的小公牛一起卧下，开始咀嚼反刍的食物，年轻的骡子挤到比利的身边。

"那些东西！"年轻的骡子说，"太可怕了，太恐怖了，比利！我们睡觉的时候，他们闯进了我们的阵地。你觉得他们会把我们杀了吗？"

"我真想狠狠踹你一脚，"比利说，"想想看，你是头受过训练、有十四手高的骡子，竟然会在这位先生面前给我们炮兵连丢脸！"

"小声点，别激动！"战马说，"不要忘了，新兵们刚开始都是这样的。我第一次看见人的时候（那是在澳大利亚，我当时三岁），我瞎跑了半天，要是当时看见了骆驼，我肯定还会一直跑下去。"

我们英国骑兵带到印度的马，几乎都是来自澳大利亚，由骑兵们自己训练。

"确实如此，"比利说，"别抖了，小伙子。人们第一次把整套鞍具的链条安在我背上时，我用前腿着地扬起后腿，把鞍具全踢掉了。那时我还没有学会踢的技巧，可炮兵们说他们从来没见过我那样的踢法。"

"可那些不是鞍具，也不是别的叮当响的东西。"年轻的骡子说，"你知道，我现在害怕的不是那些东西，比利。是像树一样的东西，他们倒在营区里，到处都是，还发出扑噗扑噗的声音。我头上的缰绳断了，可我找不到我的骡夫，也找不到你，比利，所以我就和——和这些先生一起跑了。"

"哼！"比利说，"我一听说骆驼脱了缰，就自己悄悄走出来了。一个炮兵——一匹螺旋大炮骡子竟然把拉大炮的小公牛称作先生，肯定是吓坏了。趴在那边地上的伙计是谁啊？"

两头拉大炮的小公牛用舌头卷了卷反刍的食物，一起回答："我们是大炮连第一炮第七轭拉炮牛。骆驼闯进来的时候，我们正在睡觉，骆驼踩到我们身上的时候，我们就站起来走开了。宁愿在泥地上安安静静地趴着，也不愿躺在舒服的草垫上被他们搅和。我们跟你这个朋友说过，没什么可怕的，可他知道的事情还挺多，有不一样的想法。哎！"

小公牛们又接着咀嚼起来。

"那都是因为你害怕，"比利说，"你被拉炮的小公牛笑话了。希望你喜欢，小家伙。"

年轻骡子的牙齿咯咯地响，我听见他大概说了些不怕世界上任何一头粗壮的老公牛之类的话，小公牛们只是咔嗒一声相互碰了碰牛角，还是接着嚼自己的食物。

"好了，你别害怕后又发脾气。那是最懦弱的表现。"战马说，"我觉得，不管是谁，如果是在夜里看见了自己不熟悉的东西，受到了惊吓都可以得到原谅。我们那儿四百五十匹马，一次又一次挣脱木桩，就因为有个新兵讲了很多关于澳大利亚家乡鞭蛇的故事，结果脑袋上松开了的缰绳头就能把我们吓得要死。"

"在兵营里那都是正常的，"比利说，"要是有一两天没有出门，为了好玩，我也喜欢到处乱跑。你们战马在前线都干些什么？"

"啊，那完全是另外一回事了。"战马说，"迪克·坎利夫骑在我背上，用他的膝盖紧紧地夹着我，我要做的就是看好落蹄子的地方，后腿站稳，还有顺从缰绳。"

"什么叫顺从缰绳？"年轻的骡子问。

"凭内陆的蓝桉树起誓，"战马喷了下鼻子说，"你的意思是说，没人教过你们干活的时候怎样顺从缰绳？一拉紧你脖子上的缰绳，你就要立即掉转身子，除了这个，你还能干些什么？这对你的主人来说可是决定生死的大事，当然对你来说也一样。你一感觉到脖子上的缰绳动了，就得用后腿转过身来。要是没有足够的地方，就用后腿稍稍站起来转身，那就叫顺从缰绳。"

"我们没有学习那一套，"骡子比利口气生硬地说，"我们学的是服从我们前面的人：他说出发就出发，说前进就前进。我觉得结果都一样。不过，那些漂亮、高难度的动作和用后腿直立，肯定让你们的跗关节很难受。你们是做哪方面的事？"

"那要看情况了，"战马说，"通常情况下，我必须冲进人群里，那些毛茸茸的人大喊大叫、手里还拿着刀——闪闪发光的长刀，比兽医的刀子还可怕——我得注意让迪克的靴子只能碰到别人的靴子，不能挤

第七章 女王陛下的仆人们

到一起。只要能看到迪克的长矛在我的右眼右边,我就知道自己很安全。在忙于作战的时候,我不用照顾那些顶抗我和迪克的人和马。"

"那些刀不会伤到你吗?"年轻的骡子说。

"嗯,有一次我的胸部被砍了一刀,可那不是迪克的错——"

"要是受伤了,我一定会很在乎是谁的错!"年轻的骡子说。

"你肯定会的,"战马说,"要是你不相信自己的主人,最好立刻跑开。我们有些战马就是这样的,我不怪他们。就像我刚才说的,那不是迪克的错。那个人倒在地上,我尽量小心不踩到他,他却照着我劈了一刀。下次要是我必须跨过倒在地上的人,我就踩在他身上——狠狠地踩。"

"哼!"比利说,"这事听起来真荒唐。不管什么时候,刀都是肮脏的东西。正确的做法应该是,驮着一个摆放平稳的马鞍爬上山,依靠你的四条腿、还有耳朵坚持向上攀爬,缓缓前进,直到你出现在一个比所有的人都高出几百英尺的岩架上,那里刚好只够落下你的四只蹄子。然后你就站着别动,也别出声——再也不要求人把住你的头,小家伙——在组装大炮的时候,保持安静,接着你就看着小小的罂粟壳落到下面很远很远的树梢里。"

"你不会被绊倒吗?"战马说。

"人们说,要是会骡子会被绊倒,你就可以撕开母鸡的耳朵了。"比利说,"有时也许没有安装好的鞍子会干扰骡子,不过很少会出现这种情况。我真想让你看看我们的工作。挺不错的。哎,我花了三年的时间才弄明白人类的用意是什么。它的窍门就是永远不能暴露在天空下,不然的话,你就可能会挨枪子。记住这一点,小家伙。就算你必须多走一英里的路,也要尽可能躲藏好。炮兵连爬山的时候,都是我在前面带路。"

"向那些开火的人射击,连向他们冲过去的机会都没有!"战马仔细想了想,"这点我可受不了,我还是想冲锋——和迪克一起冲锋。"

"不是吧,你不会吧。你要知道,只要大炮一到位,冲锋的事就全交给大炮了。那样既科学又干净利索。可是刀——呸!"

过去的这段时间里，驮行李的骆驼一直把头上下快速摆动着，急于插上话。我听到他清了清嗓子，紧张地说：

"我——我——我也参加过小战斗，不过我不是爬山，也不是冲锋。"

"肯定不是。经你这么一提，"比利，"你还真不像是块爬山或者跑步的料——起码不是很像。那么，你是怎样作战的，老干草堆？"

"用正确的方法，"骆驼说，"我们全蹲下——"

"哦，我臀部的铠甲和胸部护板啊！"战马低声说，"蹲下？"

"我们蹲下——我们一百头骆驼都蹲下，"骆驼接着说，"围成一个大方阵，人们就把背包和驮鞍堆在方阵外面，然后跨在我们背上射击，每一边方阵的人都是那样射击。"

"什么样的人？随便哪个走过来的人都行？"战马问。

"那些人在骑术学校教我们趴下，让我们的主人跨在我们身上射击，不过这事我只信得过迪克·坎利夫。趴在地上让我的腰很难受，而且，我脑袋贴在地上什么也看不见。"

"谁跨在你身上射击有什么关系？"骆驼说，"旁边有很多人，有很多骆驼，还有一大团烟雾。那个时候我不会怕，我静静地坐着，等待战斗结束。"

"可是，"比利说，"你夜里会做噩梦，还会搅得军营不得安宁。好了，好了！以前我躺下都不愿意，更不用说蹲下来，让一个人跨在我身上射击，我的脚后跟和那个人的脑袋准会有话说。你听说过这么糟糕的事吗？"

大家沉默了很长一会，后来一头拉炮的小公牛抬起大脑袋说："这种方法确实很愚蠢。其实作战只有一种方式。"

"啊，接着讲，"比利说，"请不要介意我的话，我猜你们这些伙计是用尾巴站起来打仗吧？"

"只有一种方式。"两头牛齐声说。他们一定是双胞胎。"是这样，只要'两条尾巴'一吼叫，我们二十轭牛就全套在大炮上。"（"两条尾巴"是"大象"一词的军营俚语。）

"'两条尾巴'为什么吼叫？"年轻的骡子问。

第七章　女王陛下的仆人们

"表示他不会再靠近另一边的硝烟了。'两条尾巴'是个名副其实的胆小鬼。然后我们就一起拖动大炮——嘿呀——嗨啦！嘿呀！嗨啦！我们不是像猫那样爬山，也不是像小牛那样奔跑。我们二十轭牛穿过平原，直到人们又把我们的轭卸下来，我们吃草时，大炮就隔着平原和围着土墙的城镇说话，土墙的碎片倒塌了，尘土飞扬起来，就像一大群牛回家时一样。"

"哦！你们就挑那个时候吃草，是吗？"年轻的骡子问。

"那个时候吃，其他时候也吃。吃东西总是件好事。我们吃草吃到又被套上牛轭，然后把大炮拖回到'两条尾巴'守候的地方。有时城里会有回话的大炮，把我们中的一些牛杀掉了，活着的牛就有更多草吃了。这都是命中注定的——就是命中注定的。尽管如此，'两条尾巴'还是个十足的胆小鬼。这就是真正的作战方式。我们是从哈普尔来的两兄弟。我们的父亲是湿婆的神牛。我们说完了。"

"嗯，今晚我真是长了点见识。"战马说，"你们螺旋大炮连的先生们，要是有大炮向你们开火，'两条尾巴'就在身后，你们还会想吃东西吗？"

"那大概就跟我们蹲下来让人把手脚摊开趴在我们身上的感觉一样，或者跟冲进拿刀的人群一样。我从来没听说过这样的蠢话。只要有一处山上的岩架，一个摆正了的驮鞍，一个值得信赖、让你自己拣好路走的骡夫，我这头骡子就听你的。但是别的事情——不行！"比利说话的同时，跺了一下蹄子。

那当然，战马说，"每一位都是不一样的。我明显看得出，你的家族，你父亲那边的家族，大概对很多事情都不能理解。"

"我父亲那边的家族不关你的事。"比利生气地说，因为每一头骡子都讨厌别人提起自己的驴子父亲。"我的父亲是一位南方绅士，可以把他碰到的每一匹马推倒，然后把马咬踢成碎片。记住这点，你这匹棕色的大布伦比！"

布伦比的意思是没有经过任何饲养的野马。要是你能想象出奥蒙德被一匹拉大车的马叫作"短尾巴马"时有什么感受，你就能想象出这匹澳大利亚战马的心情了。我看见他的眼白在黑暗中闪闪发光。

"听着,你这个进口的马拉加公驴崽子,"他咬着牙说道,"我想让你知道,我母亲这边和墨尔本杯冠军卡宾是亲戚。在我的家乡,我们可习惯不了被一头只会鹦鹉学舌、顽固不化、在打豆子的玩具炮台服役的骡子随意欺负。你准备好了吗?"

"用你的后腿站起来吧!"比利尖叫着说。他们俩面对面用后腿直立起来,我料想接下来将会有一场激烈的战争。可是就在这时,一个隆隆作响的咕嘟声在黑暗中冲右边喊道:"孩子们,你们为什么要在那里打架啊?安静点吧。"

两匹牲畜落下了前腿,厌恶地喷了喷鼻子。不管是马还是骡子,都无法忍受大象的声音。

"是'两条尾巴'!"战马说,"我受不了他。两头都有尾巴,真不公平!"

"我有完全相同的感觉,"比利说着,挤到了战马身边和他站在一起,"我们在有些事情上还是很相似的。"

"我看那都是从我们母亲那里遗传来的,"战马说,"不值得为那事争吵。嗨!'两条尾巴',你被拴住了吗?"

"是的。""两条尾巴"说着,鼻子里发出笑声,"我是被拴在桩上过夜的。我听到你们这些家伙在说什么了。不过别害怕,我不会过去。"

小公牛和骆驼几乎喊了出来:"害怕'两条尾巴'——真是胡说八道!"小公牛继续说:"很抱歉,让你听见了,不过我们说的是事实。'两条尾巴'为什么你会害怕大炮开火?"

"这个,""两条尾巴"一边说,一边用一条后腿蹭另一条后腿,那样子十足像个小男孩正在琢磨棋子,"我不知道你们能不能理解。"

"我们不理解,可是我们必须拉大炮。"小公牛们说。

"这个我知道,我还知道你们比自己想象的勇敢得多。可是对我来说就不一样了。前几天,我的炮兵连长说我是迟钝的老古董。"

"我猜啊,那是另一种作战方式?"比利说,他又恢复了精神。

第七章　女王陛下的仆人们

"你当然不知道那是什么意思，可我知道。这话的意思是中间派，那就是我的处境。我可以在脑海里看见炮弹爆炸后会发生什么事，可你们小公牛看不到。"

"我可以看到，"战马说，"起码可以看到一些。我尽量不去想那些。"

"我看到的比你更多，而且我还真思考过那些问题。我知道，要多多照顾自己。我还知道，要是我病了，没人知道怎样给我治病。他们唯一能做的就是停发我那个象夫的薪饷，一直到我病好了为止，可是我也不信任我的主人。"

"啊！"战马说，"原来如此，我可以信任迪克。"

"就算你把整个团的迪克都放到我背上，也不能让我觉得好受点。我只是很清楚不舒服的样子，无法让我继续前进。"

"我们不能理解。"小公牛们说。

"我知道你们不理解。我不是跟你们说话。你们都不知道血是什么东西。"

"我们知道，"小公牛们说，"血是红色的东西，会渗到土里，有气味。"

这时战马又踢又跳，还喷了喷鼻子。

"不要说了，"他说，"现在只要一想到血，我就能闻到血腥味。血让我想逃跑当迪克不在我背上的时候。"

"但是这里没血啊，"骆驼和小公牛们说，"你怎么那么蠢？"

"血是邪恶的东西，"比利说，"我不想逃跑，可我不想讨论这件事。"

"对了，就在这儿！""两条尾巴"摇晃着尾巴解释说。

"当然了。我们一整个晚上都在这儿。"小公牛们说。

"两条尾巴"跺了几下脚，脚上的铁环发出了叮当声。"哦，我没跟你们说话，你们看不见脑子里面的东西。"

"是的。可我们看得见四只眼睛外面的东西。"小公牛说，"我们看得清楚自己的前面。"

"要是我只能做到那一点，那就压根儿用不着你们去拉大炮了。要是我像我的连长一样——他可以在开火以前看见自己脑子里的东西，他会全身发抖，不过他知道得太多，所以不会逃跑——要是我跟他一样，我也就会拉大炮了。不过我要真有那么聪明，就不会来这个地方了。我就会在森林里当大王，就像以往一样，半天半天地睡觉，想什么时候洗澡就什么时候洗澡。现在我有一个月没有好好洗个澡了。"

"你说得确实不错。"比利说，"可是你说了这么多，也是不能改变事实。"

"嘘！"战马说，"我想我明白'两条尾巴'的意思。"

"待会儿你会更明白，""两条尾巴"气势汹汹地说，"现在你跟我解释解释，你为什么不喜欢这个！"

大象开始声嘶力竭地狂吼起来。

"停下！"比利和战马异口同声地说，我听见他们跺着蹄子，吓得直哆嗦。大象的吼叫总是那么让人讨厌，尤其是在黑乎乎的夜晚。

"我不会停的。""两条尾巴"说，"请你解释一下，好吗？呼噜咽呼！噜特！噜咽呼！噜喝！"接着大象突然停了下来，我听见黑暗中传来一阵低吠声，我知道维克森终于找到我了。她和我一样清楚，要说大象在这个世上最害怕什么，那就是一只汪汪吠叫的小狗了。所以维克森停下来威吓拴在木桩上的"两条尾巴"，围着他的大脚汪汪乱叫。"两条尾巴"拖着脚走来走去，尖叫着。"走开，小狗！"他说，"别闻我的脚踝了，不然我踢你。乖小狗——可爱的小狗，行了！回家去，你这个汪汪叫的小畜生！哦，怎么没人把她弄走啊？她快要咬我了。"

"在我来看，"比利对战马说，"咱们的朋友'两条尾巴'对大多数东西都害怕啊。哦，要是我在阅兵场上每踢一只狗就能让我饱餐一顿，那我可以长得差不多跟'两条尾巴'一样肥了。"

我吹了声口哨，满身泥巴的维克森向我跑了过来，他舔了舔我的鼻子，跟我讲了一个很长的故事，诉说她怎样在军营里到处找我。我能听懂动物说的话，这一点我从没让她知道，不然她就会胡作非为。我把维

第七章　女王陛下的仆人们

克森放进我胸前的大衣里，扣好扣子，"两条尾巴"还在独自挪来挪去，跺着脚吼叫。

"真了不起！太了不起了！"他说，"我们家族都这样。嗯，那个讨厌的小畜生跑哪儿去了？"

我听到大象在用鼻子到处摸索。

"看来我们都会受到不同事物的影响，""两条尾巴"吹着鼻子继续说，"你看，我吼叫的时候，我想你们这些先生肯定吓坏了吧。"

"准确地说，不是吓坏了。"战马说，"我只是觉得背上应该放鞍子的地方好像有大黄蜂在爬。别再叫了。"

"我被小狗吓坏了，而这只骆驼在夜里被噩梦吓坏了。"

"幸好我们不必用同样的方式去战斗。"战马说。

"我想知道，"沉默了很长一段时间的年轻骡子说——"我想知道，我们究竟为什么必须战斗。"

"因为有人命令我们战斗。"战马说着，轻蔑地哼了一声。

"命令。"骡子比利说，他把牙齿咬得咯咯响。

"哈克呣——嗨！"（这是一个命令！），骆驼咯咯叫着说。"两条尾巴"和小公牛重复喊道："哈克呣——嗨！"

"没错，但命令是谁下呢？"新兵骡子问道。

"在你脑袋旁边走动的人——坐在你背上的人——牵着鼻绳的人——扭住你尾巴的人。"比利、战马、骆驼和小公牛一个接一个地说。

"可又是谁给他们下命令呢？"

"现在你想知道的太多了，小家伙。"比利说，"这是个找踢的好办法。你只要服从你脑袋边那个人就行了，什么也不问。"

"他说得很对，""两条尾巴"说，"我不可能始终服从命令，因为我是中间派。不过比利说得对，服从旁边那个给你下命令的人，不然你会害得整个炮兵连都不能前进，而且还会挨一顿靴子。"

拉大炮的小公牛站起身准备离开。"快到早上了，"他们说，"我们要回自己的营区了。不错，我们是只能看见眼睛的外面，脑子也不是很聪明。但是，今晚只有我们没害怕。晚安，各位勇士。"

谁也没有回应小公牛的话，战马换了个话题说："那只小狗在哪里？有狗在，就说明附近有人。"

"我在这里，"维克森叫喊着，"我和我的主人躺在炮架下面呢。骆驼，你这个鲁莽的大畜生，你撞翻了我们的帐篷，我的主人很生气呢。"

"喔！"小公牛说，"他肯定是个白人吧？"

"他当然是白人了。"维克森说，"难道你以为是一个赶小公牛的黑人在照顾我啊？"

"哗啊！哦哇！啊！"小公牛们说，"我们快跑吧。"

他们在泥地里猛地向前冲，还莫名其妙地把他们的牛轭拉到一辆弹药车的辕杆上，牛轭被卡住了。

"现在你们害怕了，"比利平静地说，"别挣扎了，你们要被吊到天亮了。究竟是怎么回事啊？"

两头小公牛发出长长的嘶嘶声，那是印度牛喷鼻子的声音。他们推啊、挤啊，扭转身子跺着脚，差点滑倒在烂泥地里，呼噜呼噜地狂叫起来。

"你们快把脖子扭断了。"战马说，"白人怎么啦？我就和他们住在一起。"

"他们——吃——我们！拉呀！"近处的小公牛说。牛轭"啪"的一声断了，他们俩一起步履蹒跚地离开了。

我以前从来不知道印度牛为什么会那么害怕英国人。我们吃牛肉——没有一个赶牛人会碰这东西——牛当然不会喜欢人吃牛肉。

"我想要鞍具上的链子抽我一下！谁会想到像他们那么大的块头居然也会慌里慌张呢？"比利说。

"别管了，我想看看这个人。我知道，大多数白人的口袋里都有吃的东西。"战马说。

"那我就要离开你了。我可不能说我很喜欢白人。再说，没地方睡觉的白人很可能是个小偷。我背上还有不少政府的财产呢。一起走吧，小家伙，我们回自己的营区去。晚安，澳大利亚！我看应该是明天阅兵

第七章 女王陛下的仆人们

式上见了。晚安,老干草堆!好好控制一下自己的情绪,好吗?晚安,'两条尾巴'!要是明天你在阅兵场上从我们身边经过,你可别吼叫,那样会破坏我们的队形。"

骡子比利一副老兵的派头,一摇一摆地迈着沉重的步子离开了。这时战马把脑袋伸过来,用鼻子轻轻地蹭了蹭我的胸口,我给了他一些饼干。维克森这只最狂妄的小狗对战马撒了个小谎,说她和我养了很多马。

"我明天会坐自己的狗拉小车去看阅兵。"她说。"你会在哪里呢?"

"我在第二骑兵中队的左手边。我负责调整我们骑兵连的步速,亲爱的小姐。"他彬彬有礼地说,"现在我必须回到迪克身边了。我的尾巴沾满了泥巴,为了检阅,他得苦干两个小时给我梳理打扮。"

共有三万名官兵参加的大型阅兵式在那天下午举行,维克森和我的位置挺不错,离总督和阿富汗埃米尔很近。埃米尔戴着一顶高高的黑色阿斯特拉汉羊毛帽,帽子中间镶嵌着一颗星形的大钻石。检阅刚开始的一段时间里,阳光灿烂,各个步兵团经过阅兵场,士兵们的腿像波浪一样起起落落,踩着一样的步调向前移动,步枪端在一条直线上,把我们都眼睛看花了。接着,伴随着优美的骑兵慢跑曲《漂亮的敦提》,骑兵出场了。维克森坐在狗拉小车上,竖起了耳朵。枪骑兵第二骑兵中队飞奔而来,那匹战马就在队列里,尾巴如同绢丝一般,头被勒紧到胸口,耳朵一只朝前,一只朝后。他负责调整全连的速度,步调像华尔兹舞曲一样平滑流畅。接着是大炮连经过阅兵场,我看见"两条尾巴"和另外两头大象套着挽具排成一行,一起拖着四十磅重的攻城加农炮,二十轭公牛走在他们后面。第七对牛用的是新轭,他们看上去很僵硬也很疲惫。最后上来的是螺旋大炮连,骡子比利神气十足,好像他在指挥全军一样,他的挽具刚涂过油,擦得闪闪发亮。我独自为骡子比利欢呼喝彩,可他始终没有朝左右看一眼。

雨又开始下起来了,有一阵子烟雨蒙蒙,看不清部队在做什么。他们在平原上绕了一个大半圈,然后展开队形排成一行,队伍排得越来越长、越来越长,最后两翼之间达到了四分之三英里长——人、马、枪炮构筑了一道坚实的墙。接着这道墙径直朝总督和埃米尔推进，随着墙体越来越逼近，地面开始震动起来，就像发动机快速运转时的轮船甲板。

除非你也在现场，否则你无法想象那种场面有多么震撼，因为部队这种步步进逼的架势，就算观看者心里清楚这只不过是在检阅，也忍不住心惊胆战。我看了看埃米尔，之前他始终没有流露出丝毫的害怕或者别的表情，可现在他的眼睛瞪得越来越大，他随手抓起马脖子上的缰绳，看了看自己的身后。那一刻，他好像要拔出剑来，从后面马车上的英国男男女女中冲杀出去。这时大军前进的步伐突然停了下来，大地不再颤抖，整个队伍一起敬军礼，接着三十支军乐队开始齐声演奏。检阅结束了，各个军团冒雨撤回自己的营地。一支步兵军乐队开始奏乐——

动物们两个两个地进去，

好哇！

动物们两个两个地进去，

大象和炮兵的骡子，

为了避雨，

他们都进了方舟！

一个蓄着斑白长发的中亚老酋长和埃米尔一起走下检阅台，我听见他向一位本地官员问了些问题。

"你说，"他说，"这么美妙的事是怎么做到的呢？"

那个本地官员回答："下达一个命令，他们服从命令。"

"可是牲口能和人一样聪明吗？"酋长问道。

"他们会服从命令，就跟人一样。不管是骡子、马、大象，还是小公牛，他们都服从赶牲口的人，赶牲口的人服从军士，军士服从中尉，中尉服从上尉，上尉服从少校，少校服从上校，上校服从指挥三个团的准将，准将服从将军，将军服从总督。总督是女王的仆人。就是这样做到的。"

"要是在阿富汗这样就好了！"酋长说，"在那里我们只服从自己的意志。"

"也就是这个原因，"那个本地官员捻着自己的胡子说，"你们不

第七章　女王陛下的仆人们

服从埃米尔,所以你们的埃米尔就必须到这里来,接受我们总督的命令。"

军营动物的游行之歌

大炮队的大象

我们借给亚历山大赫拉克勒斯的力量,
我们前额的智慧和膝盖的灵巧;
我们弓着脖子服役;从此再没有自由,——
让一让,给十英尺宽的队伍让个路,
给四十磅重的大炮火车让个路!

拉大炮的小公牛

那些套着挽具的勇士避开了一发炮弹,
他们全都知道火药是什么,并为此心烦意乱;
那就由我们来行动,再次拖动大炮,——
让一让,给二十轭公牛让个路,
给四十磅重的大炮火车让个路!

骑兵连的战马

以我肩隆上的烙印为证,最优美的曲调
由枪骑兵、轻骑兵和龙骑兵来演奏,
在我看来,它比"马厩曲"或"水曲"更柔美悦耳,
就是骑兵慢跑曲《漂亮的敦提》!
过后就给我们喂食、让我们停下,驾驭、刷洗我们,
给我们好骑手和足够的空间,
让我们骑兵中队发起攻击,瞧,
迎着《漂亮的敦提》乐曲的战马如此出色!

螺旋大炮连的骡子

当我和我的伙伴们在爬上小山时,

小路迷失在滚石之间，但是我们仍然前行；
因为我们可以缓缓前进，我的兄弟们，到处是他们的身影，
我们在山峰上倍感欣喜，还可闲着一两条腿！
那就祝军士们好运吧，感谢他们让我们自己挑选好路；
但愿所有装不好货的骡夫倒霉运——
因为我们可以缓缓前进，我的兄弟们，到处是他们的身影，
我们在山峰上倍感欣喜，还可闲着一两条腿！

军需部的骆驼

我们还没有自己的骆驼曲调
来帮我们一路懒散前行，
不过每个脖子都是毛茸茸的长号
（哩特——嗒——嗒——嗒！是毛茸茸的长号！）
并且我们的进行曲是这样的：
不能！不可以！不应该！不会！
在整个队伍里传唱！
有只背包从背上滑落了，
真希望那是我的！
有只驮鞍里的货物滑落到路上——
为停止前进喝彩，为一排骆驼喝彩！
啊尔！呀尔！咯尔！啊呀！
有人抓住了掉在地上的东西！

全体野兽一起

我们是军营的孩子，
在自己的位置上服役，
牛轭和刺棒之子，
背包和挽具之子，垫褥和载重之子。
看我们的队伍穿过平原，

第七章 女王陛下的仆人们

像脚上的绳子又弯折了。
向远处延伸,奔腾滚滚,
所向披靡,奔向战场!
那些在旁边行走的人,
满身灰尘,一言不发,眼皮沉重,
讲不清楚为什么我们或他们
一天又一天地行进,痛苦煎熬。
我们是军营的孩子,
在自己的岗位上服役,
牛轭和刺棒之子,
背包和挽具之子,垫褥和载重之子。

丛林之书续篇

丛林之书 + 丛林之书续篇

第一章　恐惧如何降临

溪流缩小了——水塘已干涸，
我们是战友，我和你；
个个面颊发烫，胁腹凹陷，
在河岸上推来挤去；
另外，干旱的恐惧依旧，
再无心思去搜寻或捕杀。
小鹿看见自己的水坝下方，
瘦狼同样吓得魂飞魄散，
体型高大的雄鹿无所畏惧，留意着
曾经咬断父亲喉咙的尖牙。
水塘缩小了——溪流已干涸，
我们是玩伴，我和你，
直到那边的云朵飘散——祝狩猎顺利！——散开，
雨水违反"停水条约"。

丛林法则——是目前为止世界上最古老的法则——几乎为可能降临到丛林动物身上的各种意外事故都做了规定。如今，经过时间和习惯的磨炼，它的准则已经尽善尽美了。要是你读过关于莫格利的其他书籍，就会记得莫格利一生中有相当长的一段时间都是在西奥尼狼群里度过的，他在那里跟着棕熊巴洛学习法则；当这个小男孩对接二连三的命令感到越来越厌烦的时候，正是巴洛告诉他：法则就像巨大的爬虫，它会落到每个人的背上，谁也逃脱不了。"当你活得跟我一样长的时候，小兄弟，你就会明白整个丛林怎样至少遵守一条法则。那可不是什么让人愉快的景象呢。"巴洛说。

巴洛的这番话被当成了耳边风，因为对于一个每天吃了就睡、睡了就吃的小男孩来说，要不是到了万分紧急的时候，他什么都不用担心。可是有一年，巴洛的话应验了。莫格利看到整个丛林都在按照法则行事。

事情从几乎滴雨未下的冬天雨季开始，豪猪伊奇在一片竹林里遇到了莫格利，他告诉莫格利野薯快要干枯。现在谁都知道，伊奇对食物的挑剔达到了荒唐可笑的地步，除了最好的和最熟的，其他的他一概不吃。于是莫格利笑着说："那跟我什么有关系呢？"

"现在是关系不大。"伊奇说着，拘谨不安地抖了抖身上的刚毛，发出格格的响声。"可是以后我们就会明白。野蜂岩下面的那个深岩石潭，你有没有再跳进去过，小兄弟？"

"没有。那些愚蠢的水都快不见了，我可不想把自己的头撞破。"莫格利说，那时候，他敢肯定自己了解到的东西，顶得上五只丛林动物所了解到的。

"那你就亏了。一个小缝隙也许会让些智慧流进来。"伊奇赶紧把头一低，以防莫格利揪他鼻子上的刚毛。后来莫格利把伊奇的话告诉了巴洛。巴洛看上去非常严肃，他半自言自语地咕哝着："要是就我自己，我现在就换猎场，不等别的丛林动物想到这点。可是——在自己的领地外面捕猎，到头来就是打架，而且他们有可能会伤到人崽子。我们只能等等看摩瓦怎么开花了。"

那年春天，巴洛那么喜欢的摩瓦树，始终没有开花。那些翠绿光亮、奶白色的花骨朵还没开放就被高温热死了，巴洛后腿撑地站起来摇了摇树，可是落下来的只是几片臭烘烘的花瓣。一点一点地，没有丝毫缓和的高温蔓延到了丛林的中心地带，把丛林变成了黄色、棕色，最后变成了黑色。深谷两侧的绿色植物烧成了断丝和一层层卷曲的余烬；那些隐秘的水塘慢慢沉了下去，里面的泥土已干结成块，边缘上还留有最后一点点脚印，好像用铁铸成的一样；茎部汁液丰富的藤蔓从它们攀缘的树上掉落下来，枯死在树底下；竹子干枯了，只要热风一吹，就咣当咣当

第一章　恐惧如何降临

直响；青苔从丛林深处的岩石上脱落下来，最后这些岩石变得像河床上那些颤抖的蓝色大圆石一样，光秃秃的，滚烫滚烫的。

这一年，禽鸟和猴民老早就去了北方，因为他们知道将要发生什么事。鹿和野猪闯进远处村庄荒芜的田野，有时死在连杀他们的力气都没有的人类眼前。黑鸢契尔留了下来，而且还长肥了，因为那里有很多很多腐肉，一晚又一晚，他给野兽们带来消息，说他朝各个方向飞了三天，看到太阳在屠杀丛林，可野兽们太虚弱了，无法勉强自己去新的猎场。

莫格利以前从来不知道真正的饥饿意味着什么，现在也吃起了三年前的陈蜜，那是从废弃了的岩石蜂房里刮出来的——蜂蜜像黑刺李一样黑，变干了的糖上落满了灰尘。他也会搜寻深深地钻进树皮里面的幼虫，或者把黄蜂的新窝端走。丛林里所有的猎物都瘦成了皮包骨，巴格希拉一个晚上可以捕杀到三倍的猎物，也几乎不够一顿饱餐。不过，最糟糕的是缺水，因为尽管丛林动物不常喝水，可一喝起来他们就一定要喝足。

高温天气一直在持续，所有的水分都被吸干了，直到最后，瓦因刚嘎河的主河道也成了唯一的一条涓涓细流，夹在死气沉沉的河岸之间。活了一百多年的野象哈蒂看见一座又窄又长的蓝色岩脊，干巴巴地暴露在细流的正中央，他知道自己眼前的就是孔雀岩，于是他立即扬起鼻子大声宣布"停水条约"，就像五十年前自己的父亲那样。鹿、野猪和水牛用嘶哑的嗓子把话传了下去。黑鸢契尔兜着大圈子到处飞翔，发出刺耳的叫声和警告。

按照丛林法则，"停水条约"一经宣布，谁也不许在饮水处捕杀，否则就被处以死刑。这是因为喝水优先于吃食。光是猎物稀少，丛林动物们个个都还能想方设法勉勉强强活下去，但水就是水，要是只有一个水源，丛林动物为了自己的需要去那里的时候，所有的捕猎活动都要停下来。在风调雨顺的季节里，水源充足的时候，那些到瓦因刚嘎河——或者别的任何地方，可以说——来喝水的动物是冒着生命危险来的，那种危险绝对不是夜间活动魅力的一小部分。下河的时候要非常灵巧，连一片叶子都不能摇动；要蹚过齐膝深、水流声能淹没后面所有噪声的浅滩；喝水的时候，要不停回头看看，每一块肌肉都惊恐不已，随时准备拼命地跳开。所有长有高角的年轻雄鹿都喜欢在河边的沙地里打滚，然后嘴巴湿湿的、肚子鼓鼓地回到自己的族群里，这让伙伴们羡慕不已。这是因为他们知道，巴格希拉或者希尔汗随时都有可能扑过来将自己压垮。可是现在，所有这些危及生死的乐趣都没有了，那些饿得发慌、疲惫不堪的丛林动物来到干缩的小河边，——老虎、熊、鹿、水牛和野猪，全都聚到一起，——喝着臭气熏天的脏水，然后在他们的上方停留下来，筋疲力尽得脚都挪不开步了。

鹿和野猪已经拖着沉重的步子走了一天，到处寻找比干树皮、枯树叶好吃一点的东西。水牛没有找到可以凉快凉快的泥坑，也没有找到能偷的绿色庄稼。那些蛇已经离开了丛林，下到河里，指望能找到一只迷路的青蛙，他们蜷曲在潮湿的石头上，当一只正在刨根挖茎的野猪用鼻子把他们拱开的时候，他们都懒得攻击一下。河龟老早就被最精明的猎手巴格希拉杀光了，鱼都把自己深深地埋在干泥里。只有和平岩像条长蛇一样横卧在浅滩上，疲软的细浪在滚烫的岩石上烤干时，发出咝咝的声音。

莫格利每天晚上就是在这里乘凉、与伙伴碰面。最饥饿的仇敌几乎无法再跟这个男孩计较了。他光溜溜的身板使他比别的伙伴们显得更瘦、更可怜。他的头发被太阳晒成了亚麻色；他的肋骨像编织篮子的藤条一样暴突出来，因为他过去经常使用四肢爬行，所以膝盖上和胳膊肘上都结出了厚厚的老茧，现在他萎缩的肢体看上去像多节的草茎。但是，他缠结的额发下面的眼神，却显得非常沉着冷静，因为巴格希拉——在困难时期给他提出忠告的老师——曾经叮嘱过莫格利，在这种时期，走路时要安安静静，捕食时要不慌不忙，无论如何不能发脾气。

"现在是灾难时期，"黑豹在一个像火炉一样热的夜晚说，"不过要是我们能熬到最后，它总会过去的。你肚子吃饱了吗，人崽子？"

"我肚子里倒是有东西，可我觉得一点都不舒服。巴格希拉，你觉得雨季是不是已经把我们忘了，再也不会来了？"

"我可没这样想！我们还会看见摩瓦树开花，看见有嫩草吃的小鹿全都长得肥肥胖胖。去和平岩听听消息吧，到我背上来，小兄弟。"

第一章 恐惧如何降临

"现在根本就不是负重的时候,我自个儿还能站起来,不过——我们确实不是肥胖的小公牛了,我们俩都不是。"

巴格希拉看了看自己粗糙不平的、沾满泥巴的侧腹,低声说:"昨天晚上我杀了一头套着牛轭的小公牛。我身子骨太单薄了,我觉得要是把他放开了,我都不敢跳一下呢。喔!"

莫格利哈哈笑了起来。"是啊,现在我们都成了了不起的猎手,"他说,"我现在胆子可大了——居然吃起幼虫来了。"接着他们两个一起穿过了噼啪作响的矮树丛,来到了河岸和像网状的花边一样、从河岸的四面八方伸展开来的浅滩。

"水快要干了。"巴洛凑了过来说,"看看对面,那边的小路像人类走过的路一样。"

在远处与河岸齐平的平原上,顽固的丛林草依然挺立着,有的已经枯萎了,就算没有完全枯萎的小草,也已经干得像木乃伊一样了。草丛之间十英尺深的一道道泥沟,像是给颜色黯淡的平原加了条纹一样,那是鹿和野猪踏出来的一条条小路,全都通向小河。尽管天色还早,可是每一条长长的小道上都挤满了急着去喝水的动物们,他们最先赶到这里。你可以听到雌鹿和小鹿被鼻烟似的尘土呛得直咳嗽。

在上游,和平岩周围水流缓慢的河湾那儿,站着"停水条约"的监察员——野象海蒂和他的儿子们。他们在月光下显得又苍白又憔悴,海蒂在来回地摇晃着——一直摇晃着,下方不远处,排在最前面的是鹿群的头阵,再往下就是野猪和野水牛。在对岸,高大的树木延伸到了水边,那是食肉动物们——老虎、狼、黑豹、熊和其他动物独立分开的地盘。

"我们都得遵守一条法则,真是这样。"巴格希拉说着,一边趟进水里,一边望着对面一排排撞得咔嗒作响的犄角和那些睁得吓人的眼睛,鹿和野猪们正在那里相互推来推去。"祝你们捕猎成功,我的同胞们。"他又说了一句,就舒展四肢躺了下来,身子的一侧露出了浅滩,接着,他牙缝中吐出声音,"要不是那条法则,现在就是捕猎的最好时机。"

耳朵尖的鹿听到了最后一句话,一时间,队伍了响起了一阵惊恐的低语声。"条约!别忘了条约!"

"那边安静点儿,安静!"野象哈蒂咕嘟道,"条约还有效,巴格希拉。现在不是谈论捕猎的时候。"

"难道有谁比我更清楚吗?"巴格希拉朝上游翻了翻黄眼睛,回答说,"我吃乌龟——那种逮青蛙吃的食鱼动物。呢嘎呀!要是我啃树枝管用就好了!"

"那我们真巴不得呢。"一头小鹿轻声说道,他是那年春天才出生的,一点儿也不喜欢这个春天。尽管丛林动物们心里很难过,可是听到这里,就连海蒂也忍不住轻声笑了起来。莫格利正枕着胳膊躺在温暖的水里,这时也大笑起来,两只脚使劲地踢打水上的浮渣。

"说得好,小嫩角。"巴格希拉咕噜说,"要是条约终止了,你可就别忘了。"他在黑暗中敏锐地观察着,确保能再次认出那头小鹿。

渐渐地,谈话声在整个饮水区起起伏伏,可以听见想要占用更多位子的野猪,喷着鼻子窸窸窣窣走动的声音;水牛蹒跚着走过河口沙洲时发出的咕噜声,鹿讲着自己为了寻觅食物长途跋涉、把脚都走疼了的辛酸故事。时不时地,他们还向河对面的食肉动物们问些问题,可是听到的全是坏消息,呼啸着的丛林热风在岩石和咔嗒咔嗒的树枝之间刮来刮去,把细枝和灰尘吹撒到水面上。

"人类也一样,他们死在自己的犁边。"一头年轻的黑鹿说,"从日落到晚上,我就经过了三个。他们一动不动地躺着,小公牛就在身边。过不了多久,我们也会躺着不动的。"

"从昨天晚上开始,水位就下降了。"巴洛说,"哈蒂啊,你以前见过这样子的干旱吗?"

"会过去的,会过去的。"哈蒂一边说,一边朝自己的脊背和身子两侧喷水。

"我们这里有个经不起久熬的。"巴洛说,他朝自己疼爱的小男孩看了看。

"我?"莫格利火冒三丈地说着,从水里坐了起来,"我是没有长长的皮毛遮骨头,可是——可是如果把你的皮脱了,巴洛——"

一听到这个想法,哈蒂就浑身直发抖,巴洛正颜厉色地说:

第一章　恐惧如何降临

"人崽子，跟丛林法则老师这样说话可不像话了。我从来没有身上没有皮毛的时候。"

"不，我没有恶意，巴洛，但是可以说，你只是个带壳的椰子，我却是那个剥光了壳的椰子。现在你棕色的壳——"莫格利盘腿坐着，像往常一样用食指比画着解释，这时巴格希拉伸出一只肉垫爪子，把他向后拉回到水里。

"越来越不像话了，"黑豹说，小男孩又噼里啪啦地坐起来，"开始是巴洛的皮要被剥掉，现在他又成了一只椰子了。小心这只椰子会干些熟椰子不能干的事。"

"那是什么呢？"莫格利说，一时间放松了警惕，尽管那是丛林里最古老的一个圈套之一。

"砸破你的头。"巴格希拉轻轻地说，又把他拉了下去。

"嘲笑你的老师可不好。"棕熊说，莫格利第三次被按进了水里。

"就是不好！你们有什么？那个光身子的东西到处乱跑，把那些往日的捕猎好手当猴子一样耍，还拔我们最出色的伙伴的胡子开心。"说话的是瘸老虎希尔汗，这时正一瘸一拐地走进水里。他停了小一会儿，欣赏着自己给对岸的鹿群造成的骚动，然后低下皱褶的方脑袋，开始一边舔水一边低声吼叫："现在的丛林成了没长毛的崽子下崽的地盘了。看着我，人崽子！"

莫格利以自己觉得最粗鲁的目光看——更确切地说是瞪着眼睛看了过去，希尔汗马上浑身不自在地转过脸去。"臭人崽子，死人崽子，"他低沉地说，又接着喝水，"看来这个崽子不是人也不是崽子，不然他应该会害怕的。下一季我喝水时还得乞求他离开了。啊呜！"

"那也有可能。"巴格希拉说，一面直视希尔汗的眉宇间，"那也有可能——呸，希尔汗！——又带了什么不要脸的事来这里了啊？"

瘸老虎的下巴和面颊都浸到了水里，乌黑油亮的斑纹从下游的水里浮了出来。

"人！"希尔汗厚颜无耻地说，"我一个小时以前杀过了。"他又继续自顾自地咕噜着、吼叫着。

队伍里的野兽们哆嗦起来，身子左右晃个不停，原来的低语声变成了大声喊叫："人！人！他杀了人！"然后大家一齐朝野象哈蒂的方向看，可他装作没听见。只要时机还不成熟，哈蒂永远都不会采取任何行动，这也是他长寿的原因之一。

"在这样的季节里杀人！难道没有其他猎物了吗？"巴格希拉轻蔑地说，他拖着身子从污水里走了出来，然后像猫一样将每只爪子抖了抖。

"我是经过挑选才捕杀的——不是为了吃。"惊恐的低语声再一次响了起来。哈蒂白色的小眼睛警惕地朝希尔汗的方向一瞟。"经过挑选，"希尔汗慢吞吞地说，"现在我是来喝水，再把身上弄干净点儿。有什么不可以的吗？"

巴格希拉的脊背开始像根狂风中的竹子一样弯曲，哈蒂却竖起了鼻子，不动声色地说：

"你的捕猎是挑选的结果？"他问道，而哈蒂问问题的时候，最好是做出回答。

"即便如此，那是我的权利，也是我的夜晚。你知道的啊，哈蒂。"希尔汗几乎是用谦恭的语气说。

"没错，我知道。"哈蒂答道，沉默片刻后，他又问，"你喝饱了没有？"

"对于今天晚上来说，喝饱了。"

"那就走吧。这河水是用来喝的，不是用来污染的。只有瘸老虎才会在这个时候——一起受难的时候——在人类和丛林动物一起遭难的时候夸耀自己的权利。不管干不干净，回到你的窝里去，希尔汗！"

最后一句话像吹响的银色号角一样，哈蒂的三个儿子向前滚出了半步，不过他们没有必要这样。希尔汗偷偷溜走了，不敢再吼叫了，因为他知道——就像大家一样知道——归根结底，哈蒂是丛林之主。

"希尔汗讲的权利是指什么呢？"莫格利在巴格希拉耳边轻轻地说，"杀人总是可耻的，法则里是这样说的，可哈蒂说——"

"问他吧，我不知道，小兄弟。不管有没有权利，要是哈蒂不说话，我肯定会好好教训教训那只瘸屠夫。刚杀过人就来和平岩——还炫

第一章　恐惧如何降临

耀呢——那是豺狗的把戏。再说，好好的水都被他弄脏了。"

因为谁也不敢直接跟哈蒂说话，所以莫格利等了一会儿才鼓起勇气大声说："希尔汗有什么权利啊，哈蒂？"河岸两边的动物们随声附和起来，因为所有的丛林动物都对刚才看见的一幕感到十分好奇，只有巴洛若有所思的样子，他似乎明白点什么。

"这是一个古老的传说，"哈蒂说，"一个比丛林还要古老的传说。河岸两边保持安静，我来讲讲这是怎么回事吧。"

有那么一两分钟的时间，野猪和水牛在相互用肩膀推来挤去，兽群里的首领一个接一个地发出低沉的咕噜声："我们在等呢。"哈蒂向前迈出步子，直到他的膝盖快要陷进和平岩旁边的水坑里。尽管他身形消瘦、浑身皱巴巴、长牙发黄，可是他看上去还是跟整个丛林所熟悉的那样——显示出丛林之主的神态。

"你们清楚，孩子们，"哈蒂开口说道，"在所有的事物中，你们最害怕的就是人类。"河岸边的动物们小声咕哝着表示赞同。

"这个传说涉及你，小兄弟。"巴格希拉对莫格利说。

"我？我是狼群里的——一个自由民猎手，"莫格利回答说，"我跟人类有什么关系？"

"可你们不清楚，自己为什么会怕人类？"哈蒂继续说，"原因是这样，在丛林刚开始的时候——谁也不知道是什么时候，我们丛林动物们和睦相处，相互之间没有恐惧。那时没有干旱，叶子呀、花呀、果子呀全长在一棵树上，除了树叶、花朵、青草、水果和树皮以外，我们根本不会去吃其他的东西。"

"我很高兴自己不是出生在那个时候。"巴格希拉说，"树皮只能用来磨爪子。"

"丛林之王就是'第一头大象'特哈。他用自己的鼻子把丛林从深水里拉出来，只要他用长牙在地面上开沟，那里就会形成河流；只要他用脚踢打地面，那里就会出现水质很好的池塘；只要他用鼻子一吹，——像这样，——树木就会倒下。特哈就那样造出了丛林，我听到的故事就是这样的。"

"这个故事在讲述的过程中还没减肥哩。"巴格希拉低声说，莫格利捂着嘴笑了起来。

"那个时候，还没有玉米、甜瓜、辣椒和甘蔗，也没有你们大家看到的小茅房，丛林动物们根本不了解人类，只知道一起生活在丛林里，团结一致。但是没过多久，他们就开始争抢食物了，尽管草地上的草足够大家吃，可是大家都很懒，个个都想吃自己身边的，就像我们在春天雨水充足的时候一样，有时也只吃自己身边的。'第一头大象'特哈那时正忙着造丛林、把河水引到河底，他无法走遍丛林的各个角落，于是，他委派'第一只老虎'为丛林之主和审判员，他必须处理丛林动物之间的纠纷。那个时候，'第一只老虎'和其他动物生活在一起，吃的是水果和青草，长得和我一样高大，还很漂亮，身上的色彩就像黄色的藤蔓上盛开的鲜花一样鲜艳。在那些美好日子里，丛林刚刚萌发，'第一只老虎'的皮毛里也从来没有斑纹或者条纹，所有的丛林动物们走到他跟前时，不会有丝毫害怕，他的命令就是整个丛林的法则。你们还记得，我们那时是很团结的。

可是一天晚上，有两头雄鹿相互起了争执——就像你们现在一样，用犄角和前腿解决吃草的纠纷——据说，当他们两个一起走到'第一只老虎'跟前准备诉说的时候，他正躺在花丛中，有一头雄鹿用自己的犄角顶了他一下，'第一只老虎'就忘了自己是丛林之主和审判员的身份，向那头雄鹿扑了过去，咬断了他的脖子。

"在那天晚上之前，我们当中还从来没有死过一个，'第一只老虎'意识到了自己的所作所为，又因为血的气味干了蠢事，所以就跑开了，躲进了北方的沼泽地里。我们这些丛林动物，没有了审判员，相互之间就开始你争我斗起来，后来特哈听到了吵闹声，就赶了回来，然后我们当中有的这样说，有的那样说，可是特哈看到了花丛里的死鹿，就问是谁杀死的，我们丛林动物谁也愿不说，就因为血的气味，个个都变得荒唐愚蠢。大家来来回回地绕着圈子又跑又跳、又喊又叫、摇头又晃脑。后来特哈给低垂下来的树木和丛林里蔓延的藤蔓下了一道命令，命令他们在杀死雄鹿的凶手身上做上记号，那样他就可以把他重新认出来。特

第一章　恐惧如何降临

哈又说：'现在，谁来当丛林动物的主人呢？'这时住在树枝上的灰猿跳了过来说：'现在由我来当丛林的主人。'特哈听了后笑着说，'那好吧。'然后就怒气冲冲地走了。"

"孩子们，你们了解灰猿，他那时就和现在一样，刚开始，他装出一副很聪明的样子，可没过多久，他就开始搔痒痒，上蹿下跳。特哈回来后，发现灰猿正头朝下倒挂在一根大树枝上，嘲笑站在树下的动物们，而那些动物也在取笑他。所以，丛林里没有了法则——只有蠢话、无聊的话。"

"后来特哈把我们全都召集起来，说，'你们第一个主人给丛林招来了死神，第二个带来了耻辱。现在是该有法则的时候了，这个法则你们谁也不能违背。现在你们应该认识恐惧，要是你们已经找到了他，就应该知道，他就是你们的主人，大伙都得跟随。'接着，我们丛林动物说：'恐惧是什么啊？'特哈说，'你们自己去找出来。'我们在丛林里到处寻找恐惧，没多久水牛——"

"啊！"水牛的首领麦莎在他们的沙坝说。

"没错，麦莎，就是水牛。他们带了消息回来，说恐惧就坐在丛林里的一个山洞里面，没有毛发，还用后腿站起来。我们丛林动物跟牛群一起走到那个山洞，恐惧就站在山洞口，就像水牛所说的，他身上一根毛发都没有，还是用后腿走路的。一看到我们，恐惧就大喊大叫，听到他的声音，我们真是吓坏了。现在，只要一听见那声音，我们就会心惊胆战，我们吓得赶紧逃跑，一路上相互踩踏、相互撕咬。那天晚上，他们这样告诉我，我们丛林动物没有像以前习惯的那样全躺在一起，而是一个群族一个群族分开睡——猪和猪、鹿和鹿、牛角挨着牛角、蹄子挨着蹄子，——同一种类的和同一种类的待在一块，就这样，丛林动物们战战兢兢地躺了下来。

"只有'第一只老虎'没和我们在一起，还躲在北方的沼泽地里，我们在山洞里看见那个东西的消息传到了他那里以后，他说：'我要去找这个东西，把他的脖子咬断。'于是他一夜狂奔，来到了那个山洞，可是路上的树木和藤蔓一直记得特哈的命令，他们把枝条垂下来，一路在他身上做记号，他的背部、胁腹、前额和脸颊上被划出了一道道的指痕。无论这些树木和藤蔓碰到他身上哪个地方，他黄色的皮毛上都会有一个记号和一道条纹。至今，他的孩子们还带着那些条纹！'第一只老虎'刚一来到山洞旁边，那个没长毛的恐惧就伸出手来，叫他'夜里过来的有斑纹的家伙'，在'没长毛的东西'面前，'第一只老虎'害怕了，他吼叫着逃回了沼泽地。"

听到这里，莫格利悄悄地笑了，他的下巴泡在了水里。

"'第一只老虎'的吼叫声实在太响了，让特哈听见了，他问：'为什么难过？''第一只老虎'抬起鼻子和嘴巴对着现在很旧、当时很新的天空说：'特哈啊，把我的权利赐回给我吧。我在整个丛林面前丢尽了脸面，我是从一个'没长毛的东西'那里逃出来的，他用可耻的名字叫我。''那是为什么？'特哈说。'因为我身上沾满了沼泽地的泥巴。''第一只老虎'说。'那就去游泳，再在湿草上滚一滚，假如是泥巴，那就可以冲洗掉。'特哈说。'第一只老虎'就去游泳了，然后在草地上滚啊、滚啊，一直滚到整个丛林在他眼前天旋地转起来，可他全身上上下下的条纹，连一点变化都没有。特哈望着他哈哈大笑起来。'第一只老虎'说，'我做了什么，为什么我会这样？'特哈说，'你杀死了雄鹿，你让死神在丛林里放任自由，而跟着死神一起过来的就是恐惧，所以丛林动物们你怕我、我怕你，就像你怕那个'没长毛的东西'一样。''第一只老虎'说，'他们永远也不会怕我，因为我从一开始就了解他们。'特哈说：'你去看看。''第一只老虎'就来回奔跑起来，边跑边大声呼唤那些野鹿、野猪、黑鹿、豪猪和所有的丛林动物，可他们全都拼命逃跑，逃避他们以前的审判员，因为他们都很害怕。"

"后来，'第一只老虎'回来了，因为自尊心破灭了，他使劲地用头撞地，一边拼命地用四只爪子撕扯泥土，一边说：'要记住，我以前是丛林之主。千万别忘了我，特哈啊！让我的子孙们记住，我以前没有丢过脸，也没有害怕过！'特哈说：'这些我可以做到，毕竟我和你一起目睹了丛林的形成过程。以后每年将有一个晚上，就跟雄鹿被杀死以

第一章　恐惧如何降临

前一样——属于你和你的孩子们。在那个晚上，要是你们碰到'没长毛的东西'——他的名字叫人类——你们不会怕他，但是他会怕你们，就好像你们是丛林的审判员和万物之主一样。那天晚上对他的害怕发发慈悲吧，因为你已经知道了恐惧是什么。'"

"'第一只老虎'回答说，'我很满足'；可他接下来喝水的时候，看见了自己胁腹和两侧的黑色条纹，想起了'没长毛的东西'给他起的名字，他非常生气。整整一年，他一直生活在沼泽地里，等着特哈遵守诺言。一天晚上，当月亮的豺狗（昏星）在丛林的夜空中高挂的时候，'第一只老虎'觉得他的夜晚就要来了，所以他去了那个山洞，想碰上那个'没长毛的东西'。结果就像特哈说过的那样，那个'没长毛的东西'跪倒在他面前，然后躺在地上，'第一只老虎'扑了过去，撕破了他的后背，他以为丛林里只有一个这样的东西，自以为杀死了恐惧。当他用鼻子闻着死尸时，突然听到了特哈从北方的森林里赶来的声音，很快他又听见了'第一头大象'的声音，也就是我们现在听到的声音——"

在干涸又布满裂痕的山坡上空，雷声隆隆作响，可它却没有招来雨水——只有热闪电划过一座座山脉——哈蒂接着说：

"那就是'第一只老虎'听到的声音，这个声音说：'这就是你的慈悲？''第一只老虎'舔着嘴巴说：'那有什么关系？反正我已经把恐惧杀死了。'特哈说：'哦，又瞎又蠢的家伙！你已经松开了死神的双腿，他将会一直追踪你，直到你死了为止。你教人类学会了杀戮！'"

"'第一只老虎'硬挺挺地站在他杀死的猎物面前，说：'他就跟那头雄鹿一样。现在恐惧没了，我又可以当丛林动物们的审判员了。'

"特哈说：'丛林动物们再也不会接近你了。他们再也不会走你走过的路，再也不会睡在你附近，也不会跟着你，或者在你窝边吃草。只有恐惧会跟着你，他会给你当头一击，吩咐你服侍他。他会让地面在你脚下开裂；让藤蔓缠绕你的脖子；让树干围着你长合在一起，高得你跳起来也够不着；最后，他会把你的皮毛拿去给他受冻的幼崽当外套。你对他毫不留情，他也不会对你心慈手软。'

"因为'第一只老虎'的夜晚还没有结束，所以他放胆说：'特哈答应的事就是特哈答应的事。他应该不会剥夺我的夜晚吧？'特哈说：'就像我以前说过的那样，这一晚是你的，可那得付出代价。你已经教会了人类杀戮，可人类还绝对不是反应迟钝的学生。'

"'第一只老虎'说：'他现在就在我的脚下，他的背已经断了。让整个丛林知道我已经把恐惧杀死了吧。'

"这时特哈笑了，他说：'你杀死的只是许许多多中的一个，不过你得自己告诉丛林——因为你的夜晚已经结束了。'

"就这样，白天到来了，可是山洞口里又走出来一个'没长毛的东西'，看到了躺在路上的死尸，还有趴在死尸身上的'第一只老虎'后，他就操起一根尖尖的棍子——"

"现在他们扔一种能用来砍割的东西。"在河岸下面弄得沙沙直响的伊奇说，伊奇吃东西的习惯倒是很被冈德人看好——他们称他'哼伊格'——所以他对冈德人的斧子有一定的了解，他知道邪恶的小斧子会像蜻蜓一样盘旋着飞过空地。

"那是一根尖尖的棍子，就像他们放在陷阱下面的一样。"哈蒂说，"然后把棍子抛了过去，棍子一下就扎进了'第一只老虎'的胁腹，扎得可深了。结果就像特哈所说的那样，'第一只老虎'吼叫着逃窜到丛林里，到处疯跑，直到把那根棍子扯出来。就这样，丛林动物们都明白了，'没长毛的东西'还可以从很远的地方打他们，所以他们就比以往更恐惧了。恐惧就这样形成了，都是因为'第一只老虎'让'没长毛的东西'学会了杀戮——你们知道，从那以后，我们所有的丛林动物都遭到了什么样的伤害——他们用活套、陷阱、隐蔽的陷阱、飞棒、白烟里窜出来的有螫刺的虫子（哈蒂指的是步枪）对付我们，还用'红花'把我们赶到空旷的地方。可是就像特哈答应的那样，每年有一个晚上，'没长毛的东西'都会害怕老虎，老虎从来也没有让他少害怕一些。在哪里碰上了，就在哪里把他杀死，因为'没长毛的东西'让他们想起了'第一只老虎'是怎样被羞辱的。除此之外，'恐惧'日日夜夜都会在丛林里走来走去。"

"啊哈！嗷哦！"鹿说，他想起了那一切对他们来说意味着什么。

第一章　恐惧如何降临

"而且只有像现在一样，总共才一个大'恐惧'的情况下，我们丛林动物们才能抛开小小的恐惧，同聚在一个地方，就像现在这样。"

"人类只有一个晚上会害怕老虎吗？"莫格利问。

"只有一个晚上。"哈蒂说。

"可是我——可是我们——可是整个丛林都知道，希尔汗会在月光下捕杀人类，一个晚上就有两三回呢。"

"尽管这样，老虎心里还是很害怕的，在捕杀人类的时候，老虎是从人类的背后扑上去的，攻击的时候会把头扭向一边，要是人类拿眼睛瞪他，他准会被吓跑。可在他自己的那个夜晚，他就会明目张胆地跑到村子里去。他在房屋之间走来走去，然后把头探进门口，那样人类就会脸朝下倒在地上，而他就在那里把他杀死。那天晚上只捕杀一回。"

"哦！"莫格利一边自言自语地说，一边在水里翻滚着，"希尔汗以前命令我看他，现在我明白为什么了！可他得不到好处的，他的目光没法镇定下来，而且——而且我当然不会倒在他脚下的。可是话说回来，我不是人，是自由民。"

"呃！"巴格希拉在他毛茸茸的喉咙深处发出声音，"老虎知道他的夜晚吗？"

"只有当月亮的豺狗在夜雾上空高挂时才知道。有时在夏天干旱的时候，有时在湿淋淋下雨的时候，月亮的豺狗会掉下来——就在老虎的这个夜晚。要不是'第一只老虎'，永远都不会有这样的夜晚，我们谁也不会知道害怕。"

鹿发出了悲伤的咕噜声，巴格希拉撇着嘴不怀好意地笑了，"人类知道这个——传说吗？"他说。

"除了老虎和我们大象——特哈的子孙们，谁也不知道。现在你们在水坑边也听见了，我已经讲完了。"

哈蒂把鼻子伸进水里，表示他不想再说了。

"可是——可是——可是，"莫格利说着，转过身对着巴洛，"为什么'第一只老虎'不继续吃草、吃树叶和树？他确实咬断了雄鹿的脖子，可他并没有吃，是什么使他开始吃热乎乎的肉的？"

153

"小兄弟，树木和藤蔓都在他身上做了记号，还把他变成带斑纹的东西，这我们都能看见。他再也不会吃他们的果子了；从那天起，他就开始报复鹿和其他吃草的动物。"巴洛说。

"也就是说，你早就知道这个传说了，嗯？为什么我从来没听说过？"

"因为丛林里有很多很多这样的传说。要是我开了头，那可就没完没了啦。让我的耳根子清静一下吧，小兄弟。"

丛林法则

为了让你知道丛林法则是如此的包罗万象，我把一些针对狼群的法规转化成了诗句（巴洛经常会以一种类似歌咏的方式朗诵他们）。当然了，丛林里还有成百上千条法规，不过，作为较为简单的法则标本，下面的这些就足够了。

下面就是丛林法则——和天空一样古老、真实。
坚守法则的狼族会繁荣昌盛，违反它的狼族必定会死亡。
就像藤蔓缠绕着树干，法则会反复运作——
因为狼群的力量来自狼，而狼的力量源自狼群。

从鼻尖到尾尖，每天要清洗；喝大量的水，但不能喝得过量；
别忘了夜晚用来捕猎，记住白天用来睡觉。

豺狗可以追随老虎，但是，胡子还没长满的幼狼除外，
别忘了狼是猎手——动身吧，去猎获自己的食物。
要和丛林之王——老虎、黑豹、熊和平共处；
别烦扰沉默王哈蒂，不得取笑猪窝里的野猪。

狼群在丛林里相遇时，谁也不能从路上走开，
卧下来，等候首领们相互打招呼——好听的话更容易被接受。

第一章 恐惧如何降临

如果你和狼群里的某只狼搏斗，必须在远处与他单独作战，
以免其他狼参与争斗，以免整个狼群的力量因为战争而衰弱。

狼窝就是狼的庇护所，窝建在哪里，家就在哪里，
即使是狼群首领也不得进入，即使是议会成员也不能来。

狼窝就是狼的庇护所，但要是谁把窝挖得太明显，
议会必须给他送个信儿，他应当照理再更换一次。

如果是在午夜之前捕杀，要悄悄的，不要大声嚎叫，不要把整座森林吵醒，
以免把庄稼地里的鹿吓跑，以免兄弟们两手空空地回来。
如有需要，可能会为自己、为伙伴、为自己的幼狼去捕杀，完全可以；
但是不能因为喜欢捕杀而捕杀，另外，说七次永远不能捕杀人类。

如果抢夺较弱动物捕杀的猎物，不要得意扬扬地全部吞食掉；
狼群的权利就是最卑微者的权利，所以把猎物的脑袋和皮毛给他留下。

狼群捕杀的猎物就是狼群的口中肉，必须待在猎物躺下的地方吃；
谁也不能把肉搬到自己的窝里，否则必死。

狼捕杀的猎物就是狼的口中肉，想怎么处理就怎么处理，
但是，未经许可，狼群不得擅自吞食。

幼狼的权利就是一岁小狼的权利，可以要求自己狼群里的所有成员
在吃捕杀来的猎物时，让自己填饱肚子；谁也不许拒绝同样的要求。

狼窝的权利就是母狼的权利，在她有生之年，她可以要求
每一次猎杀后，为自己的幼狼留一份腰腿肉，谁也不许拒绝同样的
要求。

山洞的权利就是公狼的权利——只为自己独自捕猎：
完全可以不受狼群呼唤的约束；由议会单独审判。
因为成熟老练，也因为能掌握全局，爪子强壮有力，
在所有丛林法则没有解决的事情上，狼群首领的命令就是法则。

好了，这些就是丛林法则，条例众多，威力无比；
但是法则从头到脚，从腰到背都是——服从！

第二章　普伦·巴加特的奇迹

那一夜我们感觉大地即将晃动，
我们悄悄地拉扯他的手，
因为我们爱他，
我们只知道爱他，却不知道怎么办才好。

山坡咆哮着崩裂了，
我们的世界全在雨中轰然倒塌，
我们这些小精灵们救了他；
但是，瞧！他却再也没有回来！

现在哀悼吧，我们救他
是为了野兽们可能拥有的可怜爱心。
你们哀悼吧！我们的兄弟不会再醒来，
他的同类却来把我们驱赶！

——《叶猴的挽歌》

从前，在印度西北部的一个半独立土邦，曾经有一位首相普伦·达斯，是个婆罗门。因为他的社会地位十分高贵，社会等级对他来说已经没有任何特殊意义。他的父亲以前是旧式印度宫廷里的一名重要官员，宫廷里全是些形形色色的乌合之众。可是当普伦·达斯长大后，他觉得旧秩序正在发生变化，任何人想要在这个世界上出人头地，那他就必须和英国人处好关系，还要仿效所有英国人认为好的行为。同时，当地官员还必须讨取自己主公的欢心。这可不是件简单的事,不过这位沉默寡言、严守秘密的年轻婆罗门,因为在孟买大学接受过良好的英语教育,可以沉着冷静地行事,然后一步一步地,荣升为王国的首相。也就是说,他比自己的主人——王公拥有更大的实权。

在老国王——他对英国人、英国人的铁路和电报持怀疑态度——去世之后,普伦·达斯和年轻的王位继承人一起身居高位,这位继任者曾经由一个英国人辅导。尽管普伦·达斯总是小心谨慎不抢占主公的功劳,他们还是同心协力,建立女子学校、修建了道路、开办了邦防治所和农用工具展示会,每年还出版"政府的精神文明与物质文明进步"蓝皮书,印度的外交部和政府因此感到欢欣鼓舞。总体上看,几乎没有哪个土邦对英国的进步感兴趣,因为他们根本不相信,普伦·达斯却表明了态度,他相信对英国人好的东西,一定能给亚洲人带来多一倍的好处。总督、副总督、医学传教士、普通传教士、那些策马疾驶来到邦禁猎区打猎的英国官员们,还有一大群一大群冒着严寒走遍整个印度的游客们,全都展示了应该如何管理事物,首相普伦·达斯成了他们尊贵的朋友。在空闲的时间里,普伦·达斯会严格地按照英国方针,为医药和制药业领域的研究资助奖学金;他还会写信给印度最大的日报《先锋日报》,解释主公的目标和宗旨。

后来,普伦·达斯去英国访问,回来的时候,他不得不向祭司们支付一大笔费用,因为就连像普伦·达斯地位这么高的婆罗门,只要一过黑海,那就什么社会地位也没有了。在伦敦,普伦·达斯与所有值得认识的人——世界闻名的人——会面、交谈,此外,他还见过更多叫不出名字的人。很多学术性大学都授予了他荣誉学位,他给身穿晚礼服的英国贵妇们发表演说,谈论了印度的社会改革,直到整个伦敦都高呼:"自打第一次铺上桌布以来,这是我们晚餐时见过的最有魅力的男人。"

返回印度后,普伦·达斯获得了极大的荣耀,总督亲自专程赶来,授予这个王公印度之星大十字勋章——上面全是钻石、绶带和搪瓷。就在这场颁授典礼上,随着礼炮的轰鸣声,普伦·达斯被册封为印度帝国

第二章　普伦·巴加特的奇迹

的第二级爵士,因此他的名字就称为印度帝国第二级爵士普伦·达斯爵士。

那天晚上,在总督的大帐篷里举行晚宴的过程中,胸前佩戴徽章和勋章项饰的普伦·达斯站了起来,为了答谢自己的主公,并为主公的健康举杯,他发表了祝酒词,演讲的水平就算英国人也很难超越。

接下去的一个月,太阳烘烤大地,整座城市又恢复了往日的平静,可就在这时,普伦·达斯干了一件英国人连做梦都没有想到的事,他竟然如死一般撒手不管了。他那饰有珠宝的爵位勋章被退回给了印度政府,接着一名新的首相被任命接管他的事务,然后在所有的下属职位任命中,一场争夺官职的把戏开始了。祭司们清楚发生了什么事,可民众只能猜测可能的原因。但是,世界上只有在印度这一个地方,可以随心所欲地想做什么就做什么,没有人会问为什么,而印度帝国第二级爵士普伦·达斯爵士辞去官职,放弃宫殿生活和职权,拿起化缘钵,穿上托钵僧或者圣人的黄褐色衣服,这事也没什么好奇怪的。依照旧时的法律提出的劝告,普伦·达斯已经当了二十年的年轻人,二十年的斗士——尽管他一辈子都没有扛过武器,还当了二十年的家长。他曾经运用自己的财富和权力,做他认为值得做的事情;他曾经接受出现在他面前的荣誉;他曾经见过来自四面八方的人和不同的城市,那些人和城市曾经站起来向他表示过敬意。现在,他要把这些事情统统放下了,就像一个人把他不再需要的斗篷放下一样。

普伦·达斯胳膊下夹着一张羚羊皮,另一只胳膊拄着铜柄拐杖,手里拿着一只打磨光滑、棕色海椰子壳做成的行乞碗,光着脚,独自一人走过城门,他两只眼睛盯着地面——而就在他身后,有人在城堡上向他那得意的接班人鸣炮致敬。普伦·达斯点了点头,那种生活已经彻底结束了,他对那种生活不再憎恶或者喜爱,就像是一个人在夜里做了个平淡无奇的梦。普伦·达斯成了个托钵僧——一个无家可归、四处漂泊的托钵僧,靠邻居维持生计。而在印度,只要还有一份食物可分,祭司和乞丐就绝对不会挨饿。普伦·达斯这辈子还从来没有吃过肉,就连鱼也很少吃。这么多年来,他全权掌管数百万财产,可一张五英镑的纸币,就足够他支付他个人一年的食物花销。甚至当他还在伦敦被当作名人崇拜的时候，他就心怀过清静日子的梦想——在印度那满是灰尘的灰白长路上，印满了赤脚走过的痕迹；缓慢前进的人流连绵不断；黄昏里，刺鼻的炊烟在无花果树下袅袅升起，而过客们就坐在那里吃他们的晚餐。

等到了梦想成真的时刻，这位首相采取了适当的措施，三天之后，要在印度几百万到处游荡、聚聚散散的人群中找到普伦·达斯，那是比在宽阔的大西洋海面槽谷里寻找一个水泡还难。

每当晚上黑暗降临的时候，普伦·达斯就会把羚羊皮铺展开来——有时铺在路边的托钵僧寺院里；有时铺在卡拉·波尔神庙的泥柱旁，那里的瑜伽修行师是另外一个圣人的模糊门派，他们会收容他，就像收容那些知道社会地位和门派价值的人一样；有时铺在一个印度小村庄的边缘，那里的小孩会悄悄地送上父母准备好的食物；有时铺在光秃秃的牧场斜坡上，在那里，他把棍子点燃，燃烧的火焰惊醒了昏昏欲睡的骆驼。这一切对普伦·达斯——或者现在以普伦·巴加特自称的他来说都一样。大地、人们、食物都是一回事。不过不知不觉中，他的双脚把他引向了北方和东方；从南方走到罗塔克；从罗塔克走到卡努尔；从卡努尔走到破败的萨马纳，然后沿着古格河往上走，这时的古格河河床已经干涸，只有在山上下雨时才会涨满，直到有一天，他远远地看见了巍峨的喜马拉雅山脉的轮廓。

普伦·巴加特笑了，因为他想起了自己的母亲，她出身于一个拉其特的婆罗门家庭，是从库鲁那边过来的——她是一个山地女子，经常思念家乡的白雪——而正是因为血缘与山地多少有点联系，才最终把一个人引回了属于自己的地方。

"那边，"普伦·巴加特说着登上了西瓦利克山脉的下斜坡，那里的仙人掌像七支烛台一样挺立——"我要在那边坐下来修习。"当他走在通往西姆拉的路上时，喜马拉雅吹来的凉风在他的耳边呼啸着。

他上一次经过这里的时候，那可是相当的隆重，有咔嗒作响的骑兵护送，那是去访问最温和可亲的总督。两个人在一起谈了一个小时，他们提到了在伦敦共同的朋友，还谈到了印度普通老百姓对事情的真实看法。这一次，普伦·巴加特并没有拜访朋友，他只是靠在林荫路上的围

第二章　普伦·巴加特的奇迹

栏上，看着山下连绵四十英里的平原，那种景色非常壮观。后来，一个当地的伊斯兰教警察告诉他说，他妨碍了交通，普伦·巴加特恭恭敬敬地向警察行了个额手礼，他知道法律的重要性，现在他也在寻找自己的法则。然后他继续往前走，当晚在卓塔西姆拉的一个空茅房里睡了下来，那个地方看上去像世界的尽头，可普伦·巴加特的旅程才刚刚开始。

他走上了喜马拉雅通向中国西藏的道路，那是条十英尺宽、把坚硬的岩石炸开，或者把木头架在一千英尺深的深渊上修筑的小路；有时候小路突然坠进又温暖又潮湿，还带有诡秘色彩的山谷里，然后又从光秃秃的或者长满野草的山肩里爬出来，阳光就像穿过凸透镜一样照射在那些山肩上；有时候道路会拐进湿淋淋、黑乎乎的森林，在那里，树干上从头到脚全缠满了树蕨，还有野鸡呼唤自己的同伴。在路上，他遇到了中国西藏的牧民，他们牵着牧羊犬、驱赶着羊群从身边走过，每只羊背上都驮着一小袋硼砂；还遇到了四处游荡的樵夫；还有打中国西藏过来的披着斗篷、裹着毯子的喇嘛，他们是来印度朝圣的；还有一些与世隔绝的山地小国使节，他们骑着带有环形花纹的花斑小马向前飞奔；他还碰到了正在出访的王公队伍。要不然就是在晴朗又漫长的一整天里，他什么也看不到，只有黑熊在下面的山谷里一边哼哼，一边用鼻子拱土翻找食物。刚一开始的时候，虽然普伦·巴加特已经远离了世界喧嚣，可那声音依然会在他耳边回响，就像火车经过隧道很久以后，呼啸声还在里面回响一样。不过等他把玛提厄尼山口抛到身后以后，一切都平静下来了。普伦·巴加特孤身一人地，走着，琢磨着，思考着，眼睛盯着地面，思绪却飘向了云端。

一天傍晚，他越过了最高的山口，那是他以前从来没有遇到过的——他爬了两天——走出来就站在了白雪皑皑的山峰之上，连绵起伏的雪峰就像是给整个地平线镶过边一样——那些一万五千至两万英尺高的群山，看上去非常近，简直用石头就能砸得到，然而他们却在五六十英里之外。山口的上面是茂密的黑森林——雪松、胡桃树、野樱桃、野橄榄树，还有野梨树，不过最多的还是雪松，那是喜马拉雅雪松；雪松的阴影下面竖立着一座荒废了的卡莉神庙——她是杜尔迦，也是湿陀罗,有时人们也会敬拜她以预防患上天花。

　　普伦·巴加特把石头地面打扫干净后,对咧着嘴笑的雕像笑了笑,就在神庙的后部用泥浆给自己砌了个小火炉,然后把他的羚羊皮铺在一层新鲜的松针上面,将他的"百拉格"——铜柄拐杖——挟在腋窝下,最后坐下来休息。

　　就在他的正下方,山坡开始变得陡峭起来,一千五百英尺之内一览无余,尽收眼底。山坡的下面有一个小小的村庄,房子的墙壁是用石头垒建起来的,盖着泥土夯成的屋顶,紧贴着陡峭的斜坡。村庄的四周,全是些小块的梯田,像拼缀的围裙一样在山腰上铺展开来。在光滑的石头围成的打谷场之间,母牛在吃草,他们看上去还没有甲壳虫大。放眼眺望对面的山谷,眼睛会被实际看到的事物的大小所蒙骗,而且刚开始并不能意识到,对面山腰上看上去像低矮的灌木一样的东西,实际上是百来英尺高的松树林。普伦·巴加特看到一只老鹰猛地扑向巨大的山谷,可是那只大鸟还没飞到一半,就已经缩成了一个小黑点。一些飘散的云带在山谷上伸展着,起伏着,挂在一个山肩上,和山口的顶部一样高时,又升腾起来渐渐消失。"我在这里会找到安宁。"普伦·巴加特说。

　　不过,对于山地人来说,爬上爬下几百英尺根本就不算什么。村民们一看到荒废的神庙里冒出了烟雾,村里祭司就爬到阶梯状的山坡上欢迎这位生客。

　　当村里祭司与普伦·巴加特——一个曾经支配过几千人的目光相遇时,他深深地鞠了一躬,然后一言不发地拿起行乞碗,回到村子里,说:"我们这里终于有个圣人了。我还从来没见过这样的人。他是平原上来的——不过脸色苍白——他是婆罗门中的婆罗门。"于是村子里的主妇们都说:"你觉得他会留下来和我们待在一起吗?"每个主妇都尽力为巴加特做些最可口的饭菜。山地食物是非常简单的,不过有了荞麦和印度安玉米、大米和红辣椒,再加上山谷小溪里的小鱼、从石墙上像烟道似的蜂巢里取出来的蜂蜜,还有杏干、姜黄、野生姜和薄面饼,任何一个虔诚的妇女都能做出好吃的东西来,祭司给巴加特送去了满满一碗的

第二章　普伦·巴加特的奇迹

饭菜。他会留下来吧？祭司问道。他需不需要一个门徒——一个信徒——来为他乞讨？他有没有毯子防寒？饭菜好不好吃？

普伦·巴加特吃了起来，他谢过了施舍者。他脑子里想的就是留下来。那就够了，祭司说。就把行乞碗放在神庙外面吧，放在两个树根盘绕交叉凹进去的地方，每天都会给巴加特提供食物，因为村民们感到很荣幸，能有这样一个人——祭司羞怯地看着巴加特的脸——待在他们中间。

那一天，普伦·巴加特结束了流浪生活，他已经来到了为他约定的地方——这里又静默又开阔。从这以后，时间就停止了，而坐在神庙门口的普伦·巴加特，说不清楚自己是生还是死；他是一个能控制自己肢体的人？还是群山、云朵、不断漂移的雨水和太阳光当中的一分子？他会轻轻地自言自语，成百上千遍地重复念叨一个名字，直到每重复一遍，他好像就会越来越脱离自己的躯体，飘向某个重大发现之门；可是，就在那扇门要打开的时候，他的躯体却把他拉了回去，他悲伤极了，觉得自己又被囚禁在普伦·巴加特的骨肉之中了。

每天早上，人们都会默默地将装满食物的行乞碗放在神庙外面的根丫上。有时是祭司送来；有时是暂时寄宿在村子里的拉达克商人送过来，因为急着行善积德，会不辞劳苦爬上来；不过，更多的时候，是通宵做好饭菜的妇人送来；妇人通常会用几乎听不见的声音小声说："在神明面前说说我的好话吧，巴加特。为我这样的人，某某某的老婆说说好话吧！"时不时地，还有某个胆大的孩子有幸得到这份荣耀，普伦·巴加特可以听见他放下碗，然后以最快的速度跑走的声音，可是巴加特从来没有下到村子里去。整个村庄就像在他脚下展开的地图一样。他能看见人们晚上聚集在打谷场周围，因为那里是唯一一块平地；他能看见奇妙的却不知用什么绿色才能形容的秧苗、紫蓝色的印第安玉米、像船坞一样一小块一小块的荞麦地，到了季节的时候，还能看见苋菜开出来的红花，因为苋菜细小的种子既不是谷子也不是豆子，在斋戒期，印度教徒可以拿来当食物合法食用。

新年刚开始的时候，那些小屋的屋顶全变成了金子般的方块，因为村民们把要晒干的玉米穗都摊在了这些屋顶上。让蜜蜂进蜂箱、收割庄稼、播种稻子、砻谷，这些景象全都出现在他眼前，全都渲染着下面那些多角的田间小区。普伦·巴加特牵挂着所有的村民，想着他们最终会怎么样。

即使是在人口密集的印度，也没有一个人能像块岩石一样，野生动物都要爬到自己身上了，还能一动也不动地坐着。在这荒山野岭里，因为野兽们对卡莉神庙这个地方非常熟悉，他们很快就回来了，打量着这个闯入者。叶猴是长着灰白胡子的喜马拉雅大猴子，不用说，他们是最先赶过来的，因为他们充满了好奇心。他们打翻了行乞碗；把那只碗放在地上到处滚；用他们的牙齿咬了咬铜柄拐杖；又朝那张羚羊皮扮了扮鬼脸，最后判定那个坐着完全不动的人肯定不会伤害他们。黄昏时，叶猴会从松树上跳下来，伸手向普伦·巴加特讨东西吃，然后弓起背以优美的动作转身跳走。因为叶猴也喜欢温暖的炉火，所以会成堆地挤在炉火周围，普伦·巴加特为了能投进更多的燃料，只好把他们推到一边。在清晨，他往往会发现，毛茸茸的大猩猩和他一起躺在毯子上。从早到晚，不是这类动物就是那类动物会坐在普伦·巴加特的身边，盯着外面的白雪，低声哼哼着，那种聪明伶俐又悲伤的样子，简直无法用语言来形容。

跟在猴子后面来的是巴拉辛格，这头鹿跟我们的马鹿一样高大，不过更加健壮。他想在卡莉雕像冰冷的石块上磨掉自己鹿角上的鹿茸，看到神庙里有人，他立刻跺起了蹄子。可是普伦·巴加特始终没动一下，接着，这个有十二个以上角叉的公鹿一点一点地、慢慢靠拢过来，用鼻子蹭了蹭普伦·巴加特的肩膀。普伦·巴加特伸出一只冰凉的手，上下抚摸那燥热的鹿角，轻轻的抚触使烦躁不安的野兽平静了，他低下头，普伦·巴加特缓缓地搓动着，把鹿茸磨落。后来，巴拉辛格又带来了他的母鹿和小鹿——这些温驯的东西用没长牙齿的嘴咀嚼圣人的毯子——有时他会在夜里独自过来，分得一份新鲜的核桃，闪闪火光把他的眼睛照得绿莹莹的。最后，麝香鹿也过来了，麝香鹿是最怕生的，几乎是小鹿中体型最小的一种，竖立着像兔子一样的大耳朵；就连带有斑纹的、

第二章　普伦·巴加特的奇迹

安静的莫什克·纳布哈都想弄清楚神庙里的光亮是什么意思，还把她那麋鹿一样的鼻子探进普伦·巴加特的膝头，随着火光的影子来来回回。普伦·巴加特把他们都称为"我的兄弟"，中午的时候，只要听见普伦·巴加特"嗨！嗨！"的低声呼喊，他们就会从森林里赶来。喜怒无常、生性多疑的喜马拉雅黑熊——索那，下巴下面有 V 形的白色记号，他不止一次从那条路上经过。既然巴加特根本没有表现出害怕，索那也就没有发怒，只是望着他，靠近一点，乞求得到一份爱抚，乞讨一份面包或者野莓。在天还蒙蒙亮的时候，巴加特会爬上山口的顶峰，观看红彤彤的朝阳沿着雪峰移动，他经常会发现索那拖着脚跟在他的后面，一边还低声哼哼着，好奇地将一只前爪插进枯倒的树干下面，接着又不耐烦地"呼哧"一声把前爪抽了回来；不然就是普伦·巴加特早上的脚步声会把蜷缩着躺在那里的索那惊醒，那只大野兽直起身来准备开战，直到听见了巴加特的声音，才知道是自己的好朋友来了。

几乎所有远离大城市生活的隐士和圣人，都被认为能在野兽身上创造奇迹，但是所有的奇迹都在于保持不动、永远不要做出急促的动作，而且至少在很长的一段时间里，不要直接看着来访者。村民们看见过巴拉辛格的轮廓，就像影子一样穿过了后面幽暗的森林悄悄地靠近神庙；看见过喜马拉雅野鸡米纳尔，在卡莉雕像前炫耀自己最美丽的羽毛；还看见过叶猴蹲坐在神庙里面，玩起了核桃壳。也有一些小孩听见过索那像熊一样自顾自地在坠落的岩石后面唱歌。就这样，巴加特作为奇迹创造者的名声牢牢地树立起来了。

然而，在普伦·巴加特的心里，没有比奇迹更遥远的东西了。他相信，万事万物就是一个大奇迹，当一个人清楚地认识到这一点时，他就会根据事情做出判断。他确信在这个世界上，没有什么事情很伟大，也没有什么事情很渺小，他日日夜夜想尽办法要进入事情的中心，回到自己的灵魂诞生之地。

普伦·巴加特就这样一直苦想着，他那没有修剪过的头发散落到肩膀上，羚羊皮旁边的石板被铜柄拐杖的下端戳出了一个小洞，而树干中间的位置，也就是行乞碗一天天搁放的地方，陷下去了，凹陷的地方被磨得跟棕色海椰子壳碗一样光亮。每只野兽都清楚自己在火炉旁边的具体位置；田野也随着季节更换颜色；打谷场里充盈了、清空了，然后一次又一次地充盈了；一年又一年，冬天来临的时候，叶猴们就在覆盖着羽毛般薄雪的树枝间欢跃，直到春天，猴妈妈们才会把满眼悲伤的猴宝宝从更温暖的山谷里带上来。村庄没有多大变化，只是祭司的年纪更大了，很多以前送饭菜上来的小孩现在都派自己的小孩来了；要是你问起村民，他们的圣人在山口前面的卡莉神庙里住了多长时间了，他们会回答："一直住在那里。"

到了夏天，雨水接踵而来，山林里已经很多季都没有下过这样的雨了。整整三个月，山谷一直笼罩在乌云和湿润的薄雾之中——无情的倾盆大雨一直下个不停，后来又转变成了一阵接一阵的雷阵雨。卡莉神庙的大半部分都处在云雾之中，有整整一个月的时间，巴加特根本看不到自己的村庄。村庄被掩藏在一层白色的云雾之下，云雾飘荡着、变幻着、翻滚着，还会向上涌动，可它就是不离开自己的码头——也就是哗啦啦作响的山谷两侧。

在整个这段时间里，普伦·巴加特什么声音也听不见，只有百万股细流流淌的声响，从头顶上的树上传来，从脚下的地面传来，雨水浸透了松针，从湿透了的蕨类植物枝叶上滴下来，顺着山坡流进刚冲刷出来的泥沟里。后来，太阳出来了，喜马拉雅雪松和杜鹃花发出了芬芳的香气，山地人把那远远传来的洁净气味叫作"雪的气味。"火热的阳光持续了一个星期，接着雨水又积聚起来，下了最后一场倾盆大雨，大片的雨水冲掉了地表，又跳回到泥地里。那天晚上，普伦·巴加特把火堆架得高高的，因为他知道他的兄弟们肯定需要取暖，可是始终没有一只野兽到神庙里来，他呼喊了一遍又一遍，心里想着森林里到底发生了什么事，不知不觉中就睡着了。

晚上最黑暗的时候，雨水像在敲打一千只鼓一样，发出很大的声响，这时普伦·巴加特的毯子被拖动了，他惊醒了过来，于是伸出手来，摸到了一只叶猴的小手。"这里比树上好点儿，"他睡眼惺忪地说着，展开了折叠的毯子，"盖着吧，要暖和点儿。"猴子抓着他的手使劲拉。

第二章 普伦·巴加特的奇迹

"那就是想吃东西了?"普伦·巴加特说。"等一下,我去弄点儿来。"正在他跪下来往火里扔燃料的时候,叶猴却跑到神庙的大门边,低声喊叫着,然后又跑回来,拽着他的膝盖。

"怎么啦?你碰到什么麻烦了,兄弟?"普伦·巴加特说,叶猴眼里流露出来的神情实在无法让他猜透。"除非是你哪个同伴掉到陷阱里了——可没人会在这里设陷阱啊——我可不想在这种天气出门。瞧,兄弟,连巴拉辛格也来躲雨了!"

鹿跨进了神庙,把鹿角撞得咔咔直响,还撞到了咧着嘴笑的雕像上。他朝普伦·巴加特的方向低下鹿角,不安地跺着蹄子,半闭的鼻孔里发出了嘶嘶的响声。

"嗨!嗨!嗨!"巴加特打着响指说,"这是感谢我让你住一晚吗?"可是那鹿却把他推向门口,就在这时,普伦·巴加特听见了什么东西呼的一声打开了,接着看见两块门板被掰开,而下面黏黏的泥土也出现了裂痕。

"现在我明白了。"普伦·巴加特说,"难怪我的兄弟们今天晚上不坐到火边。山要塌了。可是——我为什么要走呢?"他的视线落在那空空的行乞碗上,脸色一下子就变了。"自打——自打我来这里,他们就每天都给我送好吃的,要是我不快点,明天这山谷里就一个人都没有了。真的,我必须下去提醒他们。退回去吧,兄弟!让我到火边去。"

巴拉辛格不情愿地往后退,普伦·巴加特把一根松木火把插进火焰中,转动几次后点燃了。"啊!你们过来提醒我。"他说着站起身来,"我们会做得比那还好,比那还好。现在,出去吧,你的脖子借我用用吧,兄弟,我只有两只脚。"

普伦·巴加特右手紧紧抓住巴拉辛格隆起的肩胛,左手举着火把,离开了神庙,走进了充满危机的黑夜里。风已经停了,可是雨水几乎浇灭了火把,那头大鹿躬着腰,急匆匆地从山坡上滑了下去。他们刚一离开森林,就有更多的兄弟加了进来。尽管普伦·巴加特看不见,但他能听见叶猴们紧紧地围在他身边,索那也在后面,发出"呃!呃!"的声音。雨水把他长长的白发缠结成一绺一绺的,水花在他赤裸的脚下飞溅，黄色的袍子紧贴在他衰老虚弱的身体上，可他倚靠在巴拉辛格的背上，稳稳当当地下了山。他已经不是圣人了，而是印度帝国第二级爵士普伦·达斯爵士，一个不小的邦国的首相，一个惯于发号施令的人，正要去救助人命。巴加特和他的兄弟们同时冲下陡峭泥泞的小路，一直往下冲，直到鹿的蹄子咔嗒咔嗒直响，绊倒在打谷场的围墙上，那头鹿喷了喷鼻子，因为他嗅到了人的气息。现在，他们来到了一条弯弯曲曲的山村路头，巴加特用他的拐杖敲打着铁匠家上了栓的窗户，火把在屋檐下熊熊燃烧起来。"快起床出来！"普伦·巴加特大声喊道，他已经不熟悉自己的声音了，因为他有很多年都没有大声和人说话了。"山塌了！山要塌了！快起床出来！喂，里面的人！"

"是我们的巴加特。"铁匠的妻子说，"他站在他的野兽中间。把小家伙们拉起来，喊大家起床。"

呼喊声挨家挨户传了下去，动物们挤在狭窄的路上，此起彼伏地蜂拥着巴加特的身边，索那不耐烦地喷着鼻子。

村民们急忙赶到马路上去——他们总共不会超过七十人——在耀眼的火光下，他们看见巴加特拉住了受到惊吓的巴拉辛格，猴子们可怜巴巴地拽着他的衣摆，索那蹲坐着吼叫。

"穿过山谷，到旁边的山上去！"普伦·巴加特大声叫道，"谁也不能留下！我们跟上！"

村民们使出了山地人才有的本领撒开腿跑了起来，他们知道，在山体滑坡时，必须爬到山谷对面最高的地面上去。他们跑着，蹚着水过了谷底的小河，气喘吁吁地爬上了远处的梯田，而巴加特和他的弟兄们就跟在后面。他们在对面的山上越爬越高，互相呼喊着对方的名字——村名就是这样点名——紧紧跟在他们后面的是个子高大的巴拉辛格，他吃力地爬着，驮着体力不足的普伦·巴加特。最后，鹿在一片松树林的深处背阴的地方停了下来，这里已经是五百英尺高的山坡上了。他先前就预感到，山体就要滑坡了，现在本能告诉他，待在这里很安全。

第二章　普伦·巴加特的奇迹

普伦·巴加特倒在他身边，晕了过去，都是冰冷的雨水和剧烈的攀爬几乎害死了他。但他还是先朝前面稀稀拉拉的火把喊道："停下，清点一下人数。"当他看见火光聚在一起后，就对鹿轻声说："陪着我，兄弟，陪——到——我——走！"

空中传来了一声叹息，慢慢变成了低语，低语又慢慢变成咆哮，那咆哮盖过了一切声音，黑暗中村民们立脚的山坡受到了冲击，下面摇晃不已。接着，一个像手风琴低沉的C调一样，平稳、深沉而又合调的声音淹没了周围的一切。那声音大概持续了五分钟的时间，然后渐渐消失了，雨点降落在几英里长的坚硬地面上和草地上的声音，变成低沉的像打鼓一样的声音，打在了松软的泥土上。发生的一切，不言而喻。

根本没有哪个村民——就连祭司也一样——胆敢和救过他们性命的巴加特说话。他们蹲在松树下面，一直等着天亮。天亮了，村民们望向对面的山谷，发现以前的森林、梯田、还有小路贯穿的牧场，全都变成了一片红红的、呈扇形的天然污泥地，几棵树头朝下栽倒在陡坡上。那片红色的泥地一直向上延伸，通到了村民避难的山头，拦住了小河，那河水已经开始蔓延进砖红色的湖里。村庄、通往神庙的道路、神庙，还有神庙后面的森林，全都没有了踪影。一英里宽、足足两千英尺深的山坡，整个儿地塌了下去，从头到脚全刨平了。

村民们一个接一个爬过森林，来到巴加特面前祷告。他们看到了站在巴加特身旁的巴拉辛格，一看到村民们走近，那头鹿马上就跑走了。他们还听到了叶猴在树枝上哀号，索那也在山上凄厉地喊叫着，可是他们的巴加特死了，他盘腿坐着，背靠在一棵树上，拐杖夹在腋窝下，脸转向了东北方。

祭司说："见到一个又一个奇迹，所有的托钵僧都是以这种姿势埋藏的！所以，我们要在他现在这个地方为我们的圣人修庙。"

在年底之前，村民们就建好了庙——一座用石块和泥土建成的小神庙——他们把那座山叫作巴加特山，至今还在那里敬奉香火、鲜花和供品。可是他们不知道，自己敬拜的圣人，就是前印度帝国第二级爵士、民法博士和哲学博士普伦·达斯，他曾经是先进开明的莫希尼瓦拉邦国的首相,众多学术和科学团体的名誉或通讯会员,他为这个或者另一个世界所做的好事,比以往任何时候都要多。

卡比尔之歌

噢,世界在他的手里分量很轻!
噢,他的封地和国土却很重!
他离开了宫殿,穿上了寿衣,
以公开的托钵僧身份离世!

如今,那通往德里的灰白色的路就是他脚下的垫子,
婆罗双树和凯卡尔必须为他抵挡炎热;
野营地、荒地和人群就是他的家——
他在寻找成为公开的托钵僧的真理!

他曾经仰视过人类,双目清澈
(过去有一个,现在有一个,只有一个,卡比尔说);
红尘做过的事情都化成了一团烟雾——
他已经走上了公开的托钵僧的道路!

学习辨别他的土地兄弟,
他的野兽兄弟和神明兄弟。
他离开了议会,穿上了寿衣
("你听见了吗?"卡比尔说),一个公开的托钵僧!

第三章　放丛林进来

遮住他们，盖住他们，用围墙把他们围住，
花朵、藤蔓和野草，
让我们忘记那些生物的目光和声音，气味和触摸

石头祭坛旁厚厚的黑灰，
笼罩在长了白脚似的雨中，
母鹿们在没有播种的田地里产崽，
再没谁会去惊吓他们了；
没有门窗的墙破碎了，被推翻了，无人知晓，
谁也不会再来居住！

要是你读过《丛林之书+丛林之书续篇》第一册，一定还记得莫格利把希尔汗的虎皮钉在了议会岩上，然后，他对所有留在西奥尼狼群中的狼说，从此以后他就独自在丛林里捕猎了；狼爸爸和狼妈妈的四个孩子说他们要跟他一起捕猎。可是，要一下子彻底改变一个人的生活，绝对不是件容易的事——尤其是在丛林里。那群混乱不堪的狼溜走以后，莫格利做的第一件事，就是回到自家的山洞里，睡了一天一夜。醒来后，他向狼爸爸狼妈妈讲起了自己在人类中的种种奇遇，只要他们能理解的，他一五一十全都告诉了他们。当莫格利让早晨的阳光在自己的剥皮刀的刀锋上光芒四射时——他就是用这把刀剥了希尔汗的皮，——狼爸爸狼妈妈都说他真是学会了些东西。阿克拉和灰兄弟只好解释，是他们一起把很多水牛赶进深谷里。巴洛费劲地爬到山上来，就是为了听到所有的

故事，巴格希拉在自己身上到处抓挠着，莫格利的作战方式让他感到非常开心。

太阳升起来已经很久了，可是谁也没想到要去睡觉，在谈话的过程中，狼妈妈还时不时地扬起头，深深地吸上一口气，只要嗅嗅议会岩上吹过来的老虎皮气味，她就感到很满意。

"要不是有阿克拉和灰兄弟，"莫格利最后说，"我什么事也干不了。哦，妈妈，妈妈！要是你看到黑压压的公牛冲下深谷的情景就好了，要不就是看到人群朝我扔石头时他们急忙蹿进村庄大门的情景也行！"

"我情愿不看到后面那个场面。"狼妈妈生硬地说，"我可不习惯我的崽子像豺狗一样被撵来撵去。我会让人类付出代价的，不过我会放过那个给过你牛奶的女人。对，我只会放过她一个。"

"别激动，别激动，拉喀萨！"狼爸爸懒洋洋地说，"我们的青蛙又回来了——他真聪明啊，他的爸爸必须舔舔他的脚，头上那个伤口大概是怎么回事？别理人类了吧。"

莫格利把头靠在了狼妈妈的肋部，心满意足地笑了，他说，自己再也不想见到人类，也不想听到人类说话，或者闻到人类的气味了。

"可要是，"阿克拉竖起一只耳朵说道，"可要是人类不放过你呢，小兄弟？"

"我们有五个，"灰兄弟说着，四下打量着同伴，猛地咬紧牙吐出最后一个词。

"那个时候，我们也可以一起去，"巴格希拉轻轻地摆了摆尾巴，看着巴洛说，"可你怎么现在想起人类来了，阿克拉？"

"是这样，"独狼回答道，"那个黄毛贼的皮挂在岩石上以后，我就顺着我们的足迹回到了村子里，我踩进自己的脚印，又岔开来，再躺下来，就想搅乱踪迹，以免有人跟踪我们。可是我把踪迹搅得很乱，连我自己都快认不出来了，这个时候，蝙蝠芒格在树丛中间飞来飞去，悬在我头顶上说，'把人崽子赶出来的那个人类村子，乱得像马蜂窝一样。'"

"我扔的可是块大石头呢。"莫格利咯咯地笑了，他以前没事闹着

第三章　放丛林进来

玩的时候，经常会把熟透了的番木瓜砸进马蜂窝里，然后在马蜂赶上他之前就飞奔进最近的池塘里。

"我问芒格看到了什么，他说村口大门开了红花，人类扛着枪坐在旁边。现在我知道了，我有很好的理由。"——阿克拉低头看着自己侧腹和肋部干瘪的旧伤疤——"那些人扛枪可不是闹着玩的。很快，小兄弟，一个带枪的人就会跟着我们的足迹——说真的，他不会是已经跟上了吧？"

"可他为什么要那样啊？人类都已经把我赶出来了。他们还想要什么？"莫格利气呼呼地说。

"你是人啊，小兄弟。"阿克拉回答说，"你的弟兄们要干什么，为什么要那样干，不应该由我们这些自由猎手来告诉你吧？"

阿克拉刚抬起自己的爪子，剥皮刀就深深地扎进了下面的地里。莫格利下手的速度普通人是无法看清的，可是阿克拉是一只狼，就算是一只狗，虽然和祖先野狼已经有了很大的差别，但只要车轮一碰到他的侧腹，马上就能从深度睡眠中醒来，而且在车轮轧上来之前就安然无恙地跳开。

"下次，"莫格利平静地说着，把刀插进刀鞘里，"再提到人类和莫格利的时候，要分成两个族群来讲——不是一个。"

"噗！那可是个尖牙啊，"阿克拉说着，闻了闻刀锋在泥地里劈开的那道口子，"不过跟人类住在一起，倒是毁了你的眼力啊，小兄弟。你下手的那会儿工夫，我都可以咬死一头雄鹿了。"

巴格希拉突然跳了起来，使劲地伸长了脖子，抽了抽鼻子，身上每一个弯曲的地方都变得僵直起来。很快，灰兄弟也学起了他的样子，他稍稍往巴格希拉的左侧靠了靠，以便闻到右边吹过来的气味，而阿克拉也半蹲下身来，绷紧身子向空中跃起五十码高。莫格利羡慕地在一边看着，很少有人类能有他那样灵敏的嗅觉，可他的鼻子却从来没有像丛林动物们的那样，有一触即发的敏感性，而且令人遗憾的是，他在烟熏火燎的村庄里生活了三个月，嗅觉已经变迟钝了。不管怎样，他还是蘸湿了自己的手指，搓了搓鼻子，挺直身子闻着高空的气味，尽管那气味最微弱，但也是最真实。

"是人！"阿克拉嗥叫着，蹲了下来。

"是布尔笛欧！"莫格利坐了下来说道，"他跟了上我们的足迹，那边就是太阳照到他枪上的反光，看！"

那顶多是一点阳光在老塔滑膛枪的黄铜皮带绊上晃了一下，不过丛林里没有东西能闪出这种光来，除非是云朵在天空中快速飘过的时候，那时一块云母，或者是一个小池塘，甚至是一片非常光亮的叶子就会像日光仪一样闪闪发光，可是那天天空晴朗，万里无云，四周一片寂静。

"我就知道人类会跟过来，"阿克拉得意扬扬地说，"我能统领狼群，可不是没有道理的。"

四只幼狼一句话也没有说，只是紧紧贴着地面向山下跑去，渐渐消失在荆棘丛和树林下的草丛之中，就像鼹鼠逐渐隐没在草坪中。

"你们要去哪儿啊，怎么一句话都不说啊？"莫格利喊道。

"嘘！我们要在中午前让他的脑壳在这里打滚！"灰兄弟回答说。

"回来！回来等等！人是不吃人的！"莫格利尖叫道。

"是谁刚刚还是狼来着？是谁因为我把他当人看就向我扔刀子来着？"阿克拉说，四只幼狼闷闷不乐地往回走，然后蹲了下来。

"难道我决定做什么事情，都得交代原因吗？"莫格利怒气冲冲地说。

"那就是人类！人就是那样说话的！"巴格希拉翘着胡子咕哝道，"就连乌迪坡国王笼子周围的人也是这样说话。我们丛林动物们都知道，人类是万物中最聪明的，可要是我们相信自己的耳朵，就应该知道，人类其实是万物中最愚蠢的。"他提高嗓门接着说，"在这件事情上，人崽子做得对。人类喜欢扎堆捕猎。猎杀一个人可不件好事，除非我们知道其他人会怎么做。来吧，我们看看这个人想对我们做什么。"

"我们才不来呢。"灰兄弟嗥叫道，"自己捕猎吧，小兄弟。我们有自己的想法。本来准备现在把那个脑壳带过来的。"

莫格利一个一个地看着自己的朋友们，胸脯上下起伏着，眼里噙满了泪水。他大步走到幼狼跟前，跪下一条腿说："难道我没有自己的想

第三章　放丛林进来

法吗？看着我！"

他们不安地看着，当他们的眼神变得飘忽不定的时候，莫格利就会一次次地叫他们看回来，直到他们身上的根根毛发都竖了起来，吓得四肢发抖，而莫格利一直紧紧地盯着他们。

"现在，"他说，"我们五个当中，哪个是头儿？"

"你是头儿，小兄弟。"灰兄弟说，然后舔了舔莫格利的脚。

"那就跟上。"莫格利说，四只幼狼夹着尾巴紧紧地跟在他的身后。

"这都是跟人类生活后才这样的。"巴格希拉说着，悄悄地跟在他们后面。"现在，丛林里有比丛林法则更重要东西了，巴洛。"

那只老熊什么也没说，但他想了很多东西。

莫格利抄近路悄无声息地穿过了丛林，和布尔笛欧走的小路成直角，离开了矮灌木后，莫格利看见了那个老头，肩上扛着滑膛枪，沿着头天晚上留下的踪迹一路小跑过来。

大家应该还记得，莫格利离开村庄的时候，肩上还扛着希尔汗沉甸甸的生皮，而阿克拉和灰兄弟就在后面小跑，所以那三条足迹是很明显的记号。现在，你也知道，阿克拉又返回去搅乱了所有的足迹，眼下布尔笛欧就来到了这个地方。布尔笛欧坐了下来，一边咳嗽一边咕哝着，向丛林里到处乱抛小石头，找到那种足迹。每一次，他都有可能会把石头扔到监视他的那些动物们身上。不想让自己的声音被听到的时候，谁也做不到像狼那般的悄无声息。而莫格利呢，尽管那些狼觉得他动起来笨手笨脚的，可他依然能像影子一样来去自由。他们把老头儿包围了起来，就像一群海豚一样包围住一艘全速航行的轮船，他们还在包围的时候漫不经心地说着话，因为他们的声音比没有经过训练的人类能听见的最低频率还要低。（处在另一端的是以蝙蝠芒格为界的高声尖叫，很多人根本听不到那种高频声波。所有的鸟类、蝙蝠和昆虫都是用那种声音说话。）

"这可比什么都好捕杀。"灰兄弟说，布尔笛欧弯下腰来仔细看了看，然后吐了一口气。"他看上去就像是丛林里一只在河边迷路的野猪。

他在说什么？"布尔笛欧在恶狠狠地嘀咕着。

莫格利解释道："他说狼群肯定围着我跳过舞。他说他这辈子从没见过这样的脚印。他说他累了。"

"会让他休息到有劲了为止的。"巴格希拉冷冷地说，他悄悄地绕着一棵树干兜起了圈子，就像在玩捉迷藏的游戏一样。"现在，那个瘦鬼在做什么？"

"吃东西，要不就是在吐嘴里的烟。人类总喜欢耍弄自己的嘴巴。"莫格利说。躲在暗处的动物们静静地看着老头儿装满了水烟袋，点着了，然后抽了起来，他们牢牢记住了烟草的气味，这样他们就可以在必要的时候，就算在最黑暗的夜里，也能准确无误地认出布尔笛欧。

一小群烧炭工沿着小路走了过来，他们自然停下来和布尔笛欧交谈起来。作为一名猎手，布尔笛欧可算在方圆二十英里内都很出名。他们都坐下来抽起了烟，巴格希拉和其他动物就凑过去看他们，布尔笛欧开始从头到尾、添油加醋、胡编乱造地讲起了魔鬼之子莫格利的故事。说他自己是怎样真正把希尔汗杀死的；说莫格利是怎样把自己变成一只狼，与他决斗了整整一个下午，然后又变回男孩对他的枪施魔法，所以当他把枪对准莫格利的时候，子弹就拐了弯，把他自己的一头水牛给射杀了；还说村民们都知道他是西奥尼最勇猛的猎手，所以就派他出来杀掉这个魔鬼之子。不过，村民还把梅苏阿和她的丈夫也一起抓了起来，因为他们确实是这个魔鬼之子的父母，都已经把他们关在自己的茅房里了，很快就要拷打他们，让他们承认自己是巫师，然后就把他们烧死。

"什么时候？"烧炭工问道，因为他们很想参加这个仪式。

布尔笛欧说不等到他回去，村民是不会动手的，因为他们希望他先把那个丛林男孩杀掉。那之后，他们才会除掉梅苏阿和她的丈夫，然后全村一起瓜分他们的田产和水牛。梅苏阿的丈夫也有一些非常棒的水牛。布尔笛欧心想，除掉巫师是件大好事，而款待丛林狼孩的人显然是最邪恶的巫师。

可是，烧炭工说，要是英国人知道了怎么办？他们听说英国人非常古怪，才不会让老实巴交的农民心安理得地杀掉巫师呢。

第三章 放丛林进来

噢，布尔笛欧说，村长会报告说梅苏阿和她的丈夫是被蛇咬死的。那些都安排好了，目前唯一要做的就是杀死狼孩这事了。他们以前没碰见过这种怪物吧？

烧炭工小心翼翼地看了看四周，感谢福星，他们没有碰到过那种怪物，不过他们丝毫都不怀疑，要是有谁能找到那个怪物，那像布尔笛欧这么勇猛的人就一定能找到。太阳已经越来越靠近地平线了，烧炭工有了一个想法，他们要赶往布尔笛欧的村子，去看看那个邪恶的巫师。布尔笛欧说，尽管杀死魔鬼之子是他的责任，可他实在不能想象让一群手无寸铁的人穿过丛林，没有他的护送，他们随时都有可能招来狼魔，所以他要陪他们一起走，要是巫师的小孩出现了——那么，他就要证明给他们看，西奥尼最出色的猎手是怎样对付这种东西的。他说，婆罗门曾教给他一个咒语，用来抵御怪物，保护一切平安无事。

"他说什么？他说什么？他说什么？"那几只狼每隔几分钟就问一遍，莫格利一直在给他们解释，后来讲到巫师那部分的时候，他就有点不能理解了，于是就说对他很好的那个男人和女人落进了陷阱里。

"人类会给人设陷阱吗？"巴格希拉问。

"他是这样说的。我听不懂那些话。他们全都疯了。梅苏阿和她丈夫跟我有什么关系，要把他们放进陷阱里？还有，讲到红花的时候，他们究竟是什么意思呢？我必须弄清楚。不管他们要对梅苏阿做什么，布尔笛欧没回去，他们就不会动手。所以——"莫格利认真地思索着，手指玩弄着剥皮刀的刀把，而这时，布尔笛欧和烧炭工已经排成一列纵队雄赳赳地离开了。

"我得赶紧回到人群里。"莫格利最后说。

"那这些人呢？"灰兄弟说着，用饥饿的目光盯着那群烧炭工棕色的后背。

"唱首歌送他们回家。"莫格利说着咧嘴笑了，"我可不想他们在天还没黑的时候就赶到村门口。你能拖住他们吗？"

灰兄弟轻蔑地龇出满嘴白牙："我们能领着他们像拴了绳的山羊一样，一圈一圈地打转——如果我还算了解人类的话。"

"那倒不需要。给他们唱些歌吧,免得他们在路上很孤单,还有,灰兄弟,用不着唱最好听的歌。和他们一起去吧,巴格希拉,一起帮着唱歌。夜幕降临的时候,就到村子附近来找我——灰兄弟知道地点。"

"为人崽子捕猎可不是一件轻松活儿。我什么时候才能睡觉啊?"巴格希拉说着,打了个呵欠,不过他的眼睛里却流露出无比喜悦的神情。"要我给光溜溜的人类唱歌!不过我们试试吧。"

巴格希拉低下了头,好让声音传出去,他发出了一声长长的嚎叫,"祝捕猎成功"——下午却响起了午夜的叫声,一开始就显得相当可怕。莫格利听着那声音隆隆作响,一起一伏,最后那声音变成了令人毛骨悚然的哀鸣声,在他身后渐渐消失。莫格利听了暗自发笑,他匆匆穿过丛林,看见烧炭工吓得挤作一团,老布尔笛欧的枪筒马上像香蕉叶一样,对着周围各个方向到处乱晃。接着灰兄弟发出了围赶雄鹿时的叫声:"呀——啦——嗨!呀啦哈!"狼群在围赶前面的大蓝牛时,也会发出这样的叫声,那声音似乎是从地球的尽头传过来的,越来越近,越来越近,直到最后以一声尖利急促的撕裂声中断。其他三只狼跟着响应起来,就连莫格利也差点儿要发誓,认为那是整个狼群在拼命地一齐追赶猎物呢。接着,他们又一起突然唱起了庄严的丛林晨歌,叫声洪亮而深沉的群狼还加进了自己熟悉的回音、花腔和装饰音。以下是这首歌的大致译文,不过,你得想象一下,当这首歌打破丛林下午的寂静时,听起来会是什么样子。

就在刚才,我们经过了平原,

身体没有投下影子;

现在,他们在我们宁静黝黑的小路上大步向前走,

我们又跑回了家。

在清晨的寂静中,每一块岩石、每一种灌木,

都站得笔挺,又高又野;

那么大声呼喊吧:"遵守丛林法则的全体兽民,

好好休息吧!"

第三章　放丛林进来

啊，我们兽民将犄角和兽皮
跟藏身处融为一体。

啊，静静地蹲下身来，我们丛林大王们
悄悄地走向山洞和小山。
啊，光秃秃的平地上，人类驯养的牛在出力
拉动刚刚套上牛轭的犁；
啊，赤身裸体又害怕，红色的黎明
出现在明亮的庙宇上空。

呵！回窝里去！正在闪耀的太阳，
隐藏在充满气息的草丛后：
嫩竹林里传来了嘎吱嘎吱的声音，
那是发出警告的轻声低语。
夜里游荡的树林，在白天里变得陌生，
我们眨着眼睛细看；
野鸭在天空下嘎嘎大叫：
"白天——属于人类的白天！"

露珠浸湿了我们的兽皮，打湿了我们走的路，
现在已经变干了；
我们饮水的地方，夯实了的河岸
正晒成翻卷的泥土。
黑暗这个叛徒，出卖了
每一道拉伸和半张半闭的爪印；
那么听听口号吧："遵守丛林法则的全体兽民，
好好休息吧！"

可是无论怎么翻译，都无法达到这首歌所产生的效果，也无法传递出四兄弟喊叫着每句歌词时那种轻蔑的表情。那些人匆忙爬上树枝的时

候，他们听见了树木在噼噼啪啪作响，布尔笛欧在开始反复地念咒语、画符咒。然后，四兄弟躺下来休息了，就像所有自力更生的动物们一样，他们也喜欢生活有条有理，没有休息好，谁也不能好好干活。

这时，莫格利已经将好几英里地甩在了身后，他正以每小时九英里的速度，大摇大摆地向前冲，当他发现自己在人类中束手束脚生活了几个月以后，却还能跑得这么快，心里甭提有多高兴了。他脑子里只有一个想法，那就是把梅苏阿和她的丈夫从陷阱里救出来，不管是什么样的陷阱，因为他对陷阱有本能的不信任。后来，他暗暗发誓，一定要跟整个村子好好算算账。

就在黄昏的时候，莫格利看见了那个他还记忆犹新的牧场，还有那棵紫柳树，想起了他杀死希尔汗的早晨，灰兄弟就是在那棵树下等着他。尽管他对整个村子的人群都很生气，可是当他看着村子的屋顶时，突然有什么东西跳上了他的嗓子眼，他紧张得透不过气来。他注意到，每个人都比平时更早地从地里回来了，而且，村民们没有去做晚饭，而是一群群地聚集在村子的大树下，叽叽喳喳、大喊大叫地说些什么。

"人类一定是经常为自己的同类布置陷阱，不然他们就不会知足。"莫格利心想，"昨天晚上是为莫格利——不过那个晚上好像是下过很多场雨以前的时候。今天晚上为的是梅苏阿和她的男人。明天，还有以后的很多个晚上，又会轮到莫格利的头上了。"

莫格利沿着墙壁的外围爬行，来到了梅苏阿的茅草屋，他透过窗子往屋里看。梅苏阿就躺在那里，嘴巴被东西塞住了，手脚也被绑住了，喘着粗气，呻吟着。她的丈夫被绑在绘有华丽图案的床架上。那扇通向马路的屋门紧锁着，三四个人正背对着门坐在外面。

莫格利相当了解这些村民的风俗习惯。他认为，只要他们能吃、能说、能抽烟，就不会干别的事，可是一旦吃饱了，他们就开始变危险了。布尔笛欧很快就要回村子了，要是他尽完自己的职责护送回来，肯定又有一个非常有趣的故事要讲了。因此，莫格利从窗户里钻了进去，趴在那个男人和女人身上，割断了他们身上的皮绳，拔出了他们嘴里塞的东西，然后他环顾屋子的四周，想要找出一些牛奶来。

第三章　放丛林进来

梅苏阿简直快要疯了，她又疼又害怕（整个上午，她不是挨打就是被石头砸），她正要尖叫，莫格利及时用手挡住了她的嘴巴。她的丈夫一脸疑惑，心里生着闷气，坐在那里把泥巴屑子和杂物从乱糟糟的胡子里挑出来。

"我就知道——我就知道他会来。"梅苏阿最后呜咽着说，"现在我知道了，他就是我的儿子！"她紧紧地把莫格利搂在了胸口。在这之前，莫格利还一直都很镇定，可是现在，他开始全身颤抖起来，这让他自己感到极度的震惊。

"为什么要用这些皮绳？他们为什么要绑住你们？"莫格利停了一会儿问道。

"为了把我们处死，就因为有你这样的儿子——那还用问吗？"男人绷着脸说。"看！我都流血了。"

梅苏阿什么都没说，莫格利检查了她的伤口，当他看到流出来的血时，他们听见了他咬牙切齿的声音。

"这是谁干的？"莫格利说，"这是要付出代价的。"

"全村的人干的。我太有钱了。我的牲口太多了。所以我和她都成了巫师，因为我们收留了你。"

"我不懂啊。让梅苏阿说说怎么回事吧。"

"我给过你奶喝，南舒，你还记得吗？"梅苏阿小心翼翼地说，"因为你是我的儿子，是被老虎叼走的儿子，还因为我非常爱你。他们说我就是你的母亲，一个魔鬼的母亲，所以应该被处死。"

"魔鬼是什么？"莫格利说，"死我倒是见过。"

男人闷闷不乐地抬起头来，可是梅苏阿却笑了："看见了吧！"她对自己的丈夫说道，"我就知道——我说过他不是巫师。他是我儿子——我的儿子啊！"

"不管是儿子还是巫师，那对我们又有什么用？"男人回答道，"我们都要死了。"

"那边是通往丛林的路，"——莫格利指着窗外说道，"你们的手脚都松开了，现在就走。"

"我们对丛林不熟,我的儿,你——你也知道。"梅苏阿开口说,"我觉得我走不了多远。"

"那些男男女女肯会追上我们,再把我们拖回到这里的。"她的丈夫说。

"哼!"莫格利说着用剥皮刀的刀尖搔着自己的手心,"我不想伤害村子里的任何人——目前不想。可我觉得他们不该阻拦你。过一会儿,他们还有很多别的事要考虑呢。啊!"他抬起头,仔细听了听外面的叫喊声和沉重的脚步声。"这么说,他们最后还是让布尔笛回家了?"

"今天早上,他被派出去杀你。"梅苏阿哭着说,"你碰到他了吗?"

"是的——我们——我碰到他了。他又有故事要讲了,趁他讲故事的时候,可以有时间做很多事。不过我先要打听一下他们想干什么。想想你们要去哪里吧,等我回来就告诉我。"

莫格利跳出窗户,又沿着村子的外墙一路飞奔,来到了能听得见菩提树周围人群说话的地方。布尔笛欧正躺在地上,一边咳嗽,一边呻吟着,每个人都在问他一些问题。他的头发披散在肩膀上,手和脚都在爬树时蹭破了皮,他几乎一句话都说不出来,但能切切实实地感受到自己的重要地位。他断断续续地讲述了些关于魔鬼、魔鬼唱歌和魔法妖术的事情,只是为了让那伙人感受到马上会有什么事情发生。说完后,他就要了些水。

"呸!"莫格利说,"叽叽喳喳——叽叽喳喳!说来说去,说来说去!人类就是猴子的亲兄弟。现在他必须用水漱漱口了;现在他必须抽抽烟了,等这些都妥帖了,他还有故事要讲。他们是很聪明的人——人类。不等耳朵里灌满布尔笛欧的胡言乱语,都不会留一个人看管梅苏阿。可——我变得跟他们一样懒了!"

莫格利晃了晃身子,溜回了茅草屋。他刚一来到窗户边,就感觉到脚被什么轻碰了一下。

"妈妈,"他说,他很熟悉那个舔他脚的舌头,"你怎么在这里?"

"我听到我的孩子们在树林里唱歌,而我跟着我最喜欢的那个来了。

第三章　放丛林进来

小青蛙，我想看看那个给过你牛奶喝的女人。"狼妈妈说，她浑身都被露珠打湿了。

"他们把她绑起来了，想要杀她。我已经把那些绳子割断了，她和她男人要一起穿过丛林逃跑。"

"我也要跟上。我是老了，可牙齿还没掉光。"狼妈妈立起了身子，透过窗户看着里面黑乎乎的屋子。

过了一会儿，她悄无声息地落下了身子，只说了句："我给了你第一口奶，不过巴格希拉说得对：人最终还是会回归到人类那里去。"

"可能吧。"莫格利说着脸上露出不高兴的样子，"不过今天晚上，我离那条路还远着呢。在这儿等着吧，别让她看见了。"

"你从来就没怕过我，小青蛙。"狼妈妈说着退回到高高的草丛中，用她知道的方法把自己遮了起来。

"现在，"莫格利兴高采烈地说，这时他又转身回到了屋子里。"他们都围坐在布尔笛欧身边，听他说那些没有过的事情。等他说完了，他们就说肯定会带红花——带火来烧你两个。你们怎么说？"

"我跟我男人说过了，"梅苏阿说，"汗希瓦拉离这里有三十英里远，不过我们可以在那里找到英国人——"

"他们是哪一伙的？"莫格利说。

"我不知道。他们是白人，听说他们统治所有的土地，不准人在没有证据的情况下随便烧死或者殴打别人。要是我们今天晚上能到那里的话，我们就能活命。要不然，我们就死定了。"

"那就活下去吧。今晚没人经过村子大门，他在干什么呢？"梅苏阿的丈夫正跪在地上用手挖屋子墙角的泥土。

"他在那里埋了点钱。"梅苏阿说，"别的我们什么也带不了。"

"啊，是啊。那东西传来传去，可从来就没热乎过。其他地方的人也要用这个东西吗？"莫格利说。

男人怒气冲冲地瞪圆了眼睛，"他就是一个傻子，不是魔鬼。"他咕哝道。"有了这些钱，我就可以买匹马。我们被打惨了，走不了多远，再说，村民会在一个小时之内追上来。"

"我觉得只要我不让他们追,他们就不会追。不过,马倒是值得考虑的,梅苏阿累了。"她丈夫站起身来,把最后一些卢比缠在腰带里。莫格利帮助梅苏阿钻出了窗户,夜晚凉爽的空气使她振作起来了,但在点点的星光下,那座丛林看起来非常阴森可怕。

"你们知道去汗希瓦拉怎么走吗?"莫格利低声问道。

他们点点头。

"很好。现在,记住别害怕。也用不着走得很快。不过——不过在丛林里,你们前后可能会响起一些小小的歌声。"

"你想一下,要不是因为怕被火烧死,我们会晚上冒着险走进林子里吗?就算被野兽咬死,也要比被人类弄死强。"梅苏阿的丈夫说,梅苏阿只是看着莫格利微微一笑。

"我说,"莫格利接着说,就像巴洛第一百次向愚笨的幼崽重复古老的丛林法则一样——"我说丛林里谁也不会对你们龇出一颗牙,谁也不会向你们抬起一只爪子。人也好,野兽也好,都不能阻拦你们到汗希瓦拉去。会给你们放哨的。"他迅速转过身对梅苏阿说道,"他不相信,但你相信,是吧?"

"啊,当然了,我的儿。不管是人,是鬼,还是丛林狼,我都相信。"

"要是听到我兄弟唱歌,他肯定会害怕,到时就了解了。现在走吧,慢点走,一点都不用慌。门都锁了。"

梅苏阿抽噎着跪倒在莫格利面前,但是莫格利颤抖着迅速把她扶了起来。梅苏阿又搂住了他的脖子,用她能想到的每一个吉利的名字呼唤他,但她丈夫恨恨地眺望着自己的田地说,"等我们到了汗希瓦拉,得到英国人的信任以后,我要把婆罗门、老布尔笛欧和其他人告上法庭,让整个村子满地都是尸骨。他们得双倍补偿我荒废了的庄稼地,还有没人喂养的水牛。我要得到公正的待遇。"

莫格利笑了:"我不知道什么是公正的待遇,不过——下个雨季回来吧,看看还剩下些什么。"

他们朝着丛林出发了,狼妈妈从她躲藏的地方跳了出来。

第三章 放丛林进来

"跟上吧!"莫格利说,"一定要让整个丛林知道这两个人很安全。叫几声吧,我要喊巴格希拉。"

那悠长而又低沉的嚎叫声一起一伏,莫格利看见梅苏阿的丈夫畏畏缩缩地掉转了身子,犹豫着想要跑回茅草屋。

"往前走啊。"莫格利兴高采烈地喊道,"我说过可能会有歌声。这声音会一直跟着你们到汗希瓦拉。这是丛林对你们的恩惠。"

梅苏阿催促她丈夫往前走,在丛林里,黑暗吞没了他们和狼妈妈。正在这时,巴格希拉几乎在莫格利的脚下立起了身,他激动得直发抖,因为夜晚正是让丛林动物们狂野的时候。

"我为你的弟兄们感到羞耻啊。"巴格希拉咕噜咕噜地叫着说。

"什么?他们对布尔笛欧唱的歌不好听吗?"莫格利说。

"唱得太好了!唱得太好了!他们唱得甚至连我都要忘记自己的骄傲了。以那把让我自由的破锁发誓,我唱着歌穿过了丛林,好像我是在春天里出去求欢一样!你没听见我们吗?"

"我准备捕别的猎物。问问布尔笛欧他喜不喜欢那歌声。可是四兄弟在哪儿呢?今天晚上,我可不希望有一个人离开他们家门。"

"那要四兄弟干什么?"巴格希拉说,他四只爪子换来换去,眼睛闪亮着,咕噜咕噜的叫声比以往更大了。"我能拦住他们,小兄弟。终于可以开杀戒了吗?都给那些人唱过歌了,还眼睁睁地看着他们爬上树,我早就准备妥当了。人算什么,我们干吗要在乎他——不就是个爱挖来挖去的棕色家伙吗?他身上光溜溜的,连根毛发都没有、牙齿也掉光了,还吃泥巴。我都跟了他一整天了——中午的时候,太阳可是白得晃眼啊。我赶他就像狼赶雄鹿一样。我可是巴格希拉!巴格希拉!巴格希拉!我和那些人跳舞,就像和自己的影子跳舞一样。瞧!"那大黑豹跳跃起来,就像小猫跳起来抓头顶上旋转的落叶一样,爪子在空荡荡的天空中抓来抓去,发出嗖嗖嗖的声音,身子落地的时候一点声音都没有,他跳了一次又一次,半是呜呜叫半是嗥叫的声音越来越大,就像蒸汽在锅炉里发出的咕咕声。"我是巴格希拉——在丛林里——在夜里,我所有的力量都在我身上。谁能阻止我出击?人崽子,我爪子一挥,就可以把你的头打扁，就跟夏天的死青蛙一样！"

"那就出击吧！"莫格利说，他用的是村民的方言，而不是丛林语言。听到人类的语言，巴格希拉突然停了下来，接着猛地蹲下身子，两条后腿哆嗦着，他的脑袋刚好对着莫格利的脑袋。莫格利再一次睁大了双眼，就像之前盯着违抗他的幼狼一样，目不转睛地看着绿宝石一样的眼睛，直到隐藏在绿眼珠后面的红色亮光渐渐消退，就像二十英里以外海面上灯塔里的灯光熄灭一样。那双眼睛垂了下去，大大的脑袋也垂得越来越低，红红的舌头像粗锉刀一样，在莫格利的脚背上舔了舔。

"兄弟——兄弟——兄弟！"男孩轻声说着，不停地来回抚摩着巴格希拉的脖子和弓起的后背："安静，安静！都是黑夜惹的错，不是你的错。"

"都怪黑夜里的气味。"巴格希拉后悔地说，"这种空气在对我大喊大叫。可你是怎么知道的？"

当然了，在印度村庄周围的空气中，总是弥漫着各种不同的气味，对于那些几乎全靠鼻子来思考的生物来说，气味能使他们发狂，就像音乐和药物让人类发狂一样。莫格利又温柔地抚慰了黑豹几分钟，黑豹像火堆边的猫一样躺了下来，爪子缩到胸口下面，眼睛半耷拉着。

"你是丛林的，又不是丛林的。"黑豹终于最后说道，"我只不过是只黑豹而已。可我爱你，小兄弟。"

"他们在树下说了很长一阵子了。"莫格利说，他并没有理会黑豹后面说的话。"布尔笛欧肯定讲过很多故事了。他们应该马上就会把梅苏阿和她丈夫拖出陷阱，再把他们丢到红花里。他们会发现那个陷阱空了。嗬！嗬！"

"不，你听着。"巴格希拉说，"我的血不再狂热了，让他们发现我在那里吧！看到了我，就没几个人会离开自己的屋子。我又不是第一次待在笼子里，再说了，他们也不敢拿绳子来绑我。"

"那就放聪明点儿。"莫格利笑了，他也开始像黑豹一样不顾一切了，黑豹已经溜进了茅草屋里。

"呸！"巴格希拉咕哝着说，"这个地方全是人类的臭味，不过这

第三章 放丛林进来

里有张床,倒是很像我在乌迪坡国王笼子里躺的那张。现在,我要躺下来。"莫格利听到了小床的绳子在庞然大物的重压之下噼啪作响。"以那把让我自由的破锁发誓,他们准会以为抓到一只大家伙了!来坐到我边上来,小兄弟。我们一起让他们'捕猎成功'!"

"不,我还有别的想法。人类不会知道我也参与了这次捕猎。你自己捕猎吧,我不想看到他们。"

"就这样吧。"巴格希拉说,"啊,他们来了!"

菩提树下,村民们讨论的声音变得越来越嘈杂,传到了村子遥远的尽头。突然,人群疯狂地大叫起来,男男女女挥舞着大头棒、竹竿、镰刀和小刀冲上了街道。布尔笛欧和婆罗门冲在最前面,暴动的群众紧紧地跟在后面,他们高声喊道,"巫婆巫师!我们倒要看看,滚烫的钱币能不能让他们招供!把他们头顶上的屋子烧了!居然收留狼魔,我们要教训教训他们!不,先揍他们一顿!把火把拿来!多拿点火把来!布尔笛欧,给你的枪管热热身!"

门上的吊扣把门扣得很紧,要打开门还得费点工夫,但是那群人把整个吊扣都扯掉了,火把的光射进了屋子,那个身子伸直了躺在床上、两只前爪交叉着从床的一头轻轻地垂下来、浑身黑乎乎、像魔鬼一样可怕的,正是巴格希拉。人群突然一片死寂,持续了大概半分钟的时间,前面几排的人撕扯着退出门槛,就在这时,巴格希拉抬起头来,他别有用心地、小心翼翼地、故弄玄虚地打了个呵欠,每当他想袭击对手时,就会打呵欠。巴格希拉毛茸茸的嘴唇向后、向上张开了,红红的舌头卷曲着,下巴垂得越来越靠下,都能看到半个热乎乎的喉道了。他那巨大的犬齿整齐地排立在牙龈凹陷的地方,最后,上下牙齿咔嗒一声咬在了一起,射出钢铁般的光泽。马上,街上就变得空荡荡的了,巴格希拉从窗户跳了回来,站在了莫格利的身边,这时,大喊大叫的人群在惊慌失措中乱作了一团,他们互相踩踏着,心急火燎地想回到自己的茅草屋里去。

"不到天亮,他们是不会搅乱了。"巴格希拉平静地说,"现在怎么办?"

村庄似乎是笼罩在午睡的沉寂中,可是,当他们仔细倾听的时候,还是能听见沉重的谷物箱拖在泥地上,然后搁到门口的声音。巴格希拉说得很对,村民们天亮之前是不会再搅乱了。莫格利静静地坐着、思考着,他的脸色变得越来越阴沉。

"我到底做了什么啊?"巴格希拉最后来到他脚边,摇着尾巴说。

"没什么,你干得非常好。天亮之前,看守好他们。我要睡觉了。"莫格利跑进了丛林,然后像个死人一样倒在岩石上,他睡啊睡啊睡了整整一天,黑夜又降临了。

莫格利醒来时,巴格希拉就在他的旁边,脚边还有一头刚捕杀的雄鹿。莫格利拿起剥皮刀忙活起来了,他吃饱喝足后,就双手托着下巴又陷入了沉思,而巴格希拉就在一旁好奇地看着他。

"那男人和女人已经安全到达了汗希瓦拉。"巴格希拉说,"你的狼妈妈让黑鸢兰恩捎了信回来。他们脱身出来的那天晚上,还不到半夜,就找到了一匹马,所以走得很快。那还不好吗?"

"那很好。"莫格利说。

"今天早上,你村子里的人类,等到太阳老高了的时候才起来。他们一吃完东西,就赶紧跑回了屋子。"

"他们有没有碰巧看见你?"

"可能看见了。天亮的时候,我正在村口前的泥地里打滚,我可能还自顾自地唱了些小调。现在,小兄弟,没有别的事要干了,跟我和巴洛一起捕猎吧。他有新的蜂窝,很想让你看看呢,我们都想要你回来,跟以前一样。不要再摆出那种样子了,连我看了都害怕!那男人和女人不会被扔到红花里了,丛林里也都还好。难道不是吗?我们把人类忘了吧。"

"过一会儿就会把他们忘掉的。哈蒂今天晚上在哪里进食?"

"他想在哪里就在哪里。谁还能替沉默王答话啊?怎么啦?有什么事哈蒂能做,我们不能做的吗?"

"叫他和他三个儿子到我这儿来吧。"

"不过,说真的,小兄弟,不应该——好像不应该跟哈蒂说'过来''过

第三章　放丛林进来

去'吧。别忘了，他可是丛林之主，而且在人类改变你的表情之前，他还教过你丛林主子的口令呢。"

"那都一样。我现在就有主子的口令传给他。叫他来找小青蛙莫格利，要是他一开始就不肯来，就说是因为洗劫珀德布尔田地的事叫他来的。"

"洗劫珀德布尔的田地。"为了确认自己没搞错，巴格希拉重复念了两三遍，"我这就去。哈蒂最多不过是发下火，为了听到一句强迫沉默王的主子口令，我要搭上一个晚上的捕猎了。"

巴格希拉走了，莫格利狂暴地将剥皮刀插进泥地里。莫格利以前从来没见过人类的鲜血，可这次他不仅见到了人类的鲜血，而且还闻到了它的气味，就在捆绑梅苏阿的皮绳上，这对他来说事情非同小可。梅苏阿一直对他很好，只要他懂得什么是爱，那他就是非常爱梅苏阿的，而对其他的人类，他又是如此的憎恨。尽管他深深厌恶那些人，痛恨他们说的话、他们的残酷、他们的懦弱，可是不管丛林付出什么样的代价，他也绝对不会去杀人类，也不想让自己的鼻子再次闻到那可怕的血腥味。他的计划比较简单，但也周密得多。让他想到这个主意的，竟然是老布尔笛欧晚上在菩提树下讲过的一个故事，一想到这儿，他就暗自笑了起来。

"还真是主子的口令呢。"巴格希拉在莫格利的耳边悄悄地说，"他们正在河边吃食，他们就像雄鹿一样听话。看，他们现在过来了！"

哈蒂和他的三个儿子不声不响地过来了，就跟往常一样。他们胁腹上沾到的泥浆都还没有干，哈蒂若有所思地嚼着小芭蕉树的绿茎，那是他用自己的长牙挖出来的。当巴格希拉找到他们的时候，他明白了，哈蒂那庞大身躯上的每一条皱纹都显示出，要和人崽子对话的不是丛林之主，而是一个心怀恐惧的生物即将出现在一个无所畏惧的人面前。他的三个儿子肩并肩、大摇大摆地跟在父亲后面。

哈蒂对他说了声"祝捕猎成功"，可莫格利几乎头也没有抬起来，他一直在摇来晃去，不停地改变站姿，把重心从一只脚移到另一只脚。有很长一段时间，他都没有作声，等他张口说话时，那话却是说给巴格希拉听的，而不是给大象们听的。

"我要讲一个故事，那是你今天追赶的那个猎手告诉我的。"莫格利说，"讲的是有一头大象，他很老但很聪明，有一次，他掉进了陷阱里，坑里尖尖的木桩在他身上划了一道口子，从脚跟往上一点的位置到肩头上，就留下了一条白色的疤痕。"莫格利伸出手，哈蒂转过身来，月光下，一条长长的白色疤痕在他那青灰色的身子一侧显现出来了，就像曾经被一条烧红了的鞭子抽打过一样。"人类过来了，把他从陷阱里捉上来，"莫格利继续说，"可他十分强壮，挣断了绳子，逃跑了。等他的伤好了以后，他就趁着黑夜，来到那些猎人的田地里。我现在想起来了，他还有三个儿子。这些事发生在很多很多雨季以前，在很远很远的地方——珀德布尔的田地里。第二年收割庄稼的时候，那些田地里发生了什么，哈蒂？"

"被我和我三个儿子收割了。"哈蒂说。

"收割后的耕种呢？"莫格利说。

"没有耕种。"哈蒂说。

"那些靠地上的绿色庄稼活命的人呢？"莫格利说。

"他们跑了。"

"那些人睡觉的茅草房呢？"莫格利说。

"我们把屋顶撕成了碎片，丛林毁掉了墙壁。"哈蒂说。

"还有呢？"莫格利说。

"我尽最大的努力践踏更多肥沃的土地，从东到西，我花了两个晚上的时间，从北到南，我花了三个晚上的时间，丛林占领了村子。我们把丛林动物们放进五个村子，在那些村子里，他们的田地、牧场、松软的庄稼地里头，至今也没有一个人能从地里收获粮食。那就是洗劫珀勒德布尔的田地，全是我和我的三个儿子干的。现在，我倒要问你，人崽子，你是怎么知道这事的？"哈蒂说。

"一个人告诉我的。现在我明白了，就连布尔笛欧也会说实话啊。干得好，带白疤的哈蒂。不过这一次，应该干得更漂亮，因为现在有人带领。你知道把我赶出来的那个村子吗？那些人又懒散又愚蠢，还很残

第三章 放丛林进来

忍,他们喜欢耍嘴皮子。他们杀死弱者不是为了填饱肚子,而是为了好玩。只要吃饱喝足了,他们就会把自己的同类扔进红花里。这些我亲眼见过。要是他们还住在这里,那就太了糟糕了,他恨他们!"

"那就杀吧。"哈蒂三个儿子中最小的一个说,他卷起一簇草,把自己前腿上的泥巴掸干净,然后丢掉一边,他红红的小眼睛偷偷地来回扫视了一眼。

"那些白骨对我有什么用?"莫格利气愤地回答,"我是那种在太阳底下玩骷髅头的狼崽子吗?我已经杀死了希尔汗,他的皮都在议会岩上腐烂了。可——可我不知道希尔汗去了哪里,我的肚子还是空的。现在,我要对付那些我看得见、摸得着的东西。把丛林动物们放进那个村子吧,哈蒂!"

巴格希拉哆嗦着蜷缩下来,他明白,要是到了万不得已的地步,可以快速冲到村子里的街道上,在人群里左右出击,或者在黄昏时巧妙地杀死耕田的人,可这个有意把整个村庄从人类和野兽眼前摧毁掉的计划,着实让他害怕。现在他明白为什么莫格利要派他去把哈蒂请来了,除了长寿的大象,谁也不能策划、进行这样的战争。

"让那些人逃跑吧,就像逃离珀德布尔田地的人一样,直到雨水淹没仅有的耕地,雨滴敲打在浓密的树叶上的声音代替纺锤的啪嗒声——直到巴格希拉和我把婆罗门的房子当作自己的窝,雄鹿就在寺庙后面的池塘边喝水!放丛林动物们进去,哈蒂!"

"可我——可我们和他们并没有什么过节啊,再说,我们要在遭受巨大痛苦、气得通红的时候,才会摧毁人类睡觉的地方。"哈蒂含糊地说。

"难道丛林里就你们是吃草的吗?把你的兽民都赶进来吧。让鹿、野猪、蓝牛羚负责这事。你都不用露出一巴掌宽的身子,田地就光秃秃一片了。放丛林动物们进去,哈蒂!"

"不用杀生吗?在洗劫珀勒德布尔的田地的时候,我的长牙沾满了鲜血,我再也不想闻到那种气味了。"

"我也一样。我甚至都不想让他们的骨头躺在洁净的泥巴上。让他们去找新窝吧。他们不能留在这里了。我见过那女人的血,还闻到了血腥味,她给过我东西吃——要不是我,这个女人可能都被他们杀掉了。只有他们门口长出新草来才能除掉那种气味。那气味在我嘴巴里烧得火辣辣的。放丛林动物们进去,哈蒂!"

"啊!"哈蒂,"我身上尖桩刺到的伤疤也是火辣辣的,直到看到春天的草木吞没了那些村子,我们才好受些。现在,我懂了。你的战争就是我们的战争。我们会放丛林动物们进去!"

莫格利几乎没有喘气的机会——他满腔的怒火和仇恨,全身抖个不停——然后,大象站立的地方变空了,巴格希拉惊恐地望着他。

"以那把让我自由的破锁发誓!"黑豹最后说道,"你还是不是那个光溜溜的家伙啊?群狼都还年轻的时候,我为你说过话呢。丛林之主啊,等我没有力气的时候,为我说话吧——为巴洛说话吧——为我们大家说话吧!在你面前,我们都是小辈!是被脚踩断的树枝!是找不到妈妈的小鹿!"

巴格希拉把自己想象成走失的小鹿,莫格利感到极其心烦意乱。他大笑着喘了口气,然后啜泣几声,又笑了起来,最后,他只好跳进池塘里才让自己平静下来。他一圈一圈地游啊游,在月光的映照下,他就像只跟他同名的小青蛙一样,扎进水里、浮出水面。

这时,哈蒂和他的三个儿子已经转过了身子,各自朝着一个方向,默默地迈着步子走下一英里远的山谷。他们一直走啊走,走了两天——也就是说,在丛林里穿行了六十英里长的路程。他们每走一步,每挥动一下鼻子,蝙蝠芒格、黑鸢契尔、猴子和所有的鸟类都能辨认出来,他们留心观察着,纷纷议论起来。接着大象们开始进食了,他们静静地吃了一个星期左右。哈蒂和他的儿子们就像岩蟒卡阿一样,不到万不得已,他们绝对不会着急。

大象们进食那个星期快要结束的时候——谁也不知道是谁先起的头——一条谣言在丛林里传播开来,说在某某山谷,可以找到更好的食物、更好的水。野猪为了饱餐一顿,哪怕走到地球的末端也在所不惜,他们自然是最先结伴进发的,当他们拖着脚在岩石上行走的时候,鹿跟

第三章 放丛林进来

上来了,一起走过来的还有小野狐狸,他们专门吃死了的和奄奄一息的动物,而和鹿同时出发的还有肩头肉很厚实的蓝牛羚,跟在蓝牛羚后面的是住在沼泽地里的野水牛。一路上,这些成群结队的动物们稀稀拉拉,到处晃悠着,一会儿吃草,一会儿喝水,然后又吃起草来,但一丁点儿动静就能把他们吓得掉转身子。可是,不管什么时候,只要有谁受了惊吓,总会有其他动物过来安抚他们。有一次是豪猪萨希,他总是说再往前一点儿就可以好好吃一顿;还有一次是蝙蝠芒格,他兴高采烈地大叫,然后拍着翅膀飞到林间空地里,证明那里什么也没有;要么就是满嘴都是根茎的巴洛,摇摇晃晃地走在一排犹豫着不想往前走的动物们旁边,笨拙地用半吓唬半玩闹的办法,让他们回到正路上去。许许多多的动物转身回去了,或者跑掉了,或者失去了兴趣,但也有很多留了下来,继续往前走。他们走了大约十天的时候,情形是这样的,鹿、猪、蓝牛羚绕着半径为八到十英里的圈子,一圈一圈地转了起来,而食肉动物们就在圈子周围搜索着。那个圈子的中心就是村庄,村庄周围的庄稼快要成熟了,在庄稼地里,有人坐在像鸽子窝一样的平台上——他们把它叫作狩猎台,那是架在四根杆子上面、用树棍搭起来的平台——目的是吓走鸟类和其他偷食者。这时,鹿不再上当了,可食肉动物们紧跟在他们身后,逼迫他们向前,向圈子内前进。

在一个漆黑的夜晚,哈蒂和他的三个儿子悄悄地走出丛林,用他们的鼻子卷断了狩猎台的杆子。那些狩猎台就像茎秆上开满鲜花的铁杉一样,啪嗒一声倒下了,上面的人翻滚了下来,耳边还听到了大象深沉的咯咯声。接着,不知所措的开路先锋鹿群分散开来,冲进了村子的牧场和犁过的田地里。长着尖蹄子、用鼻子拱土寻找食物的野猪也一起过来了,鹿剩下的都让猪给捣毁了,远处会时不时地传来狼的一声嗥叫,受到惊吓的兽群就会拼命地奔来奔去,把刚长出来的大麦踩了下去,冲倒了灌溉水渠的堤坝。天亮之前,圈子外围的动物因为受到挤压曾一度退让,食肉动物们撤退了,敞开了一条通向南边的小路,于是一群群的雄鹿就沿着这条小路逃跑了。其他胆大一些的就在灌木丛里躺着休息,等着吃完第二天晚上的那一顿。

可是要做的实际上已经做完了。早上，村民们过来看时，他们发现自己的庄稼全被毁了，那意味着，要是他们不逃跑的话，就只有死路一条了，因为年复一年，他们都生活在饥饿的边缘，就像丛林就在他们旁边一样。当水牛被放出去吃草的时候，这些饿着肚子的牲口发现牧场的草已经被鹿啃光了，于是就溜达进丛林里，随他们野外的同类慢慢离开。暮色降临的时候，村里的三四头小马躺在马厩里，他们头已经被敲碎了。能把小马打成这样的只有巴格希拉，另外，能想到把残留的尸体粗暴地拖到空旷的街道上的，也只有巴格希拉。

那天晚上，村民已经没有心思再到田地里生火了，因此哈蒂和他的三个儿子就去捡拾剩下的落穗，只要是哈蒂捡过的地方，就没有必要再跟过去了。人们决定在雨季到来之前，先靠贮藏的谷种维持生活，然后去当佣工，以弥补一年的损失。可是就在粮食经销商想象着一个个装得满满的谷物箱、考虑以什么价格出售时，哈蒂却用他尖尖的长牙挖起了他泥屋的墙角，还撞开了大柳条箱，宝贵的粮食就和牛粪混到一起了。

当那最后一次损失被发现的时候，轮到婆罗门说话了。他已经祈求过自己的神明了，可还没得到回应。他说，可能是村民无意之间得罪了丛林里的哪个神明，因为丛林动物们确实在与他们对抗。于是，他们就派人去请来最近的一个冈德部落酋长。聪明的冈德人喜欢到处游荡，他们个子小，皮肤黝黑，个个都是好猎手。他们居住在深山野林中，祖辈是印度最古老的民族——他们是这片土地的原始居民。村民们倾尽所有款待这个冈德人，他单脚站立，手里拿着弓箭，头饰上插着两三支毒箭，又害怕又轻蔑地看着焦急的村民和荒废的田地。他们想知道他的神明——上古之神——是不是在生他们的气，应该进献什么祭品。冈德人什么也没有说，只是捡起一串苦瓜藤，也就是那种长野生苦瓜的藤蔓，缠绕在寺庙的门上，完全不顾上面面孔发红、双目怒视的印度教肖像。接着，冈德人来到露天地里，他一只手举到空中，冲着通往汗希瓦拉的路用手一挥，然后就回到了他自己的丛林，观察丛林动物潮水般穿行其中。他心里清楚，当丛林动物迁移的时候，只有白人才有可能改变他们的方向。

第三章 放丛林进来

　　至于冈德人的用意是什么，也没有必要再问了。野生苦瓜会生长在他们敬拜神明的地方，他们最好自己救自己，越早越好。

　　可是要一个村庄离开自己的停泊处，并不是一件容易的事情。只要还剩有夏季食物，村民们就会继续留着不走，他们还想在丛林里采集坚果，可是总有一些影子瞪着眼睛看着他们，哪怕中午的时候都会滚到他们面前来。当他们惶恐不安地跑回自己的屋子时，不到五分钟，那些他们经过的树干上面的皮就全被刮光了，上面还有大爪子击打过的凿痕。村民留在村子里的时间越长，野生动物们就变得越胆大，他们在汗希瓦拉附近的牧场上欢跳、大声吼叫。村民已经没有时间去修补、粉刷空牛栏的后墙了，那后墙的背面靠着丛林，野猪把墙拱倒了，根部多节的藤蔓随之迅速生长，弯弯曲曲地覆盖在刚侵占的土地上，粗劣的草木也像一大群精灵举着长矛追赶撤退的部队一样，跟着藤蔓长得到处都是。那些没成家的男人最先逃跑了，他们到处散布消息说那个村子是注定要灭亡的。他们说，谁能对抗丛林或者丛林之神呢？就连村子里菩提树下的那只眼镜蛇都离开了他台子下面的洞穴。村民本来就很少和外界交往，现在就更加稀少了，穿过旷野踩出来的小道越来越少，越来越模糊。最后，哈蒂和他的三个儿子停止了夜间的吼叫，不再骚扰村民了，因为村民已经被洗劫一空了。地上的庄稼和地里的种子都被掠夺了。那些边远的田地已经不成样子了，该去汗希瓦拉恳求英国人救济了。

　　一天又一天，村民们还是迟迟没有离开。他们按照当地的习惯，一直等到遇上第一场雨，没有修葺的屋顶灌进了大量的雨水，牧场的雨水积了脚踝那么深，经过炎炎夏日之后，所有的植物都突然疯长起来。然后他们（包括男人、女人、小孩）全都蹚着水出来了，穿过清晨热乎乎的茫茫大雨，但也会本能地转过身子，最后一次看看自己的家。

　　当最后一家人拖着沉重的行李依次走出村口时，他们听见了围墙后面的横梁和茅草屋顶轰隆一声倒塌了。他们看见一只像蛇一样弯弯曲曲、黑得发亮的大象鼻子举了起来，一下子就把湿漉漉的茅草抽打开了。大象鼻子不见了，又是轰隆一声，接着响起了一声尖叫。哈蒂一直在掀屋顶，就像人类采摘睡莲一样。一根横梁反弹起来戳到了哈蒂，他只有不停地掀翻屋顶，才能释放全部的力量，因为在所有的丛林动物中，暴怒的野象最会最肆无忌惮地搞破坏。哈蒂蹬了蹬后面那堵一击就倒的泥墙，泥墙倒塌了，在倾盆大雨中融化成了黄色的泥浆。然后，他转过身来，尖叫着冲上了狭窄的街道，对着两边的茅草屋横冲直撞，打碎了那些摇摇晃晃的屋门，屋檐也分崩离析了，他的三个儿子就跟在后面任意肆虐，就跟洗劫珀勒德布尔的田地时一模一样。

"丛林要把这些壳体吞没了，"废墟中一个平静的声音说道，"外墙必须倒掉。"大雨倾洒在莫格利裸露的肩膀和胳膊上，他从一堵墙上向后一跳，那墙就像一头疲惫不堪的水牛一样塌陷了下去。

"别急，快了。"哈蒂气喘吁吁地说，"哦，我的长牙在珀勒德布尔时就沾满了鲜血！向外墙冲啊，孩子们！用头去顶！一起来！好！"

四只大象肩并肩一起用力推着，外墙凸了出去，裂开了，然后倒了下去。村民们吓得说不出话来，在凹凸不平的裂口里，他们看见了野蛮的破坏分子粘着一层层泥巴的脑袋。于是那群无家可归、饥肠辘辘的村民们就逃下了山谷，而他们的村庄，被捣成了一片废墟，任由大象们折腾着、踩踏着，在他们身后渐渐消失。

一个月后，那个地方就成了一片凹陷的土堆，上面长满了绿色的柔嫩植物。到雨季结束时，那里已经是一片充满生机的茂密丛林了，而不到六个月以前，那里原来还是一片耕地。

莫格利反抗人类的歌

我要让快速生长的藤蔓对付你们——
我要召唤丛林动物进来消灭你们这些人！
屋顶将在丛林动物面前消失，
屋檐将倒塌，
而苦瓜，苦味的苦瓜，
会将一切覆盖！

第三章　放丛林进来

在你们集会的门边，我的兽民将唱歌，
在你们的谷仓门边，蝙蝠们将依附；
蛇将成为你们的守护者，
守在凌乱不堪的炉石边；
因为苦瓜，苦味的苦瓜，
将在你们睡觉的地方开花结果！

你们将看不见我的打手们；你们只能听见他们并猜测；
到晚上，月亮升上去之前，我会派他们来要债，
狼将成为你们的牧民，
守在移开的界石之前，
因为苦瓜，苦味的苦瓜，
将在你们热爱的土地上播撒种子！

在你们找到主人之前，我将收割你们的田地；
面包没有了，你们会跟在我的收割者后面捡拾落穗；
鹿将成为你们的公牛，
守在没有耕种的田地里，
因为苦瓜，苦味的苦瓜，
将在你们盖房子的地方长出叶子！
我已经让弯曲的藤蔓快速生长来对付你们，
我已经派丛林动物来消灭你们，
树木——树木就在你们身边！
屋梁将倒塌，
而苦瓜，苦味的苦瓜，
会将你们全都覆盖！

第四章 收尸者

当你对塔巴魁说话的时候,当你叫土狼"我的兄弟!"来吃肉的时候,你就可以和加卡拉正式休战——因为他靠四条腿支撑肚子。

——丛林法则

"要尊重上了年纪的!"

那是一个混浊的声音——一种能让你发抖的混浊声音——就像把柔软的东西分成两半的声音。那声音颤抖着,低沉沙哑而又哀伤。

"要尊重上了年纪的!噢,河里的伙伴们——要尊重上了年纪的!"

在宽广的河面上,什么也看不到,只有一小队扬着横帆、钉着木板的驳船,上面装满了建筑石料,刚刚从铁路桥下穿过来,现在正朝下游驶去。他们转动着笨重的舵轮,想要避开水流冲刷桥墩形成的沙洲,就在他们三条船并排通过以后,可怕的声音又开始喊叫:

"噢,河里的婆罗门——要尊重年老体弱者!"

一位坐在船舷边的船夫转过身来,举起手说了些什么,显然不是在祈神保佑,船队嘎吱嘎吱地在暮色中继续穿行。这条印度河很宽阔,看上去不像小河,更像是一连串的湖泊。河面像玻璃一样平滑,河道中央映现出砂红色的天空,但在地段较低的河岸附近和下面,却呈现出一片片的黄色和灰紫色。在雨季里,小溪流都奔涌进这条河里,可是现在,它们干涸的入口都高高地悬挂在水位线上方。在左边的河岸上,几乎就在铁路桥的下面,矗立着一个村庄,那里的房子全是由泥砖和茅草木条搭建起来的,主要街道上挤满了要回牛棚的牛群。那个村庄直接通往小

第四章 收尸者

河,河的尽头是粗糙的砖堆砌起来的码头,人们要是想洗什么的话,就可以一步一步地蹚水过去。那就是泽鳄·石梯的石梯。

夜幕很快降临了,笼罩了小扁豆地、稻田和棉田,这些低洼的地面每年都会被河水淹没;夜色还笼罩了河湾边沿的芦苇丛,以及寂静的芦苇丛后面那乱蓬蓬的、长满低矮灌木的牧场。一边喝水,一边叽叽喳喳、大喊大叫的鹦鹉和乌鸦们,向内陆的窝里飞去,路途中还遇到了一群群出动的果蝠。一群又一群的水鸟啭鸣着飞了过来,又啼叫着飞到了芦苇丛中隐蔽的地方栖息。在那里栖息的有圆头黑背的大雁、短颈野鸭、赤颈鸭、绿头鸭、雄麻鸭和麻鹬,以及到处分散的火烈鸟。

一只笨拙的大秃鹳飞在最后面,慢慢地拍打着翅膀,好像每一次扑扇都将是他的最后一次似的。

"要尊重上了年纪的!河里的婆罗门——要尊重年老体弱者!"

大秃鹳侧着头,稍稍转了转身子,朝着声音的方向飞了过去,然后直挺挺地降落在桥下的沙洲上。这时你才能看出来他原来有多么的凶残。从后面看,他非常值得尊敬,因为站立时,他差不多有六英尺高,看上去很像一个体面的秃头牧师。从前面看,那就完全不一样了,他的脑袋和脖子看上去像阿利·斯洛珀,一根羽毛都没有,下巴下面的颈脖子上还有一个可怕的囊袋——他把他那鹳嘴锄一样的鸟嘴偷来的东西全都放在里面。他的腿又细又长,瘦得皮包骨,动起来却很优美,当他低下头来整理尾部灰白色的羽毛时,他就扬扬得意地盯着自己的双腿,瞅一瞅光滑的肩部,然后直挺挺地站成"立正"的姿势。

一只身上长满疥癣的豺狗肚子饿了,一直在低矮的悬崖上乱叫,这时,他竖起了耳朵、翘着尾巴急忙穿过浅滩,跑到了大秃鹳的身边。

这只豺狗在同类中是属于最下等的——倒不是说最高等的豺狗有多么的高贵,但这一只尤其低贱,他是半个叫花,半个罪犯——是村子里垃圾堆上的清洁工,有时胆小如鼠,有时又胆大包天,他永远吃不饱,诡计多端,却从来没有给自己带来过任何好处。

"啊!"他爬上了沙洲,悲哀地抖了抖身子说,"希望红癣把这个村子的狗全都灭掉!我身上的每只跳蚤都咬了我三口,就因为我看了——只是看了下，你听着——看了牛棚里的一只旧鞋。我总不能吃泥巴吧？"他挠着左耳根说。

"我听见了。"大秃鹳说，他说话的声音就像一把钝锯在锯厚木板一样——"我听说，那只鞋子里有一只刚生下来的狗崽子。"

"听是一回事，知道是另一回事。"豺狗说道，他非常精通谚语，那全是他晚上偷听围在火堆旁的村民说话而学来的。

"说得很对。所以，为了弄清楚，狗在别处忙的时候，我就去照看那只小狗。"

"他们很忙。"豺狗说道，"我这一阵子都不能去村子里找残羹剩饭吃了。这么说，那只鞋子里真有只瞎了眼的狗崽子吗？"

"在这儿呢。"大秃鹳侧过嘴，瞟了眼自己那鼓鼓胀胀的囊袋。"一个小东西。不过还可以接受，既然当今世上慈善之心已死。"

"啊嗨！当今的世界可残酷了。"豺狗悲叹道。他那不安分的眼睛看见了水面上最微小的涟漪，他很快接着往下说："对我们大家来说，生活都不容易。这点我毫不怀疑，就算我们那位出色的主人，石阶的骄傲，小河羡慕的保护神——"

"骗子、马屁精、豺狗，全都从一个蛋里孵出来的。"大秃鹳并没有专门针对谁，因为他在不怕费事的时候，自己就是个相当高明的骗子。

"没错，小河羡慕的保护神。"豺狗提高了嗓门反复说，"我相信，就算是他也会发现，自打桥建起来后，好吃的食物就越来越少了。不过换一个角度看，尽管我绝对不会当着他高贵的面说这些，可他是如此的聪明，如此的善良——我，唉！不是——"

"豺狗承认自己是灰色的时候，那他一定是黑得不得了！"大秃鹳咕哝着说，他还不知道接下来会发生什么。

"他从来不缺吃的，结果——"

这时传来了一阵轻轻的嚓嚓声，就像一艘船刚刚碰到浅水区一样。豺狗迅速地转过身子，面对着（最好还是面对）他刚才一直在谈论的家伙。那是一只二十四英尺长的鳄鱼，看上去就像盖了三行铆钉的锅炉板，身上布满了颗粒、龙骨突起，黄色的上牙尖正好悬在下颌漂亮的齿

第四章　收尸者

槽上。那就是泽鳄·石梯的钝鼻泽鳄,他的年纪比村子里的任何人都要大,村子就是以他的名字命名的。在铁路桥出现之前,他是浅滩里的恶魔——杀人犯,吃人兽,也是当地的物神。他躺在浅滩里,下巴没入水中,一动不动地停在那里,尾巴激起一丝几乎看不见的微波。豺狗很清楚,只要那条尾巴在水里一拍,他就会像急速行进的蒸汽机一样,飞快地冲到岸上来。

"遇到你真是太幸运了,穷苦大众的保护神!"豺狗奉承道,每说一个字就往后退一步,"我们听到了一个好听的声音,我们赶过来,是希望能进行一次甜蜜的对话。在这里等的时候,我就假定自己没有尾巴,所以就说到了你。我希望你什么也没听见。"

现在,豺狗说的话就是要让泽鳄听见,他知道,阿谀奉承是得到食物的最好方法。泽鳄也知道,他是为了达到那个目的才那样说的,而豺狗知道泽鳄清楚这一点,泽鳄也清楚豺狗知道他了解这一点,于是他们一齐都感到很满意。

那只老泽鳄用力推动着身子,喘着粗气、呼噜一声扑上了岸,他咕哝着说:"尊重年老体弱者!"他那三角形头顶上的眼皮上覆盖着厚厚的角质层,下面一双小眼睛一直像煤炭在燃烧一样闪闪发光,他撑起像拐杖一样的腿,猛地向前推动臃肿得像圆筒一样的身子。接着,他停了下来,尽管豺狗对泽鳄的生活方式已经习惯了,可当他第一百次看见泽鳄如此惟妙惟肖地模仿漂浮在沙洲上的原木时,还是忍不住蹦了起来。泽鳄甚至会煞费苦心地斜着身子躺在水里,简直就跟自然搁浅的原木一模一样,他还会考虑到时间、地点、季节的不同,水流也会发生变化。当然了,所有这些都只是出于习惯,泽鳄因为好玩才到岸上来,不过鳄鱼的肚子是永远吃不了很饱的,要是豺狗被这种表象蒙蔽的话,那他就不可能活下来卖弄大道理了。

"我的孩子,我什么也没听见。"泽鳄闭着一只眼睛说道,"水进了我的耳朵,我都饿晕了。自打铁路桥建成后,我村里的人就不再爱我了,那真伤透了我的心啊。"

"啊,丢脸!"豺狗说道,"你的心又是那么的高尚啊!可是在我看来，人类都一个样。"

"不，那还真大不一样呢。"泽鳄低声说道，"有些人瘦得像船杆，有些人肥得像豺——狗。我从来不会无缘无故辱骂人类。有各种各样的人，不过在漫长的岁月里，我看出来了，他们总体来说是很好的。男人、女人，还有孩子们——我没有发现他们有什么缺点。要记住，孩子，谁谴责这个世界，就会被这个世界所谴责。"

"奉承话比吃进肚子里的空锡罐还要糟呢。不过我们刚才听到的那句话真是至理名言啊。"大秃鹳落下一只脚说道。

"可是，想想他们对这个出色的主人是怎么忘恩负义的吧。"豺狗温和地说。

"不，不，不是忘恩负义！"泽鳄说，"他们不为别人着想，就这一点。不过躺在浅滩下面我的地盘上时，我注意到新桥的台阶很难爬，对老人和小孩都很难。当然，老人是不值得考虑的，可我很伤心——我真的很伤心——都是为了肥胖的孩子们啊。不过，我想，再过一会儿，等那座桥的新鲜劲过后，我们还是能看见我的村民光着棕色的腿，勇敢地哗啦哗啦走过浅滩，就和以前一样。那样的话，老泽鳄又会感到很荣幸了。"

"不过今天中午，我真看见了金盏花花环从石梯边缘漂起来。"大秃鹳说道。

在整个印度，金盏花花环是尊敬的标志。

"错了——是个失误。那是糖果商的妻子。她的视力每一年都在下降，所以认不出原木和我——我这个石梯的泽鳄有什么区别。我见她投花冠的时候犯了个错误，当时我就躺在石梯下面，要是她再走一步，我就会向她显示一点区别的。不过她的本意是好的，我们必须尊重奉献精神。"

"要是在垃圾堆上面，金盏花花环有什么用呢？"豺狗抓着跳蚤说，一只眼睛却警惕地盯着他那"穷苦大众的保护神"。

"说得对，不过他们还没有开始生产能承载我的垃圾堆。我曾五次看着河水退出村子，在街道下面形成新的土地。我曾五次看着村子在河

第四章 收尸者

岸上重建起来，我还能看见五次这样的重建。我不是那种背信弃义、专门捕鱼吃的长吻鳄，俗话说，今天我在卡西，明天在普拉亚格，但永远都是浅滩的真正守望者。孩子，村子用我的名字命名是有原因的。俗话说，'只要长久守候，最终必有回报。'"

"我已经守了很久——很久很久——几乎守了一辈子了，可我的回报却是被咬和挨打。"豺狗说。

"嗝！嗝！嗝！"大秃鹳大笑起来。

"豺狗出生于八月；

雨季出现在九月；

'现在，洪水是如此可怕。'

他说：'我记不起来了！'"

大秃鹳有一个非常让人讨厌的特性。不知什么时候，他就会突然变得非常烦躁，或者突然腿抽筋。尽管颧都非常值得尊敬，而他看起来比其他任何一只都更为高尚，可他还是飞了出去，像瘸子踩高跷一样，疯狂地跳起了战斗舞，他的翅膀半张半合，那光秃秃的脑袋上上下下地晃动着。当他情绪变得很坏，或者受到疾病侵袭的时候，就会非常小心地合着拍子讲出最难听的话，而原因只有他自己最清楚。唱到最后一个词的时候，他又立正了，那样子比以前要正经十倍。

豺狗退缩了，尽管他已经足足有三岁了。要是侮辱的话从一只长着一码长的鸟嘴里说出来，谁也不能怨恨，再说那嘴巴猛扑的力量就像标枪一样呢。大秃鹳是最出名的懦夫，但是豺狗比他还要懦弱。

"我们必须先活下去，再学东西。"泽鳄说，"我要说的是：小豺狗是非常普通的，孩子，可像我这样的泽鳄却不常见。对这一点，我并不骄傲，因为骄傲就意味着毁灭。不过，要注意，那都是命运，不管是水里游的，还是地上走的或者跑的，谁都不会说一句反对命运的话。我对命运之神很知足。有了好运气，有了敏锐的目光，加上上岸前注意小溪或回水有没有出口的好习惯，能做的事可多了。"

"有一回，我听说就连'穷苦大众的保护神'也犯了个错误。"豺狗充满敌意地说。

"没错,可我的命运帮了我。那是我还没完全长大的时候——是倒数第四次饥荒以前的时候(那时,刚嘎河左右两岸的溪流多满啊!)是的,当时我年轻鲁莽,发大水的时候,谁还能有我那么高兴?那时,稍微大一点的水就能让我很开心。村子被大水深深淹没了,我游上了石梯,往内陆游了很远的路,然后游到了已经成了深泥坑的稻田里。我还记得,那天晚上,我发现了一对手镯(是玻璃的,给我添了不少麻烦)。对,是玻璃手镯。要是我没记错的话,还有一只鞋。我本该把两只鞋都甩掉的,可我实在饿了。以后我就学得更好了。是的,就这样,我吃吃东西,休息休息。可是等我准备再回到河里的时候,大水已经退了,我就从主街的泥巴地上走了过去。可除了我还有谁呢?我所有的村民都出来了,祭司、妇女,还有小孩子,我友善地看着他们。泥巴地可不是作战的好地方。一个船夫说,'拿斧子来砍死他,他就是浅滩里的泽鳄。''别这样,'婆罗门说,'看,他在赶走他前面的大水呢!他是我们村的地方神。'然后他们就向我扔了很多花,有个人很高兴,领了头山羊从马路对面过来了。"

"多好啊——山羊多好啊!"豺狗说道。

"很多毛,太多毛了。而且他发现在水里时,很有可能会躲避十字形的河湾。不过我收了那只羊,很光荣地爬下了石梯。后来,我的命运之神给我送来了那个船夫,他曾经想用斧子砍掉我的尾巴呢。他的船在一片旧浅滩上搁浅了,你们应该不记得那片浅滩了。"

"我们这儿不是只有豺狗。"大秃鹳说,"是大干旱那年石船沉掉的那片浅滩吗?一片长长的经受过三次大水考验的浅滩?"

"有两片浅滩,"泽鳄说,"一片在上游,一片在下游。"

"啊,我忘了。是河道把它们分开了,后来河道又枯竭了。"大秃鹳说,他为自己的好记性沾沾自喜。

"我那好心人的船就搁浅在下游的浅滩上。当时,他正躺在船头上,半睡半醒之间,他跳到了齐腰深的水里——不对,水最多没到他的膝盖位置——想把船推开。他的空船继续前进,到了下一个河段下游,船又停了下来,当时河水是流动的。我跟了上去,我知道有人会出来把船拖

第四章 收尸者

上岸去。"

"他们那样做了吗?"豺狗说,他有点儿畏惧了。这种规模的捕杀令他印象深刻。

"他们在那里和往下一点的地方下了水。我没再往前游了,就那样,一天给了我三个——都是肥胖的船夫,而且,除了最后一个(当时我疏忽了),谁也没有叫喊一声提醒岸上的那些人。"

"啊,真是了不起的捕杀啊!那需要何等的聪明和伟大的判断力啊!"豺狗说。

"可不是靠聪明,孩子,只要多思考。就像船夫说的,对生活的一点思考,就像是给饭加点盐,而我就经常深入思考。我那吃鱼的堂兄长吻鳄曾经跟我说,他追捕鱼群有多么艰难,每条鱼之间又有多大的差别,他又是多么需要了解所有的鱼类,不管是鱼群分开还是聚在一起的时候。我说那要靠智慧,不过,换个角度看,我堂兄长吻鳄就生活在他的村民之中。可我的村民不会结伴游泳,他们的嘴巴就像雷瓦鱼一样,露在水面上;他们也不会像莫荷鱼和小查普他鱼一样,经常浮上水面;也不会像巴楚阿鱼和奇耳瓦鱼一样,发大水后就聚集到浅滩上来。"

"全都很好吃啊。"大秃鹳说着,嘴巴发出了咔嗒咔嗒的声音。

"我堂兄也这样说,他捕鱼时会引起很大的骚乱,可鱼不会爬到岸上去摆脱他的尖鼻子。我的村民就不一样了。他们生活在陆地上,房子里头,跟牲口待一块。我必须知道他们在干什么、将要干什么,所以,俗话说,把尾巴添到鼻子上,我就成了一只完整的大象。有一根绿枝条和一个铁环挂在门口吗?老泽鳄知道了,那个屋子里生了一个男孩,他总有一天要下到石梯这里玩。有个姑娘要嫁人啦?老泽鳄知道了,因为他看见人群带着礼物来来往往,还有,姑娘也会下到石梯这儿来,在结婚前洗她的最后一次澡,而——老泽鳄就在那里。河水改道了,在以前只有沙子的地方形成新土地?老泽鳄也知道。"

"那么,知道那点儿有什么用呢?"豺狗说,"就连在我这么短的生活中,河水就已经改道了。"印度的河水几乎总是在河床里到处流动。

有时候，一年就会移动两三英里，淹没了一边岸上的田地，又在另一边岸上铺上肥沃的泥土。

"没有比知道那些更有用的了，"泽鳄说，"因为新的土地意味着会有新的争吵。泽鳄知道的。噢嘀，泽鳄可是知道的。等河水一排干，他就会爬到小溪里，人类还以为那里一只狗都藏不住呢，可泽鳄就等在那里。很快，就会有个农民跑过来说他要在这里种黄瓜，在那里种甜瓜，就种在河水赐给他的新土地上。农民用他的光脚趾试探肥沃的泥土。没过多久，又来了一个农民，说他要在这个位置种上洋葱，在那个位置种上胡萝卜和甘蔗。他们就像漂浮的船撞到了一起一样，蓝色大头巾下面的眼睛，骨碌碌转动着，表现出对对方不以为然的样子。老泽鳄边看边听。他们称兄道弟，在新土地上划出界线。泽鳄在很深的泥巴里拖动着身子，跟着他们从一点迅速游动到另一点。现在，他们开始吵架了！现在他们说过激的话了！现在他们把头巾撕碎了！现在他们举起了铁棍，最后，其中一个人向后倒在了泥巴里，另一个就逃跑了。等他回来时，争议已经结束了，被打败的那个人的包铁竹棍可以作证。可是，他们并没有感谢泽鳄。没有，他们嘴里喊着"杀人犯！"两边的家族就拿棍子打了起来，每边都有二十个人。我的村民都是好样的——都是山地上的贾特人——也就是贝特的马尔维人。他们打起来可不是闹着玩的，等架打完时，老泽鳄就在远远的下游，村子看不见的刺金合欢灌木丛后等待。然后，他们就下来了，我那些肩膀宽阔的贾特人——在星空下，八九个人一起用床板抬着死人。那都些灰白胡子的老人，声音跟我的一样低沉。他们点了一小堆火——啊！我对火是多么熟悉啊！——他们抽着烟斗，围成圈一起朝前面点头，或者朝旁边岸上的死人点头。他们说，英国法律会将此事绳之以法，还说那个人的家族会丢尽颜面，因为那个人肯定会被吊死在监狱的大广场上。死人的朋友就说，'就把他吊死吧！'然后，谈话又全部重新开始了——在漫漫黑夜里谈了一遍、两遍、二十遍。最后，其中一个人说：'这一架打得还算公平。我们就拿些赎罪金吧，要比凶手开的价高一点，这样，我们以后就不再提这件事了。'然后，他们就争论起了应该收多少赎罪金的问题，因为死人很

第四章　收尸者

强壮，留下了很多儿子。不过在日出之前，他们还是按风俗在死人身上放了点火，死人就到我这里来了，而他对这事也不会再多说什么了。啊哈！我的孩子们，泽鳄知道——泽鳄就知道——我的马尔维贾特人都是好人啊！"

"他们对我的嗉囊出手太小气了。"大秃鹳发起了牢骚，"就像俗话说的，他们不会在牛角上浪费擦光剂。再说了，谁又能在马尔维人后面捡到落穗啊？"

"啊，我——捡到了——他们。"泽鳄说道。

"嗳，从前，在南部的加尔各答，"大秃鹳接着说，"什么东西都往街上扔，我们挑挑拣拣。那段时间，我们吃得很讲究。可现在，他们把街道收拾得跟蛋壳一样干净，我的同伴都飞走了。干净是一回事，可每天七次清洁、打扫、洒水，连上帝们自己都会厌倦吧。"

"平原区一只豺狗兄弟告诉我，在南部的加尔各答，所有的豺狗都跟雨季里的水獭一样肥。"豺狗说，一想到这里，他就口水直流。

"啊，可那里有白脸人啊——就是英国人，他们把狗从河的下游某个地方带过来，放在船上养——都是大肥狗——想让那些豺狗一直瘦下去。"大秃鹳说。

"那么，他们跟这里的人一样铁石心肠吗？我本该知道的。不管是大地、天空还是水，都不会对豺狗发慈悲。去年雨季过后，我看到了一个白脸人的帐篷，我还抓了根新的黄色马笼头吃。那些白脸人加工皮革的方法不对，吃得我很不舒服。"

"那也要比我好得多。"大秃鹳说，"三岁的时候，我年轻胆大，到了大船驶进的河里。英国人的船有这个村子的三倍那么大。"

"他还到过德里那么远的地方，说那里的人全都是头朝下走路呢。"豺狗低声说。泽鳄睁开左眼，紧紧地盯着大秃鹳。

"是真的。"大鸟坚持说道，"骗子只有希望别人相信他的时候才会撒谎。没有见过那些船，谁也不会相信这是真的。"

"说得倒也有理。"泽鳄说，"然后呢？"

"他们从船里拿出了些很大块的白色东西，那些东西一下子就变成了水。很多都裂开了，掉到了岸上，剩下的他们就迅速放进一座墙壁很厚的房子里。可是，一个船夫笑了，他拿起顶多跟小狗一样大的一块，朝我扔了过来。我和我所有的同伴吞吃东西时是不经过大脑思考的，所以我就习惯性地吞掉了。我马上感到一阵奇冷，从我的嗉囊一直冷到爪尖，非常痛苦，我甚至连话都说不出来了，而那些船夫就看着我哈哈大笑。我从没觉得那么冷过，我又痛苦又惊恐地跳来跳去，直到喘过气来才停下来。后来，我边跳边大声反对这个世界的虚伪，那些船夫就嘲笑我，一直笑得倒在了地上。很奇怪的是，先不说那个东西冷得不可思议，等我一停止哀叹时，嗉囊里居然什么都没留下！"

大秃鹳已经竭尽所能描述了他吞下一个七磅重的冰块以后的感受。那时，加尔各答还没有机器自己制作的冰块，冰都是美国冰船从温汗姆湖上运来的。不过，因为大秃鹳不知道冰是什么东西，而泽鳄和豺狗也知道得很少，这故事就没什么值得听了。

"任何东西，"泽鳄说着又闭上了左眼——"任何东西都有可能从一只三个泽鳄·石梯村那么大的船里拿出来。我的村子可不小呢。"

头顶上的桥上传来了一阵汽笛声，德里邮件火车缓缓驶过，所有的车厢都灯光闪烁，忠实的影子沿着河岸紧紧跟随着。那火车又哐啷哐啷地消失在黑暗中，泽鳄和豺狗对那声音已经非常熟悉了，他们连头都没回一下。

"和泽鳄·石梯村三倍大的船相比，那个东西还不够奇妙吗？"那只鸟抬起头说。

"我是看着那桥建起来的，孩子。我看着桥墩一块石头一块石头升起来，有人摔下来时（大多数时候，他们都走得很稳——但如果他们摔下来）我就准备好了。第一个桥墩建好以后，他们从没想过要把下面河里的尸体找到、烧掉。这样一来，我又给他们省了不少麻烦。建那桥没什么好奇怪的。"泽鳄说。

"可那个走过去的，拉着有篷的马车呢！那个很奇怪。"大秃鹳反复说道。

"那还用说，那是一种新的公牛。总有一天，那东西会在上面站不

第四章 收尸者

稳,会像人一样摔下来。到那时,老泽鳄会准备好的。"

豺狗和大秃鹳你看着我,我看着你。要是有一件事他们更能肯定的话,那就是,那火车头可以是这个广阔世界上的任何东西,但绝不是公牛。豺狗有时会在铁路线边的芦荟丛里观察火车头,而大秃鹳自从第一辆火车在印度奔驰以来,就见过火车头了。可泽鳄只是从下面仰望上面的东西,那黄铜圆顶看上去倒真像公牛隆起的肩背。

"呣——对,一种新的公牛。"泽鳄语气生硬地又说了一遍,他想更加确信自己的想法。"肯定是,就是公牛。"豺狗说道。

"再说一遍,有可能是——"泽鳄怒气冲冲地开口说道。

"肯定是啊——最有可能了。"还没等对方把话说完,豺狗就插进了话。

"什么?"泽鳄发怒了,他能觉察出其他两个比他知道得要多,"有可能是什么?我还没说完呢,是你说那是一只公牛的。"

"'穷苦大众的保护神'想说那是什么,就是什么。我是他的奴仆——不是穿过河面那个家伙的奴仆。"

"不管那个是什么,都是白脸人的事。"大秃鹳说,"要是我,我就不会躺在这个沙洲上,这个地方离那东西太近了。"

"对英国人,你了解得没有我多。"泽鳄说道。"建这座桥的时候,这里就有一个白脸人,他经常在傍晚的时候坐上小船,然后拖着脚在地板上走来走去,还一边低声说:'他在这里吗?他在这里吗?把我的枪拿来。'我还没看到他就能听见他的声音——他发出的每一个声音——走在地板上发出的咯吱声、喘气的声音,还有他的枪发出的咔嗒咔嗒声,我听见他在河上来来回回。当然了,我曾经叼走过他的一个工人,帮他省了烧尸要用到的大量木头,所以,他当然会下到石梯里来,他大声叫喊着,说要捕杀我,把我从河里清除掉——我可是泽鳄·石梯村的泽鳄啊!要除掉我啊!孩子们,我在他的船底下游了一个小时又一个小时,还听到了他朝木材开枪的声音,当我确信他已经累了的时候,我就在他身边竖了起来,一口咬住了他的脸。桥建好以后,他就离开了。所有的英国人都是那样打猎的,除非他们也被捕杀。"

"谁捕杀白脸人呢？"豺狗兴奋地乱叫起来。

"现在谁也不会了，不过我以前可是捕杀过的。"

"对那次的捕杀，我还有点儿印象。那时我还小。"大秃鹳说，他的嘴巴发出了很响的咔嗒声。

"我在这里得到了大家的公认。我记得，我的村子正在进行第三次重建，当时，我的堂兄给我捎话过来说贝拿勒斯有丰富的水源，一开始我并不想去，因为我的堂兄是吃鱼的，不是什么时候都能分辨好坏，可是在傍晚，我听见了村民们的谈话，是他们说的话让我下了决心。"

"他们说了什么？"豺狗问道。

"他们说得可多了，多得让我这个泽鳄·石梯村的泽鳄离开了水面，走了出去。我是在夜里出走的，利用了他们提供给我的最小河流，可那时高温天气才刚刚开始，小河的水位都很低。我穿过了尽是灰尘的马路，爬过了高高的草丛，我还在月光下爬山呢。我甚至爬过了岩石，孩子们——好好想想吧。我穿过了锡尔欣河下游没有水的地区，之后才找到一些流向刚嘎河的小河。从离开我熟悉的村民和小河开始，我出游了一个月的时间。实在是太不可思议了！"

"路上吃什么呀？"豺狗说，他的心思都在自己的小肚子上，对泽鳄陆地旅行的故事一点儿也不在意。

"能找到什么，就吃什么——堂弟。"泽鳄拖长了每一个字的音慢吞吞地说。

在印度，现在的人不会称别人为堂兄弟了，除非你觉得你能建立某种血缘关系。再说了，泽鳄和豺狗结婚的现象，只在古老的童话故事里出现过。所以，当豺狗突然被泽鳄拉进他的家庭圈子里时，他清楚那是什么原因了。要是当时就他们俩，他也不会在意，可是大秃鹳也在，而且他的眼睛里还闪现出了一丝快意。

"那是肯定的，爸爸。我早该知道的。"豺狗说道。泽鳄是不介意被称为豺狗的父亲的，而泽鳄·石梯村的泽鳄说了很多——更多的话，在这里就没有必要复述了。

"'穷苦大众的保护神'已经宣布了亲属关系。可我怎样才能记住

第四章　收尸者

准确的身份呢？再说了，我们吃的食物是一样的。是他说的。"豺狗回答道。

这下，事情变严重了。因为豺狗暗示的意思是，泽鳄在陆地上长途跋涉时，一定是每天都吃了鲜嫩鲜嫩的食物，而不像每一只有自尊的泽鳄和大部分野兽那样，有可能会等到食物成熟以后才吃。事实上，河床沿岸地带最糟糕的轻蔑称呼就是"吃鲜肉的家伙"，这就等于骂一个人是"吃人肉的人"一样糟糕。

"那种食物三十年前就吃过了。"大秃鹳平静地说，"就算我们再说上个三十年，它们也永远回不来了。现在，跟我们说说，在你结束那最为精彩的陆地之旅、到达大水那里以后，发生了什么？要是每只豺狗的嚎叫我们都去听，那整个城镇的活计都得停下来了，俗话就是这么说的。"

泽鳄一定很感激大秃鹳打断了豺狗的话，因为他赶忙接着说：

"刚嘎河左右两边的河岸可以作证！在我到那里之前，我从没见过那样的水！"

"那么，那里的水比去年的大水还要大吗？"豺狗问道。

"更大！去年的大水顶多跟每五年发一次的大水差不多——少数几个淹死的外地人，一些小鸡，还有一头死公牛泡在打着漩涡的泥浆水里。不过我记得那一年，河水水位很低，水流通畅平缓，就像长吻鳄事先跟我说的一样，就连英国人的尸体也互相碰撞着冲了下来。我的腰身就是那年长起来了——皮肉也厚实多了。从阿格拉，经过埃塔瓦，还有阿拉哈巴德旁边的宽阔水面——"

"噢，阿拉哈巴德城堡墙下有旋涡啊！"大秃鹳说，"英国人的尸体漂过来了，就跟野鸭飞进芦苇丛里一样，一圈一圈地旋转着——像这样！"

大秃鹳又跳起了可怕的舞蹈，豺狗在一旁看着，心里很是嫉妒。他们说的是那一年发生的恐怖兵变，豺狗自然是记不起来了。泽鳄继续说道：

"是啊，在阿拉哈巴德旁边，只要静静地躺在缓缓流动的水里，让二十具尸体漂过来，然后挑一具就可以了。而且，最主要的是，英国人没有戴珠宝、鼻环或者脚镯，不会像我现在的那些女人那样。俗话说，喜欢装饰品，到头来只有绳子当项链。那时，河里的所有泽鳄都长胖了，可是我长得肉比他们的都要多，那是我的命运。有消息说英国人是被追赶进河里的，刚嘎河左右两边的河岸可以作证！我们相信那消息是真的。只要我往南方走，我就相信那消息是真的。我顺着水流往下游，远远地经过了蒙吉尔和河对面的坟墓。"

"我知道那个地方。"大秃鹳说，"自从那时起，蒙吉尔就成了一座废城。现在很少有人住在那里。"

"从那时以后，我就慢慢悠悠、懒懒散散地逆流往上游，在蒙吉尔往上一点的地方，一船白脸人下来了——都是活的啊！我记得那都是些女人，她们躺在树枝撑起的一块布下面，大声尖叫。在那些日子里，还从来没有枪向我们这些浅滩的守望者开过火。所有的枪都被别的地方占用了。日日夜夜，我们都能听见内陆传来的枪声，那声音就随着风向的转变时隐时现。我在船前竖起了整个身子，因为我以前从没见过活着的白脸人，不过我很了解他们——用别的方法。一个光着身子的白孩子跪在船舷边，他弯着腰，肯定是想伸手去够河水。看见一个小孩那么喜欢奔淌的水，真是太美妙了。我那天已经吃过了，不过，我的肚子还能装下一点。但是，我向那个小孩的双手扑过去的时候，只是因为好玩，不是为了吃掉他。小孩的手很明显就是在那里的，所以我连看都没看一眼，就合上了嘴巴。尽管我嘴巴真的咬到了——这一点我敢保证——可是那手太小了，小孩迅速地把手抽了回去，没有受伤。那双白白的小手肯定是从我的牙齿缝之间挣脱出去的。我本该横着咬住他的胳膊肘的，不过，我已经说了，我钻出水面纯粹是因为好玩，只是想看看新鲜而已。他们在船上一个接一个哭喊起来，没过多久，我又钻出去看他们了，他们的船太重了，推不翻。虽说她们只是些女人，可是，俗话说得好，谁要是相信女人，谁就可以在池塘里的浮萍上行走。刚嘎河左右两边的河岸可以作证，我说的都是事实！"

"有一回，一个女人给了我一些干鱼皮。"豺狗说道，"我原来

第四章 收尸者

是想叼走她的婴儿,不过马料总比被马踢好,俗话说。你的女人们做什么了?"

"她拿了一把短枪向我开火,那种枪我以前没见过,以后也没见过。开了五枪,一枪接一枪"(泽鳄遇到的一定是老式左轮手枪),"我一直张大了嘴,吃惊地看着,我的脑顶直冒烟。我从没见过那种东西。五枪啊,就跟我甩尾巴一样快啊——就像这样!"

豺狗对这个故事越来越着迷了,就在那像长柄大镰刀似的长尾巴甩过来的时候,他及时往后一跃。

"还没等到第五枪呢。"泽鳄说,好像他从来没想过要击倒自己的听众一样——"还没等到第五枪,我就沉了下去,等我再钻出水面时,刚好听到一个船夫在跟那些女人说话,他说我很有可能死了。一颗子弹打进了我脖子的鳞甲里,我不知道那子弹是不是还在里面,我都不能扭头了。好好看看吧,孩子。这能证明我说的都是真的。"

"我?"豺狗说,"我一个吃旧鞋子、啃骨头的家伙,难道敢怀疑小河都羡慕的保护神的话?要是我低贱的脑子里胆敢有一丝这样的想法,那就让我的尾巴被那些瞎眼小狗咬掉。'穷苦大众的保护神'都放下架子来告诉我——他的奴仆,说他这辈子曾经被一个女人打伤了。那就够了,我会把这个故事说给我所有的孩子们听,不需要证明。"

"有时候,过于礼貌几乎等于过于粗鲁。俗话说,豆腐也能噎死客人。泽鳄·石梯村的泽鳄身上唯一的伤是女人打的,我可不想你的孩子们知道这点。要是他们跟自己的父亲一样,可怜得连要块肉都很难,那他们还有很多别的事要操心呢。"

"早就忘光了!这个故事从来就没有说过!从来就没有什么白女人!也没有什么船!什么事都没有发生过。"

豺狗摇了摇毛茸茸的尾巴,表示他把所有的事情都从记忆里彻底抹掉了,他神气地坐了下来。

"其实,发生了很多事。"泽鳄说,他又一次败下阵来。那天晚上,他曾经两次想打败他的朋友(倒也不是怀有恶意,吃与被吃是河岸附近的公平法则,泽鳄吃完一顿后,豺狗就过来分享他的战利品)。"我离开了那条船，往上游游去，可是，当我游到阿拉后面的回水里时，那里却没有英国人的尸体了。河里空了一阵子。然后，漂过来了一两具死尸，穿红外套，不是英国人，不过都是同一类人——印度教徒和普比阿——接着是并排的五六具，最后，从阿拉到阿格拉的北部，好像沿途所有的村子都淹在了水里似的，尸体一具接一具从小溪里漂了出来，就像雨季里漂下来的木材一样。河水上涨的时候，尸体也浮出了水面，离开了原来停靠的浅滩，大水退落的时候，尸体就被拉着长头发一起穿过农田和丛林。在往北游的整个晚上，我又听见了枪声。到了白天，我听见了穿鞋子的人淌水踩过浅滩，还有笨重的马车轮子压过水底沙子的声音，每一道水波都会冲来更多的尸体。最后，就连我也怕了，因为我说过：'要是这种事发生在人身上，那泽鳄·石梯村的泽鳄又怎么逃得掉呢？'没挂帆、不断冒火的船从我后面驶过来，因为装棉花的船有的时候会着火，但从来不会沉掉。"

"啊！"大秃鹳说，"那些船是去加尔各答南部的。那些船又高又黑，他们用身后的船尾拍打水面，他们——"

"有我三个村子那么大。我们的船又矮又白，是用两边的船舷拍打水面，说实话，也没有那么大。那些大船让我非常害怕，所以我就离开了那里的水，想回到我这条河里来，我白天躲起来，夜里赶路，那时也找不到对我有用的小河。我又回到了我的村子，不过我没指望还能看见我的村民。可是他们却在犁田、播种、收割，在田里来来往往，就像他们的牲口一样安静。"

"河里还有好吃的吗？"豺狗说。

"比我想要的还要多。就连我——我可不吃泥巴——就连我也厌倦了，有点怕了，我记得，不断有不会说话的尸体漂下来。我听见我村子里的村民说所有的英国人都死了，不过那些顺着水流脸朝下漂下来的不是英国人，我的村民也看见了。我的村民说最好什么也别说，只要交田税和犁地就行了。过了很长一段时间，河里清空了，那些漂下来的，显然是被大水淹死的，这个我看得很清楚，还有，尽管那时找吃的没有那么容易了，我还是打心眼里高兴。这里那里有一些杀戮倒不是什么坏

第四章　收尸者

事——但有时就连泽鳄也会满足，就像俗话说的那样。"

"太棒了！真是太棒了！"豺狗说道，"光是听到那么多好吃的，我不吃也胖了。后来，要是准我问的话，'穷苦大众的保护神'后来都做了什么呢？"

"我对自己说——刚嘎河左右两边的河岸可以作证！我用誓言封锁了我的嘴——我发誓永远不再漂泊了。所以我就住在石梯旁边，离我自己的村民很近的地方，我年复一年地守着他们，他们也非常爱我，只要一看见我的头抬起来，他们就会往上面扔金盏花花环。是的，我的命运一直对我很好，河水也很好，会尊重我这个又可怜又虚弱家伙。只是——"

"没有谁是从嘴巴到尾巴都是快乐的。"大秃鹳同情地说，"泽鳄·石梯村的泽鳄还需要什么呢？"

"那个我没得到的白孩子。"泽鳄说着，深深地叹了一口气。"那孩子是很小，可我一直没有忘记。现在我老了，在我死之前，我还是想尝尝新东西。他们确实是一群动作迟钝、吵吵闹闹又很愚蠢的人，捕捉起来也是轻而易举的事，不过我想起了在贝拿勒斯上游的日子，要是那个小孩还活着，他应该也还记得。他可能会在某条河的河岸上走来走去，诉说他的双手曾经怎样在泽鳄·石梯村的泽鳄牙缝里穿过，还活了下来，成为一段传奇故事。我的命运一直很好，可有时候，我做梦都会想起船头上的那个白孩子，真让我头痛。"他打了个呵欠，闭上了嘴巴。"现在，我要先休息一下再思考了。安静点，我的孩子们，要尊重上了年纪的。"

泽鳄笨拙地转过身子，慢吞吞地爬到沙洲顶上，豺狗和大秃鹳就退到了沙洲离铁路桥最近的那一边，站在了一棵下。

"那真是舒适又合算的生活啊。"豺狗龇牙咧嘴，他用探询的目光看着比他高出许多的大秃鹳，"你听好了，他一次都没想过要告诉我，在河岸什么地方可能还留有一口吃的。可我却几百次地告诉他，有好东西正顺着河水翻滚下来。俗话说得真是对，'一旦得知消息，整个世界就都忘了豺狗和理发匠！'现在他要睡觉了！啊呀！"

"豺狗怎么能和泽鳄一起捕猎呢？"大秃鹳冷冷地说。"大贼和小贼。要说谁能得到残留的食物，这倒容易。"

豺狗转过身，不耐烦地哀嚎起来，他准备在树干下蜷伏起来，这时，他突然退缩了，他透过摇曳的树枝，望向几乎就在他头顶上的那座桥。

"又怎么了？"大秃鹳紧张地张开翅膀说道。

"我们等着看吧。风是从我们这里向他们那里吹的，不过他们不是在找我们——那两个人。"

"人，是吗？我的重要地位可以保护我的。全印度都知道我很神圣。"因为大秃鹳是一等食腐动物，可以想去哪里就去哪里，所以这只大秃鹳从来不会畏畏缩缩。

"除了旧鞋，拿任何更好的东西打我都不值得。"豺狗说着，又仔细听了听。"听听那脚步声！"他接着说，"那肯定不是乡下人穿皮鞋走路的声音，是一个白脸人穿着鞋子走路的声音。再听听！那里有铁碰铁的声音！是枪！朋友，那些动作迟钝、愚蠢的英国人要来找泽鳄算账了。"

"那就提醒他。就在刚才没多久的时候，他还被某只饿坏了的豺狗一样的家伙叫作'穷苦大众的保护神'呢。"

"就让我的堂兄自己保护自己的那身皮吧。他曾经反复跟我说过，对白脸人没什么好怕的。这些肯定是白脸人了，泽鳄·石梯村没有一个村民敢追赶他。看，我说了是把枪吧！好了，要是运气好的话，我们在天亮前就能饱餐一顿了。离开了水面，他就听不清了，再说了——这次来的可不是女人了！"

月光下，一把闪亮的枪管在桥梁上闪烁了一会儿。泽鳄就像个影子一样，正一动不动地躺在沙洲上，他的前脚稍微伸开，脑袋就趴在两腿之间，打着呼噜，就像——一只泽鳄。

桥上有一个声音在低声说："这样开枪真是奇怪——几乎是直接往下打的——不过倒是在和屋子里一样安全。最好是打脖子后面。天哪！不愧是个畜生啊！不过，要是把他打死了，村民肯定要发疯的，他是这片地区的守护神哪。"

"别管那些。"另一个声音回答，"建这座桥的时候，他差不多吃了我十五个最好的苦力，现在该让他结束了。我曾坐船跟了他好几个星

第四章 收尸者

期。我这把枪的两发子弹一向他打过去,你的马提尼枪就要准备好。"

"那就小心反冲了,双管枪可不是闹着玩的。"

"那就看他的了。我开枪了。"

桥上传来了一阵小加农炮似的轰鸣声(这种最大型的猎象步枪和大炮没有多少不同),接着是两道火舌,然后是马提尼枪激烈的爆响声,长长的子弹对鳄鱼的鳞甲毫无意义,但那些爆炸性的弹头发挥了作用。其中一颗正好打在了泽鳄的脖子后面,就在脊骨左边一手宽的位置,另一颗在稍低一点的地方,也就是尾巴的根部爆炸了。在百分之九十九的情况下,就算鳄鱼受了致使的重伤,还是能爬进深水里逃走。可是,泽鳄·石梯村的泽鳄实际上已经被打成了三段。他几乎连头都没动一下就一命呜呼了,跟豺狗一样平躺在地上。

"雷声和闪电!闪电和雷声!"那个可怜的小野兽说,"那个拉着有篷马车过桥的东西终于翻下来了吗?"

"那只不过是一把枪而已。"大秃鹳满不在乎地说,但是他尾巴上的羽毛却在颤抖,"也就是把枪而已。这下他肯定死了。白脸人过来了。"

那两个英国人急匆匆地走下桥,穿过沙洲,然后站在那里无比惊奇地看着泽鳄那长长的身子。一个本地人用斧子砍掉了那个大脑袋,四个男人把他拖过了沙嘴。

"上一次,我的手伸进了一只泽鳄的嘴里。"其中一个英国人说着,弯下了腰(这座桥就是他造的),"那是我差不多五岁的时候——正坐在去蒙吉尔的船上顺流而下。我是兵变小孩,他们是这样叫的。当时可怜的母亲也在船上,她经常跟我说,自己是怎么拿起爸爸的旧枪朝那个野兽的头上开火的。"

"那么,你确实已经向鳄鱼家族的首领报了仇——虽然打枪让你的鼻子流了血。嗨,船夫!把那脑袋拖到岸上去,我们要把它煮了取头盖骨。那头皮打得太烂了,不要了。现在都到床上睡觉去吧。熬了整整一个晚上还是值得的,不是吗?"

说来也奇怪,那些人离开还不到三分钟,豺狗和秃鹳就说了同样的话。

细浪之歌

有一次,一道细浪冲到了岸上,
在火热的金色夕阳下——
拍打少女的手,
又回到浅滩边。

秀气的脚,温柔的胸——
少女过了河,满心欢喜停下来歇脚。
"姑娘,等一等。"细流说;
"等一会儿,因为我是死亡!"

"我要去心上人召唤我去的地方——
冷落了他我就会觉得惭愧——
原来是条鱼在打转,
肆无忌惮地翻转着身子。"

秀气的脚,温柔的心,
等待着满载而来的渡船。
"等一等,啊,等一等!"细浪说;
"姑娘,等一等,因为我是死亡!"

"心上人在召唤,我就得赶紧——
高傲的女人永远没人娶!"
一道道细浪在她的腰边兜着圈,
显然,水流已经变成了旋涡。

愚蠢的心,忠诚的手,
没有逃上陆地的小脚。
细浪奔涌向远方,
细浪——细浪——瞬间染红了!

第五章　国王的驯象刺棒

有四样东西永远不得满足，露起后，就从来没有填饱过——
那就是豺狗的嘴巴，黑鸢的肚子，猿的手和人的眼。

——丛林格言

大岩蟒卡阿蜕皮了，这是他自打出生以来大概第两百次蜕皮。大家可能还记得，卡阿曾经在夜里把莫格利救出冷窝，莫格利从来没有忘记自己欠卡阿一条命。于是，他跑去向卡阿表示祝贺。蛇蜕皮的时候，经常会变得喜怒无常、情绪低落，直到新的皮肤闪闪发亮，看起来很漂亮了，他的心情才会好起来。卡阿再也没有取笑过莫格利，就像其他丛林动物一样，他接纳了他，把他当成了丛林的主人，他还把自己这么庞大的蟒蛇自然听来的各种消息都讲给莫格利听。卡阿不知道，他们所说的中部丛林，——也就是贴近地面或者在地底下的生活，大圆石上，地洞里和树干上的生活——已经在他的身上留下了深深的印记，连最小的鳞片也不例外。

那天下午，卡阿盘成了巨大的圆圈，莫格利坐在里面，用手指拨弄着岩石之间那一圈圈弯弯曲曲而又破碎的薄皮，那是卡阿脱落下来的老皮。卡阿非常亲切地将自己盘绕在莫格利宽阔的光膀子下，于是，这个男孩其实是靠在了一把活生生的扶手椅上了。

"就连到眼睛的鳞片，这皮都是那么完美。"莫格利玩弄着老皮轻声说，"把头罩在自己的脚上，看起来真是奇怪啊！"

"是的，不过我没脚。"卡阿说，"再说，我们所有的蛇都是这样的，我倒没觉得有什么好奇怪的。难道你的皮从来不会摸起来又老又粗吗？"

"那样我就去洗澡啊,扁头蛇。不过,在很热的时候,我倒真的希望自己可以一点痛苦都没有就蜕了皮,然后跑的时候身上一点皮都没有。"

"我洗澡,我还会脱皮。这张新皮看起来怎么样?"

莫格利用手抚摸着巨蟒背上的斜纹图案。"乌龟的背要硬些,不过没你的这么鲜艳。"他仔细比较,"跟我同名的青蛙呢,颜色倒是更鲜艳些,可又没你的这么结实。你的新皮看起来很漂亮——就像百合花花瓣上的斑纹一样。"

"还需要水呢。在第一次洗澡之前,新皮的颜色是不会完全显现出来的。我们去洗澡吧。"

"我背你去吧。"莫格利说。他笑着弯下了腰,想抬起卡阿巨大身子的中间那段,就是身子最粗的那个地方,就跟人试着抬起两英尺粗的水管一样。卡阿安静地躺着,高兴地吹着气。然后,他们晚上经常做的游戏开始了——男孩正是力气最大的时候,而巨蟒也有了华丽的新皮,他们面对面地站了起来,准备进行一场摔跤比赛——也就是眼力和力气的较量。当然,要是卡阿由着自己的性子,他可以将一打的莫格利击垮,但是他小心翼翼地甩动着身子,绝对不释放十分之一的力量。自从莫格利有足够大的力气承受一些粗野的训练以来,卡阿就教了他这个游戏,这使他的四肢比什么都灵活。有的时候,莫格利会直挺挺地站着,让卡阿盘绕到自己的身上,快要缠到脖子的时候,他就挣扎着空出一只手来掐住卡阿的脖子。然后卡阿就会软绵绵地松开,莫格利双脚快速移动,紧紧抓住卡阿那抛到后面摸索岩石或者树桩的大尾巴。他们头顶着头,一起来回摇晃着,各自等待着自己的机会,直到这对漂亮的、雕像般的身体扭成一团,盘绕起来的黄黑蛇身与挣扎着的胳膊大腿一起旋转着,一次又一次升腾起来。"看呀!看呀!看呀!"卡阿说,他用头假装攻击,就算莫格利的快手也无法挡开。"看!我碰到你这里了,小兄弟!这里,还有这里!你的手麻木了吗?又碰这里了!"

游戏通常是这样结束的——卡阿不断地甩动脑袋,一遍又一遍地用力击打男孩。莫格利从来就没有学会如何防范那闪电般的猛攻,而且,

第五章 国王的驯象刺棒

就像卡阿说的,任何尝试都是白费力气。

"祝捕猎成功!"卡阿最后咕哝着说。和往常一样,莫格利被撞出了六码远,这时他正喘着粗气,大笑起来。他抓了满满一把青草站了起来,然后跟着卡阿这条机灵的蛇去他最喜爱的地方洗澡——那是一个幽深、漆黑的池塘,周围全是岩石,有趣的是,还有一些树桩沉在水里。男孩按照丛林的习惯,一声不响地悄悄走进水里,然后潜到池塘对面,又一声不响地钻出水面。接着,他把头枕在胳膊上,仰躺在水里,看着月亮从岩石上升起来,还用脚趾搅碎了月亮在水中的倒影。卡阿那菱形的脑袋像剃须刀一样划过了池塘,他钻出水面,靠在莫格利的肩膀上歇息起来。他们静静地躺着,舒舒服服地泡在凉爽的水里。

"真是太舒服了。"莫格利最后睡意蒙眬地说。"现在,这个点儿,我记得,人类已经在泥巴陷阱里的硬木板上躺下了,清新的风全挡在外面了,他们昏昏沉沉的脑袋上还要盖块脏布,鼻子里还会发出讨厌的叫声。还是在丛林里更好啊。"

一条眼镜蛇急匆匆地从岩石上溜下来喝水,冲他们说了声"祝捕猎成功!"就离开了。

"嘘!"卡阿说,他好像突然想起了什么事情,"那么,丛林给了你所有你想要的东西吗,小兄弟?"

"倒不是所有的东西。"莫格利笑着说道,"如果每个月有一个崭新又有力的希尔汗可以杀就好了。现在,我可以用自己的双手捕杀他了,用不着水牛帮忙。我还希望太阳能在雨季的时候照耀,在夏天很热的时候雨水能遮住太阳。我从来没有空手回来,可我还是希望自己捕杀过山羊;我没捕杀过山羊,可我还是希望捕杀过雄鹿;我也没有捕杀过雄鹿,可我希望捕杀过蓝牛羚。可我们都是这样想的吧,我们大家。"

"你就没有别的愿望了?"大蛇询问道。

"我还能希望什么呢?我有丛林,还有丛林的恩宠!难道在日出和日落之间,还有更多的时间吗?"

"现在,那条眼镜蛇说——"卡阿开口说道。

"什么眼镜蛇?刚离开的那条蛇什么也没说啊。他是在捕食。"

"是另一条。"

"你和毒民有很多交往吗？我和他们各走各的路。他们的前牙会引起死亡，那可不好——因为他们那么小。那这个跟你说话的又是哪一条眼镜蛇呢？"

卡阿在水里慢慢翻滚着，就像横浪中的一艘轮船一样。"三四个月以前，"他说，"我在冷窝捕猎，这个地方你不会忘记吧。我捕捉的东西尖叫着穿过池塘，逃到了我曾经为了救你把一面墙撞破了的房子里，然后钻进地里去了。"

"可冷窝的居民不住在地洞里啊。"莫格利知道卡阿说的是猴民。

"这个东西不是住在里面，是在找地方躲命。"卡阿舌头颤抖着回答，"他跑进了很深很深的地洞里。我追了进去，把他杀死了，然后我就睡了。等我醒来的时候，我就往前爬。"

"在地下？"

"是的，最后碰到了一条白兜帽的眼镜蛇，他说了些我不知道的东西，还给我看了很多我从没见过的东西。"

"新的猎物吗？捕猎成功吗？"莫格利迅速转过身来。

"不是猎物，那会把我所有的牙都磕断呢。不过，白眼镜蛇说人类——他说起来就像对这个种族很了解一样——说人类只要一看见那些东西，就会喘不过气来。"

"我们去看看，"莫格利说，"我现在想起来了，我以前就是个人呢。"

"慢慢来——别着急。吞食太阳的黄蛇就是在匆忙的时候被杀死的。我们两个就在地下说话，我提到了你，说你是个人。白眼镜蛇说（说真的，他跟丛林一样老了）：'我很久没见过人了。让他来吧，他该看看所有这些东西，为了哪怕一点点这些东西，很多人都愿意死呢。'"

"那一定是新的猎物。可是毒民没有告诉我们什么时候捕猎呢。他们真是太不友好了。"

"不是猎物。那是——那是——我不能说那是什么。"

第五章　国王的驯象刺棒

"我们去那里吧。我还从没见过白色的眼镜蛇呢。我还想去看看那些东西。他把他们杀死了吗？"

"那些东西全都是死的。他说他是他们的看守者。"

"啊！就像狼站在带回自己窝里的肉上面一样。我们去吧。"

莫格利游到了岸上，为了擦干身子，他在草地上滚了几下，然后他们两个就一起出发去冷窝了。你也许已经听说过，冷窝是一座荒废的城市。那时候，莫格利一点都不害怕猴民，可是猴民却最害怕莫格利。不过，猴群这会儿正在丛林里活动，所以月光下的冷窝空荡荡的，寂静无声。卡阿把莫格利引向露台上王后凉亭的废墟中，从垃圾堆里滑了过去，然后冲下堵塞了一半的楼梯，那是从凉亭中央通往地下的楼梯。莫格利发出了蛇的口令："我们血脉相通，我和你。"然后手膝并用跟在卡阿后面。他们沿着弯弯曲曲的拐了几道弯的斜坡道爬了很久，最后终于来到了大树根旁边，那树根长在三十英尺的上空，把墙壁上的一块硬石都挤了出来。他们爬过缺口，发现自己来到了一个很大的地下室，上面的圆形屋顶已经被树根挤碎了，几缕光线照进黑暗之中。

"这个窝真安全啊。"莫格利说着，牢牢地站了起来，"就是太远了，不能天天来。现在我们什么都看不见啊！"

"难道我什么也不是吗？"地下室中央一个声音说。莫格利看见有个白色的什么东西在一点一点地挪动，然后一只眼镜蛇在那里立了起来。那条眼镜蛇是他见过的最大的，几乎有八英尺长，在黑暗中，那只生物白得像一颗旧象牙一样。就连他颈部张开时显现出来的眼镜花纹也褪成了浅黄色，他的眼睛就像红宝石一样红，整体看上去奇妙无比。

"祝捕猎成功！"莫格利说，他拿着刀行了个礼，他那刀从不离手。

"我的城市怎么了？"白眼镜蛇并没有回应莫格利的问候，他说，"这座伟大的、有城墙的城市怎么了？这座曾经有一百头大象、二万匹马和无数牲口的城市——是二十个王中王的城市怎么了？我在这里耳朵都变聋了，很久没有听过打仗的锣声了。"

"丛林就我们头顶上。"莫格利说，"大象里我就认识哈蒂和他的儿子们。巴格希拉已经把一个村子里的马全杀掉了，国王是什么呢？"

"我跟你说过啊。"卡阿轻声说,"四个月以前,我跟你说过啊,你的城市不存在了。"

"这座城市——这座伟大的、城门由国王的城堡守卫的森林城市——永远不会消失的。我父亲的父亲还没从蛋里出来,他们就把这座城市建起来了,它应该在我儿子的儿子跟我一样白的时候还继续存在!耶嘎苏里的儿子,维耶加的儿子,钱德拉比加的儿子萨罗姆德海在巴帕·拉洼尔时期就建好了这座城市。你是谁的牲口?"

"一点头绪都没有了。"莫格利转身对卡阿说,"我听不懂他说什么。"

"我也听不懂。他很老了,是眼镜蛇之祖,这里只有丛林,一开始就是这样。"

"那他是谁啊?"白眼镜蛇说,"坐在我前面的这位,不怕我,不知道国王的名字,还经过人类的嘴唇讲我们的语言。这个拿刀、讲蛇语的是谁?"

"他们叫我莫格利。"莫格利回答说,"我是丛林里来的。狼是我的家族,这位卡阿是我的兄弟。眼镜蛇之祖,你是谁啊?"

"我是国王珍宝的看守长。库兰·拉加在我头上造了块石头房,那个时候我的皮还是深色的,谁来偷珍宝,我就咬死谁。后来,他们把珍宝从石头洞里吊下来,我还听见了我的主人们婆罗门的歌声。"

"呃!"莫格利心里想,"我已经对付过一个婆罗门了,是人群里的,而且——我知道我所知道的。邪恶很快就会到来了。"

"自打我到这里来以后,石头被抬起过五次,可每次总是有更多的珍宝吊下来,而且从来不搬走。哪里也没有这么多的珍宝——那可是一百个国王的珍宝啊。可是,离上一次搬动石头已经过去很久很久了,看来我的城市已经被遗忘了。"

"没有城市了。看上面。那边是撑破石头的大树的根,树和人类是不会长在一起的。"卡阿强调。

"有两三回,人类找到了来这里的路,"白眼镜蛇恶狠狠地回答说,"他们总是不说话,直到在黑暗中摸索的时候碰到了我,然后他们

第五章 国王的驯象刺棒

就大叫了一会儿。可你们人和蛇两个说假话来了，想让我相信这座城市没了，不需要我的看守了。这么多年了，人类几乎没有变化。可我更是从来没有变过！我要等到石头被抬起来，婆罗门唱着我熟悉的歌谣走下来，给我喂上热乎乎的牛奶，然后把我重新带到光亮的地方，我——我——我，不是别的，正是国王珍宝的看守长！你们说，这座城市废弃了，而这个就是树根？那就把腰弯下来，想拿什么就拿什么吧。地上已经没有这样的财宝了。讲蛇语的人，要是你能从进来的路上活着走出去，小王就是你的仆人！"

"又没头绪了。"莫格利冷静地说，"可能是哪只豺狗挖了这么深的地洞，咬了这条大白蛇吧？他肯定疯了。眼镜蛇之祖，我看不出这里有什么好拿的啊。"

"以太阳神和月亮神的名义发誓，是男孩的死亡神疯了！"眼镜蛇嘶嘶地叫道，"在你合上眼之前，我赐你一个恩惠。你看，看看人类以前从没见过的东西吧！"

"在丛林里，跟莫格利谈好处是行不通的。"男孩咬着牙说道，"不过我知道，黑暗能改变一切。要是我去看了你高兴的话，那我这就去。"

莫格利眯起眼睛环顾了一下地下室的四周，然后从地上拿起了一些闪闪发亮的东西。

"噢！"莫格利说，"这个跟人群里他们玩弄的东西很像嘛，不过这个是黄色的，他们那个是棕色的。"

莫格利放下那些金币，提步向前。地下室的地面已经被大约四五英尺深的金币和银币掩埋了，这些钱币是从原先储存的麻布袋里迸出来的，长年累月，这些金属就像退潮后的沙子一样，堆积在一起，沉淀下来。在金属的上面和里面，还有像沉船耸出沙子一样耸出金属的，其中有饰有宝石和纯银浮雕的象轿，上面包着金箔，还镶嵌着红宝石和绿松石；有抬王后们时使用的轿子，架子是银器和瓷釉做成的，轿杆上带有玉柄，轿子还配有琥珀窗帘环；有金烛台，微微颤动的镂空翡翠悬挂在支架上；有银质的镶嵌肖像，五英尺宽，都是些被遗忘的神明肖像，有镶着宝石的眼睛；有甲胄，钢片嵌金，镶在边缘的小珍珠已经腐烂发黑了；有盔甲，顶上串着鸽血红红宝石；有涂了漆的盾牌，是玳瑁和犀牛皮做成的，配有皮带和红金浮雕，边缘还镶嵌着翡翠；有一捆捆钻石柄的宝剑、匕首和猎刀；有祭祀用的金碗和长柄勺，还有永远不会重见天日的轻便祭台；有玉杯和玉镯；有香炉、梳子、香水瓶、指甲花瓶和眼影粉盒，上面全烫过金；有数不胜数的鼻环、臂环、头带、戒指和束腰带；有七指宽的皮带，饰有切割成方形的钻石和红宝石；还有用三层铁皮箍紧的木箱子，木头已经脱落成了粉末，露出了里面一堆堆未切割的星彩蓝宝石、猫眼石、蓝宝石、红宝石、钻石、翡翠和石榴石。

  白眼镜蛇说得对。这些珍宝的价值不是单纯的钱能比价的，那都是经过几百年的战争、掠夺、贸易和征税筛选出来的精品。且不说那些不计其数的宝石，光是钱币就价值连城，另外，仅仅是金子和银子的净重就大概有二三百吨。当今的印度本土统治者们，不管有多么贫穷，都会有个不断积聚钱财的宝库。有时候，尽管可能会有某个开明的王子用四五十牛车的银子换取政府的债券，但多数的王子还是会将财宝非常小心地保藏起来，不让外人知道。

  可是，莫格利当然不能明白这些东西的价值了。那些刀具倒是引起了他的一点儿兴趣，可是他们都没有他自己的那把那么对称，所以他也就丢下了。最后，他终于找到了一个令他真正着迷的东西，那东西就在被半埋在钱币里的象轿的正面。那是一根三英尺长的驯象刺棒，看上去就像是一个小小的船钩，顶上有一块圆形的闪闪发亮的红宝石，下面十二英寸长的手柄上紧密地镶嵌着粗糙的绿松石，这样抓起来就很牢实。再下面就是一圈玉石花朵，只有叶子是绿宝石，而花朵是由一些嵌入清凉软玉里的红宝石组成。手柄的其他部分是一根纯象牙杆，而尖端——也就是刺突和钩子——都是镶了金的钢铁，上面还有抓捕大象的图案。那些图案吸引了莫格利，他看出来了，那些图案和他的朋友沉默王哈蒂有关。

  白眼镜蛇一直紧紧地跟在莫格利后面。

  "为了看到这些，是不是死也值了？"他说，"我是不是给了你一个大大的恩惠？"

第五章　国王的驯象刺棒

"这我就不懂了，"莫格利说，"这些东西又硬又冷，也根本不好吃啊。可这个，"他举起那根训象刺棒，"我想要带走，想在太阳底下看看呢。你说这些都是你的吗？你可不可以把这个给我？我会带青蛙给你吃的。"

白眼镜蛇在邪恶的兴奋之中身子直颤抖。"我当然会给你，"他说，"这里所有的东西我都可以给你——在你离开之前。"

"可我现在就要走。这个地方又黑又冷，我想把这个有刺尖的东西带到丛林里。"

"看你脚边！那个是什么？"

莫格利捡起一个白色光滑的东西。"是人的头骨。"他平静地说，"这里还有两块。"

"很多年前，他们来到这里，想把宝物带走。我在黑暗里对他们说话，他们就躺着不动了。"

"可我要这个叫作宝物的东西做什么用呢？如果你让我带走这个驯象刺棒，那就是捕猎成功了。要是不给，这还是一次很不错的捕猎。我不和毒民打架，我还学过你们蛇族的主子口令呢。"

"这里只有一种主子口令。那就是我的！"

卡阿猛地向前一跃，他眼睛里闪烁着熊熊怒火。"是谁吩咐我把人类带来的？"他嘶嘶叫道。

"当然是我。"老眼镜蛇咬着舌头说，"我很久没见过人类了，这个人还说我们的语言呢。"

"可当初并没有说要杀他啊。你叫我怎么有脸返回丛林，然后说是我把他给害死了？"卡阿说道。

"时间到了我才会说捕杀。至于你们走不走，墙上有窟窿呢。现在，静下来，你这个杀猴子的肥家伙！我只要碰一下你的脖子，整个丛林就再也不会知道你了。从来没有哪个人来了这里还能活着走出去的。我可是国王城的珍宝看守长啊！"

"可是，你这条黑暗里的白虫，我告诉你，这里没有国王了，也没有城市了！我们周围全都是丛林！"卡阿大声叫道。

"这里还有宝物呢。这就够了。等一下,岩石里的卡阿,看看这个男孩是怎么逃跑的吧。这里有的是地方,可以大战一场。生活真美好。先来回跑一跑再来开战吧,男孩!"

莫格利轻轻地把手放在卡阿的头上。

"这个白东西之前对付过人群里来的人。可他并不了解我,"莫格利低声说,"这次捕猎是他自找的。那就成全他吧。"莫格利一直站在那里,刺尖朝下握着那根刺棒。他把刺棒迅速投了出去,那刺棒刚好和大蛇的颈部交叉成十字形,把他钉在了地上。卡阿一下就压到了那翻来滚去的白蛇身上,使他从颈脖子到尾巴都动弹不得。白眼镜蛇红红的眼睛燃烧着怒火,只剩六英寸的脑袋猛烈地向两边出击。

"杀吧!"就在莫格利把手伸向自己的小刀时,卡阿说道。

"不。"莫格利拔出刀锋说。"除非为了食物,我再也不会杀生了。卡阿,你看!他抓住白眼镜蛇颈部后面的位置,用刀锋撬开了他的嘴巴,只见上颌可怕的毒牙黑乎乎的,牙龈已经萎缩。白眼镜蛇已经老得分泌不出毒液了,上了年纪的蛇都这样。

"干枯了。"莫格利说着,示意卡阿离开,他收起刺棒,放开了白眼镜蛇。

"国王的珍宝需要一个新的看守长了。"莫格利严肃地说,"枯虫子,你表现得不怎么样啊。先来回跑一跑再开战吧,枯虫子!"

"我丢脸了,杀了我吧!"白眼镜蛇嘶嘶叫道。

"杀生的话说得太多了。我们现在要走了。我把这个有刺尖的东西带走了,枯虫子,因为我已经打败你了。"

"那就当心了,别让那个东西最后把你杀了。它是死神!记住,它是死神!那个东西足以消灭我整个城市的人类。你拿不了多久的,丛林人,从你手上拿走的人也拿不了多久的。他们会为了它杀,杀,杀!我的力气是衰竭了,可是刺棒会接我的班。它是死神!它是死神!它是死神!"

莫格利从窟窿里钻了出去,又来到了那个通道。他最后一次看到白眼镜蛇时,那蛇正在用他那再也没有毒液的毒牙拼命撕咬地上神明们冷

第五章　国王的驯象刺棒

漠的金色脸宠，并且嘶嘶地叫道："它是死神！"

他们很高兴又重新回到了日光之下。重返他们自己的丛林之后，莫格利在早晨的太阳下亮出了那根刺棒，他高兴得简直就像找到了一束新开的、可以插在头发里的花朵一样。

"这可比巴格希拉的眼睛还亮啊。"他转动着红宝石高兴地说。"我要拿给他看看，可是，那枯虫说的死神是什么意思啊？"

"我不能说。我尾巴的尾巴都很难过，他竟然没有尝到你的刀子。冷窝里总是有邪恶存在——不管是在地上还是地下。现在我饿了。你今天早上跟我一起捕猎吗？"卡阿说。

"不了。巴格希拉必须看看这个东西。捕猎愉快啊！"莫格利挥舞着那根刺棒走开了，他还不时地停下来欣赏一番。当他来到巴格希拉主要活动的那片丛林时，他发现巴格希拉已经饱餐一顿了，正在喝水。莫格利把他所有的惊险活动从头到尾跟他说了一遍，巴格希拉不时地嗅嗅那根刺棒。莫格利讲到白眼镜蛇最后说的话时，黑豹咕噜咕噜地表示赞同。

"那白眼镜蛇讲的是什么？"莫格利着急地问道。

"我是在乌迪坡国王的笼子里出生的，我对人类心里多少也清楚一点。就光是为了那个红色的大石头，很多很多人一个晚上可以杀三回呢。"

"可是这石头让刺棒拿在手里很重啊，还是我这把光亮的小刀好。还有——看！这红色的石头不好吃。那他们干什么要开杀戒呢？"

"莫格利，你去睡觉吧。你在人类里待过的，还有——"

"我想起来了。人类开杀戒并不是为了捕食，——是因为没什么事做，为了好玩。醒醒，巴格希拉。这个有刺尖的东西是用来做什么的？"

巴格希拉半睁开眼睛——他非常困了——他恶狠狠地眨了眨眼睛。

"是人类用来戳哈蒂儿子们的脑袋的，那样血就会流出来。我在乌迪坡的街道里我们的笼子前亩看过类似的场面。那个东西尝过很多像哈蒂之类的象的鲜血。"

"可是，他们为什么要戳进大象的脑袋里啊？"

"为了教他们学会人类的法则。人类没有尖牙利爪，就造了这样的东西——这个更糟糕。"

"每当我走近人群，甚至走近人群造的东西时，就总会看见更多的鲜血。"莫格利厌恶地说。刺棒很重，他开始有点厌倦了。"早知道这些，我就不拿了。先是梅苏阿沾到皮绳上的血，现在又是哈蒂的血。我再也不用这个东西了，看！"

刺棒亮闪着飞了出去，尖头朝下地嵌进了三十码以外的树林之间。"这样死神就从我的手上扫掉了。"莫格利说着，在清新、潮湿的泥土上擦了擦他的手掌。"枯虫子说死神会跟着我。他真是个白色的老疯子。"

"管它是黑还是白，是生还是死，我要睡觉了，小兄弟。我不能像有的家伙那样，可以整个晚上捕猎，又一整个白天嚎叫。"

巴格希拉到他自己熟悉的一个捕猎窝里去了，在大约两英里以外的地方。莫格利倒是省事，他爬上了附近的一棵树，将三四根藤蔓结在一起，然后，比说话时间还短的工夫，他就已经在离地面五十英尺高的吊床上摇荡了。尽管莫格利不是完全排斥白天，可他还是按照朋友们的习惯，尽量少在白天抛头露面。等他醒来的时候，又是黄昏了，四周的树上居民们正在高声鸣叫，而他却一直梦见那只他扔掉的漂亮鹅卵石。

"我至少要再看一眼那个东西。"莫格利说。接着，他顺着一根藤蔓滑到了地面上。可是巴格希拉赶在了他前头，莫格利可以听见他在暗淡的光线下嗅来嗅去。

"那个带刺尖的东西在哪里？"莫格利大声叫道。

"被一个人拿走了。这里有脚印。"

"现在，我们倒要看看枯虫子说得是不是真的。如果这个尖尖的东西就是死神，那个人就会死。我们跟上吧。"

"先捕食吧。"巴格希拉说，"空肚子容易打马虎眼。人类走得很慢，而且丛林很湿，一点点记号都能保留得很好。"

他们尽快地捕完了食，可是等他们吃完肉，喝完水，开始一心一意追随脚印时，差不多都过了三个小时了。丛林动物知道，什么事情都没有进食重要，所以吃起来不会太匆忙。

第五章　国王的驯象刺棒

"你觉得尖东西会在人的手上转动，然后把他杀了吗？"莫格利问道，"枯虫子说它是死神。"

"我们找到了就明白了。"巴格希拉一边说，一边低着头小跑，"只有一串脚印，"也就是说，"只有一个人的脚印，那个东西很重，他在地上的脚跟印很深。"

"嗨！这个跟夏天的闪电一样清楚啊。"莫格利回答道。在斑驳的月光下，他们追随着那两只光脚丫子的印记，迈开碎步快速奔跑起来。

"他这下跑得很快了。"莫格利说，"脚趾是分开的。"他们继续走在湿湿的地面上，"这下他为什么要在这里转变方向呢？"

"等等！"巴格希拉说，他动作完美地奋力向前一跃。当脚印变得混乱不清时，首先就是要跳到前面，不要在地上留下你自己的脚印，以免相互混淆。巴格希拉一落地就转身朝莫格利喊道，"这里也有另一个人的脚印，是想跟他碰面的。这脚要小一些，这第二个人的脚印，脚趾是向内弯的。"

接着，莫格利跑了过来看了看，"那是贡德猎人的脚。"他说，"看！他在这里的草地上拉过弓。就是这个原因，第一个人的脚印才会那么快地转到边上去。大脚躲着小脚呢。"

"说得对。"巴格希拉说，"现在，为了避免跟踪他们的足迹时把记号搅乱，我们各自追踪一个人的脚印吧。我是大脚，小兄弟，你是小脚，就是贡德人吧。"

巴格希拉跳回到原来的脚印那里，留下莫格利弯腰查看那些古怪、瘦长的脚印，那是住在森林里的小个子野蛮人留下来的。

"现在，"巴格希拉一面说，一面沿着一连串的脚印一步一步往前走，"我这个大脚，在这儿转向一边了。现在我躲在岩石后面，站着不动，不敢移一下脚。大声报道你的脚印，小兄弟。"

"现在，我这个小脚，到了岩石这里，"莫格利说着迅速地追上他的脚印，"现在，我坐在岩石下面，靠在右手上，我的弓放在脚趾之间。我等了很久，因为我这里的脚印很深。"

"我也是。"巴格希拉躲在岩石后面说。"我在等，那把有刺尖的东西竖着放在一块石头上。那东西滑下去了，因为石头这里有一道划痕。大声报道你的脚印，小兄弟。"

"一根、两根细枝和一根大树枝在这里折断了。"莫格利小声说，"现在，我该怎么说呢？啊！现在又清楚了。我这个小脚，走开了，发出了响声，步子也踩得很重，这样大脚就可以听见我。"他离开了岩石，在树林里一步一步地挪动，他的声音在远处响了起来，他走到了一个小瀑布旁边。"我——走——远——了——到——了——落——下——来——的——水——能——盖——住——我——声——音——的——地——方，我——就——在——这——里——等。大声报道你的脚印，巴格希拉，大脚！"

黑豹一直在向四周打量，想看看大脚印是怎样从岩石后面走开的。接着，他大声说：

"我跪着从岩石后面爬了出来，手里拖着那个有刺尖的东西。看到没人，我就跑了起来。我这个大脚，跑得很快。脚印很明显。自己追踪自己的脚印吧。我跑了！"

巴格希拉沿着清晰的脚印继续飞奔起来，莫格利则追随着贡德人的脚步。有一段时间，丛林里一片寂静。

"你在哪里，小脚？"巴格希拉大声喊道。莫格利的声音在右边不到五十码的地方回应。

"呃！"黑豹重重地咳嗽一声说，"两个并排跑啊，离得越来越近了！"

他们又快速跑了半英里，一直保持大概同样的距离，莫格利的头不像巴格希拉的那么贴近地面，他大声叫道："他们碰到一起了。捕猎成功——看！小脚站在这里，他的膝盖靠在岩石上——那边确实是大脚！"

在他们前面不到十码远的地方，一具尸体横躺在一堆碎岩石上面，那是本地区的一个村民，一枝带羽毛的贡德长箭穿过了他的背部和胸口。

"枯虫子是老疯子吗，小兄弟？"巴格希拉轻轻地说，"至少，这

第五章　国王的驯象刺棒

里有一个人死了。"

"继续跟上吧。可是，那个吸大象血的东西——那根红眼刺棒在哪里？"

"可能——小脚拿走了吧。现在又是只有一个人的脚印了。"

那个脚印是一个体重很轻的人留下的，他一直跑得很快，左肩负重，围绕着一条长长的、低矮的干草坡前进，对于眼尖的追踪者来说，那里的每一个脚步都像印在了烙铁上一样。

他们两个没有作声，那脚印一直延伸到深谷，在一堆隐秘的篝火灰烬旁边停了下来。

"又是这样！"巴格希拉说着突然停住了，就像把他变成了石头一样。

那里躺着一具干瘪的尸体，那是个子矮小的贡德人，两只脚还插在灰烬里。巴格希拉诧异地望着莫格利。

"那是用一根竹子杀死的。"男孩扫了一眼后说，"我在人群里干活时，在水牛中间用过这样的东西。眼镜蛇之祖——我很后悔嘲笑了他——他很了解这个种族，我本该像他一样了解的。我不是说过吗？人类没事干的时候就杀生。"

"其实，他们杀生是为了那些红石头、蓝石头。"巴格希拉回答道。"别忘了，我曾经在乌迪坡国王的笼子里待过。"

"一、二、三、四，四个人的脚印啊。"莫格利说着弯下腰查看那些灰烬。"四个穿了鞋子的人的脚印。他们跑得没有贡德人那么快。嗯，这个小个子樵夫对他们做了什么坏事呢？看，他们在一起说过话，五个人全站了起来，然后他们把他杀了。巴格希拉，我们回去吧。我的肚子还很饱，可是七上八下的，就像枝条尽头上的黄鹂窝一样在摇晃。"

"让近在眼前的猎物溜掉，那可算不上捕猎成功哟，跟上吧！"黑豹说，"那八只穿鞋子的脚没有走远。"

他们慢慢跟上那四个穿鞋子人的宽阔脚印，整整一个小时，谁也没有再说一句话。

现在正是晴朗、炎热的白天，巴格希拉说："我闻到了烟叶。"

"人类总是更愿意吃，而不愿意跑。"莫格利回答说。他们在仔细查看新丛林，莫格利就在低矮的灌木丛中跑进跑出。巴格希拉就在他左边一点的地方，喉咙里发出了一种莫名其妙的声音。

"这里有一个刚吃完东西的。"他说。一个裹着鲜艳衣服的尸体滚到了灌木丛下面，周围撒了一些面粉。

"那也是用竹子杀死的。"莫格利说，"看！那种白色的粉尘就是人类吃的。他们把这个人杀了，他扛着他们的食物，留下他让黑鸢契尔给杀死了。"

"这是第三个了。"巴格希拉说道。

"我要带些新的大青蛙去找眼镜蛇之祖，把他喂得肥肥的。"莫格利心里想着，"那个饮大象血的东西本身就是死神——可我还是不懂啊！"

"跟上吧！"巴格希拉说。

他们还没走出半英里远，就听见了乌鸦克欧在一棵柽柳上唱着死亡之歌，树荫下面躺着三具尸体。一堆快要熄灭的火在圈子中间冒着烟，上面的铁盆里盛放着一块发黑、烤糊了的死面面包。火堆旁边，在阳光下闪耀着的，正是那根镶着红宝石和绿松石的刺棒。

"这个东西动作很快啊，都在这里结束了。"巴格希拉说，"这些人是怎么死的，莫格利？没有一个人身上有痕迹啊。"

凭着经验，丛林居民学会了辨别哪些是有毒的植物和浆果，他们就跟医生所了解的差不多。莫格利闻了闻火堆里冒出来的烟，掰了一小块发黑的面包尝了尝，然后吐了出来。

"死神之果啊。"他咳嗽着说，"最先死的那个人肯定是事先在面包里做了手脚，准备给这些人吃，可他们杀了他，之前还杀了贡德人。"

"真是捕猎成功啊！几场杀戮跟得这么紧。"巴格希拉说道。

丛林居民把曼陀罗叫作"死神之果"，是整个印度最方便可取的毒药。

"现在呢？"黑豹说，"我们是不是该为那个红眼杀手互相猎

第五章　国王的驯象刺棒

杀了？"

"它会说话吗？"莫格利低声说道,"我把它丢掉是不是做错了？在我们两个之间,它是不可能会出错的,我们又不要人类要的东西。要是把它留在这里,它肯定会继续接二连三杀人,速度快得就跟大风吹落坚果一样。我不爱人类,可就算这样,我也不愿意他们一个晚上死六个。"

"那有什么关系？只不过是人而已。他们互相残杀,还很高兴呢。"巴格希拉说道,"那第一个小个子樵夫就捕猎很顺利嘛。"

"他们还是小崽子呢,为了咬一口水里的月光,小崽子还会把自己淹死呢。都是我的错。"莫格利说道,他说起话来就像对什么事情都很了解一样。"我再也不会把奇怪的东西带进丛林里了——就算那些东西跟鲜花一样漂亮也不带。这个,"他小心翼翼地握着那根刺棒——"返回给眼镜蛇之祖。不过我们得先睡一觉,我们可不能睡在这些醒不来的人身边。我们还得把它埋起来,免得它跑了,然后再杀六个。在那棵树下给我挖个坑吧。"

"可是,小兄弟。"巴格希拉一边说,一边往那棵下走,"我跟你说,不是那个饮象血东西的错。麻烦是人自己惹出来的。"

"都一样。"莫格利说,"把坑挖深点吧。等我们醒来的时候,我要把它挖出来给他带回去。"

两个晚上后,白眼镜蛇独自待在漆黑的地下室里,正因受掠夺而感到又羞耻又孤独,就在这时,那根镶着绿松石的刺棒从墙壁上的窟窿里飞了进来,"当"的一声掉在铺满金币的地面上。

"眼镜蛇之祖,"莫格利说道(他小心翼翼地守在墙的另一边)"从你自己族里找个年轻成熟的来帮你守护国王的珍宝吧,这样就再也没有人能活着离开了。"

"啊——哈！它又回来了。我说过这东西就是死神。你怎么还活着？"老眼镜蛇咕哝着,充满怜爱地盘绕在刺棒的手柄上。

"凭换取我的公牛发誓,我也不知道！那个东西一个晚上捕杀了六次。别再让它出去了。"

235

小猎手之歌

在孔雀摩尔之前，在猴民喊叫之前，
在黑鸢契尔俯冲一弗隆（200多米）之前，
丛林里悄悄地掠过一个影子、一声叹息——
他是恐惧，噢，小猎手，他是恐惧！
林间空地上，一个观望的阴影轻轻地移动，
那窃窃私语声在远近扩散；
汗水爬上了你的眉头，现在还在流淌——
他是恐惧，噢，小猎手，他是恐惧！

在月亮爬上山脉之前，在岩石被照亮之前，
当凹陷的足迹潮湿阴郁之时，
从你身后传来了沉重的呼吸声——整夜里都是带鼻音的呼吸——
那是恐惧，噢，小猎手，那是恐惧！

你跪下拉弓，箭呼啸而去；
长矛扎进那空荡、嘲弄的灌木丛；
可你松开了无力的双手，你已经面如死灰——
那是恐惧，噢，小猎手，那是恐惧！

热云聚集着暴风雨，当银杏树倒下之时，
当急剧的雨前暴风咆哮着横扫而来又急速转向之时；
轰隆隆的战锣声中，响起了一个声音，盖过了一切——
那是恐惧，噢，小猎手，那是恐惧！
现在，大水积得很深很深；
现在，没脚的大圆石在跳跃——
现在，闪电照亮了最细小的叶子脉络——
可你的喉咙干涸了、合上了，你的心在敲打你的胸膛，
捶响一个声音：恐惧，噢，小猎手——这就是恐惧！

第六章　奎库恩

东部冰原上的人们，正像积雪一样在融化——
他们乞讨咖啡和食糖；白人去哪里，他们就去哪里。
西部冰原上的人们，学会了偷窃和打架；
他们把自己的毛皮卖给商栈；把自己的灵魂卖给白人。
南部冰原上的人们，他们和捕鲸船上的船员做买卖；
他们的女人有很多缎带，可是他们的帐篷又少又破。
但是那些古老冰原上的人们，在白人的视线之外——
他们用独角鲸的角做捕鲸叉，他们是唯一幸免的人类！

"他睁开眼了，看！"

"把他放回皮袋里吧。他会成为一只强壮的狗。等他满四个月时，我们就给他取名字。"

"取谁的名字呢？"阿莫拉克问。

卡德鲁的眼睛骨碌碌地打量着这个墙壁四周贴满皮子的雪屋，最后，他把目光落在十四岁的克图可的身上，他正坐在睡凳上，用海象牙做一粒纽扣。"取我的名字吧。"克图可说着咧嘴笑了，"我总有一天需要他。"

卡德鲁对克图可咧嘴笑了笑，他的眼睛几乎要被又扁又胖的脸颊遮住了，他冲阿莫拉克点了点头，小狗的妈妈却在凶猛地呜呜直叫，她看着自己的孩子在小海豹皮袋里蠕动，可是，她根本够不着那个挂在温暖的鲸脂油灯上方的皮袋。克图可继续雕刻他的纽扣，卡德鲁把一捆卷起来的皮革狗具扔进一个从房子的一侧打开的小房间里，然后，把他那件笨重的鹿皮猎衣脱了下来，放进悬在另一盏油灯上方的鲸鱼骨网里，接着坐在睡凳上开始削一块冰冻海豹肉，他的妻子阿莫克将会端上晚上常吃的煮肉和血汤。一大清早，他就出门去了八英里以外的海豹洞，然后带了三只大海豹回来。通往屋子内门的那条积雪通道又矮又长，走到通道中间，就能听见猛咬声和吠叫声，原来雪橇队的狗忙活了一天，正在争抢暖和的地方。

吠叫声越来越大了，克图可懒洋洋地从睡凳上滚下来，捡起了一根鞭子，那根鞭子的把手是由十八英寸长的柔韧鲸骨做成的，鞭子是二十五英尺长的编织皮鞭，拿在手里很沉。他溜进通道，里面的声音听起来就像所有的狗都要活活吃掉他一样，不过那无非是他们吃食前的惯常表现罢了。当克图可在遥远的尽头爬出来的时候，六只毛茸茸的脑袋跟在他后面，一直眼巴巴地望着克图可。克图可走到鲸颚骨架子边，那里悬挂着喂狗的肉，他用宽头鱼叉把冷冻食品戳成几大块，然后站在那里，一只手握着鞭子，另一只手提着肉。每只狗都要等叫到自己的名字才过去，最弱小的最先，可要是哪只狗不按顺序来，那他就倒霉了，因为尖细的鞭子会像装了皮带的闪电一样迅猛地抽过来，把身上一英寸左右的毛发抽掉。每只狗一旦走到自己那一份肉块面前，就会低声吼叫着一口把肉咬住，然后大口大口地咽下去，接着急匆匆回到能提供保护的通道里去，男孩就站在耀眼的北极光下面的雪地里，公平分配食物。最后一个分到肉的是一条黑色的大狗，他是狗队的领头狗，狗被套上挽具时，他就负责维持秩序，克图可给了他双份的肉，同时也多给了他一鞭子。

"啊！"克图可一边说，一边卷起鞭子，"我还有一个小家伙在油灯上面呢，他也会叫个不停呢。萨波克！进来！"

克图可从挤成一团的狗身边爬了回去，用阿莫拉克留在门口的鲸骨杆掸掉了毛皮外套上的干雪，接着敲了敲内墙壁上贴了皮子的屋顶，好让上面雪屋顶上掉下来的冰柱掉下去，然后，他就蜷缩在凳子上了。通道里的狗儿们打起了呼噜，有的还有睡梦中呜呜叫着，男婴在阿莫拉克的深皮帽里蹬着腿、哽住了一下又咯咯笑了，刚刚取了名的小狗崽妈妈

第六章 奎库恩

躺在克图可的身边,眼睛却盯着那捆海豹皮,那盏大油灯的火焰上面既温暖又安全。

所有这些都发生在遥远的北方,比拉布拉多更远,在哈得逊海峡的另一端,那里的巨浪可以把冰块推动得来回起伏,它位于梅尔维尔半岛的北部——甚至到了狭窄的弗里和赫克拉海峡的北部——在巴芬兰北部的海岸上,那里的拜洛特岛矗立在兰开斯特海峡冰面上,就像一只倒扣的布丁碗。我们对兰开斯特海峡的北部几乎完全不了解,只知道那里有北德文和埃尔斯米尔岛,不过就连这里也零零散散地住着一些居民,可以说,这些人就住在北极的隔壁。

卡德鲁是因纽特人,也就是大家所说的爱斯基摩人,他的部落一共有大约三十个人,都属于图纽尼尔米尤特——也就是"在什么东西后面的地区。"在地图上,那片荒凉的海岸标的是海军局水湾,不过还是因纽特人的名字最合适,因为这个地区位于世界上所有东西的后面。这里一年有九个月都是冰天雪地的,大风一阵接着一阵,对于甚至从来没有见过温度计显示为零度的人来说,他们根本无法领会这里有多么寒冷。那九个月里,又有六个月都是黑天暗地的,那是件非常恐怖的事情。在夏季的三个月里,只有隔一个白天和每天夜里才会结冰,然后南面斜坡上的雪就开始融化了,一些地柳也长出了羊毛似的嫩芽,一种很小的景天假装开花的样子,尽是细砾石和圆石的海滩伸向广阔的大海,圆滑的巨石和有条纹的岩石耸立在颗粒状的雪地上。但是,在几个星期之后,所有这些都成为过去,狂野的冬天再一次把这片土地冰封起来,在大海里,海面上的冰来来回回地撕扯着,相互推挤,相互碰撞,开裂又撞在一起,冲击着海岸,落在陆地上,直到所有的冰都凝结在一起,从外面的陆地到深海,足足有十英厚。

冬天里,卡德鲁会追随着海豹来到这片陆地冰川的边缘,等海豹一钻出呼吸孔呼吸时,他就将鱼叉投向他们。海豹必须要有无冰的水面才能生存和捕鱼,隆冬时节,冰层有时会从最近的海岸开始绵延八十英里。春天时,卡德鲁和他的族人就从浮冰上退回到了布满岩石的大陆,他们就在那里搭起皮帐篷,用罗网捕捉海鸟,或者刺杀海滩上晒太阳的小海豹。之后，他们就会追着驯鹿进入南部的巴芬兰，在内陆的几百条溪流和湖泊里捕捉三文鱼，然后就能吃上一整年，九、十月就回到北方猎捕麝牛和冬天都会捕捉的海豹。这次的远行从始至终都是由狗拉着雪橇进行的，每天走二三十英里，有时也会乘坐皮制的大"女人船"沿海岸航行，那时狗和孩子们就躺在桨手的脚边，在海岬之间光滑如镜、刺骨冰凉的水面上滑行时，女人们就会唱起歌谣来。图纽尼尔米尤特人所知道的奢侈品全都来自南方——做雪橇滑板的浮木、做鱼叉尖的杆铁、钢刀、煮饭比老式的皂石器好得多的白铁壶、打火石，甚至还有火柴，妇女用来束头发的彩色丝带、廉价的小镜子，以及给鹿皮连衣裙外套镶边的红布。卡德鲁把独角鲸那弯弯曲曲、油腻又富含乳脂的角和麝牛的牙齿（这些就跟珍珠一样宝贵）与南方的因纽特人交换，反过来，那些人就用捕鲸船、埃克塞特和坎伯兰湾的传教士站跟他交换，于是，贸易链子就样进行着，直到有一天，一个轮船上的厨师在北横迪集市上发现了一只水壶，使用鲸脂油灯的日子才在北极圈某个凉爽的地方结束。

  卡德鲁捕猎的技术很高明，他有很多铁鱼叉、铲雪刀、捕鸟镖，还有其他各种能让严寒里的生活更简便的东西，他是这个部落的头领，也就是他们说的"通过实践了解一切的人"。不过这并没有赋予他任何权威，他只能时不时地建议朋友们更换猎场。不过，克图可却利用了这一点，他会像肥胖懒惰的因纽特人那样，在其他男孩子看来有点蛮横霸道，不管是他们晚上出来到月光下打球的时候，还是他们对着北极光唱童谣的时候。

  到了十四岁，因纽特男孩就会觉得自己是个男子汉了，克图可厌倦了设罗网捕捉野鸟和小狐狸，最让他厌烦的是，男人外出捕猎的时候，他就要在整个漫长的白天里帮助女人们咀嚼海豹皮和鹿皮（这样可以让皮子异常柔软）。他想到唱歌的房子里去，猎人们会聚集在那里做些神神秘秘的事，他想成为一名魔法师，灯吹灭以后就吓唬那些猎人，要他们发出最愉快的笑声，然后还能听见驯鹿精灵在屋顶上跺脚的声音；要是鱼叉刺向空旷的黑夜里时，它回来时就要沾上温热的鲜血。他想要摆出一家之主疲惫的样子，把他的大靴子往网里一扔，然后在猎人们晚上

第六章 奎库恩

来家里时就跟他们赌赌博,玩玩家里用锡壶和一根钉子做的轮盘赌。他还有很多很多事想做,可是成年人总是取笑他说:"等你套上了皮带再说吧,克图可。打猎可不是人人都能干的哟。"

既然他的父亲已经用他的名字给小狗取了名,事情看起来还是比较明朗的。因纽特人是不会为他的儿子浪费一只好狗的,除非那男孩对驾驶雪橇狗有一定的了解,而克图可非常肯定自己知道的东西比什么都多。

如果那只小狗没有一副钢筋铁骨,他就会吃得太饱撑死,或者劳累过度累死。克图可给他做了一个小小的挽具,上面还连着一根缰绳,然后就拉着小狗满屋子打转,大喊:"往右!往左!停!"小狗一点儿也不喜欢这个挽具,不过克图可这样拉着他跑倒是让他很开心。但是第一次给他套上雪橇的时候,他光是蹲在雪地上,玩弄自己挽具上的那根海豹皮绳子,那绳子是跟雪橇弓上的大皮带连在一起的。等队伍出发时,小狗发觉那沉甸甸的十英尺长的雪橇跑到自己的背上来了,还拖着他在雪地上跑了起来,克图可笑得眼泪都流出来了。接下来的很多日子里,残忍的鞭子就像风刮过冰面一样嘶嘶作响;因为不清楚自己该干什么活儿,他的同伴都咬他;而挽具上的皮带又磨得他很痛;再有就是再也不能和克图可睡在一起了,只能躺在通道最冷的地方。这是小狗很悲惨的一段时间。

这段时间里,男孩也在学习,学得跟狗一样快,但是,驾驶狗拉雪橇是一件让人伤心的事情。每只狗都要套上挽具,最弱小的离驾驶者最近,每只狗都有单独的缰绳,绳子从左前腿下面穿过,连接到主皮带上,然后把那种纽扣和圆环一样的东西扣紧,手腕一转,圆环就要能滑下来,这样每滑一次就能松开一只狗。这是非常必要的,因为小狗们往往会把缰绳弄到两条后腿中间,割得皮开肉绽。而且他们一跑起来,就会全都蹿到旁边同伴的位置上去,然后在缰绳之间跳进跳出。那时他们就会打起来,结果那些缰绳比第二天早晨的湿鱼线还混乱。科学利用鞭子可以避免很多麻烦。每个因纽特男孩都因为能掌控长长的鞭子而自豪,当雪橇全速前进时,要抽打地面上的目标很容易,但是要身体向前倾去打中偷懒狗的后肩,就没那么容易了。要是你叫串了位的那只狗的名字,鞭子却不小心抽到另一只狗身上,那么这两只狗当即就会厮打起来,其他的狗也会停下来。还有,要是在和同伴一起出门时聊起天来,或者是一个人出门时唱起了歌,这些狗都会停下来,转过身子,蹲下来听你要说什么。有一两次,克图可忘记了停下来后要堵住雪橇,结果雪橇突然被狗拉了起来,他拉断过很多绳子,还扯掉了一些皮带,后来家人才放心把一支八只狗的队伍和一辆轻便的雪橇交给他。那时,他就觉得自己非常了不起了,在黑色光滑的冰面上,他的胆子很大,肘部也很敏捷,雪橇被赶得一溜烟似的穿了过去,就像只全力追捕猎物的狼一样。克图可还会跑到十英里以外的海豹洞里去,一到猎场,他就会从主皮带上松开一根绳子,然后放开那只黑色的大领头狗,那也是队里最聪明的一只狗。只要那只狗一闻到海豹的呼吸孔,克图可就会把雪橇倒过来,把两根锯短了的、像儿童车的把手一样竖在靠背架上的羚羊角,深深地扎进雪里,这样狗队就不会跑开了。然后,他会一点一点地往前爬,等着海豹钻出来呼吸。再然后,他会用他的鱼叉和接引绳快速戳下去,没多久,他就会把海豹拖到呼吸孔旁边的冰面上,那只黑色的领头狗就会赶过来,帮忙把冰面上的海豹尸体拉到雪橇那里去。那个时候,那些套着挽具的狗就会兴奋得狂叫起来,吐出白沫,克图可就用长鞭子抽打他们的脸,那鞭子就像烧红的铁棒一样,直到海豹尸体冻得僵硬。回家可是个繁重的活儿。满载的雪橇必须驶过那些凹凸不平的冰面,那些狗都蹲下来,饥肠辘辘地盯着海豹,不肯拉了。最后,他们奋力从踩平的雪橇路回到村子,于是,咿咿呀呀滑过吱嘎吱嘎的冰面,低头翘尾,克图可开始唱起了"猎人归来之歌",在那暗淡的星空下,传来了家家户户欢迎他回家的声音。

  猎狗克图可渐渐长大后,他也过得很快活了。他奋勇向前,打了一次又一次的架,在队伍里的地位逐渐上升。一个天气清明的夜晚,在进食的时候,他与黑色的大领头狗打了一架(男孩克图可亲眼看见了这场公平的打斗),把他打成了排名第二的狗,正如村民所说。于是,他就被提升到领头狗位置的长皮带上,比其他所有的狗要提前跑五英尺,阻

第六章 奎库恩

止所有的打斗是他义不容辞的责任，不管是拉雪橇的时候还是没拉雪橇的时候，他还套上了一个又厚又重的铜线项圈。在一些特别的日子里，他能在屋子里吃到煮熟后的食物，有的时候，他还可以和克图可一起睡在凳子上。他是一只出色的海豹猎犬，会围着麝牛转圈，把麝牛逼得走投无路的时候，就一口咬住麝牛的脚跟。他甚至会勇敢地抵抗残忍的北极狼，这最后一次证明了他是一条勇猛的雪橇狗，因为一般来说，北方的狗对北极狼的害怕程度，超过任何在雪地上行走的生物。他和他的主人——他们并没有把队伍里的普通狗算作同伴——一起捕猎，一天天，一夜夜，裹着皮袄的男孩和这只长毛窄眼白牙的黄狗形影不离。因纽特人只需要做的是为自己和家人获取食物和皮毛。女人们把皮毛做成衣服，有的时候还帮忙设罗网捕捉小猎物，不过大量的食物——他们吃得很多——必须由男人去找来。一旦食物供应中断了，那里是没有谁能买得到、讨得到或者借得到的，他们就只有死路一条了。

因纽特人是不会考虑这些可能性的，除非到了万不得已的时候。卡德鲁、克图可、阿莫拉克，还有躺在阿莫拉克的皮帽里、蹬着腿、整天咀嚼鲸脂块的小男孩，他们快乐地生活在一起，就像世界上所有的家庭一样幸福。他们是性格很温和的一个民族——因纽特人很少发脾气，几乎从来也不打孩子——他们不太清楚真实的撒谎是什么意思，更不知道怎么偷东西了。他们过得很满足，愿意在这种严寒刺骨的绝境中靠鱼叉谋生。他们满面油光的脸上挂着微笑，晚上就会讲述一些鬼怪神奇的故事，总是吃到吃不下了为止，在亮着油灯的漫长白日里，他们会一边修补衣服和打猎工具，一边唱着永远也唱不完的妇女歌谣，"啊姆哪啊呀，啊呀啊姆哪，啊！啊！"

可是，有一个可怕的冬天，所有的事情都跟他们过不去。图纽尼尔米尤特人从每年一次的三文鱼捕捞回来后，就在拜洛特岛北部刚结冰的地方搭起了房子，准备海面一结冰就去追捕海豹。可是，那年秋天来早了点，天气也很恶劣。整个九月里，大风吹个不停，把只有四五英尺厚的光滑的海豹冰面吹开了，刮到了内陆，一块块凹凸不平的尖冰堆了大约二十英里宽，在上面根本不可能驾驶狗拉雪橇。海豹在冬季经常捕鱼的浮冰边缘，可能隔在了这道冰障的二十英里以外，图纽尼尔米尤特人根本到不了。就算这样，他们还是可以靠贮存的冷冻三文鱼、鲸脂和诱捕到的猎物勉强熬过冬天，可是，在十二月的时候，他们一个猎人无意中经过一个皮帐篷，发现三个女人和一个女孩快要死了，她们的男人来自遥远的北方，可是在一次出海追捕长角鲸时，他们小小的皮捕鲸船翻倒全部压死了。不用说，卡德鲁只能把这些女人分别安置到冬季村庄的小屋里，没有一个因纽特人敢不给陌生人食物。因为他们不知道什么时候可能也会轮到自己去乞食。阿莫拉克把那个女孩领进了自己的家门，收她做了佣人。那女孩十四岁左右，从她尖角风帽的裁剪和白色鹿皮的裹腿上的长菱形图案来看，他们猜她是从埃尔斯米尔岛上来的。那女孩以前从来没有见过锡锅和木头钉的雪橇，可是男孩克图可和猎狗克图都非常喜欢她。

　　接着，所有的狐狸都去了南方，就连总在雪地里嚎叫的钝头小偷——狼獾都懒得跟踪克图可到设下空圈套的地方去了。部落失去了两个最好的猎人，他们在和麝牛的搏斗中受了重伤，残疾了，这就把更多的活计丢给了其他人。克图可天天都会出去，驾着轻便的捕猎雪橇和六七只最强壮的狗，寻找海豹可能挖了呼吸孔的透明冰块，他一直找啊找，看得眼睛都痛了。猎狗克图可到处跑动，在冰原死一般的沉寂中，男孩克图可能听见他在三英里以外的一个海豹洞上面，兴奋地发出了几乎哽咽的呜呜声，那叫声清晰得像就在他的手肘边一样。只要那狗一发现海豹洞，克图可就会给自己堆一面低矮的小雪墙，以顶挡最凛冽的寒风，然后他就会在那里等上十个小时、十二个小时、二十个小时，直到海豹钻出来呼吸。他的眼睛紧紧盯住他在洞口边做的小记号，那记号可以让他在发现海豹的时候直接把鱼叉插下去。他的脚下垫着一块小小的海豹皮，双腿用老猎人提到过的带扣固定在一起。在长时间等待耳朵敏锐的海豹浮出水面时，猎人们绑住双腿可以避免腿脚抽筋，尽管这样做并没有什么乐趣可言，大家确实可以相信，把双腿扣紧了一动不动地坐在温度为零下四十摄氏度左右的雪地里，在因纽特人看来是最为艰苦的工作。猎捕到海豹后，猎狗克图可

第六章 奎库恩

就会拖着挽绳往前冲,帮着把海豹尸体拖到雪橇上,在那里,那些又累又饿的狗正闷闷地趴在碎冰做成的背风处。

一只海豹并不禁吃,因为小村子里的每一张嘴都有权填满,不管是骨头、皮毛还是蹄筋,全都不会浪费。原本喂狗的肉也拿来给人吃了,阿莫拉克把夏天的旧皮帐篷从睡凳下面翻出来,切成一块块给狗队吃,那些狗不停地嚎叫着,饿醒了又接着嚎。从小屋子里的皂石灯可以看出,饥荒就要来临了。在丰收的年头,鲸脂充足,船形灯里的火焰可以蹿到两英尺高——黄色的火苗明亮欢快,还散发出阵阵油香,可是现在,火焰只有六英寸高。火焰自己亮了一会儿以后,阿莫拉克就小心翼翼地压下一些苔藓灯芯,全家人都看着她手里的一举一动。那里天气严寒,要是又出现饥荒,很多人都会在黑暗中死去,这是尤其可怕的。所有的因纽特人都害怕黑暗,因为每年有连续六个月的时间,他们被迫处于黑暗之中,当屋里的灯光变得昏暗时,人们的内心就开始动摇混乱了。

然而,更糟糕的还在后面。

每天晚上,没有吃饱的狗都会在通道里又咬又叫,瞪眼望着寒冷的星星,在刺骨的寒风中嗅来嗅去。等他们一停止嚎叫,四周就又是一片寂静,就像堵在门口的雪堆一样,又牢固又沉重,男人们可以听见自己的血液在单薄的耳道里涌动的声音,还有心脏怦怦跳动的声音,听起来就像巫师在雪地上打鼓一样响亮。套着挽具的猎狗克图可一直显得异常沉闷,一天晚上,他跳了起来,用他的头顶了顶男孩克图可的膝盖。克图可轻轻地拍了拍他,可是那只狗仍然一味地往前拱,还一边摇尾乞怜。这时,卡德鲁醒来了,他紧紧抓住那狼一般沉重的脑袋,直视着那双玻璃般的眼睛。那狗就在卡德鲁的膝盖之间哆嗦着哀叫起来。他脖子上的毛发根根倒竖,就像门口有陌生人一样地嚎叫着,接着,他又快活地叫着在地上打起滚来,像只小狗一样咬起了克图可的靴子。

"怎么了?"克图可问道,他开始害怕起来。

"病了。"卡德鲁回答,"是狗病。"猎狗克图可抬起鼻子,一声接一声地又嚎叫了起来。

"我以前没见过他这样啊。他会怎么样？"克图可说。

卡德鲁轻轻地耸了耸一边的肩膀，然后穿过小屋去拿他的短鱼叉。那只大狗看了看他，又嚎叫了起来，溜到通道里去了，其他的狗则闪向两边，给他让出了足够的空间，他跑到外面的雪地上拼命地吠叫起来，就像在追赶麝牛一样，接着，他吼叫着，又是蹦又是跳地消失了。这不是狂犬病，纯粹是普通的疯病。是严寒和饥饿，最重要的还是黑暗，让他发了疯，这种可怕的狗病一旦出现在狗队里，就会像野火一样蔓延开来。下一个捕猎日，另一只狗也病了，他在挽绳之间又是咬又是挣扎，克图可当场就把他杀了。接着是排名第二的那只黑狗——也就是狗队以前的头领，突然对着幻觉中的驯鹿踪迹狂叫起来，他们刚把他从主皮带上松开，他就扑向了冰崖上的一条窄道，然后，就跟他的头领一样跑掉了，背上还挂着挽具。从那以后，谁也不把狗带出门了。他们需要那些狗派上别的用场，那些狗也知道这一点。尽管他们被拴起来了，还有主人亲手给他们喂食，可他们的眼睛里还是充满绝望和恐惧。更糟糕的是，老妇人们开始讲起了鬼的故事，说她们遇到了那年秋天死去的猎人的鬼魂，那些鬼魂预言了种种可怕的事情。

失去狗比失去任何别的东西都更让克图可伤心。因为，尽管因纽特人吃得很多，他们同样知道怎样忍饥挨饿。可是饥饿、黑暗、严寒，还有挨冻全都影响了他的体力，他开始听见自己脑子里的声音，眼角的余光开始看见不在眼前的人。一天晚上，在"瞎"海豹洞上面守了十个小时以后，他解开了身上的搭扣，当他头晕眼花、摇摇晃晃地走回村子的时候，他停了下来，背靠在一块大圆石上，那大圆石恰好像块摇石一样，仅由冰面上的一个尖角上支撑着。克图可的体重打破了大圆石的平衡，大圆石重重地翻滚下来，克图可躲闪着跳到一边，那石头就在他身后的冰坡上尖声啸叫着滑动。

这对于克图可来说已经足够了。他从小就受到这种信念的教导：每块岩石和大圆石都有自己的主人（自己的灵魂），通常是一个只有一只眼睛的像女人一样的东西，那东西的名字叫托娜克，当托娜克想帮助一个人的时候，她就会跟着他滚进自己的石头屋，然后问他愿不愿意把她

第六章 奎库恩

当作保护精灵。（在夏天冰雪融化的时候，冰块支撑的岩石和大圆石会滑落到地面上，所以你可以很容易明白，石头有生命这个观念是怎么形成的。）克图可听见了血液在耳朵里涌动的声音，他已经听了一天了，他觉得那就是石头的托娜克在跟他说话。在他到家之前，他就已经非常确信自己跟她进行了一次长谈，而所有人也都相信这事完全有可能，没有一个反驳他。

"她对我说，'我跳下来，我从雪上跳下来。'"克图可大声说道，他的眼神空洞，在光线灰暗的小屋子里，身子向前倾斜。"她说，'我来当向导。'她说，'我会把你带到能猎到海豹的透气孔边。'明天，我要出去，那个托娜克会给我带路。"

然后，村子里的巫医走了进来，克图可就又把故事跟他重新说了一遍，讲述的时候一个细节也没错过。

"跟着托娜特（石头的灵魂）吧，他们会把食物再一次带给我们的。"巫医说。

那个北方来的女孩一直躺在油灯旁边，过去的这段日子里，她吃得很少，说得更少。不过第二天早上，当阿莫拉克和卡德鲁为克图可捆紧扎牢一个小手拉雪橇，并且在上面装上打猎工具，还有他们设法匀出来的鲸脂和冰冻海豹肉时，那个女孩拉起了牵引绳，大胆地走到了男孩的身边。

"你的家就是我的家。"她说，在北极那个可怕的夜晚，小小的兽骨底座雪橇嘎吱嘎吱地在他们身后颠簸着。

"我的家就是你的家。"克图可说道，"不过我觉得我们俩应该一起去塞德娜。"

塞德娜是地下世界的女主人，因纽特人认为，每个人死后都必须在她可怕的王国里待上一年，之后才能去极乐世界，那里永远不会结冰，你一召唤，肥肥的驯鹿就会小跑着过来。

整个村子里的人都在大声喊叫："托娜特跟克图可说过话了。他们会把他带到开旷的冰层上，克图可还会把海豹带给我们！"他们的声音很快就被冰冷、空阔的黑暗吞没了。克图可和女孩的肩膀紧靠在一起，拉紧了牵引绳，让雪橇穿过碎冰，朝极海方向行驶。克图可坚持说，石头的托娜克叫他去北方，于是，他们就在驯鹿图科图克敦——我们把那些星星叫作大熊星——的照耀下，朝着北方前进。

如果要一路跨过垃圾一样的冰块和棱角锋利的雪堆，没有一个欧洲人可以一天赶上五英里路。可是那两个人非常清楚怎样转动手腕就可以带动雪橇绕过冰丘，怎样猛拉就可以把雪橇从冰缝里提起来，他们还知道，在看来毫无希望的时候，该用多大的力气把枪头轻轻地在地上划动几下，就有可能开出一条路来。

那女孩一句话也没有说，只是低着头，貂皮兜帽边缘的狼獾毛被风吹到她那宽阔黝黑的脸颊上。他们头顶上的天空是一片天鹅绒般的深黑色，在地平线上转成了一道道印度红的光带，那里的繁星就像街灯一样闪烁。时不时地，一道浅绿色的北极光波划过高处空阔的天空，像一面旗子一样一闪而过；或者是流星从黑暗中划过，后面拖着无数的火星，又回归到黑暗中。然后他们看见浮冰凹凸不平的表面闪现出奇怪的色彩——有红色、铜色，还有淡蓝色，可是在普通的星光下，一切都变成了一种霜打的灰色。大家会记得，秋季狂风肆虐，浮冰遭到了严重的破坏，最后成了像地震过后的冰面。上面有沟壑和凿得像砾石坑一样的洞，冰块和零散的冰片冻在了浮冰原来的表面上，黑色的老冰疙瘩被大风吹到了浮冰下面，后面又冒了出来。冰面上还有圆形的大冰块，有些冰块的边缘成锯齿状，那是刮大风时被飘落下来的雪花雕刻出来的；还有一些低于周围平面、面积为三四十英亩的大坑。离远一点看，你可能会把那些冰块当作海豹、海象、翻倒的雪橇或者是捕猎途中的人类，甚至是当作十条腿的大白灵熊。可是，别看这些冰块奇形怪状，它们好像全都马上就要活过来一样，不过那里一点响动也没有，也听不到一丝回响。在这种沉寂中，在这种荒原里，有光亮突然闪现，然后又熄灭了，那雪橇和两个拉雪橇的人在缓慢前进，他们就像噩梦里的怪物——那是在世界尽头做的关于世界尽头的噩梦。

累了的时候，克图可就会搭起一个小小的雪屋，猎人们把它叫作"半屋"，他们就会挤在里面的旅行灯旁边，设法化开冰冷的海豹肉。

第六章　奎库恩

睡醒之后，他们又开始前进——一天赶三十英里路，向北前进十英里。女孩总是很沉默，而克图可有时会喃喃自语，有时会突然唱起他在唱歌的房子里学来的歌谣——有夏季的歌，还有驯鹿和三文鱼的歌——在那个时候，唱那些歌谣显得尤其不合适。他会声称自己听到了托娜克在对他咆哮，然后疯狂地跑上冰丘，振动双臂，用恐吓的语气大声说话。说真的，克图可当时几乎快要疯了，可那女孩相信，他是受守护圣灵的指引，一切都会好起来的。所以，在第四天快要结束时，克图可的双眼红得就像燃烧的火球一样，他告诉她，他的托娜克化身成了双头狗，正跟着他们穿越雪地，那女孩一点儿也不惊讶。她看向克图可所指的地方，那里似乎有什么东西滑下了沟谷。那显然不是人，可人人都知道，托娜特更喜欢以熊或者海豹之类的形象现身。

那有可能是十条腿的白灵熊，也有可能是其他东西，克图可和女孩实在太饿了，他们的眼睛已经靠不住了。自打他们离开村子以后，他们什么也没捕到，也没有看见猎物的一点踪迹，他们的食物维持不了一个星期了，狂风也要来了。一场极地风暴可以连续不断地吹上十天，要是那个期间还在外边，那就必死无疑。克图可搭起了一个大雪屋，里面可以放得下手拉雪橇（永远不要和你吃的肉分开），就在他削平最后一块不平整的冰砖，准备用来做屋顶的填缝石时，他看见了半英里以外的一座小冰崖上，有一个东西正在朝他这边看。天空雾蒙蒙的，那个东西看起来有四十英尺长、十英尺高，有一条二十英尺长的尾巴，整个身影都在颤抖着。女孩也看见了，不过她并没有吓得大喊大叫，只是平静地说："那是奎库恩。接下来会是什么呢？"

"他会跟我说话。"克图可嘴里这么说，可是手里握着的雪刀却在不停颤动。因为不管一个人有多么相信自己是又怪又丑的幽灵们的朋友，他也很少喜欢把自己的话当真。奎库恩也是一个幽灵，是一只体型巨大、没有牙齿也没有毛发的狗，据说生活在遥远的北方，哪里要出事了，他就在哪里游荡。他们可能是吉利的东西，也可能是不吉利的东西，可是就连巫师也不愿提到奎库恩。他会让狗发疯。就像灵熊一样，他多了几对腿，——六对或者八对，——而这个在薄雾里跳上跳下的东西，比真正的狗多了几条腿。克图可和女孩赶紧挤进他们的小屋。当然了，要是奎库恩想要他们，完全可以把他们头顶上的那个小屋撕成碎片，可是一想到自己和邪恶的黑暗之间还有一堵一英尺厚的雪墙，他们心里就觉得宽慰多了。狂风突然呼啸起来了，就像火车拉响了汽笛一样，整整三天三夜没有停过，而且始终没有改变过一次风向，也没有平静过哪怕一分钟。他们给膝盖之间的石灯添了点油，啃着半冷半热的海豹肉，一连七十二个小时看着黑乎乎的油烟集聚到屋顶上。女孩数了数雪橇里的食物，顶多只能吃两天了，克图可仔细查看了捕鲸叉上的铁头和上面绑的鹿筋，还检查了捕海豹的鱼叉和射鸟的箭。除了这些，就没有别的事情可做了。

"我们马上就要见到塞德娜了——很快。"女孩小声说，"再过三天，我们就会躺下走了。你的托娜克什么事都不做吗？给她唱个巫医的歌谣，召她到这里来吧。"

克图可开始连吼带叫地高声唱起了魔幻的歌谣，狂风慢慢地停了下来。他唱到一半的时候，女孩突然跳了起来，将她戴着连指手套的手放在屋子里的冰面上，接着，她把头也贴了过去。克图可也仿照她的样子，两个人跪在地上，紧紧盯着对方的眼睛，绷紧每一根神经仔细倾听着。克图可从放在雪橇上的一个捕鸟网罗框里扯下一条薄鲸须，拉直以后，就把它竖放在冰面上的一个小孔里，下面还用连指手套固定住。那条鲸须就可以几乎跟指南针一样精确了，现在，他们不再听了，只要看着那条鲸须行了。那条薄杆轻轻地抖动了一下——那是世界上最轻微的震动，接着又持续地颤动了几秒钟，停下了，又颤动起来，这次是朝指南针的另一个方向上下摆动的。

"太快了！"克图可说，"外面很远的地方有块大浮冰碎了。"

女孩指着鲸须杆子，摇了摇头，"是大冰层破裂。"她说，"你听地上的冰。在嘭嘭响呢。"

这次他们跪了下去，听见了极其古怪的声音，像是沉闷的咕噜声和撞击声，那显然是从他们脚下传来的。有的时候，那声音听起来好像是一只还没睁开眼睛的小狗在油灯上面号叫，接着又像是一块石头落在了

第六章 奎库恩

坚硬的冰面上,然后又像是沉闷的敲鼓声,所有的声音都是拖得很长,而且很小,就像是在遥远的地方穿过小号角传出来的声音。

"我们不会躺下去见塞德娜了。"克图可说道,"是冰层破裂。托娜克骗了我们,我们要死了。"

这一切听上去可能荒诞极了,可是这两个确实正在面临一种十分危险的处境。三天的狂风已经把巴芬湾的深水赶向了南方,然后积聚在从拜洛特岛延伸到西部的大片陆冰边缘。另外,强劲的水流从兰开斯特海峡东面涌来,带动着连绵数英里的所谓的积冰——也就是没有冻成冰原的糙面冰,这些积冰猛烈地撞击着大浮冰,同时,那块浮冰又遭到海上风暴浪涌的侵蚀和破坏。克图可和女孩一直听到的就是那种撞击声的微弱回音,远在三四十英里以外,那个小小的报警杆也随着浮冰的震动而颤动着。

现在,就像因纽特人说的一样,冰面一旦从冬季漫长的沉睡中醒来,根本无法知道会发生什么,因为坚固的浮冰就跟云朵一样瞬息万变。那种狂风明显就是场不合季节的春季大风,所以,什么事都有可能发生。

不过,这两个人比之前开心多了。要是大浮冰破裂了,那就再也用不着等待和煎熬了。精灵、妖精还有巫师,就会在震动的冰面上到处游荡,他们可能会发现自己正和其他各种野东西肩并肩地走进塞德娜的王国,兴奋的红晕还挂在脸上。狂风过后,他们离开了小屋,地平线上的响声越来越大,四周坚硬的冰面发出沉闷的嗡嗡声。

"它还在等。"克图可说道。

在一座冰丘顶上,他们三天前看到的那个八条腿的东西就蹲在那里,还在拼命嚎叫。

"我们跟着吧。"女孩说,"它可能知道怎样避开去塞德娜的路。"可是,她太虚弱了,她一拉起牵引绳就跟跑了几步。那个东西拖着笨重的步子,缓缓地穿过了冰脊,一直朝西边的陆地上走去,他们就跟在后面,大浮冰边缘的隆隆声越来越近了。大浮冰裂开了口子,裂缝的四周向内陆延伸了三四英里长,而那些十英尺厚、面积从几码到二十平方英亩、像圆盘一样的浮冰,在摇晃着快速飘动,不断地互相冲击着，还撞上了那些尚未破裂的大浮冰，滚滚大浪就在那些浮冰之间汹涌澎湃。可以说，这些碎裂的冰块是大海冲击大块浮冰的第一支部队。这些冰块接连不断地碰撞着、晃动着，声音几乎掩盖了一片片积冰一起推撞大浮冰底部——就像纸牌被急忙推到桌布下面一样——的刺耳声。在水浅的地方，这些积冰就会一层层堆叠起来，直到最下面的那层顶到五十英尺以下的淤泥，混浊的海水就在泥冰后面积聚起来，然后水压越来越大，又把所有的一切推向前进。除了破坏大浮冰和积冰以外，狂风和水流还在摧毁真正的冰山。漂浮在海上的冰山，从格陵兰水边或者梅尔维尔湾的北岸断裂开来，它们重重地撞击着前进，四周激起一道道白色的浪花，像张满风帆的旧式舰队一样冲向大浮冰。一座势如破竹的冰山会无奈地搁浅在深水中，在泡沫和泥浆中不停地旋转颠簸着，激起冰冻的水花四处飞溅；而较小较低的冰山则会猛烈地撞上平坦的浮冰，向两边抛下几吨重的冰碴，在浮冰上穿出一条半英里长的小路，然后才停下来。有的冰山像剑一样刺下来，拦腰切断一条边缘参差不齐的运河；另一些破裂成雨点般的冰块，每块都达到好几十吨重，在冰丘之间旋转尖叫着。还有一些刚一进入浅滩，就一股脑儿地全冒出了水面，很痛苦似的扭动着，当海水拍打他们的山肩时，这些冰山就整个地向一边倾倒下去。冰块撞击着、推挤着，有的倾斜，有的被压垮了，还有的拱了起来，沿着浮冰的北面放眼望去，那些冰块的形状真是千奇百怪、无奇不有。从克图可和女孩的位置看过去，这种混乱看起来只不过是地平线的一种躁动不安的、起伏不定的变化而已，却每时每刻都在向他们靠近，他们可以听见内陆那边遥远的地方，传来了一阵沉重的隆隆声，就像是大炮在浓雾里轰鸣的声音。那声音表明，浮冰又被推回到了拜洛特岛硬铁般的悬崖边，那个岛就是他们身后南边的陆地。

"这还从没出现过。"克图可呆呆地看着说，"还没到时间啊。浮冰怎么现在就裂开了呢？"

"跟上那个！"女孩指着那个在他们前面一瘸一拐地疯跑的东西大声叫道。他们拉着雪橇跟了上去，可是冰块的咆哮声越来越近了。最后，他们四周的冰原裂开了，裂缝在四面八方铺展开来，并且像狼牙一

第六章 奎库恩

样开开合合。可是那个东西停了下来,一动不动地站在了一个大概五十英尺高、全是散落的老冰块堆积的高丘上。克图可拉着后面的女孩拼命地往前冲,爬到了高丘下面。他们周围冰块的咆哮声音越来越响了,可是那高丘却稳稳当当的,女孩看了看克图可,他的右臂往上举起,然后又往外一伸,做着因纽特人登上小岛时的手势。就是那个长着八条腿、走起路来一瘸一拐的东西把他们带到那里去的,那是一个离开海岸、有花岗岩顶和沙滩的小岛,上上下下全都覆盖着冰层,所以没有人能把它和浮冰区别开来,小岛的底部是坚实的土地,而不是浮冰的冰块!浮冰撞了上来,然后又破裂成碎片弹了回去,这样就标明了小岛的边界。一片有利的浅滩向北延伸,可以挡开最重的冰块向小岛冲来,就跟犁头翻转壤土一模一样。当然了,那里肯定是有危险的,一些受到严重挤压的冰原可能会喷向沙滩,把整个小岛全部刨平,可是克图可和女孩并没有为这事感到苦恼,他们做了个雪屋,开始吃了起来,冰块撞击、滑离沙滩的声音不绝于耳。那个东西已经不见了,克图可蜷缩在灯边,激动地说自己有控制精灵的能力。克图可说得起劲的时候,女孩开始笑了,笑得前仰后合。

在女孩的肩膀后面,什么东西一步一步地爬进了小屋,先进来的是两个脑袋,一个是黄色,一个是黑色,那是你见过的两只最为羞愧悲伤的狗。一只是猎狗克图可,另一只是黑头领。现在,两只狗都长胖了,看起来很健康,精神也完全恢复了正常,只是离奇古怪地连在了一起。你还记得吧,黑头领跑掉的时候,他的挽具还是套在身上的。他一定是碰到了猎狗克图可,然后跟他玩闹或者打斗过,是因为他肩膀上的皮带圈扣在了猎狗克图可颈圈的编织铜线上,还拉得紧紧的,所以他俩谁也够不着挽绳并将它咬断,不过他们都拴在了对方的脖子上。一定是自由自在的捕猎活动治好了他们的疯病,他们都很清醒。

女孩把两只面带愧色的动物推向克图可,半哭半笑地大声说:"那就是奎库恩,把我们带到了这个安全的地方。看看他的八条腿和双头!"

克图可割开绳子把两条狗分开了,黄狗和黑狗就一起扑进他怀抱里，试图解释他们是怎样恢复神志的。克图可伸手抚摸他们的侧腹，那里圆滚滚的，毛也长得很厚。"他们找到了食物。"克图可咧嘴笑了，"我觉得我们没那么快去见塞德娜了。是我的托娜克把他们送来的。病魔已经离开了他们。"

过去几个星期，这两只狗一直被迫一起睡觉、一起进食、一起捕猎，现在，他们刚跟克图可打过招呼，就立刻扑向对方的喉头，然后在雪屋里打起了漂亮的一仗。"饿肚子的狗是不会打架的。"克图可说，"他们找到了海豹。咱们睡上一觉吧。咱们会找到食物的。"

当他们醒来时，小岛沙滩的北面出现了无冰的水面，松散的冰块已经冲上了陆地。对因纽特人来说，惊涛拍岸的第一声响是他们听见的一个最为美妙的声音，因为那声响意味着春天就要来了。克图可和女孩握着手笑了，浮冰之间浪涛的轰鸣声非常清晰饱满，这使他们想起了捕捉三文鱼和驯鹿的时节，还有地柳的花香。就在他们观望的时候，海水开始漫过那些漂浮的冰层，气候变得极其寒冷。不过，地平线上却出现了一大片红色的亮光，那是下沉的太阳照出来的光芒。与其说是看见太阳上升，还不如说是听见太阳在沉睡时打了个哈欠，那片红光只亮了几分钟，可却意味着年关交替。他们觉得，没有什么可以改变那个事实。

克图可发现两只狗在争抢一只刚捕杀的海豹，狂风总是会惊扰到鱼群，那只海豹就是为了追赶鱼群来的。那一天当中，有二三十只海豹登上了小岛，这是第一只，等海面全部冰封起来，那就会有几百个急切的黑色脑袋挤到浅水区里来，和浮冰一起四处飘浮。

真是太好了，又可以吃上海豹肝了，又可以放开手脚给油灯加鲸脂，然后看着三英尺高的火焰在空中熊熊燃烧了。新的海冰刚一出现时，克图可和女孩就装好了手拉雪橇，让两只狗拉着，他们这辈子从来没有拉过那么快，他们担心村子出事了。天气和往常一样恶劣，可是拉着一辆装满美食的雪橇总比饿着肚子捕猎安心得多。他们把二十五只海豹的尸体埋在了沙滩的冰层里，随时都可以食用，然后，就急匆匆地赶回自己人那里。克图可刚一交代要求，那两只狗就给他们带路，尽管没有路标，可是两天之后，他们就来到了卡德鲁的屋子外面，大声吠叫起来。只有

第六章 奎库恩

三只狗回应他们,其他的狗都被吃掉了,屋子里全是漆黑一片。可是,当克图可大声喊道:"有煮肉了!"时,一些虚弱的声音回应了,他又一个一个喊着村里人的名字,每个字都咬得清清楚楚,没有出一点差错。

一个小时以后,卡德鲁屋子里的油灯熊熊燃烧了起来,雪水正在加热,锅里快要沸腾了,雪水正从屋顶滴下来,阿莫拉克正为全村的人准备一顿大餐,兜帽里的男婴儿咀嚼着一条浓厚、果仁味十足的鲸脂,猎人们慢条斯理地吃着海豹肉,吃得满到了喉头。克图可和女孩讲述着他们的故事,那两只狗就蹲在他们中间,一听到自己的名字,他们就竖起一只耳朵,看起来羞愧得无地自容的样子。因纽特人说,要是一只狗得过疯病又恢复了神志,那他以后不管遇到什么样的打击,也都会平安无事。

"看来托娜克没有忘记我们。"克图可说道,"起了风暴,冰层碎裂了,风暴把鱼群吓得四处乱窜,海豹就跟在后面游了过来。现在,新的海豹洞离这儿还不到两天的距离。好猎手们明天去把我叉到的海豹带回来吧——还有二十五只海豹埋在冰层里呢。等我们吃完了那些,大家再一起去追捕浮冰上的海豹吧。"

"你要做什么?"巫师问道,那口吻就跟他以前和图纽尼尔米尤特最富有的人——卡德鲁说话时一模一样。

克图可看着北方来的女孩,然后平静地说:"我们要建座房子。"他指了指卡德鲁屋子的西北边,结了婚的儿子或者女儿总是住在那边。

女孩把掌心翻向上,有点绝望地摇了摇头。她是一个外来客,在快要饿死的时候收养的,不能带来任何家用开支。

阿莫拉克从她坐着的凳子上一下子跳了起来,开始把一些东西一股脑儿地塞到女孩的膝盖上——有石灯、铁刮皮刀、锡壶、镶嵌着麝牛牙的鹿皮,还有水手使用的正宗缝帆针——在北极圈遥远的尽头,这些可以算作有史以来最好的嫁妆了,北方来的女孩跪拜在地上,深深地鞠了一躬。

"还有这些!"克图可笑着对两只狗做了个手势,它们就把自己冰凉的鼻子凑到女孩的脸旁。

"啊。"巫医郑重地咳嗽了一声说,好像他一直在仔细思考一样。"克图可一离开村子,我就去了唱歌房,唱了魔法歌。所有这些漫长的黑夜里,我都在唱歌,还召唤了驯鹿精灵。我的歌声让狂风吹了起来,吹裂了冰层,在冰层要压断克图可的骨头时,我就把两只狗引到了他身边。我唱的歌还把海豹引到了碎冰后面。我的身体是静静地躺在唱歌的房子里,可是我的灵魂却在冰层上到处游荡,引领克图可和那两只狗做了所有这些事情。这些都是我做的。"

大家都吃饱了,也困了,所以没有人反驳他,巫医凭自己履行了重要职责,又自己动手吃了一块煮肉,然后躺了下来,和其他人一起睡在那个温暖、明亮、散发着油香的屋子里。

现在,克图可非常擅长以因纽特人特有的风格作画,所有这些冒险经历,他都描绘在了一根又长又扁、一头有一个洞的象牙上。在冬天非常暖和的那一年,克图可和女孩去了北方的埃尔斯米尔岛,他把这个图片故事留给了卡德鲁,可是有一年夏天,卡德鲁的雪橇在尼克西林的纳提灵湖沙滩上散了架,那画就丢失在那个碎石滩里了。第二年春天,一个住在湖边的因纽特人捡到了画,把它卖给了伊米金人,这个伊米金人是坎伯兰湾捕鲸船上的一个翻译,他又转手卖给了汉斯·奥尔森,这个人后来成了一艘大轮船上的舵手,负责把游客送到挪威的北角去。旅游季结束后,轮船又在伦敦和澳大利亚之间来回穿梭,停靠在锡兰的时候,奥尔森用象牙和一个锡兰珠宝商交换了两块人造蓝宝石。我是在科隆坡一个屋子里的垃圾堆下面发现这根象牙的,然后把上面的图画从头到尾翻译了出来。

猎人归来之歌

因纽特的男人叉到海豹以后,经常会唱起猎人归来之歌。因纽特人总是喜欢一遍又一遍地重复,下面是对这首歌的意译。

我们的手套因被冻结的鲜血而变硬,
我们的皮毛上落满了雪花,

第六章　奎库恩

回来时我们载着海豹——海豹!
从浮冰的边缘回来了!

噢呀哪!噢啊!噢哈!哈克!
狗队吠叫着出发了,
长鞭噼啪作响,男人们回来了,
从浮冰的边缘回来了!

我们追踪海豹到了他们的秘密场所,
我们听见他在下面抓搔,
我们做上记号,我们在旁边观看,
就在浮冰的边缘。

等他浮出来呼吸时,我们就举起长矛,
我们向下戳去——就这样!
我们就这样逗弄他,我们就这样捕杀他,
就在浮冰的边缘。

我们的手套被冻结的鲜血粘起来了,
我们的眼睛上落满了雪花;
可是我们又回到了妻子的身边,
从浮冰的边缘回来了!

噢呀哪!噢啊!噢哈!哈克!
满载的狗队出发了,
妻子们听见男人们回来了,
从浮冰的边缘回来了!

第七章 红 狗

为了我们雪白的牙齿和愉快的夜晚——为了快速奔跑的夜晚，
搜寻的范围大一点，目光看远一点，捕猎成功，一定要机灵！
为了黎明的气息，非常纯净，露珠还没有消尽！
为了匆匆穿过薄雾，猎物四处乱窜！
为了伙伴的呼叫，黑鹿转过身来却已经被围困，
为了晚上的冒险和骚乱！
为了白天能在洞口安睡，
迎战吧，我们去战斗。
嚎叫吧！噢，大声嚎叫吧！

在丛林动物进入村庄以后，莫格利人生中最快乐的时光就开始了。他很有良知，总是有恩必报，整个丛林都是他的朋友，并且还点儿怕他。他在不同的族群之中漂泊着，不管有没有和四兄弟在一起，他的所作所为、所见所闻，全都可以写成很多的故事，而且每个故事都能和这个故事一样长。所以，没有人会告诉你，他是怎样遇到疯象曼德拉的，那疯象杀死了二十二头拉着十一车银币去国库的公牛，那些光亮的卢比都散落到了尘土里；他是怎样在北部的沼泽地里与鳄鱼加可拉搏斗了整整一个晚上，还在砍那畜生的背部时折断了他的剥皮刀的；他是怎样在一个被野猪杀死的人的脖颈旁边找到一把更长的新刀的；他又是怎样追踪那只野猪并把它杀死，为他得到这把刀付出公平代价的；他是怎样在一次大饥荒时被困在了鹿群里，几乎被那些横冲直撞、性子暴躁的鹿踩死的；当沉默王哈蒂又一次困在底部有木桩的陷阱里时，他是怎样把哈蒂解救

第七章 红 狗

出来的；而第二天，他自己又是怎样掉进了一个布置非常巧妙的捕豹陷阱里的；哈蒂又是怎样把他头顶上的粗木栅栏击碎的；他是怎样在沼泽地里给野水牛挤奶的，他是如何——

不过，我们可以一次讲一个故事。那时，狼爸爸和狼妈妈死了，莫格利滚了一块大圆石堵住了他们的洞口，还哭着给他们唱了死亡之歌；巴洛已经很老了，身子也不灵活了，就连有一副钢筋铁骨的巴格希拉，在捕杀时身影也比以前动作迟缓了一点。阿克拉年纪很大了，身上的皮毛已经由灰色变成了奶白色，他的肋骨向外凸出，走起路来就像木头般僵硬，现在都是莫格利给他捕食了。可是，西奥尼狼群解散以后，小狼们慢慢长大了，数量也多了起来，当那些狼的数量达到了四十只，而且个个都是声音洪亮、腿脚干净利落的五岁狼却还没有首领时，阿克拉告诉他们，大家应该自己组织起来，遵守丛林法则，在一个首领的带领下行动，这才是自由民应该做的事。

莫格利对这件事并不在意，因为，就像他自己说的，他曾经尝过苦果，他也知道苦果挂在哪棵树上，可是，当法奥，也就是法奥纳的儿子（在阿克拉当首领的时候，他的父亲是专门追踪猎物的灰狼）一路拼搏，终于夺取了狼群首领的位子时，依照丛林法则，古老的呼唤和歌谣又一次在星空下回响起来了，莫格利也赶到议会岩去追忆往事。当他说话的时候，狼群会一直等他把话说完，他坐在阿克拉的身边，法奥上方的岩石上。在那些日子里，他们捕猎顺利，睡觉也安稳。没有哪个外来者敢闯进那片属于莫格利伙伴们的丛林，他们把自己叫作狼群，年轻的狼个个都长得膘肥体壮，很多狼崽都被带过来让大家查看。莫格利经常参加查看会，总是回想起那个晚上，一只黑豹为把一个光身子的棕色婴儿留在狼群里付出的代价，想起那长长的、让他心跳不已的呼喊声"看看吧，好好看看吧，噢，众狼！"在其他时候，他就会和他的四兄弟一起，远远地待在丛林里品尝、触摸、观察和体验新东西。

一天傍晚，莫格利悠闲地快步穿过山脉，要给阿克拉送去他捕杀的半只雄鹿，四兄弟就跟在他的后面慢跑，他们不时地打闹着，翻滚着，很是快活。突然，莫格利听见了一声大叫，自打有希尔汗的糟糕日子结束以来，他就再也没有听见过这种叫声了。那是他们丛林动物们所说的尖叫，是当豺狗跟在老虎后面捕猎，或者正在进行大捕杀的时候，发出的一种可怕尖叫。要是你能想象那种将仇恨、胜利、恐惧和绝望掺杂在一起，中间还夹杂着一种恶意的笑声，你就会对这种尖叫有了些概念，那声音起起落落，颤抖着从遥远的瓦因刚嘎河那边飘过来。四兄弟立刻停了下来，毛发都竖了起来，他们开始低声吼叫起来。莫格利伸手去拿刀，眉头紧锁着查看起来，他的脸上还沾着鲜血。

"还没有哪只带有斑纹的家伙敢在这里捕杀。"他说。

"那不是领头家伙的叫声。"灰兄弟说，"那是某种大捕杀。听！"

那声音又叫了起来，半是呜咽半是嬉笑的，就好像豺狗也有人类那么柔软的嘴唇似的。接着，莫格利深深地吸了一口气，然后朝议会岩跑去，一路超越匆忙赶路的狼群。法奥和阿克拉都在岩石上，而蹲坐在他们身下的那些狼，每一条神经都绷得紧紧的。狼妈妈和狼崽子们小跑着回到自己的窝里，嚎叫声响起的时候，弱者可不能待在外面。

在黑暗中，他们什么也听不见，只有瓦因刚嘎河水奔腾流淌时发出的汩汩声，以及晚风轻轻地在树梢之间吹过的声音。突然，河对岸传来了一只狼的呼唤声。那不是本族群的狼，因为他们全都在议会岩。那声音变成了一声长长的、充满绝望的嚎叫。"野狗！"那只狼说，"野狗！野狗！野狗！"他们听到岩石上传来了疲惫的脚步声，一只枯瘦的狼冲进了圈子里，然后躺在莫格利的脚边，大口喘着粗气。那只狼的两侧腹有红色的血痕，右前爪残废了，嘴角尽是白色的泡沫。

"祝捕猎成功！你的头领是谁？"法奥严肃地说。

"祝捕猎成功！我是万·托拉。"这就是回答了。他的意思是说他是一只离群索居的狼，居住在某个荒凉的窝里，独立照料自己、妻子和狼崽子，就和南方的很多狼一样。万·托拉的意思就是离群狼——也就是远离任何狼群的狼。他喘着气，狼群可以看见他的身子随着心跳来回颤抖着。

"是什么动静？"法奥问，因为尖叫声响起以后，所有的丛林动物们都会问这个问题。

第七章　红　狗

"野狗！德干高原的野狗——红狗，杀手！"他们从南方来到北方，说德干高原空了，还一路杀光。在这轮月亮还是新月的时候，我还有四个家属——我的妻子和三个小崽子。她会教小崽子们在草原上捕杀，躲起来驱赶雄鹿，我们旷野里的狼都是这么做的。半夜的时候，我还听到他们在一起，一路上说着话。可是到了黎明风吹的时候，我就发现他们硬邦邦地倒在了草地上——四个啊，自由民，新月的时候还有四个啊。后来，我就顺着他们的鲜血找到了黑狗。"

"有多少只？"莫格利急忙问道，狼群的喉咙里发出了低沉的吼叫声。

"我不知道。有三个再也不能捕杀了，可是他们最后把我当雄鹿一样追赶，追赶只有三条腿的我。看看吧，自由民！"

他突然伸出一只血肉模糊的前脚，上面都是黑乎乎的血痂。他侧边的身子下面被凶猛的动物咬过，喉咙也被撕破了，说起话来很焦急的样子。

"吃吧。"阿克拉从莫格利带给他的肉上抬起头来说，离群狼就扑了上去。

"这不会白费的。"赶走了最初的那阵饥饿感后，他低声下气地说。"给我一点力气吧，自由民，我也会捕杀。我的窝在新月的时候还是满的，可现在都空了，血债还没还清呢。"

法奥听见离群狼的牙齿咬着一根腰骨咔嚓作响，他赞许地咕噜着。

"我们需要那些颌骨。"他说，"野狗的小崽子和他们在一起吗？"

"不，没有。都是红毛猎手：他们群里都是成年狗，又壮又沉，他们在德干高原的时候只吃蜥蜴。"

万·托拉话里的意思是，野狗——也就是德干高原的红毛猎犬，走到哪里就杀到哪里。狼群很清楚，就连老虎也要把刚捕杀的猎物献给野狗。他们直接穿过丛林，不管碰到什么，他们都会扑上去撕成碎片。尽管他们没有狼那么大的体型，也远远不如狼那么狡猾，可是他们非常强壮，数量也很多。比如说，野狗没有多达一百只，就不会称自己是一个族群，而狼其实有四十只就是一个很大的族群了。莫格利曾经在德干高原长满高草的丘陵地带边缘闲逛过,他见过那些大胆的野狗把家安在小树洞和草丛里,他们在那里睡觉、打闹和抓挠。他瞧不起那些野狗,也讨厌他们,因为他们的气味和自由民的不一样,因为他们不是住在山洞里,最主要的是,他们的脚趾间里有毛,而自己和朋友们都是脚趾分明的。不过,哈蒂曾经跟他说过,他心里也清楚,野狗捕猎群相当可怕。就连哈蒂也要躲开他们的队伍,除非他们被杀死,或者几乎没有猎物了,他们才会往前走。

阿克拉也对野狗有一些了解,因为他轻轻地对莫格利说:"宁愿死在狼群里,也不要群龙无首,孤零零的。这是个很好的机会,也是——我的最后一次捕猎了。不过,因为人类会活着,而你还有很多的日日夜夜,小兄弟。去北方躺下来吧,要是野狗过后,还有谁活着的话,他就会给你捎去战斗的消息。"

"啊,"莫格利非常严肃地说,"难道狼群在下面战斗的时候,我就应该去沼泽地,抓抓小鱼吃,然后躺在树上睡觉吗?我应该求班达尔·洛格帮个忙,让我在那里砸坚果吗?"

"那是去送死。"阿克拉说,"你从没见过野狗——那些红毛杀手。就连带斑纹的家伙都——"

"啊哇!啊哇!"莫格利轻轻地说,"我杀过一只带斑纹的笨蛋,我敢肯定,要是希尔汗闻到有一群野狗在三条山脉对面,他就会抛下自己的妻子,给野狗当肉吃。现在听好了:有一只狼,是我的父亲,还有一只狼,是我的母亲,再还有一只老灰狼(这么说不太准确,他现在是白色的),是我的父亲也是我的母亲。所以我——"他提高了嗓门,"我说,野狗来的时候,要是野狗来了,莫格利和自由民属于同一个群族,我们一起去猎杀。我还要说,凭换取我的公牛发誓——凭巴格希拉过去为我付出的公牛发誓,这个你们狼群都不记得了——我是说,要是我忘了,那些树木和小河可以听见,并且牢牢记住我的话,我要说我这把刀就是狼群的牙齿——我还觉得这一点儿都不钝。这就是我的誓言。"

"你不了解野狗,说狼话的人。"万·托拉说道,"我只想要他们把我撕成碎片之前,还清血债。他们走得很慢,一路赶尽杀绝,不过两

第七章 红 狗

天之后,我的力气就会恢复一点儿,我会再去讨血债的。可是你们这些自由民,我要说的是,你们暂时先去北方吃东西吧,等野狗走了再回来。这场捕猎是不会有肉吃的。"

"听听这个离群狼说的!"莫格利笑着说,"自由民,我们必须到北方去,去挖河岸上的蜥蜴和老鼠吃,免得我们万一碰到野狗。我们躲在北方的时候,野狗一定会消灭我们猎场里的猎物,只有等他高兴了才会把我们的猎场还给我们。那是一只狗——还是一只小狗——红毛,黄肚皮,没有窝,每个脚趾缝里都有毛!他只能在垃圾堆里数他那六到八只狗崽子,就好像他是蹦蹦跳跳的小老鼠吉凯一样。我们当然得逃跑了,自由民,我们还要乞求北方的动物允许我们吃死牲口的杂碎!你们知道那句俗话:'北方是寄生虫,南方是虱子。我们是丛林。'你们选吧,噢,选吧。这是捕猎的大好时机!为了狼群——为了整个狼群——为了狼窝和狼崽;为了在猎场内外捕杀;为了追赶母鹿的妻子和山洞里的小崽子,迎战!——迎战!——迎战!"

黑夜里,狼群发出低沉的轰鸣声作为回应,听起来就像一棵大树倒了下来。"迎战!"他们大声喊道。

"和他们待在一起,"莫格利对四兄弟说。"我们需要每一颗牙齿。法奥和阿克拉必须准备好战斗,我去清点有多少只野狗。"

"那是找死啊!"万·托拉抬起半个身子说,"这个没有毛的家伙怎么去抵抗红狗啊?就连带斑纹的家伙,别忘了——"

"你还真是只离群狼。"莫格利大声回应,"我们还是等野狗死了再说吧。祝大家捕猎成功!"

莫格利匆匆消失在黑暗里了,他兴奋极了,走路几乎连路也不看了,这样的后果自然是他整个人绊倒在卡阿盘起的巨大身子上,那岩蟒当时正躺在小河旁边的一条小路上守候鹿群。

"咔嘶啊!"卡阿生气地说,"丛林里是这么干的吗?又踩又跺的,把一个晚上的捕猎都扰乱了,连捕猎这么顺利的时候也这样啊?"

"是我的错。"莫格利说着慢慢爬起来,"其实我是来找你的,扁头蛇,可是我们每次见面的时候,你都又多长了我胳膊那么长、那么粗。丛林里没有谁能像你这样，又聪明又长寿又强壮，你还是最漂亮的卡阿。"

"好了，说这些干吗？"卡阿的声音温和了些，"不到一个月以前，有个带刀的小娃娃冲我头上扔石头，还骂我是小树猫，就因为我躺在旷野里睡着了。"

"啊，还把赶到一起的鹿群吓得四处乱跑，那时莫格利正在捕猎呢，可是这个扁头蛇耳朵太聋了，听不见他的号子，让鹿走的路空在那里。"莫格利坐在色彩斑斓的蛇身中间，沉着地回答道。

"现在，这同一个小娃娃说着甜言蜜语走到这同一只扁头蛇身边，说他又聪明又强壮又漂亮，而这同一只老扁头蛇相信了，所以就给这同一个扔石头的小娃娃腾了个位子，而且——，你现在舒服了吗？巴格希拉能给你这么好的地方休息吗？"

像往常一样，在莫格利的重压之下，卡阿把自己变成一种柔软的、像半个吊床的样子。在黑暗中，男孩伸出手来，抱住那柔软的、像电缆一样的颈脖子，直到卡阿把头靠在他的肩膀上，然后，莫格利把那天晚上丛林里发生的事情全都告诉了他。

"也许我很聪明，"卡阿最后说，"可我确实是个聋子。不然我也应该听到那声尖叫了。难怪吃草的动物总是会焦躁不安。有多少只野狗？"

"我还没见过呢。我急忙找你来了。你的岁数比哈蒂大。可是，噢，卡阿，"——说到这里，莫格利兴奋地扭起了身子，——"这是捕猎的大好时机。我们没几个能见得着下一轮月亮了。"

"你也要出击吗？别忘了，你是人呢，你也别忘记狼群是怎么把你赶出去的。就让狼去对付狗吧。你是个人。"

"去年的坚果会化成今年的黑土。"莫格利说，"没错，我是个人，可是今天晚上，我觉得我已经说过了我是一只狼啊。我叫小河和树木记住我的话。在野狗离开之前，我属于自由民，卡阿。"

"自由民，"卡阿嘟哝着，"自由贼还差不多！你把自己打成死结，就为了纪念那些死去的狼？这可不是什么捕猎的好时机啊。"

第七章 红 狗

"是为了我已经答应过的誓言。树木知道了，小河知道了。野狗离开之前，我绝不收回我的誓言。"

"嗯嘶嘶！这可改变了所有的计划啊。我本来是想带你一起去北方的沼泽地呢，可誓言就是誓言，就算那是一个光溜溜没长毛的小娃娃答应过的。现在卡阿我，要说——"

"想清楚了，扁头蛇，免得把你自己也打成了死结。我不要你的誓言，因为我很清楚——"

"那就这样吧。"卡阿说，"我不发什么誓了，可要是野狗来了，你想怎么办呢？"

"他们肯定会游过瓦因刚嘎河，我想带我的刀在浅滩跟他们碰面，让狼群跟在我后面，我们猛戳猛刺一番，兴许他们就会掉头往向下游去，或者让他们的喉咙冷静下来。"

"野狗是不会掉头的，他们的喉咙也是火热的。"卡阿说，"等那场捕猎结束后，再也没有什么小娃娃和狼崽子了，就只有一些枯骨。"

"啊啦啦！要是我们会死，那就死了算了。这将是最棒的捕猎了。不过我的胃还很嫩，我见过的雨季也不多。我不聪明也不强壮。你有什么更好的计划吗，卡阿？"

"我见过了几百个雨季了。哈蒂乳白色的象牙还没冒出来，我留在泥土里的踪迹就很宽了。凭我的第一只蛇蛋发誓，我的岁数比很多树还要大，丛林里发生的所有事情我都经历过。"

"可这是一场新的捕猎。"莫格利说，"以前从没有野狗跨过我们的小路。"

"现在就是过去。将来只不过是一个被遗忘的岁月又倒退了回去。别动，我要数一数我的那些岁月。"

整整一个小时，莫格利仰躺在蜷缩的蛇身之间，而卡阿呢，他的头一动不动地趴在地面上，回想起打他从蛋里出来以后，所有他见过和知道的事情。卡阿眼睛里的光芒似乎黯淡起来，两只眼睛看起来就像陈旧的蛋白石，时不时地，他的脑袋挺立着左右摇晃一下，就好像正在睡梦中捕猎一样。莫格利静静地打起瞌睡来，他知道，捕猎之前，没有什么能比睡觉更重要了，他已经训练得不管是白天还是黑夜，随时都能入睡。

后来，莫格利感觉卡阿的脊背在身下胀得越来越大，越来越宽了，因为那巨蟒鼓起了身子，发出的嘶嘶声就像是把利剑拔出钢鞘一样。

"我见过所有的死亡季节，"卡阿终于说话了，"还见过所有的大树，所有的老象，还有苔藓长出来之前光秃秃的尖角岩石。你还活着吗，小娃娃？"

"月落刚过没多久。"莫格利说，"我不懂——"

"嘶！我又是卡阿了。我知道只过了一小会儿。不过我们要去河里了，我要告诉你用什么方法对付野狗。"

卡阿转过身子，像支笔直的箭一样，朝瓦因刚嘎的主河道方向冲去，一头扎进了水里，那里离下游淹没和平岩的池塘不远。莫格利跟在他身边。

"不，不要游。我游得很快的。到我背上来，小兄弟！"

莫格利左臂搂住卡阿的脖子，右手紧紧地贴着身子，伸直了双脚。然后卡阿就迎着水流游去，这只有他才能做到，受到阻碍的水波在莫格利的脖子周围荡漾起来，他的脚在岩蟒那像鞭子一样的身子下面的漩涡中来回起伏着。在和平岩往上一两英里的地方，瓦因刚嘎河变窄了，两边是八十到一百英尺高、上面布满花岗岩的峡谷，水流就像磨坊急流一样，在各种各样、奇形怪状的岩石中间和上方奔淌。莫格利并不在乎这些水，在这个世界上，很少有哪里的水会让他感觉到丝毫的害怕。他看着两边的峡谷，忐忑不安地嗅着，因为空气中有一种酸酸甜甜的味道，很像是热天里一个大蚂蚁窝的气味。他本能地沉进了水里，只是不时抬起头来透透气。卡阿将自己的尾巴沿着岩石绕了两圈，把莫格利托在自己盘起的圈子中间，然后平稳地停了下来，而水流则继续奔涌。

"这是死亡地带啊。"男孩说，"我们来这里干什么？"

"他们都睡了。"卡阿说，"哈蒂不会避开带斑纹的家伙，可是，哈蒂和带斑纹的家伙都会避开野狗，而且据说野狗不会避开任何东西。岩石上的那些小居民又会避开谁呢？告诉我，丛林之主，谁是丛林之主？"

第七章 红 狗

"他们。"莫格利小声说,"这是死亡地带。我们走吧。"

"不,仔细看看吧,他们都睡了。我的身子还没有你的胳膊长的时候,也是现在这个样子。

自打丛林形成以来,瓦因刚嘎的峡谷里,那些风雨侵蚀、满是裂缝的岩石就被岩石上的小居民——忙碌又凶猛的印度黑野蜂——占领了。莫格利很清楚,所有的小路都在离峡谷半英里远的地方拐了弯。几百年来,小居民们一群群地从一条裂缝飞到另一条裂缝里筑巢,然后又成群从裂缝里飞出来,白色的花岗岩上沾满了陈旧的蜂蜜,把他们的蜂巢高高地筑在昏暗而幽深的山洞里面,不管是人还是兽,是火还是水,都碰不到那个地方。峡谷两边长长的岩壁上,好像挂了微微发亮的黑色天鹅绒窗帘一样,莫格利一看见这些就沉入了水中,因为那是无数的野蜂聚集在一起睡觉。另外,点缀岩石表面的还有一块块的蜂窝,有的像花彩一样悬挂在岩壁上,还有像腐朽的树干。不管是往年的老蜂巢还是新蜂巢,都建在了峡谷无风的阴暗处,像海绵似的、大块腐烂的垃圾滚落下来,卡在了树木和攀附在岩石表面的藤蔓之间。莫格利仔细听着,他不止一次听见装满蜂蜜的蜂巢滑下去的沙沙声,不是蜂巢翻倒了就是蜂巢从某个昏暗的洞穴里脱落了。然后,愤怒的翅膀发出了一阵嗡嗡声,白白浪费的蜂蜜沉闷地滴答,滴答,滴落下来,形成的沟槽一直通到野外的岩脊边,蜂蜜就顺着岩脊一滴一滴地流在下面的小树枝上。在小河的一边,有一个很小的沙滩,还不到五英尺宽,那里堆满了高高的无数年的垃圾。有死了的蜜蜂、雄蜂、废弃物,陈腐的蜂巢,还有飞蛾抢掠蜂蜜后误闯进来留下的断翅,全都混在一起,形成一堆堆均匀肥沃的黑土。光是那刺鼻的气味就足以吓倒任何没有翅膀的生物,让他们知道小居民到底是谁。

卡阿又往上游游去,来到了峡谷尽头的一片沙洲上。

"这是这一季被捕杀的动物。"他说。"瞧!"

河岸上躺着几只小鹿和一头水牛的骸骨。莫格利可以看见,那些骨头自然散落在那里,狼和豺狗都没有碰过。

"他们越过了界线,他们不懂法则。"莫格利低声说,"是小居民杀死了他们。趁他们还没醒，我们走吧。"

"他们要到天亮的时候才会醒来。"卡阿说，"现在我要告诉你。很多很多个雨季以前，有一只从南方来捕食的雄鹿，他从南方来到这里，因为不了解丛林，一个狼群追上了他的足迹。那只鹿吓昏了头，从上面跳了下来，狼群紧紧跟在后面，只是看着前面的猎物盲目往前跑。当时太阳已经很高了，小居民们数量众多，他们动怒了。很多狼都跟着跳进了瓦因刚嘎，可是还没下到水里就已经死了。那些没有跳下去的狼也死在了上面的岩石上。可是雄鹿却活了下来。"

"怎么会？"

"因为他是第一个跳下来的，是为了逃命来的，他在小居民还没醒来就跳了，等他们蜂拥过来时，他已经在河里了。跟在后面的狼群，全在小居民的攻击之下丧命了。"

"雄鹿还活着？"莫格利慢慢地重复了一遍。

"至少当时没死，尽管没有谁会等他跳下来时用强壮的身体托住他，让他平安过河，就像某条又老又肥、耳朵还聋的黄扁头蛇会等小娃娃一样——对，尽管德干高原的野狗全都在追赶他。你在想什么？"卡阿的脑袋凑到了莫格利的耳边，男孩过了一会儿才回答。

"那简直就是要拉死神的胡子，可是——卡阿，在整个丛林里，你确实是最聪明的。"

"很多动物都是这样说的。现在听好啦，要是野狗追踪你——"

"他们肯定会追踪的。嗬！嗬！我舌头下面有很多刺呢，可以扎进他们的皮毛里。"

"要是他们盲目地紧跟在你后面，只看着你的肩膀，那些没死在上面的野狗就会下水，不是在这里就是在下面一点儿的地方，因为小居民会飞起来，把他们遮得严严实实。现在，瓦因刚嘎河水很急，又没有卡阿托着他们，要是他们还活着，就会走到下游西奥尼狼窝边的浅滩里，你的狼群就可以在那里用喉咙迎接他们了。"

"啊嗨！啊哇哇！要是干旱的季节里下些雨就更好了。现在只要跑和跳就可以了，这都是小事。我要让野狗知道我，这样他们就会紧紧跟

第七章　红　狗

着我了。"

"你看到头顶上那些岩石了吗？内陆那边伸过来的？"

"我还真没看呢。这个我都忘了。"

"去看看。那里全成了腐土，裂开了缝，到处都是洞。要是你哪只笨脚看都不看就踩了下去，这场捕猎就结束了。看看吧，我现在就把你留在这里，就为了你，我会把话传给狼群，让他们知道要到哪里去找野狗。就我自己来说，我不属于任何狼族。"

要是卡阿不喜欢相识的动物，他会显得比任何丛林动物们都更不友好，可能只有巴格希拉是个例外。他往下游游去，在岩石的对面，他赶上了正在夜里听动静的法奥和阿克拉。

"嘶！狗儿们。"他高兴地说，"野狗会跑到下游来。要是你们不害怕，你们可以在浅滩上杀死他们。"

"他们什么时候来？"法奥问。"我的人崽子呢？"阿克拉说。

"他们该来的时候就会来。"卡阿说，"等着瞧吧。至于你的人崽子，你得到了他的誓言，所以死神随时都会光顾他，你的人崽子和我在一起，要是他还没死，你们就没有过错，褪色狗！就在这里等野狗吧，人崽子和我都站在你们这边作战，你们就偷着乐吧。"

卡阿再一次飞也似的向上游游去，然后在峡谷中间停了下来，抬头望着悬崖的轮廓线。很快，他看见莫格利的头在星空下移动，接着，空中响起了一阵嗖嗖声，一个敏捷利索的身影脚朝下落了下来，男孩马上又坐在卡阿身子盘起的圈子里了。

"晚上不是跳的时候。"莫格利平静地说，"为了好玩，我以前跳过两个这么高的悬崖，可上面真是个邪恶的地方——矮灌木和深沟里面全都是小居民。我把石头一块块堆放在三条深沟边了。跑的时候，我可以用脚把石头踢下去，小居民就会很愤怒，飞起来跟在我后面。"

"这才是人类说的话、人类的狡猾伎俩。"卡阿说，"你很聪明，不过小居民们向来很愤怒。"

"不，黄昏的时候，四面八方所有的翅膀都会休息一会儿。我要在黄昏的时候和野狗玩玩，白天野狗捕猎太猛了。现在，他们正在追踪万·托拉的血迹呢。"

"契尔不会放过一头死牛，野狗也不会离开血迹。"卡阿说。

"那我就给他们制造一条新的血迹，就用他们自己的血。要是可以，我还要让他们吃泥巴。你就待在这里，卡阿，等我带我的野狗回来，好吗？"

"好，不过要是他们把你杀死在丛林里怎么办，或者是你还没跳下河，小居民就杀了你怎么办？"

"明天到来的时候，我们就为明天捕杀。"莫格利引用了一句丛林俗话说，接着又说，"要是我死了，那就是唱死亡之歌的时候了。祝捕猎成功，卡阿！"

莫格利松开了抱着巨蟒脖子的胳膊，沿着峡谷往下游去，就像洪水中的原木一样，划向了远处的河岸，他发现那里的水流得很缓慢，于是开心地哈哈大笑起来。就像他自己说的，没有什么能比"拉死神的胡子"更让他喜欢的了，他还想让丛林知道，他是他们的主子。以前，他经常在巴洛的帮助下抢掠单棵树上的蜂窝，他知道小居民讨厌野生大蒜的气味。所以，他采集了一小捆野生大蒜，用一根树皮扎紧了，然后就追随着万·托拉的血迹走去，那条血迹从狼窝往南方延伸，大约有五英里长，莫格利侧着脑袋看了看那些树，一边看，一边咯咯地笑了。

"我本是青蛙莫格利。"他对自己说，"我也说过我是狼莫格利。现在，我必须先变成猿猴莫格利，再变成雄鹿莫格利。最后，我又要变回人类莫格利。嗬！"他的大拇指沿着十八英寸长的刀锋抹了过去。

万·托拉的足迹上面全是黑色的血迹，穿过了一片树木挨得很紧的茂密树林，然后朝东北方向延伸开去，血迹开始变得越来越淡了，通到了离野蜂岩两英里以内的地方。树林的最后一棵树与野蜂岩的低矮灌木之间是一片开阔地，那里几乎连一只狼的藏身之处都没有。莫格利在树林下面一路小跑，一边估算树枝与树枝之间的距离，有的时候还会爬上树干，试着从一棵树跳到另一棵树，一直跳到开阔地，他仔细研究了一个小时。然后，他转过身来，回到万·托拉足迹上自己刚离开的那个地方，舒舒服服地坐在了一棵有根树枝向外伸展的树上，那根树枝离地面

第七章 红 狗

大约有八英尺高,他静静地坐着,一边在自己的脚底板上磨着刀,一边自顾自地唱起了歌。

快到中午了,阳光非常温暖,莫格利听见了吧嗒吧嗒的脚步声,还闻到了野狗群身上那令人作呕的气味,那些野狗正沿着万·托拉的足迹恶狠狠地小跑过来。从上面往下看,那些红毛野狗看上去还没有狼的一半大。不过,莫格利清楚他们的腿脚和嘴巴有多么厉害。他看着领头狗红棕色的尖脑袋,那野狗一路上嗅来嗅去,还跟他说了声"祝捕猎成功!"

那畜生抬起头来看了看,他的伙伴们在他身后停住了脚步,那是好几十只红狗呢,他们的尾巴低垂着,长着阔厚的肩膀,瘦小的四肢和血腥的嘴角。一般来说,野狗都是些不声不响的动物,他们就算是在自己的丛林里也没什么规矩。莫格利肯定下面至少聚集了两百只野狗,不过他还能看见打头阵的狗在万·托拉的足迹上饥饿地嗅来嗅去,并试图带着整个野狗群往前走。这可绝对不行,不然他们就会在光天化日之下到达狼窝,莫格利想把他们留在树下,一直留到天黑的时候。

"是谁准许你们到这里来的?"莫格利问道。

"所有的丛林都是我们的丛林。"一只野狗龇着满口白牙回答。莫格利微笑着往下看,然后惟妙惟肖地模仿起德干高原那蹦蹦跳跳的老鼠吉凯来,发出刺耳的吱吱尖叫声,意思是要野狗明白,他觉得他们并不比吉凯强。野狗群向树干靠拢,领头狗凶猛地吠叫起来,说莫格利是一只树猿。作为回应,莫格利伸下一条裸露的腿来,在那条领头狗的头顶上扭动着他那光秃秃的脚趾。这就够了,而且还有点过火了,野狗群已经被激得怒火冲天了。那些脚趾缝里长了毛的家伙很不愿意别人提醒他们这一点。领头狗跳起来的时候,莫格利就把脚缩了回去,还亲切地说道:"狗儿,红狗儿!回德干高原去吃蜥蜴吧。回到你的兄弟吉凯身边去吧——狗儿,狗儿——红红的狗儿!每只脚趾都有毛呢!"莫格利又一次转动他的脚趾。

"趁我们还没把你饿死,赶紧下来吧,没毛的猿猴!"野狗群叫嚷着,这正是莫格利想要的效果。他脸颊贴着树皮,右臂悬空着,在树枝上躺了下来。就在那里，莫格利告诉了野狗们他对他们，还有他们的风俗习惯、他们的伴侣、他们的狗崽子的了解和看法。和丛林动物的语言相比，世界上再没有哪种语言可以如此恶毒、如此尖酸刻薄地表达嘲讽和轻蔑。其实要是你仔细想想的话，就会明白为什么会这样说了。就像莫格利跟卡阿说的一样，他舌头下面有很多小刺，慢慢地，他故意把野狗群从沉默不言逼得开始低声吼叫，从低声吼叫到大吼大叫，从大吼大叫到扯着嗓子怒吼。他们试图回应他的羞辱，可是一个小崽子倒不如去回应怒火中烧的卡阿，莫格利的右手一直叉着腰，随时准备行动，他的双脚紧紧钩在树枝上。红棕色的大领头狗腾空跳起来很多次，不过莫格利不敢冒险假装打他。最后，那狗气疯了，竟然发挥超常的本领跳离地面七八英尺高。莫格利的手就像树蛇的脑袋一样猛地伸了出去，一把抓住了那只狗的脖子，那只狗拼命地往后退，树枝猛烈地摇晃起来。莫格利差点被拽到了地面上，可是他一直没有松手，一点一点地，他把那只野狗往树枝上拉，那野狗就像被水淹死的豺狗一样悬挂在空中。莫格利伸出左手去拿刀，砍掉了那毛茸茸的红尾巴，又把野狗扔回到了地上。这正是他想要的。现在，那群野狗不会再追着万·托拉的足迹往前走了，除非他们咬死莫格利或者莫格利杀掉他们。莫格利看见他们腰腿直哆嗦着，围成圈子蹲了下来，那意味着他们准备留下来了，于是莫格利爬到了一根更高的树丫上，又舒舒服服地躺了下来睡觉。

四五个小时以后，莫格利睡醒了，他清点了一下那群野狗。他们全都在那里，一声不吭、声音沙哑、口干舌燥、目光阴冷。太阳开始落下去了，再过半个小时，岩石上的小居民就会结束他们的劳作了，莫格利也知道，傍晚不是野狗的最佳作战时机。

"我不用你们这么忠心耿耿地守着我。"莫格利彬彬有礼地说着在树枝上站了起来，"不过，我会记住的。你们真是野狗，不过我仔细想了想，作为一个群族，你们数量也太多了吧。所以，我不会把尾巴还给那个吃蜥蜴的大家伙了。你们不高兴了吗，红狗？"

"我要亲自把你的肚子撕烂！"那只领头狗抓挠着树根大声叫道。

"不要，不过想想看，德干高原的聪明老鼠，很快就会有很多只没

第七章 红 狗

尾巴的小红狗了,对,只剩下残废的红身子,沙子一热就会刺痛。回家吧,红狗,说是一只猿猴干的吧。你们不走?那就跟我来吧,我要让你们学聪明点!"

就像班达尔·洛格一样,莫格利跳到了下一棵树上,接着又跳到下一棵,再下一棵,那群野狗仰着头,饥肠辘辘地追着。莫格利时不时假装要摔倒了,那些野狗急着要咬死他,就会相互绊倒在一起。那情景真是奇特——男孩拿着刀,那刀在高高的树枝上晃动的时候,就会在快接近地面的阳光下闪闪发光,而一声不吭、全身通红的野狗全都挤作一团跟在下面。莫格利来到最后一棵树的时候,他拿出大蒜,仔细涂满全身,那些野狗就轻蔑地大叫起来。"说狼话的猿猴,你想盖住你的气味吗?"他们说,"我们会跟你到死的。"

"去拿你的尾巴。"莫格利说着,把那条尾巴朝他来时的方向扔了回去。野狗本能地冲了过去。"现在跟吧——跟到死吧。"

莫格利悄悄地溜下树干,没等野狗看清他要干什么,他就光着脚丫像风一样朝野蜂岩飞奔而去。

野狗低沉地嚎叫了一声,然后就开始了缓慢、艰难的长跑,那种跑法最终能让任何奔跑的动物筋疲力竭。莫格利知道,野狗的速度要比狼慢得多,不然他根本不会冒险在野狗完全看得见的地方跑那两英里路。野狗们确信莫格利最终是他们的猎物,而莫格利则坚信自己控制住了他们,想怎么玩弄就怎么玩弄。他唯一要操心的是,要让他们紧紧跟在自己的背后,防止他们太早拐弯。他干净利落地奔跑着,跑得又沉稳又轻快,那只没有尾巴的领头狗就在他身后不到五码远的地方,野狗的队伍在地面上拉开了大概四分之一英里长的距离,捕猎的怒火让他们疯狂,蒙蔽了他们的目光。于是莫格利就凭听觉来保持距离,把最后的力气留到冲过野蜂岩的时候。

小居民在天刚有点黑的时候就睡觉了,因为现在已经过了晚开花的季节,不过,莫格利的脚步刚在空心地面上发出空闷的回响时,他就听到有个声响,好像整个大地都在嗡嗡作响一样。接着,他以这辈子从未有过的速度狂奔起来,把一——二——三堆石头踢进旁边那幽黑、散发着甜蜜香味的深沟里。他听见了一阵轰鸣声，就像大海在山洞里咆哮一样。他用眼角的余光瞥见了身后的天空变黑了，看见了下面遥远的瓦因刚嘎河水，还有水里的菱形脑袋。他拼尽全力跳了出去，那只没有尾巴的野狗在半空中猛然咬住了他的肩膀，莫格利安全地两脚先落在水中，他喘不过气来，心里却是很得意。他身上一口也没被叮到，他在小居民中间的那几秒钟里，大蒜的气味制止了他们的攻击。等他浮出水面的时候，卡阿盘绕的身子稳稳地托住了他，而有些东西正从悬崖的边缘跳下来——好像是成群的蜜蜂，大块大块地像铅锤一样坠落下来。可是，还没等到任何一个大块的东西碰到水面，野蜂就向上飞走了，野狗的身子旋转着冲向了下游。在头顶上，他们能听见短促的怒吼声被淹没在碎浪一样的轰鸣声中——那是岩石上的小居民振动翅膀发出的轰鸣声。一些野狗还掉进了通向地下山洞的深沟里，他们在翻滚的蜂巢之间喘不过气来，在那里，他们又是挣扎又是乱咬，最后，野狗的尸体载着下面波浪般起伏的野蜂，从河面上的某个空洞里冲了出来，滚落到黑乎乎的垃圾堆里去了。有的野狗跳得不远，落进了悬崖上的树林里，野蜂就铺天盖地飞了过去，罩住了他们的身形。但有更多的野狗被蜇得发了疯，自己跳进了河里，而且，就像卡阿说的，瓦因刚嘎的河水很急。

卡阿紧紧托住莫格利，直到男孩缓过气来。

"我们不能待在这里。"莫格利说，"小居民真是被激怒了。走吧！"

莫格利尽量在水深的地方游，并且尽量多次潜水，他手里握着刀，往下游游去。

"慢点，慢点。"卡阿说，"一颗牙齿咬不死一百只，除非那是眼镜蛇的，看到小居民飞起来，很多野狗都会迅速下水呢。"

"那我的刀就能派上更大用场了。啊！小居民怎么跟上来了！"莫格利又沉入水中。野蜂把河水面覆盖得严严实实，发出沉闷的嗡嗡声，叮咬着所有他们能找到的东西。

"只要不作声，什么事都不会有。"卡阿说——任何蜇刺都不能刺进他的鳞片——"你有整个长夜捕猎呢。听听他们的嚎叫吧！"

第七章　红　狗

　　几乎有一半的野狗看见他们的同伴冲进陷阱里，他们突然转向一边，从峡谷下降成陡峭河岸的地方一头扎进水中。他们气急败坏地嚎叫着，威胁着那个给他们带来耻辱的"树猿"，叫声中还夹杂着那些被小居民惩罚的同伴的尖叫与哀嚎声。野狗都知道，待在岸上就是找死。他们顺着水流飞快前进，下到了和平池深深的旋涡中，可是就连在那里也有愤怒的小居民跟着，又把他们逼进了水里。莫格利能听见没有尾巴的领头狗的声音，他正在命令手下挺住，并把西奥尼的狼全都消灭掉。不过，莫格利没有浪费时间去听。

　　"身后有个家伙在黑暗中捕杀我们！"一只野狗恶声恶气地说。"这里都是脏水。"

　　莫格利像只水獭一样潜水向前，有只挣扎的野狗还没来得及张开嘴巴，就被他猛地拉到了水下。狗尸刚"扑通"一声浮上来，黑压压的野蜂就飞了起来，开始围攻那具死尸的半边。野狗们想掉转身子，可是被水流阻止了，小居民蜇着他们的脑袋和耳朵，在越来越浓的夜色中，他们还能听见西奥尼狼群发出挑衅的吼叫声，那叫声越来越响，越来越低沉。莫格利又潜入水中，又有一只野狗被拉了下去，死尸浮出水面，后面的野狗又一次吵闹起来，有一些嚎叫着说最好是到岸上去，另有一些则要求头领带他们回德干高原去，还有一些则命令莫格利快现身受死。

　　"他们是带着两个肚子和好几个声音来作战的啊。"卡阿说，"剩下的就交给你下游那边的兄弟了。小居民回去睡觉了，他们已经追了我们很远。现在，我也要往回走了，我可不属于任何狼族。祝捕猎成功，小兄弟，还要记住，野狗咬的时候不作声。"

　　一只狼用三条腿沿着河岸跑过来，他时而跳上跳下，时而歪着头去贴地面，时而弓着背，然后又猛地往空中一跃，就好像是在和自己的狼崽子玩耍一样。那就是离群狼万·托拉，他一直没作声，只是继续在野狗们旁边玩那可怕的游戏。那些野狗已经在水里泡了很久了，他们疲惫不堪地游着，湿透了的皮毛沉甸甸的，毛茸茸的尾巴像海绵一样拖在身后，他们实在是太累了，浑身还剧烈地颤抖着，所以他们也没作声，只是看着在自己旁边移动的那双闪着怒火的眼睛。

"这次的捕猎可不算成功啊。"一只野狗气喘吁吁地说。

"祝捕猎成功!"莫格利说着,大胆地在那只野狗的旁边钻出来,猛地把长刀深深地扎进野狗的肩膀后面,然后使劲把他推开,以免那只野狗临死时咬他一口。

"你在那里吗,人崽子?"万·托拉隔着河水问。

"问问那只死狗吧,离群狼。"莫格利回答,"都还没有到下游来吗?我往这些狗嘴里塞满了泥巴,我在大白天耍弄了他们,他们的首领没有了尾巴,不过这里还是给你留了一些。要我把他们赶到哪里去?"

"我等着。"万·托拉说,"夜晚就在我的眼前了。"

西奥尼狼群的吠叫声越来越近了。"为了狼群,为了整个狼群,迎战!"河里的一个弯道把野狗逼向前,他们来到了狼窝对面的沙滩和浅滩之间。

接着,他们发现自己错了。他们本应该在半英里以前的上游上岸,然后在干燥的地面上攻击那些狼。现在已经太迟了。河岸边全是燃烧的目光,除了自日落以来就从来没有停歇过的可怕尖叫声以外,丛林里一点儿声响都没有。万·托拉看起来好像在巴结他们到岸上来一样,"冲上去,拿下!"领头狗说。整个野狗群突然冲向河岸,摇摇晃晃地蹚着水走过浅水区,直到瓦因刚嘎河的水面全泛起白色的滚滚浪花,翻腾的细浪荡来荡去,就像船头两边的浪花一样。莫格利追赶着向前冲的野狗,又砍又削,野狗们挤在一起,一个波浪卷来,他们猛地冲上了河滩。

然后,漫长的战斗开始了,在潮湿的红色沙滩上,在盘绕的树根上面或中间,熙熙攘攘,他们全都拼尽全力,时而共同作战,时而分开作战,时而收拢战线,时而扩大阵地,在灌木丛之间来回穿梭,在草丛中钻进钻出。就算是现在,野狗仍然是以二敌一,可他们遇到的是为整个狼群而战的狼,不仅仅是狼群中那些高矮不一、胸膛厚实、白牙利齿的猎手,还有眼神焦虑的拉希尼——也就是狼窝里的母狼,俗话说——他们为后代而战。到处可以见到一岁的小狼崽,初生的皮毛还有点毛茸茸的,他们在老狼的身边使劲地拉扯着、搏斗着。你一定知道,狼攻击时不是扑向喉咙就是猛咬胁腹,可是野狗更喜欢咬肚子。所以,当野狗挣

第七章 红 狗

扎着爬出水面，不得不抬起头来的时候，那些狼获胜的可能性就更大。狼在干燥的地面上遭到了沉重的打击，可是不管是在水里还是在岸上，莫格利的刀子来来回回一直没有停歇过。四兄弟撕咬着来到了莫格利的身边。灰兄弟蹲在他的膝盖中间防护他的肚子，而其他几只就守卫他的脊背和两侧，或者在野狗大叫着猛地跳起来将整个身子压在平稳的刀锋上时，站在莫格利旁边击败他。至于其他的场面，那真是一团混乱——一群僵持不下、摇摇摆摆的斗殴者沿着河岸从右边转到左边，又从左边转到右边，又慢慢地一圈一圈往中间逼近。这里有个隆起来的土堆，就像旋涡里的水泡一样，也会像水泡一样爆破，然后把四五只血肉模糊的野狗抛起来，每一只又都会挣扎着回到河岸中央；有一只被两三只野狗压在身上的狼，吃力地把他们往前拖，当时就沉了下去；有一只一岁的狼崽子被挤压得顶了起来，尽管他早就被杀死了，可是气疯了的母亲不停地滚来滚去，撕咬着，也死了；在可能是最密集的野兽中间，有一只狼和一只野狗忘记了周围的一切，都想先把对方制服，直到被一群愤怒的打斗者冲散了。有一次，莫格利经过了阿克拉的身边，他的两侧各有一条野狗，他那几乎掉光了牙齿的嘴巴还紧紧咬着第三只野狗的腰肉；有一次，他看见了法奥，他的牙齿咬住了一只野狗的喉咙，把心有不甘的野兽一直拖到一岁的狼崽子前面，那狼崽子就结果他了。可是，大多数打斗都是在黑暗中的盲目混战和镇压。击中了、绊倒了、跌倒了，嚎叫声、呻吟声，还有撕咬——撕咬——撕咬，莫格利的周围、背后和上方，全都是这样的场面。随着黑夜的结束，那快速、回旋木马般的动作也越来越多了。野狗们被吓坏了，不敢攻击比自己强壮的狼，可是又不敢逃跑。莫格利觉得混战很快就要结束了，所以就只去攻打瘸野狗了。一岁的狼崽子们胆子越来越大了，时不时也有喘气的时间，还能给朋友传个话，有的时候，只要刀子一闪，就能把一只狗吓得躲到一边。

"肉就在骨头边了。"灰兄弟大声叫道，他身上的几十处伤口在流血。

"可是骨头还没碎呢。"莫格利麻说，"啊哇哇！我们在丛林里就是这样干的！"那满是鲜血的刀锋像火焰一样划过一只野狗的胁腹，那野狗的两条后腿被紧靠在身上的狼挡住了。

"我的猎物！"那只狼皱着鼻子哼了一声，"把他留给我。"

"你的肚子还饿吗，离群狼？"莫格利问。万·托拉的伤势很重，可还是紧紧咬着一只野狗不放，那野狗动弹不得，无法掉过头来咬他。

"凭换取我的公牛发誓，"莫格利苦笑着说，"这是那个没有尾巴的家伙！"没错，那就是棕红色的大领头狗。

"杀死狼崽子和母狼可不明智啊。"莫格利像个哲学家似的继续说，他擦去眼睛里的血水，"除非是把离群狼也一起杀掉了。我觉得，这个万·托拉会杀掉你。"

一只野狗跳过来援助他的首领，可是，还没等他的牙齿咬到万·托拉的胁腹，莫格利就一刀捅进了他的喉咙里，剩下的就被灰兄弟收拾了。

"我们在丛林里就是这样干的。"莫格利说。

万·托拉一句话也没有说，只是咬着脊梁骨的嘴巴越来越紧了，他已经生命垂危了。野狗战栗了一下，头垂了下去，然后一动不动地躺到了地上，万·托拉也倒在了他的身上。

"嘿！血债还清了。"莫格利说，"唱歌吧，万·托拉。"

"他再也不能捕猎了。"灰兄弟说，"还有阿克拉也是，这么久都没作声了。"

"骨头碎了！法奥纳的儿子法奥怒吼，"他们逃了！杀啊，全部杀掉，噢，自由民的猎手们！"

野狗一只接一只从那黑暗又血腥的沙滩溜到河里，溜到茂密的丛林里，溜到上游或者下游，莫格利看到路上空荡荡的。

"血债！血债！"莫格利大声喊道，"血债血还！他们杀了独狼！不要放过一只狗！"

莫格利手里握着刀，飞奔到河边，他要阻止任何胆敢下水的野狗。就在这时，从堆在一起的九条死狗尸体下面，阿克拉红色的脑袋和前腿钻了出来，莫格利在独狼的身边跪了下来。

"我没说过这是我的最后一次战斗吧？"阿克拉气喘吁吁地说，"真是捕猎成功啊。你怎么样，小兄弟？"

第七章　红　狗

"我还活着，杀了很多野狗。"

"就算这样，我还是要死了——我要死在你身边，小兄弟。"

莫格利把那惨不忍睹、满是伤痕的脑袋放到自己膝盖上，胳膊抱住了血肉模糊的脖子。

"希尔汗称霸的日子已经过去很久了，那个人崽子还在泥巴里打滚呢。"

"不，不对，我是一只狼。我和自由民是同族。"莫格利哭着说，"我不想当人。"

"你是人，小兄弟，是我看着长大的狼崽。你是人，不然狼群早在野狗面前逃跑了。我的命都是你的，今天，你救了整个狼群，就像当初我救你一样。你忘了吗？现在，所有的债都还清了。回你自己的族群里去。我再跟你说一遍，我最心爱的家伙，这场捕猎结束了。回你自己的族群里去。"

"我永远不会去。我要在丛林里独自捕猎。我说过了。"

"夏季过后是雨季，雨季过后是春季。趁还没赶你的时候回去吧。"

"谁会赶我？"

"莫格利会赶莫格利。回你自己的族群去。去找人类。"

"等莫格利赶莫格利的时候，我一定走。"莫格利回答说。

"那就不再多说了。"阿克拉说，"小兄弟，你能扶我站起来吗？我也是自由民的首领啊。"

莫格利小心翼翼地把那些死尸移到一边，然后双臂抱着阿克拉，把他扶了起来。独狼长长地吁了一口气，然后开始唱起了死亡之歌，狼群的首领临死之前都要唱这首歌。他唱得越来越起劲，嗓门提得越来越高，声音在遥远的河对面回荡着，唱到最后一句"祝捕猎成功"时，阿克拉马上抖开莫格利，向空中一跃，然后向后倒在他最后杀掉的、也是被他杀得最惨的猎物身上，死了。

莫格利头垂靠在膝盖上坐着，对周围的一切显得漠不关心，残存的野狗正想飞奔逃走，却被无情的母狼追上去撞到地上。渐渐地，喊叫声停息了，狼群一瘸一拐地回去了，伤口绷得紧紧的，他们清点了伤亡情况。狼群中有十五个成员，再加上六只母狼，死在了河边，而剩下的狼全都负了伤。在整个过程中，莫格利只是坐在那儿，寒冷的黎明到来时，法奥湿湿的红鼻子伸到了他的手上，莫格利把手缩了回去，指了指阿克拉枯瘦的尸体。

"祝捕猎成功！"法奥说，好像阿克拉还活着一样，然后，他越过自己咬伤的肩膀对后面的其他狼说："嚎叫吧！狗儿们！今天晚上有只狼死了！"

野狗曾经吹嘘过：所有的丛林都是他们的丛林，没有哪种生物敢站到他们面前。可是，在这两百只打斗的野狗当中，没有一只带着那句话回到了德干高原。

契尔之歌

大战结束以后，黑鸢一只接一只降落到河床上，契尔当时就唱了这首歌。契尔和谁都是好朋友，可是他的内心其实非常残忍。因为他知道，归根结底，丛林里的动物几乎都会成为他的食物。

这些是我的伙伴，他们趁着夜色出发——
（契尔！看看你们，为了契尔！）
现在，我来向他们吹响战斗结束的口哨。
（契尔！契尔的先锋队！）
他们把消息传给头顶上的我，有刚捕杀的猎物，
我又把消息传给脚下的他们，平原上的雄鹿。
这里是每条足迹的尽头——他们再也不会说话了！

他们发出捕猎的嗥叫——他们快速追赶——
（契尔！看看你们，为了契尔！）
他们逼得黑鹿团团转，趁他经过时就把他按住——
（契尔！契尔的先锋队！）

第七章 红 狗

他们在气味后面追——他们在气味前面跑,
他们避开同样高度的犄角——他们被压倒。
这里是每条足迹的尽头——他们再也不会追赶了。
这些都是我的伙伴。可惜他们都死了!
(契尔!看看你们,为了契尔!)
现在,我来安抚他们,我在他们得意的时候与他们相识。
(契尔!契尔的先锋队!)
腹部粉碎,眼睛凹陷,嘴巴张开,浑身是血,
他们一动不动地躺在那里,孤零零的、毫无生气,死尸一层压一层。
这里是每条足迹的尽头——这里让我们吃个饱!

第八章　春天的奔跑

人回到人类中间去！整个丛林高喊着这个要求！
他走了，我们的兄弟。
现在，听吧，评判吧，噢，你们这些丛林居民，——
回答啊，谁能让他转身——谁会留下来？

人回到人类中间去！他在丛林里哭泣：
他悲痛万分，我们的兄弟！
人回到人类中间去！（哦，我们丛林居民都爱他！）
在回到人类的道路上，我们就不会再跟随。

红狗大战和阿克拉死后第二年，莫格利应该差不多十七岁了。他看上去要比实际年龄大些，因为经过了艰苦的训练，吃的又是最好的食物，不管什么时候，只要感觉有一点热或是身上有一点灰就去洗澡，所以，他的力气和身体发育都远远超越了自己的年龄。要是必须顺着树林的路线观察，他可以一次用一只手在树顶荡上半个小时。他可以把正在飞奔的年轻雄鹿拦住，然后用头把他撞翻。他甚至可以猛地扳倒生活在北方沼泽地里的蓝色大野猪。以前，丛林动物们害怕他的足智多谋，现在，他们还害怕他的力量，当他有事轻轻走动时，只要悄悄地说一声他来了，树林间的小路上马上就会变得空空荡荡。不过，他的眼神一直都很温和。就连在打斗的时候，他的眼神也从来没有像巴格希拉的那样怒火中烧。他的眼神只会表现得越来越有兴趣、越来越兴奋，而这是巴格希拉自己无法理解的。

第八章　春天的奔跑

巴格希拉问起莫格利这事时，男孩大笑着说："要是捕杀扑空了，我就会生气。要是我必须饿两天肚子，我就会非常生气。我的眼睛没有表现出来吗？"

"嘴巴说得倒是很生气。"巴格希拉说，"可是眼睛里什么也没表现出来。不管是捕猎、进食，还是游泳，都是一样的眼神——就像一块石头，不管是在潮湿的天气还是在干燥的天气，都一样。"莫格利透过长长的睫毛懒洋洋地看着他，就跟往常一样，黑豹把头垂了下来。巴格希拉了解他的主人。

他们躺在俯瞰瓦因刚嘎河的那高高的山坡上，清晨的薄雾在他们身下弥漫，呈现出白绿相间的光带。随着太阳升起，那薄雾又变成了一片五彩斑斓、冒着气泡的海洋，翻腾着，任由微弱的光线在莫格利和巴格希拉休息的干草上形成一道道的条纹。寒冷的天气就要过去了，树叶和树木看上去很疲惫的样子，全都失去了光泽，只要风一吹，到处都会响起一阵单调的、滴答作响的沙沙声。一片小树叶嗒嗒嗒拼命地敲打着细枝，单独一片树叶被风吹起的时候都会这样。那声音把巴格希拉惊醒了，他嗅了嗅清晨的空气，发出了低沉空洞的咳嗽声，又仰面躺了下来，然后用他的前爪击打头顶上那片随风摆动的叶子。

"到年头了。"他说，"丛林在前进。新的谈话时间就要来了。那片树叶就知道。真是太好了。"

"草都是干的。"莫格利拔起一簇草回答，"就连春天的眼睛（那是一种喇叭状的小红花，在草丛中四处蔓延）——就连春天的眼睛都是合拢的，而且，巴格希拉，你说黑豹这样仰面朝天躺着，还像树猫一样用爪子在空中乱击，真的好吗？"

"啊呜？"巴格希拉说。他似乎是在想别的事情。

"我说，黑豹这样张着嘴巴，又是咳嗽又是嚎叫打滚的，真的好吗？别忘了，咱们可是丛林之主呢，我和你。"

"确实是这样，我听见了，人崽子。"巴格希拉连忙打了个滚坐起来，两侧长短不齐的黑毛上还沾着泥巴。（他正在褪冬天的毛。）"我们当然是丛林之主了！谁有莫格利这么强壮、这么聪明？"他说话的腔调听起来怪怪的，让莫格利转过头来，想看看黑豹是不是在取笑他，因为丛林里，有很多话听上去是一回事，实际上却是另一回事。"我是说，我们毫无疑问就是丛林之主喽。"巴格希拉重复道，"我说错了吗？我不知道，人崽子现在不躺地上了呢。那他会飞了吗？"

莫格利手肘撑在膝盖上，眺望着天刚亮时的山谷。下面的树林深处，有只小鸟正在试着用沙哑、尖细的嗓音唱《春天的歌谣》前几个音符。那只不过是他稍后要亮开嗓门清脆鸣啭的前兆，不过，巴格希拉还是听见了。

"我说过新的谈话时间就要来了吧。"黑豹甩动着尾巴低声吼道。

"我听见了。"莫格利回答，"巴格希拉，你干吗全身发抖啊？阳光很暖和啊。"

"那是费拉奥，那只鲜红的啄木鸟。"巴格希拉说，"他没有忘记。现在，我也得记起我的歌谣来。"于是，他开始自顾自地发出呜呜声，低声哼唱起来，不满意地一遍又一遍重唱。

"眼前又没有猎物。"莫格利说。

"小兄弟，你的两只耳朵堵住了吗？这又不是什么捕猎歌，不过我编的歌还是可以在需要的时候唱唱的。"

"我都忘了。我会知道新的谈话时间是什么时候在这里开始的。因为到那时，你和其他丛林动物们都会跑开，丢下我一个人。"莫格利愤愤不平地说。

"可是，说实话，小兄弟，"巴格希拉开口说，"我们并没有总是——"

"我说你们就是。"莫格利愤怒地伸出食指说，"你们确实会跑开，可我这个丛林之主，却不得不一个人走。上一季，我在人类的田地里采集甘蔗的时候，是怎么回事来着？我派了一个跑腿的——我派了你！——去找哈蒂，让他找个晚上用他的鼻子为我拔些甜草。"

"他只晚来了两个晚上啊。"巴格希拉有点畏缩地说，"因为你喜欢那些长甜草，所以他就采集了很多，就算人崽子吃上整个雨季都吃不完。我没有错啊。"

第八章 春天的奔跑

"我送信给他的当天晚上,他没有过来啊。不,他在月光下的山谷里,又是吼又是跑。他的脚印像是三只大象留下的,因为他不肯躲在树林里。他在月光下人群的屋子前面跳舞。我看到他了,可他不到我身边来。我可是丛林之主啊!"

"那是新的谈话时间啊。"黑豹说,他总是很谦卑,"也许,小兄弟,是因为你那时没有用主子的口令喊他吧?听听法奥的声音吧,高兴点儿!"

莫格利的坏心情好像自己蒸发掉了似的。他头枕在胳膊上躺了回去,闭上了眼睛。"我不知道——也不在乎了。"他困倦地说,"我们睡吧,巴格希拉。我的胃很沉。让我的脑袋休息下吧。"

黑豹叹了口气又躺了下来。他可以听见法奥在一遍又一遍地练习他的歌谣,据说是在为春天新的谈话时做准备。

在印度的丛林里,季节之间的过渡几乎没有明确的界线。那里似乎只有两个季节——雨季和旱季。不过,要是你透过倾盆大雨、烧焦的东西和尘雾仔细观察,就会发现四个季节还是按照规律轮回的。春天最美妙了,因为新长出的树叶和新开的花朵还没有铺满洁净裸露的地面,却早已是春意浓浓了,挺过温暖的冬天幸存下来的半绿不绿的东西,俨然被当作了不应该继续存在的垃圾抛到一边,而还没有完全装扮好的旧日大地也又一次散发出新鲜和生机勃勃的气息。世界上没有哪里的春天能像丛林里的春天那样,演绎得如此精彩。

有一天,所有的东西都变得陈旧了,那飘浮在沉滞的空气里的气味,也不再新鲜了。这一点谁也说不上来,可感觉就是这样。然后,又有一天——一切在眼里都没有变化——所有的气味都变得清新愉悦起来。丛林动物们的胡子根根颤动起来,冬天长长的毛发一绺一绺地从他们的侧腹上脱落下来。接下来,或许会下点雨,所有的树木、灌木丛、竹子、苔藓和叶子多汁的植物都会在一阵成长的响声中苏醒过来,在那几乎能听见的声音之下,日日夜夜响着一种低沉的嗡嗡声。那就是春天的声音——一种振动的嗡嗡声,那不是蜜蜂发出的声音,也不是水落下的声音,也不是风吹过树顶的声音,而是温暖、快乐的世界在发出轻快满意的声音。

  以前，莫格利总是很喜欢季节更换。通常，是他最先看见草丛深处的第一朵"春天的眼睛"，也是他最先看见最早飘浮在空中的朵朵春云，那些云朵和丛林里所有别的东西都不一样。莫格利的声音会出现在所有潮湿、星光闪烁和花朵盛开的地方，大家还可以听见他跟着大青蛙一起合唱，或者模仿皎洁的夜空中上下翻飞的小猫头鹰的叫声。像所有的丛林动物一样，莫格利选择春天来飞快奔跑，仅仅是为了享受在温暖的空气中冲刺的乐趣，就在黄昏和晨星升起之间跑上个三十、四十、五十英里，然后一边喘着粗气、一边大笑着跑回来，身上还戴着不知名的野花。四兄弟并不跟着他在丛林里疯狂绕圈，而是跑开去跟其他狼一起唱歌。春天里，丛林动物们都很忙碌，莫格利可以听见他们各自以自己的方式发出咕噜声、尖叫声和嘶鸣的声音。那个时候，他们的声音和一年里其他时候都不一样，这也就是丛林里的春天被叫作新的谈话时间的一个原因。

  可是那年春天，就像莫格利自己跟巴格希拉所说的，他的心情发生了变化。自从竹笋变成带斑点的棕色以来，他一直期待着气味发生变化的那个早晨。可是，等到那天早晨到来的时候，孔雀摩尔闪耀着青铜色和蓝色的金光，在雾蒙蒙的森林里一路高声呼喊着这个消息，莫格利张开嘴巴想要把这个呼声传递下去，可是话到了牙齿间又说不出来，有一种感觉从脚趾尖到发梢包围了他——那是一种非常不开心的感觉，他仔细查看了下自己，确定自己没有踩在荆棘上。摩尔大声喊着新的气味，其他的鸟儿也接着喊了起来。在瓦因刚嘎河旁边的岩石上，莫格利听见了巴格希拉那嘶哑的叫喊声——那是一种介于雄鹰的尖叫和马嘶声之间的声音。在上面刚发芽的树枝上，传来了猴子的吼叫声和东奔西走的声音。莫格利就站在那里，心中很想回应摩尔，他微微喘息着，好像呼吸也被这种不开心的感觉赶出去了。

  莫格利张大眼睛看了看四周，可是，他能看见的只是嘲弄的猴子在树林里飞奔，摩尔张开了绚丽夺目的尾巴，在下面的斜坡上跳舞。

  "气味变了。"摩尔尖叫，"祝捕猎成功，小兄弟！你怎么不回应？"

第八章　春天的奔跑

"小兄弟,祝捕猎成功!"黑鸢契尔和他的伴侣尖叫着一起俯冲下来。他们两个紧擦着莫格利的鼻子飞过,一小撮白色绒毛被刷了下来。

一场小小的春雨——他们把它叫作大象雨——席卷过半英里宽的丛林地带,新发的叶子打湿了,上下摆动着,在两条彩虹和一阵隐隐的雷声中,雨渐渐停了。春天的嗡嗡声突然响了一会儿,然后就静了下来,似乎所有的丛林动物们都同时叫了起来,只有莫格利除外。

"我吃的食物都很好。"他心中暗想,"我喝的水也很好。我的喉咙也没有发烫变细,那是以前我咬了带蓝色斑点的根茎时才那样,乌龟还说那是干净的食物呢。可是我的肚子沉甸甸的,我已经对我的伙伴们,巴格希拉和其他丛林动物们,说了些很难听的话。我也是一会儿热一会儿冷。可是现在,我不热也不冷,但就是很生气,不知道是怎么回事。呼呼!该跑一跑了!今天晚上,我要跑过山脉。对,我要来一次春天的奔跑,跑到北方的沼泽地里去,然后再跑回来。很久以来,我捕猎太顺利了。四兄弟应该跟我一起走,他们长得都跟白蜻蟥一样肥了。"

莫格利大声呼唤着,可是四兄弟没有一个回应他。他们根本听不到,都在很远的地方与狼群一起一遍遍地唱着春天的歌谣——月亮和黑鹿之歌。春天的时候,白天和黑夜对丛林动物们来说几乎都一样。莫格利尖着嗓子大声叫喊起来,可是只有一只带斑点的小树猫嘲弄似的回应了一声,他在树枝之间蹿来蹿去,正想找到早鸟的鸟窝。莫格利气得浑身发抖,几乎要抽出刀来。接着,他又摆出一副非常傲慢的样子,尽管没有谁看着他,他表情严肃地迈着大步走下山坡,下巴昂得高高的,眉毛却向下弯曲。不过,从来就没有一个丛林动物向他发问过,因为他们都为自己的事情忙得不可开交。

"没错。"莫格利心里想,尽管他心里知道自己这样想很不理智,"就让德干高原的红狗过来吧,或者让红花在竹林里跳舞吧,那样的话,所有的丛林动物都会哭喊着跑到莫格利身边来,用了不起的大象名字来称呼他。可是现在,'春天的眼睛'红了,摩尔也确实得在春天跳舞的时候露出他那光秃秃的大腿,这丛林就跟塔巴魁一样,全都疯了……凭换取我的公牛发誓!我是丛林之主,不是吗?别出声!你们来这里干什么？"

　　狼群里的两只小狼正沿着一条小路跑去，他们正在寻找开阔地，准备决斗一翻。（大家应该还记得，丛林法则禁止在狼群看得见的地方打架。）他们脖子上的鬃毛硬得就跟铁丝一样，他们凶猛地嚎叫着，蹲伏着身子准备发起第一次猛攻。莫格利向前一跳，两只手分别抓住一只向外伸出的脖子，想要把这两只动物丢到后面去，就像他在闹着玩的时候，或者和狼群捕猎的时候一样。不过，他以前从来没有插手干涉过春天的搏斗。两只狼往前一跃，把他撞到一边，一句话都没说就紧紧地咬在一起，不停地翻滚起来。

　　莫格利在快要跌倒时站稳了身子，他龇着牙，拔出了刀，他本想立即杀掉他们的，不为别的，就因为他想要他们安静，可他们却打了起来，但是按照丛林法则，每只狼都有绝对的打斗权。莫格利沉下肩膀，双手颤抖着在他们周围跳来跳去，准备等他们第一回合搏斗结束时，就给他们俩来个下马威，可是，他等着等着，力气似乎慢慢从他身体里消失了，刀尖垂了下来，他将刀插进刀鞘里，开始观看起来。

　　"我肯定是吃到了有毒的东西。"他最后叹了口气说，"自打我用红花解散议会岩以来——自打我杀死希尔汗以来——狼群里没有谁能把我扔在一边。而这些只是狼群里的小狼崽子，小猎手啊！我没力气了，我快要死了。哦，莫格利，你为什么不杀了他们两个呢？"

　　打斗一直持续到一只狼逃跑才结束，在那被捣毁得稀巴烂、到处是鲜血的地面上，只剩下莫格利孤零零一个人，他一会儿看看手里的刀，一会儿看看自己的胳膊和腿，一种从未有过的不快感像河水漫过原木一样，向他袭来。

　　那天晚上，莫格利很早就捕了猎，但他只吃了一点点，这样他才能精神抖擞地进行春天的奔跑，他是一个人进食的，因为丛林动物们全都到别的地方唱歌或者打斗去了。按照他们的说法，这是一个相当美好的白夜。从早晨到现在，所有绿色的东西好像一下子长了一个月一样。前一天还是树叶枯黄的树枝，等莫格利去折时，却有树汁滴下来。苔藓在他的脚边深深地卷曲起来，很是暖和，小草还没有长出锋利的刃边，丛

第八章 春天的奔跑

林里各种声音隆隆作响,那低沉的声音就像琴弦被月亮拨动了一样——那是新的谈话之月,月光一股脑儿地倾洒在岩石和池塘上,溜进了树干和藤蔓之间,然后透过无数的树叶洒落下来。莫格利忘记了自己心里的不快,他开始迈开大步,满心欢喜地大声歌唱起来。他更像是在飞,因为他选择了通往北方沼泽地的下坡路,那条路很长,穿过了主要丛林的中心地带,松软的地面缓冲了脚踩到地面时的冲击力。在朦胧的月光下,一个经由人类教导的人肯定会小心地慢慢走,一路还会跌倒很多次,可是莫格利的肌肉经过了多年的锻炼,能让他像一根羽毛一样飘起来。当他在烂木头或者隐蔽的石头上踩滑了的时候,他可以毫不费劲、不假思索地摆脱险境,从来都不用停下步伐。当他厌倦了在地面上行走的时候,他就会像猴子一样,伸手抓住最近的藤蔓,像飘一般爬到细小的树枝上,然后,他会在树上赶路直到心情改变,然后像一片长长的叶子,弯曲着身子降落到地面上来。一路上还有一些湿润的岩石环绕的低洼地,那里又热又闷,莫格利几乎闻不到夜花浓郁的香味,也闻不到藤蔓上花朵绽放的芳香。月光呈带状倾泻在黑漆漆的林荫路上,就像教堂过道上的花纹大理石一样有规律;湿润的幼株灌木丛长得齐胸高了,树枝伸展开来环绕着他的腰部;山顶上有一些破碎的岩石,莫格利从一块石头跳到另一块石头,跳过了狐狸窝,可把里面的小狐狸吓坏了。他能听见远远的地方传来微弱的嘎嚓声,那是野猪在树干上磨他的尖牙;他和那只灰色的大野兽单独碰面,那只野兽在又抓又扯大树的树皮,嘴角挂着白沫,眼睛里闪着怒火。有时他会转到另一条道上去,那里传来了犄角的碰撞声和嘶嘶的呼噜声。他从两只凶猛的黑鹿身边冲过,那两只鹿正低着头打得跟跟跄跄的,月光下,他们身上的一条条血迹显得黑乎乎的。在水流湍急的浅滩,他能听见鳄鱼杰克拉发出公牛一样的吼叫声,或者惊扰了缠成一团的毒民,然后他们还没来得及进攻,他就跑开了,并跨过了晶莹的鹅卵石,再次进入丛林深处。

莫格利就这样奔跑着,时而大声喊叫时而自顾自地唱歌,那是那天晚上整个丛林里最开心的事了,他一直跑啊跑,直到鲜花的芳香提醒他,就快要到沼泽地了,而那里已经远离了他最偏远的猎场。

到了这里，同样可以说，一个经由人类训练的人肯定迈出三步就会陷进去，并让泥没过头顶，可是，莫格利的脚上好像长了眼睛似的，让他穿过一个又一个草丛，一个又一个摇颤的土块，从来不需要求助于头上的那双眼睛。他跑进沼泽地的中部，路上的野鸭惊飞起来，他在黑水中间那长满青苔的树干上坐了下来。他周围的沼泽都被惊醒了，因为春天里鸟类很容易从睡眠中惊醒过来，而且整个晚上都有他们的同伴来来往往。不过，谁也没有注意到莫格利，他正坐在高高的芦苇丛中，哼着没有歌词的调子，盯着自己硬硬的棕色脚底板，看是否有还没拔出来的刺。他似乎把所有的苦恼都抛到了后面自己的丛林里了，可是，正当他准备放开嗓子高歌的时候，那苦恼又回来了——比之前还要糟十倍。

这一次，莫格利害怕了。"它也在这里！"他几乎喊了出来，"它跟着我来了。"他转过头去，看看它是不是就站在自己的身后。"这里什么也没有。"沼泽地夜晚的动静还在继续，可是，始终没有一只小鸟或者野兽跟他说话，刚刚出现的苦恼感越来越强烈了。

"我肯定是吃了有毒的东西。"莫格利充满畏惧地说，"肯定是我粗心大意了，吃到了有毒的东西，我没力气了。我害怕——可害怕的不应该是我啊——两只狼打架的时候，莫格利就害怕了。阿克拉，或者就连法奥都能让他们静下来，可莫格利却害怕了。那真说明我吃到了有毒的东西……可他们丛林动物干吗要在意这个呢？他们可以唱歌、吼叫、打架，还可以在月光下成群结队奔跑，而我——嗨呀！——我要死在沼泽地里了，我吃到了有毒的东西。"他非常难过，差点要哭出来了。"以后，"他继续说，"他们会发现我躺在黑水里。不，我要回到自己的丛林里去，我要死在议会岩上，还有我亲爱的巴格希拉，要是他没有在山谷里尖叫的话——也许，巴格希拉会在我的尸体旁边守上一段时间，以免契尔吃掉我，就像他吃掉阿克拉一样。"

一大滴热泪溅落到了他的膝盖上，尽管他很伤心，可是一想到自己这么伤心他反倒高兴了，也许你能理解那种颠倒的快乐。"就像黑鸢契尔吃掉阿克拉一样。"他重复道，"就在我把狼群从红狗那里救出来的那个晚上。"他平静了一会儿，想起了独狼临终前说的话，你肯定也还

第八章　春天的奔跑

记得那些话。"那时候，阿克拉临死前跟我说了很多蠢话，我们死的时候，都会改变心情。他说……我还是属于丛林的！"

他兴奋起来，因为他想起了瓦因刚嘎河岸上的那场搏斗，于是，他大声喊出了最后的话语，芦苇丛中一只野母水牛跳了起来，喷着鼻子说："人！"

"呃！"野水牛米萨说（莫格利能听见他在泥坑里翻了个身），"那不是人。不过就是西奥尼狼群里那只没长毛的狼罢了。他总在这样的夜里跑来跑去。"

"呃！"母牛说着又低下头吃草了，"我还以为那是人呢。"

"我说不是。哦，莫格利，有危险吗？"米萨哞哞叫道。

"哦，莫格利，有危险吗？"男孩嘲弄地回喊，"这就是米萨考虑的吗？有没有危险？要是没有莫格利，谁还会晚上在丛林里跑来跑去放哨，这跟你又有什么关系呢？"

"他叫喊的声音真大！"母牛说。

"他们都这样叫喊。"米萨轻蔑地回答，"他们把草拔起来后，却不知道怎么吃掉。"

"就为这个，"莫格利发出了呻吟声，"就为这个，我甚至在上个雨季戳了米萨，把他赶出了泥坑，还用灯芯草绳赶着他骑过了沼泽地。"他伸出一只手，想要折一根带有羽毛穗子的芦苇，可是，他叹了一口气，又把手缩了回去。米萨继续不停地反刍食物，母牛啃过的地方，长草都被扯掉了。"我不想死在这里，"莫格利愤怒地说，"米萨与杰克拉和野猪属于同一血脉，他会看到我的。我们到沼泽地外面去吧，看看会怎么样。我还从没在春天奔跑过——又热又冷。起来，莫格利！"

莫格利控制不住了，他偷偷溜过芦苇丛，来到米萨的身边，用刀尖戳了他一下。那湿淋淋的大公牛像炮弹爆炸一样，从泥坑里猛地跳了出来，莫格利笑得跌坐下来。

"现在说说，西奥尼狼群里那只没长毛的狼从前是怎么赶你来着，米萨。"莫格利大声喊道。

"狼！是你？"公牛喷着鼻子，他在泥浆里跺起了蹄子，"整个丛林都知道，你以前放的是驯服了的牛——就跟那边庄稼地旁边的泥巴中喊叫的人类小鬼一样，你也算是丛林的！哪个猎手会像蚂蟥堆里的蛇一样，爬过来开这种糊涂的玩笑——那是豺狗开的玩笑——还在我的母牛面前羞辱我？到硬地上去，我要——我要……"米萨嘴上唾沫横飞，在丛林里，他的脾气几乎可以说是最坏的。

莫格利看着他大口大口地喘着粗气，可眼神始终没有一点变化。等他的声音能盖过泥浆飞溅的声音时，他说："沼泽地这边有什么人的巢穴吗，米萨？我对这片丛林不熟悉。"

"那就去北方。"公牛怒气冲冲地吼叫，莫格利戳得他身上刺痛，"光溜溜的放牛娃开了个玩笑。去沼泽地尽头的村子里跟他们讲啊。"

"人类不喜欢听丛林故事，我觉得，米萨，你皮毛上的一点划伤不值得说来说去。不过，我要去看看这个村子。是的，我要去。现在安静点，不是每个晚上都有丛林之主过来赶你的。"

莫格利走出沼泽边缘那颤颤巍巍的地面，他很清楚，米萨永远不会冲上来。他奔跑起来，一想到公牛发怒的样子，就哈哈大笑起来。

"我的力气还没完全消失嘛。"他说，"也许毒素还没进到骨头里。那边有一颗星星低挂在天上。"他从半合拢的双手缝隙里打量着，"凭换取我的公牛发誓，那是红花——以前我就躺在那红花旁边——早在我第一次来西奥尼狼群的时候！既然看见了，我就算是跑到头了。"

沼泽地尽头是一片开阔的平原，那里有一盏灯在闪烁着。莫格利已经很久没有参与过人类的活动了，可是，这一晚，闪烁的红花吸引着他向前走去。

"我要看看。"莫格利说，"就像以前一样，我要看看人类有多大的变化。"

在丛林里，莫格利可以想做什么就做什么，可他忘了，现在已经不是在自己的丛林里了，他漫不经心地走过挂满露珠的草地，来到了那盏灯所在的茅草屋。三四条狗吠叫起来，因为他来到了村子的边缘。

"呵！"莫格利说着悄无声息地坐了下来，他用一声低沉的狼嚎回应了那几条杂狗，现在他们都安静下来了。"该来总会来。莫格利，你

第八章　春天的奔跑

跟人类的巢穴还有什么关系啊？"他摩挲着嘴巴，想起了好几年前，别的人群用石头追赶他时砸伤到的地方。

茅草屋的门开了，一个妇人站在那里朝黑漆漆的外面张望着。一个小孩哭了，那妇人回过头说："睡吧，只不过是只豺狗把狗吵醒了。天很快就要亮了。"

草地上的莫格利开始哆嗦起来，就像发了烧一样。他很熟悉那个声音，不过，为了准确起见，他小声地喊了几声，惊奇地发现人类的语言是怎么样恢复过来的，"梅苏阿！噢，梅苏阿！"

"谁在喊？"妇人问道，她的声音听起来有些颤抖。

"你忘了吗？"莫格利说。他说话的嗓音干巴巴的。

"如果是你，我给你取了什么名字？说啊！"她半掩起门，一只手抓住了胸口。

"南舒！哦嘿，南舒！"莫格利说，大家还记得，那就是他第一次来到人群时，梅苏阿给他起的名字。

"过来，我的儿。"她大声喊道，莫格利走进了光亮的地方，他仔细打量着梅苏阿，这个妇人一直对他很好，他也曾经从人群里救过她的命，可都过去这么久了。她变老了，头发也灰白了，不过，她的眼神和声音都没有变化。和其他女人一样，梅苏阿希望能在自己离开莫格利的地方找到他，她迷惑不解地打量着莫格利，一直从他的胸部看到他那碰到门顶端的头部。

"我的儿啊。"梅苏阿结结巴巴地说，接着，她在他的脚边跪了下来，"可你不再是我的儿子了。你是森林里的小神明！啊嗨！"

莫格利站在油灯红色的火光下，又壮实又高大，非常俊俏，他那长长的黑头发飘落在肩膀上，脖子上挂着刀，头上还戴着白色茉莉花环，人们很容易误以为他是丛林传说里的某个野神。小床上还没睡熟的小孩跳了起来，吓得大声尖叫。梅苏阿转身去哄他，莫格利就静静地站在那里，看着里面的水缸、饭锅、粮食筒，和其他所有人类的东西，他发现自己竟然记得清清楚楚。

"你要吃点什么还是喝点什么吗？"梅苏阿低声说，"这都是你的。

我们欠你几条命呢。不过说真的，我是叫你南舒呢，还是小神？"

"我是南舒。"莫格利说，"我离我自己的地盘很远。我看到这盏灯，就到这里来了。我不知道你在这里。"

"我们来到汗希瓦拉后，"梅苏阿拘谨地说，"英国人本来可以帮我们对付那些想把我们烧死的村民的。你记得吗？"

"我当然没忘。"

"可是，等英国法律准备妥当后，我们就去村子里找那些恶人，却发现再也找不到村子了。"

"那个我也记得。"莫格利翕动着鼻孔说。

"所以，我的男人就在田里干活，最后——他确实是条壮汉——我们在这里有了一点地。虽说没有像以前的村子里时那么富裕，可我们也用不着那么多——我们两个。"

"他在哪里——那个那天晚上害怕得挖泥巴的男人呢？"

"他死了——一年了。"

"他是？"莫格利指着小孩问。

"我的儿子，两个雨季以前生下来的。要是你是小神的话，那就让丛林保佑他吧，保佑他在你——和你的伙伴们中间平安无事吧，就像我们那天晚上一样平平安安。"

梅苏阿抱起那孩子，那孩子忘记了害怕，伸出手玩起了悬挂在莫格利胸前的那把刀，莫格利小心翼翼地把那小小的手指放到一边。

"要是你是老虎叼走的那个南舒。"梅苏阿哽咽着继续说，"那他就是你的小弟弟。哥哥祝福他吧。"

"嗨啊！我怎么知道那个叫作祝福的东西是什么呢？我不是小神，也不是他的哥哥，而且——噢，妈妈，妈妈，我的心情很沉重。"他哆嗦着放下了小孩。

"也许是吧。"梅苏阿说着在饭锅之间忙碌起来，"那是你晚上在沼泽地里跑来跑去惹上的吧。高烧肯定已经浸入骨子里了。"她居然以为丛林里有什么东西会伤害他，莫格利微微笑了，"我要生堆火，你该喝点热奶。把茉莉花环收起来吧，这屋子这么窄，气味太浓了。"

第八章　春天的奔跑

莫格利咕哝着坐下来，双手捂着脸。各种奇怪的感觉一起涌上了心头，他以前从来没有体会过这些感觉，那简直就像是中毒了一样，他感到头晕目眩，还有点恶心。他大口大口地喝着热奶，梅苏阿时不时轻拍他的肩膀，并不能十分确定他到底是她那个很久以前的儿子南舒，还是奇妙的丛林动物，不过他至少摸上去有血有肉，所以梅苏阿还是很高兴。

"儿子，"梅苏阿最后说，——她眼睛里充满了自豪，——"有谁告诉过你吗？你比所有的人都漂亮。"

"哈？"莫格利说，他自然是从来没有听过类似的话。梅苏阿开心地轻轻笑了。莫格利脸上的表情就足以让她发笑了。

"那我是第一个这样说的了？尽管很少有妈妈告诉自己的儿子这些好事，可那是对的。你很漂亮。我从没见过你这么漂亮的人。"

莫格利扭过头去，想看看自己结实的肩膀，梅苏阿又大笑不止，连摸不着头脑的莫格利也跟着笑了起来，那小孩在他们之间跑来跑去，也哈哈笑了起来。

"不，你不该取笑你的哥哥。"梅苏阿说着，把孩子拉到自己的胸前，"要是你能长到他的一半漂亮，我们就让你娶国王最小的女儿，那你就能骑上大象了。"

这些话里，莫格利有三分之一都听不懂。长跑过后，热奶发挥了作用，他蜷缩起来，很快就沉沉睡着了。梅苏阿把他的头发从眼睛拂到脑后，在他身上盖上了一块布，心里乐滋滋的。因为丛林里养成的习惯，莫格利睡了一整夜和第二天整整一天，因为他从来不会完全睡着的本能提醒他，那里没有什么好害怕的。最后，他猛地一跳，惊醒过来了，震得小屋直颤抖，因为盖在脸上的布让他梦见了陷阱。他站在那里，手里握着刀，骨碌碌转动着昏昏欲睡的眼睛，却准备好应对任何战斗了。

梅苏阿笑了，把晚饭端到了他的面前。只有在冒烟的火上烤出来的几块粗饼、一些米饭和一块腌制的酸角，只够应付到他晚上可以捕猎的时候。沼泽地里露水的气息使他饥肠辘辘、坐立不安。他想要完成春天的奔跑，可是，那个小孩坚持要坐在他的怀里，而且梅苏阿也说，他那长长的、蓝黑色的头发必须梳理一下。于是，她一边梳，一边唱起了傻里傻气的娃娃歌，一会儿叫莫格利儿子，一会儿恳求他赐给那个孩子一些丛林的力量。小屋的门是关着的，可是莫格利听见了一阵非常熟悉的声音，他看见一只灰色的大爪子从下面的门缝里探进来，梅苏阿吓得张大了嘴巴，灰兄弟在门外呜呜叫着，声音低沉，充满愧疚，听起来又焦急又害怕。

"在外面等吧！我叫你的时候，你怎么不来？"莫格利用丛林语言说，他头也没回，于是那灰色的大爪子就消失了。

"别——别把你的——你的仆人们带来。"梅苏阿说，"我——我们向来与丛林和睦相处。"

"是和睦。"莫格利说着站了起来，"想想那天晚上，在去汗希瓦拉的路上，你身前身后有几十只这样的伙计呢。不过我保证，就算是在春天，丛林动物们也不能忘了。妈妈，我走了。"

梅苏阿毕恭毕敬地退到一边——她觉得，他就是一个丛林神，可是，当莫格利的手搭到门上的时候，母爱的冲动又让她伸出了胳膊，一次又一次抱紧了莫格利的脖子。

"要回来！"她轻声说，"不管你是不是我的儿子，都要回来，因为我爱你——看，他也很难过呢。"

那小孩哭了起来，因为那个带着亮闪闪刀子的人要走了。

"还要回来啊。"梅苏阿反复说道，"不管是晚上还是白天，这扇门会一直为你开着。"

莫格利喉咙发紧了，就好像里面的声带被什么东西拉扯着一样，他回答的声音好像是从声带里拉出来的："我一定会回来的。"

"现在，"那只狼正在门槛上摇尾乞怜，莫格利避开了他的脑袋，"我要批评你了，灰兄弟，我很久以前就叫了你们，为什么到现在只有你过来，不是四个一起来？"

"很久以前？不过就是昨天晚上啊。我——我们——都在丛林里唱新歌呢，现在是新的谈话时间。你记得吗？"

"没错，没错。"

"刚一唱完歌，"灰兄弟诚恳地接着说，"我就跟着你的足迹。我

第八章　春天的奔跑

从大家身边跑开，火速赶来了。可是，噢，小兄弟，你都干了些什么啊，和人类一起吃饭睡觉吗？"

"要是我一叫你就过来了，就不会有这样的事了。"莫格利说着跑得更快了。

"那现在你想干什么？"灰兄弟问道。

莫格利正准备回话的时候，一个穿着白衣服的女孩从村子边缘的小路上走了下来。灰兄弟立刻躲了起来，莫格利悄悄地退进一片庄稼长得高高的地里。当温暖、翠绿的茎秆遮住他的脸时，他的手都快要碰到她了，然后，莫格利就像幽灵一样消失了。那女孩尖叫起来，她以为自己看见鬼了，她深深地叹了一口气。莫格利用手扒开那些茎秆，看着她，直到看不见了为止。

"现在，我也不知道了。"莫格利说，这下轮到他叹气了，"我叫你们的时候，你怎么不来呢？"

"我们跟着你呢——我们跟着你。"灰兄弟咕哝着舔了舔莫格利的脚，"我们一直跟着你，除了新的谈话时间那会儿。"

"你会跟着我去人群那里吗？"莫格利小声说。

"难道我们以前的狼群把你赶出来的那天晚上，我没跟着你吗？你躺在庄稼地里的时候，是谁把你叫醒的？"

"哎，但要是再来一次呢？"

"今天晚上我没有跟着你吗？"

"哎，可是一次又一次呢，可能还会有下次呢，灰兄弟？"

灰兄弟不作声了。等他开口说话时，便是在自言自语，"黑家伙说的是实话。"

"他说了什么？"

"人类最终会回到人类那里去。拉喀萨，我们的妈妈，说——"

"红狗大战的那天晚上，阿克拉也这么说。"莫格利喃喃自语。

"卡阿也这么说，他比我们都聪明呢。"

"你怎么说呢，灰兄弟？"

"他们赶过你一次，还说了你的坏话。他们用石头砸了你的嘴巴。

他们派布尔笛欧去杀你。他们想把你丢进红花里。是你,不是我,曾经说过他们又恶又蠢。是你,不是我——我是跟随我自己的伙伴——真把丛林动物们放进了村子。是你,不是我,编了首歌对付他们,那歌比我们对付红狗的歌还尖酸刻薄。"

"我是问你,你怎么说?"

他们边跑边说。灰兄弟继续慢跑了一会儿,没有答话,接着他蹦跳着说——可以说是边跳边说,——"人崽子——丛林之主——拉喀萨的儿子,我的同窝兄弟——尽管我在春天忘记了你一小段时间,可你的足迹就是我的足迹,你的窝就是我的窝,你的猎物就是我的猎物,你的生死大战就是我的生死大战。我代表其余三兄弟说话。可你怎么对丛林说呢?"

"这要好好想想。看见了猎物就要立刻捕杀,等待是没有用的。到他们跟前去,叫他们都去议会岩,我来告诉他们我的想法。可他们可能不会来——在新的谈话时间,他们可能忘记我了。"

"那你就没有忘记什么吗?"灰兄弟回过头声色俱厉地说,他沉下身子飞奔起来,莫格利跟在后面,思忖着。

在其他任何一个季节,这样的消息都能让所有的丛林动物颈毛倒竖地跑过来,可是现在,他们正忙着捕猎、打架、厮杀和唱歌。灰兄弟从一边跑到另一边,大声叫喊着:"丛林之主回人类那里去了!到议会岩去。"而那些快乐、兴奋的丛林动物们只是回答说:"夏天一热他就会回来的。雨季会把他赶回窝里。跟我们一起奔跑唱歌吧,灰兄弟。"

"可是丛林之主要回人类那里去了。"灰兄弟再次强调。

"咦——哟哇?难道新的谈话时间还没有那个痛快吗?"他们回答。于是,当莫格利心事重重地穿过那些非常熟悉的岩石,来到他曾经被带去参加议会的地方时,他发现那里只有四兄弟和上了年纪、几乎快瞎了的巴洛,还有就是巨大的冷血动物卡阿,他正盘在阿克拉那空荡荡的座位上。

"这么说,你的足迹在这里到头了,小娃娃?"卡阿说道,莫格利平躺下来,双手捂着脸,"哭吧,你哭吧。我们血脉相通,我和你——

第八章 春天的奔跑

人类和蛇一起。"

"为什么我没有死在红狗手下呢?"男孩呻吟着,"我的力气都没了,又没有中毒。不管是晚上还是白天,我都能听见我的脚印上有两种脚步声。等我回头时,好像有谁立刻躲了起来。我跑到树后面去看,他又不在那里。我叫喊着,可又没有谁回应。就好像有谁在听,可又不回答一样。我躺下来,可又睡不着。我进行了春天的奔跑,可我没有平静下来。我洗了澡,可还是没有让我凉快点。猎物让我恶心,可除了捕猎,我也没有心思打斗。红花就在我身体里面,我的骨头就是水——还有——我不知道我还知道些什么。"

"还用说什么?"巴洛慢吞吞地说,他把头转向莫格利躺着的地方,"阿克拉在河边就说过了,说莫格利会把莫格利赶回人群。我也说过。可现在,还有谁听巴洛的话?巴格希拉——今天晚上巴格希拉在哪里?——他也知道。这就是法则。"

"我们在冷窝相遇时,小娃娃,我就已经知道了。"卡阿说着,稍微转了转他那强有力的身子,"人类最终会回到人类那里去,不过丛林现在并没有赶他走。"

四兄弟相互看了看,然后看着莫格利,虽然摸不着头脑,不过他们还是顺从了。

"这么说,丛林不是要赶我走了?"莫格利结结巴巴地说。

灰兄弟和其余三个猛然吼叫起来,"只要我们还活着,谁也不敢——"可是巴洛不让他们往下说。

"我教过你们法则。应该由我来说,"巴洛说,"还有,尽管我现在看不见我眼前的岩石,可我看得远。小青蛙,走你自己的路吧,和你同一血统的群族和同伴一起搭窝吧。不过,假如需要腿脚、牙齿、眼睛,或者是在夜里急需送信,记住,丛林之主,这个丛林随时听从你的命令。"

"中部丛林也是你的。"卡阿说,"我从不为小家伙说话的。"

"嗨哎,我的兄弟们。"莫格利呜咽着举起了胳膊,"我不知道我还知道什么!我不想走,可我的两只脚拖着我。我怎么能舍弃这些夜晚呢?"

"不，抬起头，小兄弟。"巴洛重复道，"追寻自己的足迹没什么可耻的。等蜂蜜吃完了，我们就会离开空蜂巢。"

"蜕过皮后，"卡阿说，"我们就不会再钻进去了。这就是法则。"

"听着，我最亲爱的，"巴洛说，"在这里，没有谁会说什么，也没有谁想要阻止你。抬起头来！有谁会质问丛林之主啊？你还是一只小青蛙时，我就看见你在那边白花花的鹅卵石中间玩耍，巴格希拉呢，他用一头刚捕杀的小公牛为代价换取了你，他也是看着你长大的。参加那次查看会的，也就只有我们两个还活着，你的狼妈妈拉喀萨和你的狼爸爸都死了；以前的狼群早就没有了；你也知道希尔汗去了哪里，阿克拉死在了野狗中间，要不是你的智慧和力量，西奥尼狼群第二代肯定也已经死了。这里除了白骨什么也不会剩下。已经不再是人崽子请求离开狼群了，而是丛林之主改变了他的行踪。有谁会怀疑人类自己的习惯呢？"

"可是，巴格希拉和换取我的公牛，"莫格利说，"我不想——"

下面的灌木丛里传来一阵咆哮声和轰隆声，莫格利的话被打断了，巴格希拉站在了他面前，他总是那样步伐轻盈、身强体壮，令人望而生畏。

"所以，"巴格希拉说着伸出一只血淋淋的右爪，"我没有来。这真是一场漫长的捕猎，不过现在，他已经倒在灌木丛里——那是一头长了两个年头的公牛——这头公牛放你自由，小兄弟。现在，所有的债都还清了。其余的呢，我要说的巴洛都说了。"他舔了舔莫格利的脚，"记住，巴格希拉曾经爱过你。"他大叫着跳走了。在山脚下，他又拖长声音大声叫喊，"祝你在你的路上捕猎成功，丛林之主！记住，巴格希拉爱过你！"

"你已经听见了。"巴洛说，"没有别的要说了。现在走吧，不过先到我这里来。噢，聪明的小青蛙，到我这里来！"

"蜕皮是很难。"卡阿说，莫格利一直在哭泣着，他的头靠在瞎眼熊的腹部，胳膊搂着他的脖子，巴洛有气无力地想舔他的脚。

"星星都稀稀落落了。"灰兄弟说着嗅了嗅晨风，"今天我们进哪

第八章　春天的奔跑

里的窝睡觉？因为从现在开始，我们要跟随新的足迹了。"

这就是莫格利故事的结尾。

出丛林之歌

莫格利再次来到梅苏阿门口以前，他听见身后的丛林一直在唱这首歌：

巴　洛

为了他，他给一只聪明的青蛙，
指引过丛林的道路，
要遵守人群制定的法则——
为了你那瞎眼的老巴洛！
不管是干净还是脏污，新鲜还是陈旧，
就当是足迹跟上去，
一整天，一整夜，
不要到处去寻找。
为了他，他爱你，
胜过爱所有其他走兽，
要是你的人群让你痛苦，
就说："塔巴魁又唱歌了。"
要是你的人群让你累病了，
就说："希尔汗还没有杀死呢。"
要拔出刀来捕杀时，
要遵守法则，走你自己的路。
（树根和蜂蜜，棕榈树和佛焰苞，
保护人崽子不受伤害！）
树林和水，风和树，
让丛林的宠爱一直伴随你！

卡 阿

愤怒是恐惧引起的——
只有没有眼睑的眼睛才看得清楚。
眼镜蛇毒绝不会依附；
就连眼镜蛇的语言也不会。
开诚布公的谈话会给你招来力量，
它的伴侣是礼貌。
超过你身高的就不要冲过去；
别成为腐朽树枝的帮手。
依据雄鹿和山羊来估量你的嘴巴大小，
以免因为眼睛把你的喉咙噎住，
吃饱以后，愿你会睡下，
看看窝是不是隐藏得够深，
以免你因为疏忽而犯错，
引来杀身之祸。
不管是在东方还是西方，南方还是北方，
都要清洗你的皮肤、闭起你的嘴巴。
（不管是深坑、裂缝，还是蓝色的池塘边缘，
中部丛林都跟着他！）
树林和水，风和树，
让丛林的宠爱一直伴随你！

巴 格 希 拉

我生在笼中，
我很清楚人类的价值。
凭让我自由的那把破锁发誓——
人崽子，留心你的族群！
芳香的露珠，淡淡的星光，

第八章 春天的奔跑

别挑选树猫那混乱的足迹。
不管是狼群还是议会，捕猎还是休息，
别和豺狗休战。
要是他们说："和我们一起来，活得轻松。"
用沉默来对待。
要是他们求你帮忙伤害弱者，
用沉默来对待。
千万别像班达尔那样夸耀自己的本领；
要在猎物面前保持平静。
任何呼唤、歌谣，或者记号，
都不能让你转身离开捕猎的路线。
（不管是晨雾还是清朗的黄昏，
为他服务吧，那些鹿的看护者！）
树林和水，风和树，
让丛林的宠爱一直伴随你！

三 兄 弟

你必须踩在那条小路上，
走向我们害怕的门槛。
那里红花盛开，
晚上你会躺在牢笼里，
离开我们的天空母亲，
听见你亲爱的我们从门外经过；
在清晨，你将醒来，
参加你无法逃避的劳作，
因为丛林而难过：
树林和水，风和树，
智慧，力量，还有礼貌，
让丛林的宠爱一直伴随你！

图书在版编目（CIP）数据

丛林之书+丛林之书续篇/（英）约瑟夫·吉卜林
（Joseph Kipling）著；李彩林译. — 北京：中国
书籍出版社，2016.10（中国书籍编译馆）
ISBN 978-7-5068-5819-9

Ⅰ.①丛… Ⅱ.①约… ②李… Ⅲ.①儿童故事—
作品集—英国—近代 Ⅳ.①I561.85

中国版本图书馆CIP数据核字（2016）第219149号

丛林之书＋丛林之书续篇

（英）约瑟夫·吉卜林　著
李彩林　译

策划编辑	李立云
责任编辑	李立云
责任印制	孙马飞　马　芝
封面设计	黄俊杰
出版发行	中国书籍出版社
地　　址	北京市丰台区三路居路97号（邮编：100073）
电　　话	（010）52257143（总编室）　（010）52257140（发行部）
电子邮箱	yywhbjb@126.com
经　　销	全国新华书店
印　　刷	河北省三河市顺兴印务有限公司
开　　本	710毫米×1000毫米　1/16
字　　数	300千字
印　　张	19.75
版　　次	2016年11月第1版　2016年11月第1次印刷
书　　号	ISBN 978-7-5068-5819-9
定　　价	33.00元

版权所有　翻印必究